KB036185

이루다

인소의 법칙

인소의 법칙

유한려 지음 솔 그림

제51조. 체육 대회와 공개 고백의
상관관계는?(중)

체육 대회와 공개 고백의 상관관계는?(중)

　마침내 다가온 합동 체육 대회 당일 아침, 나는 눈을 뜨자
마자 찌르듯이 쏟아지는 여름 햇살 때문에 눈을 찡그렸다.

　"어제 커튼 안 치고 잤나."

　그렇게 투덜거리며 나는 자리에서 일어나 커튼을 쳤다.
그러고 나서 시계를 보니 아침 일곱 시, 체육 대회를 위해
서는 여덟 시 사십 분까지만 운동장에 집합하면 돼서 시간
은 흘러넘쳤다.

　하지만 아침 햇살에 벌겋게 익은 탓에 잠은 다 깨 버렸
다. 결국 나는 그대로 세수하러 화장실로 향했다.

　한 손으로 칫솔질을 하고 다른 손으로 세면대를 붙들며
나는 휴, 하고 한숨을 내쉬었다.

　1학년 가을 이후로 체육 대회란 행사는 내 심사를 영 불

안하게 하는 것이 되었다. 그야, 그런 일이 있었으니 어쩔 수 없지.

맑았던 아침 하늘이 무색하게도 비가 주룩주룩 쏟아져서 모든 경기를 실내 종목으로 교체해야만 했던 1학년 가을 체육 대회 날, 나는 사대천왕과 거의 절교하다시피 했던 것과 동시에 여단 오빠와 사귀게 되었다.

그리고 나는 화장실의 희뿌연 거울을 쳐다보며 이마를 찡그렸다. 아무튼 여단 오빠와도 헤어진 지금 시점에서 회상하면 꿈처럼 느껴지긴 하지만, 실제로 일어났던 일인 건 사실이다.

그러고 보니, 나는 절교의 계기가 되었던 일들을 떠올렸다. 그게 죄다 여단 오빠와 내가 사귄다는 소식에 대한 사대천왕의 이상한 반응 때문이었지.

은형이나 주인이에게선 조금 떨떠름해하거나 놀라는 것 외엔 별 반응 없던 데 반해, 은지호나 유천영의 경우엔 명백하게 날 피했다. 나는 처음엔 그들에게 여단 오빠와 내 연애가 위장 연애임을 밝히기 위해 최선을 다했으나, 번번이 따돌려지는 통에 참다 참다 결국 폭발했었고.

그리고 불과 며칠 전 있었던 일을 통해, 나는 지금에서야 그들이 나를 그렇게나 피해 다녔던 이유를 알게 되었다.

적어도 은지호의 경우에는 명백했다.

그야 좋아했던 여자애가, 그것도 꽤 오랫동안 좋아했던

여자애가 갑자기 그동안 경계도 하지 않았던 옆집 오빠와 사귄다고 하면 혼란스러워서라도 피할 수밖에 없을 것이다……. 그리고 나는 찬물을 받아 내 얼굴에 끼얹었다.

"아오."

은지호가 며칠 전 던졌던 말들은 지금 떠올려도 진땀이 날 정도였다. 걔가 인터넷 소설 남주임을 그동안 잊고 산 내 탓이지, 내 탓이야. 나는 푸념하며 연거푸 세수를 했다.

수건에 얼굴을 파묻으며, 나는 내내 구석으로 밀어 두었던 생각을 떠올렸다. 은지호의 반응이야 이유를 알겠다.

하지만…….

"유천영은?"

그는 대체 왜 날 피한 걸까?

지금도 체육 대회를 상기하면 가장 선명하게 떠오르는 것은 파란 우산과 흩날리던 빗방울, 자전거가 주차된 슬레이트 지붕 아래에서 나누었던 대화였다. 상기하는 것만으로 쇳내와 물비린내가 자욱하게 퍼져 뒤섞이는 듯했다.

어둑한 지붕 그림자 속에서 그가 말했다.

'나한테 너는, 당연히 나중에도 내 곁에 있어야 하는 사람이야.'
'그런데 왜 이러는 거야?'
'그래서 이러는 거야.'

그가 가라앉은 목소리로 못 박았다.

'너랑 계속 보기 위해서.'

거기까지 회상하고 문득 눈빛을 가라앉힌 나는 중얼거렸
다. 어쩌면, 그 또한 은지호가 발하던 감정과 같은 것이었
다면…….

그럴 리 있나. 재빨리 고개를 내저은 나는 수건을 휙 내
려놓고 방으로 들어갔다. 한 명도 말이 안 되는데 두 명이
라니, 그럴 리 없어, 하고 중얼거리며.

아침 일찍 엄마가 차려 두고 나간 밥을 먹는 둥 마는 둥
하며 핸드폰 게임을 하던 나는 밖에서 들려오는 소리에 흠
칫 놀랐다.

인터폰 벨 소리가 쨍하니 울리더니 그 위로 반여령의 외
침이 섞였다.

"단아! 얼른 가자!"

우리 가는 길에 편의점도 들러야 돼! 여령이의 외침에 나
는 허둥지둥 자리에서 일어났다.

"응! 나 잠깐 양치질만 하고!"

그러면서 시계를 봤더니 어느새 여덟 시 십 분이 되어 있
었다. 아, 시간 분배 좀 잘하자, 진짜. 황급히 양치하느라
물이 흥건해진 턱을 제대로 닦지도 않고 가방만 챙기고 나

가자, 문 바로 앞에 반여령이 있었다.

"단아, 얼른!"

그리고 그 옆에 삐뚜름히 기대서서 나를 보고 웃는 이가 하나. 나와 눈이 마주치자 그는 검은 눈을 지그시 휘어 미소했고, 나는 그런 그의 눈을 애써 피했다.

나는 그와 최대한 눈을 마주치지 않은 채 여령이의 팔을 당기며 말했다.

"어서 가자."

"응."

그리고 불과 몇 분도 안 돼서였다.

최대한 대화할 틈을 만들지 않기 위해 바쁘게 걸음을 옮기던 내 팔을 뒤에서 뻗어 나온 손이 덥석 움켜쥐었다.

"으악."

그와 동시에 지하 주차장에서 나온 차가 우리 앞을 스치듯이 지나갔다. 아차, 나는 황급히 주차장 앞 출차 경고등을 응시했다. 저렇게나 붉은빛을 요란하게 내뿜고 있는데도 전혀 못 봤어, 바보같이.

동시에 내 팔을 잡은 손이 떨어져 나갔다.

나직한 목소리가 이어졌다.

"알겠어, 알겠으니까 앞 좀 보고 다녀라. 누가 잡아먹는댔냐?"

"으……."

"무슨, 괴담에 나오는 단둘만 남으면 잡아먹는 인형도 아니고."

그 말에 주춤한 나는 고개를 들었다.

은지호가 아무리 내게 고백했다고는 하지만, 그것과 별개로 그는 내 친구였다. 어쨌건 나는 그의 감정을 배려해야만 했다.

내가 그를 정말 괴담에 나오는 인형 대하듯 했다면 그가 상처받는 것은 자명한 일이었다. 그러고 싶진 않았다. 여단 오빠와 사귀었을 때 이들이 감정에 휩쓸려 내게 했던 일을, 나 또한 똑같이 하고 싶진 않았다.

숨을 들이마신 내가 입을 열기도 전, 은지호가 불쑥 말했다.

"뭐냐, 또 몇 마디 했다고 안절부절못하고."

"아니, 있잖아. 들어 봐. 난……."

그러나 은지호는 이미 내 말도 안 듣고 돌아서고 있었다. 그러면서 그가 날리는 말이 내 귀에 대차게 박혔다.

"몇 년을 기다렸는데, 이 며칠 네가 대답 좀 안 하고 눈 좀 피한다고 상처받을 리가 있냐."

"어……."

"너 괴롭히려고 고백한 거 아니야. 내 눈치 보지 말고 네 마음에 맞는 속도로 천천히 와."

얼마 떨어지지 않은 곳에 있는 반여령의 눈치를 봐선지, 은지호는 '고백'이란 단어에서 더욱 목소리를 낮췄다. 그러나 그것을 듣는 내 팔에는 소름이 더욱 돋아났다. 역시 그게 꿈이 아니었구나 싶어서.

그때, 은지호가 덧붙였다.

"어차피 돌고 돌아 봐야 결국 내 옆일 텐데."

"야!"

결국 참지 못한 나는 그의 정강이를 차고 말았다. 은지호가 악 소리를 내며 고개를 숙였다.

한참을 휘청거린 끝에 간신히 균형을 잡은 그가 억울한 듯 물었다.

"너는 어떻게 된 애가 갈수록 반여령을 닮아 가냐? 나를 닮아 차분해질 생각을 안 하고……."

"어디서 은지호가 짖는 소리 안 나니?"

우리 사이를 파고든 낭랑한 목소리에, 나는 한숨을 내쉬고 재빨리 뒤돌아 여령이의 팔짱을 끼었다. 우리는 급기야 은지호를 혼자 두고 달아나기 시작했다.

아침부터 추격전을 하니 진짜 체육 대회 같아서 마음은 영 들뜨는 반면, 몸은 몹시 지쳤다. 아니, 엄밀히 말하자면 지친 건 내 탓이었다. 반여령과 은지호가 인터넷 소설의 주연들이니만큼 범상치 않은 체력을 가졌다는 점을 알았어야 했는데.

고래 싸우는 곳에 새우야 끼지 말라. 오늘도 새삼스레 교훈을 얻으며 나는 학생들 사이에 껴서 오늘따라 북적이는 교문을 바라보았다.

"우와."

인터넷 소설에 들어오고 웬만해선 감탄이 나오지 않던 내 입에서 절로 탄성이 새어 나왔다.

모두 반 티를 입어서 구분은 잘 가지 않았지만, 오늘은 선율 고등학교 학생들도 섞인 덕에 학생 수가 두 배나 됐다. 덕분에 교문 쪽은 발 디딜 틈도 없었다.

게다가 축제 때처럼 먹을 것을 파는 가판대가 학교 곳곳에 들어와 있었다. 핫도그에 닭 꼬치, 아이스박스에 담긴 음료수와 각종 에이드까지. 식욕 왕성한 남자애들은 벌써부터 거기 앉아서 닭 꼬치를 인당 세 개씩 해치우는 중이었다.

"진짜 보통이 아니네."

여령이조차 체육 대회와 축제가 뒤섞인 것 같은 이 풍경에는 상당히 감탄한 듯했다. 그러다 문득 운동장 쪽을 돌아본 그녀가 비명을 지르기에 나는 깜짝 놀랐다.

"아앗!"

뭐, 뭐야? 여령이가 놀란다면 분명 보통 일이 아닐 텐데. UFO라도 나타났나? 그쪽을 돌아보았던 나는 전혀 의외의 것을 발견하고 입을 벌렸다.

"뭐야, 저게."

분명히 토요일 회의를 마치고 집에 갈 때만 해도 운동장은 장애물 달리기와 계주를 위해 트랙이 한 번 덧대 칠해진 것을 제외하면 아무것도 없었는데.

여기가 땅값 비싼 서울 맞나 싶을 만큼 널따란 운동장 정중앙에 알록달록한 블록으로 쌓아 올려진 거대한 구조물이 우뚝 솟아나 있었다.

마치 두 개의 섬이 있고 그 사이를 두 개의 다리로 연결한 듯한 구조였는데, 다리 아래와 섬 둘레에는 거대한 수조가 놓여 있어 발만 삐끗하면 빠질 것 같았다.

한쪽 다리는 조금 경사진 것을 제외하면 아무 특징이 없는 반면, 다른 쪽 다리는 손잡이가 지압 판처럼 올록볼록하게 솟아난 거대한 벽과 지나가기 위해선 곡예를 해야 할 것 같은 외나무다리, 디딜 땅 대신에 밧줄로 된 그물로만 이루어진 구간이 있었다.

말하자면 한쪽 길은 천국이었고, 다른 쪽 길은 지옥처럼 보였다.

그쪽을 주의 깊게 살피다가, 나는 문득 저 구조가 어디서 많이 들은 것처럼 생겼다는 것을 깨달았다. 특히 각각 두 섬처럼 생긴 구조물 중앙에 사람 하나가 들어갈 만한 원이 둘러쳐진 모습이. 저건 꼭…….

생각하기가 무섭게 양반은 못 되는 윤정인이 등장했다.

"야! 왔냐!"

한 손에는 출석부를 들고, 다른 한 손으로는 빈 나무 꼬치를 흔드는 채였다.

그를 떨떠름히 올려다보는 내게 아랑곳 않고 그는 볼펜을 휘적이며 '함단이, 출석.' 하고 중얼거렸다.

내가 물었다.

"너 여기서 뭐 해?"

"보시다시피 출석 체크."

"야, 야, 그것보다 저거."

나는 그의 등 뒤를 황급히 가리켰다. 내 손짓을 따라 구조물을 돌아본 윤정인이 아, 하고 탄성을 내뱉었다.

"저거 대체 뭐야?"

윤정인은 뭐 이상할 게 있냐는 명쾌한 목소리로 대답했다.

"뭐긴, 공주님 구하기!"

"경기장이 저렇게 생겼다는 말은 안 했잖아!"

비명 지르는 듯한 내 말에도 윤정인은 어깨를 으쓱하며 '퍼포먼스용이라니까, 퍼포먼스.' 하고는 멀어져 갔다.

그의 뒷모습을 절망스럽게 바라보던 나는 이윽고 손을 들어 이마를 감쌌다.

은지호와 반여령이 의아하게 나를 바라보는 가운데, 나는 침울하게 중얼거렸다.

"이럴 줄 알았으면 절대로, 절대로 공주님은 안 했어⋯⋯."

"네가 8반 공주님이었냐."

놀란 목소리로 묻는 은지호에게 나는 손만 내저었다. 아니, 그렇게 근사한 목소리로 그런 말 하지 말아 줄래. '8반 예쁜이가 너냐?' 하는 환청이 겹쳐 들려서 괴로울 지경이니까.

한편 여령이도 걱정스러운 듯 말했다.

"어떡해, 까딱하면 물에 빠져서 다 젖겠다. 갈아입을 옷도 없는데, 그렇지?"

"그러니까 말이야."

내가 가장 걱정되는 것도 바로 그 부분이었다. 아니, 저런 무지막지한 구조물을 하루 만에 지을 거라면 적어도 예고는 해 줘야 하는 게 아닌가?

급기야 나는 진지하게 고민하기 시작했다. 점심시간에 옷을 가지러 잠깐 집에 다녀오는 게 나을까? 물론, 우리 반의 주 전력인 이루다와 반휘혈의 초인적인 운동 신경을 생각하면 그런 일이 벌어질 것 같진 않지만…….

그제야 은지호도 내 차림을 살펴보며 말했다.

"그러게, 너희 반 티 윗옷 흰색이네."

"응. 바지야 검은색이니 별 상관없는데…….'

그렇게 대답하던 나는 문득 밀려오는 소란에 고개를 돌렸다.

교문을 통과해 들어오는, 얼굴 크기부터 범상치 않은 학생들을 보고 나는 눈을 크게 떴다. 대번에 알 수 있었다, 저 애들이 노아리가 피하라던 바로 그…….

노아리의 말에 따르면 선율 예술 고등학교를 배경으로

한 소설에는 아직 여주인공이 입학하기 전이라, 인물들 중에 눈에 띄는 인물들은 말하자면 선배 포지션밖에 없었다. 가령 2학년인데도 벌써 3학년 같은 침착함을 가진 이서진이라든가.

과연 눈에 띄는 것은 노란색 머리칼에 동글동글한 인상을 가진 남학생 한 명뿐이었는데, 주인이를 연상시키는 분위기가 눈에 띄었다.

아마도 저 남학생의 이름이 한상아, 저 소설에서 주인이와 같은 포지션이란 건 들어서 알고 있었다. 선배지만 후배 같은 귀여움을 넣어서 반전 매력을 꾀했다나 뭐라나.

그 외에도 두어 명의 잘생긴 학생들이 있었지만, 저들은 노아리의 말에 따르면 그리 경계할 필요 없는 이들이었다. 말하자면 성격이 정상인의 범주에 들어 있다고나 할까. 내가 그들에게 원한을 산다고 해도 인생을 망칠 염려는 없다는 소리다.

거기까지 생각하고 나는 잠시 멈추었다. 아니, 잠깐. 그럼 이서진과 한상아는 그게 아니란 얘기냐?

아무튼 인성과는 관계없이 새로 나타난 남학생 세 명은 무척 매력적인 외모를 갖고 있었기 때문에, 그들이 등장한 순간 여기저기 너 나 할 것 없이 비명이 터졌다.

"꺄악, 너무 좋아!"

"상아 선배! 여기 봐 주세요!"

"웬일이야, 진짜로 케빈도 왔잖아?"

그제야 나는 한상아의 왼쪽에 선 헤이즐넛색 머리카락의 남학생을 보고 깨달았다.

아, 진짜로 연예인들도 다닌다는 게 사실이었구나. 케빈이 속한 시리얼이라면 1년 전 데뷔해서 학생들 사이에서는 꽤 인지도가 있는 아이돌 그룹이었다.

바로 그때, 전과는 비교도 안 되는 소란이 일대를 덮쳤다. 나는 또다시 눈을 크게 뜨며 그쪽을 돌아보았다.

"저기 유천영이다!"

"어디 봐!"

맙소사, 나는 눈을 크게 떴다. 벌써부터 찰칵찰칵 플래시가 터지고 있었는데, 보아하니 학생들뿐만 아니라 전문적인 카메라를 들고 있는 사람들도 꽤 됐다. 아니, 아무리 그래도 우리 또래 사이에서 배우가 아이돌보다 인기가 많을 수 있나?

그러다가 〈검은 비〉 속 유천영의 캐릭터를 상기한 나는 고개를 끄덕였다. 음, 강현우 캐릭터가 좀 많이 매력적이긴 했지.

"대박, 진짜 강현우 닮았어."

"성격도 강현우랑 비슷할까?"

그들의 수군거림을 듣고 나는 심란해졌다. 지금 이 주변에는 인간 유천영보다 배역 강현우를 먼저 알아본 사람들이 많았다. 이게 유천영에게 득이 될지, 해가 될지, 나는 감이 오지 않았다.

무엇보다도 유천영이 무난한 성격이냐 하면, 그건 결코 아니라서. 몇 년 동안 알고 지낸 우리조차 그가 어디로 튈지 예측이 안 되는데.

내 옆에서 은지호와 반여령이 차례로 말했다.

"사람 점점 많아진다, 가자."

"그러니까, 이래선 인사도 못 하겠어."

반여령의 투덜거림에 나는 고개를 끄덕이고 그녀의 손을 잡았다.

*　*　*

운동장을 둘러싸고 계단형으로 배치된 좌석에는 나무 넝쿨이 뒤얽힌 구조물이 옅은 그늘을 드리우고 있었다.

2학년들이 반별로 앉은 곳을 찾은 우리는 각자 자기 반을 향해 헤어지려 했다.

그때 등 뒤에서 부르는 소리가 날아왔다. 우리 세 사람은 일제히 고개를 돌렸다.

"안녕, 여령아. 단아."

그렇게 말하며 손을 흔들며 걸어오는 이는 다름 아닌 이서진이었다.

언제 봐도 이온 음료처럼 청량한 그의 미소에 나는 솔직히 감탄하고 말았다. 우리 반과 비슷한 흰 티셔츠를 걸친 그의 모습은 그늘로 들어오자 한층 파리하고 청순해 보였다.

"왔어? 빨리 왔네?"

전에 같이 하교까지 해서 그런지는 몰라도 이서진을 대하는 반여령의 태도는 더욱 편안해져 있었다.

그런 반여령에게 싱긋 웃어 준 이서진이 손에 든 출석부를 흔들었다.

"나야 부회장이니까. 할 일이 많거든. 준비도 돕고."

"아."

"공주님 구하기 세트장 굉장하지?"

그렇게 말하며 이서진이 운동장 가운데를 힐끗 보았다. 웬만한 일엔 놀랄 것 같지 않은 그조차 눈에 경탄이 서려 있는 것을 보면, 그에게도 이런 일은 이례적인 것이 분명했다.

인터넷 소설 두 개가 만나면 이런 일이 생깁니다. 속으로 아무에게도 못할 말을 하며 눈물을 흘리던 내게 이서진의 시선이 닿았다.

그가 문득 떠오른 것처럼 다른 손에 들려 있던 봉투를 내밀었다. 나는 얼떨결에 그것을 건네받았다.

여령이가 옆에서 눈을 깜빡이며 물었다.

"응? 그거 뭐야?"

"아는 분이 오늘 여기서 장사하시는데, 친구들 갖다주라고 좀 받았어. 괜찮다고 사양하려 했는데도 굳이 주셔서. 세 개 있으니까 나눠 마셔."

그렇게 말한 이서진의 시선이 그제야 은지호를 향했다.

은지호가 하, 하고 짧게 웃었다. 지금까지 그의 존재를 알아차린 시늉도 하지 않았으면서 챙길 건 챙기는 이서진의 모습에 기가 찬 모양이었다.

뭐, 은지호가 이서진을 마음에 안 들어 하는 건 상관없지만, 나는 그보다는 다른 이유에서 이서진의 호의를 거절했다.

"아, 난 괜찮아."

사람이 배로 많으니 화장실 가기도 여의치 않을 테고, 무엇보다 이서진에게 뭔가를 받으면 나중에 배로 토해 내야 할 것 같다는 예감이 들었다.

그러나 이서진은 내 거절에도 불구하고 굳이 봉투에서 음료 하나를 꺼내 내 손에 쥐여 주었다. 그러면서 그가 차분한 목소리로 말했다.

"그러지 말고, 나도 처분하기 난감해서 그래."

"아, 아니, 진짜로 괜찮은데."

나는 난감해하며 그의 손과 내 손이 맞닿은 부분을 쳐다보았다. 특별할 것 없는 스킨십이었지만, 날이 더워서 그런지 그와 닿은 손가락이 화끈거리는 것 같았다.

아랑곳 않고 봉투를 뒤적이며 무슨 음료를 마실지 고심

하는 반여령의 옆에서 이쪽을 보는 은지호의 눈이 가늘어졌다.

마침내 그가 입을 열려던 찰나, 뒤에서 날아온 목소리가 긴장감을 깨트렸다.

"여기서 뭐 해."

"아, 회장."

"너는 유능한 부회장이라 빈자리가 크다고."

나는 그렇게 말하는 이를 빤히 쳐다보았다.

전에 본 적이 있는 얼굴이다 싶더니, 아니나 다를까 이서진이 합동 체육 대회 건으로 우리 고등학교에 왔던 첫날 같이 있던 사람이었다. 어깨를 구부정하게 하고 걷고 있어 키를 잘 짐작할 수 없었던 마른 사람.

가까이에서 보니 몸이 호리호리한 반면 키는 그리 크지 않아, 남자인지 여자인지 감이 오지 않았다. 덥수룩하게 기른 짧은 머리칼을 봐서도 그랬다.

이서진이 예의상이 분명한 미소를 띠며 그에게로 돌아섰다.

그가 온화한 목소리로 말했다.

"회장이 있는데 빈자리가 느껴질 틈이 어디 있겠어요."

"정말 그렇게 생각해? 애들이 너보다 날 좋아한다고?"

그러자마자 돌아오는 대답은 제삼자인 나조차 어깨를 흠칫 떨 정도였다. 심드렁한 어조라 망정이지, 그렇지 않았으면 몹시 날카롭게 느껴졌을 말이었다.

이어서 나와 반여령을 짧게 응시한, 소위 회장이란 사람이 다시 말했다.

"네 인물이 범상치 않으니 1타 2피를 노리는 건 알겠는데, 한국은 자유연애에 그렇게 열려 있지가 않으니 한 사람한테만 집중해, 한 사람만."

이서진이 여전히 웃음 고인 눈으로 대꾸했다.

"회장, 헛소리가 많으신 걸 보니 아침 안 드시고 나오셨죠."

그러나 자못 친근한 말과는 다르게 눈빛은 얼어붙을 듯 싸늘했다. 냉기를 전혀 느끼지 못한 듯, '먹었거든?' 하고 가볍게 대꾸한 그가 이서진을 손수 밀어 다른 쪽으로 보냈다.

그가 귀찮다는 듯 손을 내저었다.

"휘이, 휘이, 얼른 가 버려. 학생회는 이미 이서진과 아이들이라고 이름 바꿔도 될 수준이니까."

"회장. 그런 말 하면 애들이 섭섭해해요."

끝까지 그렇게 말하면서도 이서진은 결국 걸음을 옮겨 사라졌다.

그가 사라지고 나는 내 손에 들린 음료와 반여령만 번갈아 보았다. 무슨 일이야? 내가 입 모양으로 묻고, 반여령이 글쎄, 하고 마찬가지로 입 모양으로 대답하는 가운데 회장이 대뜸 말했다.

"우리 학교에서 본 적 없으니 소현고 학생들 맞지? 특히 그쪽은, 인상 깊으니 절대 잊을 수가 없는 얼굴이고."

그렇게 말하며 회장이란 사람이 손을 뻗어 가리킨 사람은 다름 아닌 반여령이었다.

그런 유의 지목에 민감한 반여령이 눈썹을 좁히는 찰나, 말이 이어졌다.

"똑똑한 놈이긴 한데 그거랑 비례해서 별로 좋은 놈은 아니니까, 조심들 해."

"네?"

"쟤는 자기는 감독이고 자기 외의 사람은 전부 제가 고용한 배우로 보는 경향이 있거든."

그렇게 말한 회장이 손을 들어 뒷목을 주무르는 시늉을 했다. 덥수룩한 머리칼이 조금 흘러내려 눈을 가리고 있었다.

반여령이 눈을 깜빡이며 물었다.

"그게 무슨 말이에요?"

"나도 잘은 몰라. 내가 저렇게 똑똑한 머리로 살아 본 적이 없으니. 그런데 그냥, 이번엔 너희가 타깃이 된 것 같으니 혹시나 해서 충고해 주는 거야."

그렇게 말하고 두 손을 주머니에 집어넣으며 구부정한 자세를 한 그는 비척비척 걸음을 옮겨 멀어져 갔다. 아무래도 한 학교의 회장이라고는 보기 힘든 인사였다.

한동안 침묵이 흘렀다. 가장 먼저 입을 연 사람은 여령이었다.

"뭘까, 저 사람? 서진이의 정적?"

심각한 얼굴로 중얼거리는 여령이는 의외로 날이 서지 않은 얼굴이었다. 그녀를 돌아본 내가 말했다.

"너 별로 기분 안 나쁜 모양이네. 원래 처음 보는 사람한테 남의 뒷말 듣는 거 별로 안 좋아하잖아."

그렇다. 의도가 어쨌건 간에 방금 그 회장이란 사람은 자기 아래 부회장의 뒷말을, 그것도 심지어 처음 보는 우리들 앞에서 한 셈이었다.

여령이는 그런 사람들을 싸잡아 못 믿을 사람이라고 생각하는 경향이 있었다. 사실은 나 역시도 그렇고. 나한테 주변 사람 뒷말하는 사람은 결국 남한테도 내 뒷말할 거란 거지.

그런데 눈을 깜빡인 여령이는 고개를 기울였다. 그녀가 스스로도 의뭉스럽다는 목소리로 말했다.

"음, 그러게? 왠지 엄청 담백하게 느껴져서 그런가 봐. 사람 자체가."

그것에는 나도 동의했다. 그건 그래. 그렇게 중얼거리며 나는 사라진 이를 바라보았다.

이서진 주변에 그의 본성에 대해 알아차린 사람이 아예 없진 않구나.

그러나 의아한 것은, 아무래도 회장이 주연은커녕 조연처럼도 느껴지지 않는다는 사실이었다. 하지만 범상치 않은 분위기이니 분명 무슨 비중이 있지 않을까?

그리고 우리는 이번에야말로 걸음을 옮겨 각자의 반으로 이동했다.

7반과 8반이 바로 붙어 있어서 내 좌석에서도 7반 모습이 거의 다 보여서 좋았다. 출석 체크 하다 말고 나를 향해 손을 흔드는 은형이와, 옆에 앉은 학생과 열렬하게 대화를 나누는 주인이의 모습이 시야에 잡혔다.

그러다 나는 놀라서 눈을 크게 떴다. 여름인데도 후드 모자를 푹 뒤집어쓰고 주인이의 옆에 앉아, 안 그래도 좁은 어깨를 잔뜩 움츠리고 있는 그녀는 다름 아닌 노아리였다.

쟤는 왜 여기 있는 거야?

나는 슬쩍 자리에서 일어나 그쪽으로 다가갔다. 다른 애들 등에 무릎을 부딪쳐 가며 미안하다는 소리를 몇 번이나 한 뒤에야 겨우 주인이에게로 접근할 수 있었다.

"주인아!"

"엄마!"

대번에 밝아진 얼굴로 외친 그가 벌떡 일어났다. 그 바람에 옆으로 나동그라진 노아리가 아야, 하는 소리를 냈다.

주인이가 손을 뻗어 그런 노아리를 잡아 일으켜 주었다. '어떻게 그렇게 넘어져?' 황당한 듯 덧붙이는 것도 잊지 않았다.

두 사람이 종종걸음으로 계단을 내려와 내 앞에 섰다.

"엄마! 반 티 잘 어울린다. 귀여워."

동생이라도 보는 듯 흐뭇하게 웃으며 그렇게 말하는 주인이를 보며 나는 이마를 긁적였다. 아니, 평범한 축구 유니폼인데 귀여울 리가 없잖아.

그렇게 말하는 주인이야말로 다람쥐 모양 귀가 달린 모자가 붙어 있는 반팔 티셔츠가 그의 황토색에 가까운 머리칼과 몹시 잘 어울렸다.

그러고 보면 은지호와 반여령도 분명 같은 차림이었는데, 그네들은 뭘 입어도 귀여움을 씹어 먹고 멋짐이 뿜어 나오는 애들이라 다람쥐란 생각조차 못 했네.

손에는 도토리 모양 쿠션처럼 생긴 것이 들려 있었다. 그것을 본 내가 웃음을 터트리며 물었다.

"뭐야, 그거 응원 도구야?"

이리 줘 봐. 내가 하는 말에 주인이는 주저 없이 그것을 건넸다. 그것을 한참 뜯어보던 내가 다시 웃음을 터트리며, '귀여워, 진짜.' 하고 말하자 주인이는 흐뭇하게 웃으며 말했다.

"응, 엄마가 드니까 더 귀엽다."

"……."

이쯤에서 주인이를 이겨 볼 수 없겠다고 생각한 나는 말을 그만두기로 했다.

그리고 나는 그 옆의 노아리를 돌아보며 말했다.

"그런데 아리는 왜 여기에 있는 거야?"

노아리한테 물은 말이지만 또 반쯤은 주인이에게 물은

말이기도 했다. 나는 그가 어디까지 파악했는지 알아내기 위한 노력을 지금껏 멈추지 않고 있었다.

주인이는 전혀 거리낌 없는 태도로 선뜻 대답했다.

"응? 아, 내가 심심해서 데려왔어."

"그래?"

그늘 한 점 없는 게 꼭 오늘 하늘처럼 맑은 주인이의 얼굴을 보며 나는 생각했다. 역시 쉽지 않겠군.

내가 속으로만 한숨을 내쉬는 그때, 그가 갑자기 고개를 숙여 가까이에서 나와 시선을 맞추었다.

순식간에 가라앉은 눈을 하고 그가 속삭였다.

"엄마."

"응?"

상상도 할 수 없이 낮게 깔린 목소리에 나는 바짝 긴장했다. 그러자 나를 빤히 내려다보던 그가 다시 활짝 웃었다.

그가 평소 같은 목소리로 말했다.

"엄마, 코끼리가 싸울 때 무기가 뭔지 알아?"

그야말로 뜬금없는 질문이었다. 내가 골든벨에라도 나온 거라면 이렇게까지 황당하진 않았을 것이다.

어쨌거나 나는 최선을 다해 대답했다.

"음, 코? 아니다, 몸무게? 아니, 상아?"

내 마지막 말에 주인이가 기다렸다는 듯 활짝 미소 지었다. 해바라기 같은 미소를 매단 그가 내 손을 잡으며 말했다.

"그치, 엄마. 상아가 위험하지."

"응? 응."

"이렇게 하면 안 잊어버리겠지? 오늘 '상아'란 이름을 가진 사람은 꼭 피해 다녀. 알았지?"

그렇게 당부한 그는 내게 노아리의 손을 들려 주더니 저는 손을 흔들며 자리로 돌아갔다.

멀어지는 그의 뒷모습을 보고 있던 나는 이윽고 그가 잡았던 손을 살짝 힘주어 움켜쥐었다.

내가 중얼거렸다.

"결국 그걸 말하려고."

한상아. 노아리가 이서진을 제외하고 유일하게 경계하라 말했던 인물. 주인이가 방금 내게 전달하려 했던 것도 그것이었다.

다시 움켜쥐었던 손을 편 나는 노아리를 힐끗 보았다.

그리고 그 정보의 출처가 있다면 당연히 노아리겠지. 한상아는 주인이처럼 구김살 없는 미소에 해사한 분위기를 가져서, 그의 위험성을 알아차린 사람은 거의 없을 테니까.

비로소 일전에 노아리가 주인이를 두고 했던 말이 가슴을 뻐근하게 울려왔다.

'당신을 포함한 자기 사람들이, 자기가 모르는 곳에서 다치는 걸 보고 싶지 않은 것 같았어요.'

'…….'

'어쩌면 그를 그토록 몰아붙인 건 저, 그리고 당신이었을지도 몰라요. 우리가 미래를 계속 그가 예측 불가능한 방향으로 끌고 갔기 때문에.'

나는 그때의 벅찬 감상 또한 다시 한번 곱씹었다.

과정이 어떠했건 간에, 그의 모든 행동의 화살표는 언제나 우리에게로 향해 있었다. 그는 단 한 번도, 달라진 적이 없다.

눈을 감고 그 생각을 되뇌는 내 앞에서 노아리가 작은 목소리로 속삭였다.

"선배?"

나는 눈을 떴다. 짙푸른 나무 그늘에 가린 노아리의 얼굴엔 생기라곤 하나도 없었다. 잠시 흠칫했던 나는 그녀를 이끌고 천천히 계단을 내려가며 물었다.

"왜 그렇게 안색이 안 좋아? 오늘은 체육 대회라 평소보다 늦게 등교했잖아. 어제 늦게 잤어?"

노아리는 창백한 얼굴로 고개를 내저었다. 그리고 두 손에 얼굴을 파묻은 그녀가 힘없이 대답했다.

"수상한 사람 명단 내놓으라고, 우주인한테 아침부터 시달려서…….."

"아…….."

"오늘은 반까지 와서 저를 데려가는 바람에, 친하지도 않은 애들이 다리 놔주길 원하는 눈치로 제 주변을 맴도는데…… 뭐 어떻게 해야 할지 감도 안 잡혀요."

"으음, 힘내."

나는 손을 내밀어 그녀의 등을 두드렸다.

말하자면 노아리의 지금 상황은, 내가 만약 중학교 때 여단 오빠와 친한 것을 티 냈었다면 벌어졌을 상황과 비슷할까? 여단 오빠는 우리 바로 위 학년의 전설 같은 존재였으니까. 사대천왕인 주인이의 위명이 그에 부족할 리는 없고.

무심코 떠올려 낸 이름에 또다시 심장이 따끔거렸다. 그제야 물을 말이 있었다는 것을 떠올린 내가 노아리를 돌아보았다.

"있잖아."

노아리가 고개를 들어 나를 빤히 보았다. 여전히 맥없는 얼굴이었다.

"네?"

"선율 고등학교 회장 말이야. 어떤 사람인지 알아?"

아마 노아리가 내게 일러 주진 않았으니 위험한 사람은 아니겠지, 나는 생각했다. 혹시나 몰라 가져온 선율 고등학교 위험인물 명단이 적힌 수첩을 샅샅이 뒤져 봤으나 역시나 회장에 대한 언급은 없었다.

노아리는 전혀 모르겠다는 얼굴로 뚱하니 고개를 기울였

다. 한참 만에 대답이 흘러나왔다.

"그 사람, 3학년이죠?"

"응? 응, 아마도. 2학년인 이서진이 존칭을 썼으니까."

"그럼 저도 잘 몰라요. 제가 설정해 둔 인물은 지금의 2학년까지거든요."

여주인공이 입학할 때는 이미 학교에 없을 사람을 설정해 두는 건 시간 낭비잖아요. 노아리가 덧붙였고, 그건 그래. 내가 대답했다.

그리고 나는 다시 눈썹을 찡그렸다.

"음, 뭔가 이상한데."

"뭐가요?"

다시 고개를 든 노아리가 의아한 듯 물었다. 나는 선율 예술 고등학교 학생들이 앉은 좌석 쪽을 슬쩍 가리켜 보였다.

"저쪽 회장 말이야. 이서진에 대해 뭔가 알고 있는 듯한 낌새였거든. 본래 성격이 별로 좋지 못하다는 건 물론이고, 그 외에도 이것저것. 나랑 여령이한테 와서 '조심하라'고 몸소 충고해 줄 정도였으니까."

"흐음."

그러자 노아리도 비로소 생각에 잠기는 듯한 얼굴을 했다. 잠자코 턱을 매만지던 그녀가 한참 만에 답했다.

"뭐, 꼭 소설 속 주연만이 그의 본성을 알아채란 법은 없죠."

의외로 산뜻한 대답이었다.

그, 그런가? 나는 고개를 기울였다.

　하지만 나는 말이지, 본성을 숨기고 있는 사람이 그것을 들킨다면 좀 더 비중 있는 사람에게 그래야 한다고 생각하는데.

　왜냐하면 본성을 들킨다는 의미는 곧, 그 사람과 앞으로 가까워지리란 것을 의미하니까.

　소설적 맥락에서만 봐도 그랬다. 완벽한 척하지만 사실은 성격 나쁜 남자 주인공이 그것을 여자 주인공에게 들키는 데서부터 시작하는 소설과 만화를 나는 몇 개나 알고 있다.

　하지만 노아리는 전혀 개의치 않는 투로 말했다.

　"현실은 소설보다 훨씬 다양하고 복잡하니까요."

　"그, 그런가?"

　"이 세계가 소설을 기반으로 만들어졌다고 해도 마찬가지예요. 결국 일부만이 그 비현실성을 누릴 뿐이죠."

　그렇게 말하는 노아리의 얼굴이 왜인지 어두워졌다.

　갑자기 자기가 떠나온 좌석 쪽을 힐끗 돌아본 그녀가 덧붙였다.

　"어떤 사람의 본성을 안다고 해서 반드시 그 사람과 가까워지리란 보장은 없는 거예요. ……어떤 사람의 과거를 안다고 해서 반드시 그 사람과 가까워지리란 보장은 없듯이."

　"그렇구나. 하긴, 소설 말고 현실에 빗대어 생각해 보면 물론 그렇네."

그리고 나는 노아리의 어깨를 두드리며 말했다.

"고마워, 아무래도 내가 오랫동안 소설 속에 살았다 보니 현실적인 사고란 걸 잊어버렸나 봐."

그러자 힘없이 웃은 노아리가 대꾸했다.

"뭘요, 저조차 벌써부터 헷갈릴 정도인데요. 저보다 오래 계셨으니 헷갈리는 것도 당연하죠."

"아무튼 너희 반으로 가자, 데려다줄게."

아는 선배가 많아 보이는 편이 그런 애들 막기에는 유리할 거 아니야. 내가 속삭인 말에 비로소 옅게 웃은 그녀가 고개를 끄덕였다.

노아리의 반에 거의 다 이르러서야 나는 미뤄 두었던 질문을 꺼냈다.

"주인이는 요즘 어때?"

그에 허공 어디쯤을 응시한 노아리가 대답했다.

"뭐, 똑같죠. 잘 먹고. 잘 웃고. 잘 떠들고. 잘 싸돌아다녀요."

"음……."

마지막 대목에 이르러 나는 침음성을 흘렸다.

'싸돌아다닌다'니, 저거 은지호가 주인이한테 매일같이 하는 말인데. 특히 학교에서 단체로 소풍이나 등산 갈 때, 작작 좀 싸돌아다니라며 외치는 그의 모습을 한두 번 본 게 아니었다.

그리고 나는 빙긋 웃으며 말했다.

"뭐, 아무튼 많이 친해진 것 같네."

은지호가 주인이에게 쓰는 표현을 그녀 역시 쓰기 시작했다면 충분한 증거가 아닌가. 다행이라며 노아리의 머리를 살짝 쓰다듬은 나는 손을 흔들며 자리를 떠났다.

노아리는 내가 떠날 때까지 자리에 서서 미소를 보냈다.

푸른 하늘 아래서 본 그녀의 미소는 금방이라도 깨질 것처럼 불안해 보였다.

그러나 나는 그것을 그녀의 안색이 안 좋아서라고 치부하고 넘기기로 했다.

* * *

비로소 혼자 남게 되고 나서야 노아리는 천천히 웅크려 앉았다.

무릎 위에 두 팔을 겹쳐 올리고 얼굴을 파묻은 그녀가 중얼거렸다.

"친해지다니."

내가, 우주인과?

아니, 결코 그렇지 않았다.

그와 많은 시간을 함께하는 것은 사실이었다. 그는 자주 자신과 만났고, 꽤 자주 밥값을 냈으며, 노아리가 허둥지

등 지폐를 내밀면 고개를 내저었다.

　노아리가 집에 들어가기 싫어 카페에서 공연히 뭉갤 때면 몇 시간이고 함께 있어 주었다. 한곳에 오래 앉아 있지 못하는 그의 성정상 무료한 게 빤히 보이는데도 그랬다.

　남들이 보면 정석적인 데이트라 할 만했다. 우주인이 어떤 성정의 사람인지 알고 있는 노아리조차 어쩌면 그가 나를, 하는 생각을 여러 번 했다.

　그 생각이 산산이 부서진 것은 어느 날의 대화 때문이었다.

　우주인과 함께 있던 노아리는 문득 함단이에게 말하지 못한 몇 가지 사실을 깨달았다.

　그녀는 최근 자신의 능력을 어디까지 쓸 수 있는지 시험해 보는 데 열을 올리고 있었다. 어쨌건 현실에서는 없던 힘을 소설 속 세계에서 얻은 것은 꽤 설레는 일이었다.

　어쩌면 이 힘을 통해 돌아가는 방법, 또 돌아가지 못하게 하는 방법을 찾을 수 있을지도 몰라.

　노아리가 그렇게 생각하며 자리에서 갑자기 일어나자, 그때까지도 닌텐도에 열중하고 있던 우주인이 고개를 퍼뜩 들었다.

　'어디 가? 갑자기.'

　황금 구슬처럼 맑은 눈에 제 모습이 들이찼다. 순간 심장이 철렁하는 느낌을 받은 노아리는 순순히 대답했다.

　'단이 선배 만나러요.'
　'그래? 왜?'

　그의 목소리가 순식간에 낮아진 것조차 깨닫지 못한 노
아리는 순순히 대답했다.

　'비밀이에요. 둘이서만 얘기할 게 있어서.'

　반쯤 장난스럽게 대답한 그 순간, 노아리는 우주인의 금
색 눈이 순식간에 겨울이 온 듯 차가운 기운으로 뒤덮이는
것을 보았다.

　'데려가지 마.'
　'네?'
　'데려갈 생각, 하지 말라고.'

　송곳처럼 못 박히던 말.

　'엄마가 있을 곳은 여기야.'

거기까지 상기한 노아리는 입술을 깨물었다. 작은 어깨를 덜덜 떨던 그녀는 다시 팔에 얼굴을 묻었다.

그녀가 작은 목소리로 중얼거렸다.

"결국……."

우주인이 자신을 옆에 잡아 둔 이유는 단 하나였다. 자신이 함단이를 원래 세계로 데려갈까 봐 하는 걱정.

문득 노아리는 입술 끝을 비틀어 올렸다. 도대체 언제부터 알게 된 걸까? 또, 어디까지 알고 있는 걸까?

아무튼 그런 건 중요한 게 아니었다. 그보다도 노아리의 가슴을 더 아프게 후벼 판 것은 따로 있었다.

그는 지금까지 자신과 즐거워서 시간을 보낸 게 아니라, 자신을 감시하고 있던 것에 불과하다는 것.

노아리는 더더욱 깊이 고개를 숙이고, 이제는 습관이 된 말을 작게 읊조렸다.

"절대 말 못 해."

그럼에도 불구하고 이 일에 대해 함단이에게는 결코 말할 수 없다는 사실이 그녀를 더욱 암담하게 했다. 왜냐하면, 그때에야말로 쓸모를 다한 자신은 우주인에게 버림받을 테니까.

지금 노아리와 함께 시간을 보내 줄 사람은 우주인 외에는 없었다.

자신을 이용하고 있는 것이 분명한 사람에게 버림받을까

전전긍긍하고 있는 꼴이라니. 다시금 한숨을 내쉰 노아리는 고개를 파묻고 어깨를 작게 들썩였다.

*　　*　　*

반으로 돌아온 나는 옆 반이 그새 시끌벅적해진 것을 보고 곧바로 깨달았다. 아, 왕자의 귀환이로군.

쑥덕거리는 소리가 들려왔다.

"우리 반에 유천영 있다!"

"야, 선율 예고에서 보면 겨우 한 명 갖고 그런다고 비웃는다."

"뭐 어떠냐, 유천영만 있는 것도 아니고."

그 말에는 나조차 고개를 끄덕일 수밖에 없었다. 그렇지, 유천영밖에 없는 것도 아니고.

그리고 그쪽을 돌아본 나는 저절로 눈을 찡그렸다.

은형이와 유천영, 은지호, 그리고 주인이까지 한자리에 모여 있었다. 오랜만에 사대천왕을 완전체로 보니 왠지 '으, 눈이 부셔!' 하고 외쳐야 할 것만 같은 조연으로서의 사명감이 들었다.

유천영은 반 티가 영 마음에 안 드는 모양인지 그 위에 아무리 봐도 가을용으로밖에 안 보이는 아디다스 저지를 걸치고 있었다. 뭐, 더위도 추위도 원체 잘 안 타는 그이니 그러려니 했다.

주변 사람들의 인사에 일일이 대답해 주고, 와중에 다른 학년 혹은 다른 학교로 보이는 학생들에게 사인까지 해 주면서도 유천영은 연신 어딘가를 두리번거리고 있었다. 그러다 나와 눈이 마주치자 그의 눈에 환한 빛이 차올랐다.

거침없이 사람들을 헤치고 다가온 그가 내 앞에 섰다.

나는 순간 숨이 턱 막혔다. 마치, 그가 수많은 사람들 속에서 나를 단숨에 찾아내 걸어오던 그 불 밝던 파티의 밤처럼.

나와 눈이 마주치자 그가 불쑥 말했다.

"나 왔어."

그제야 현재로 돌아온 나는 멍하니 고개를 끄덕였다.

내가 느릿느릿 말했다.

"너 오는 거 알고 있었어. 네가 네 입으로 체육 대회 때 보자며."

그러자 얼굴을 반이나 가리고 있던 마스크를 끌어 내린 유천영이 대답했다.

"네가 그때, 안 가면 안 되냐며."

"아, 그래서."

나는 내뱉었다. 그래서 새삼스럽게 출석 보고를 한 거로군. 그리고 나는 슬쩍 시선을 들어, 유천영의 뒤에서 이쪽을 향해 찌를 듯한 시선을 보내고 있는 은지호를 확인했다.

그리고 나는 한숨을 푹 내쉬며 뒷목을 주물렀다.

뭐, 그때 내 구조 신호를 못 읽어 낸 건 유천영의 잘못은 아니지. 게다가 그는 직업적인 일정이 있는 엄연한 프로였고. 그가 나 때문에 촬영을 미뤘으면 그거야말로 난감했을 것이다. 그땐 내가 말렸을걸.

그때 유천영이 대뜸 말했다.

"오늘은 하루 종일 시간 있어."

"응? 어……."

"체육 대회 도중에도, 체육 대회 끝나고도."

그 말에 나도 비로소 얼굴이 풀렸다. 내가 '그럼 체육 대회 끝나고 다 같이 놀러나 갈까?' 하고 물으려던 그때였다.

뒤에서 쑥 뻗어 나온 손이 내 뒷덜미를 가로챘다. 내 뒤를 바라본 유천영의 눈썹이 빠르게 일그러졌다.

그가 씹어뱉듯 내뱉었다.

"또 왜."

"왜긴 왜야? 오늘 우리는 서로 적인 거 몰라?"

루다가 나를 자기 옆으로 끌어들이며 내뱉는 말에 나는 의아해졌다.

아니, 우리가 왜 적이야? 합동 체육 대회인 이상 우리의 궁극적인 경쟁 상대는 선율 예술 고등학교가 아닌가? 같은 학교한테 지는 건 별로 아쉽지 않지만, 다른 학교한테 상을 뺏기면 그거야말로 자존심 상하니까.

그때 루다가 다시 말했다.

"오늘 치를 경기 중에 제일 점수 큰 게 뭔 줄 알아?"

그 말에 유천영의 눈썹이 다시금 움츠러들었다. 이윽고 운동장 한가운데로 시선을 짧게 던진 그가 대답했다.

"……공주님 구하기."

그거야 세트장에 들인 공만 봐도 쉽게 알 수 있는 문제였다.

"정답. 촬영 팀도 〈공주님 구하기〉를 진행하는 오후 때가 돼서야 온다고 하더라고. 오전 경기는 대부분 녹화하지 않을 테니 박제되기 싫어했던 애들한테는 잘된 일이지. 그럼 여기서 문제."

거침없이 말을 잇는 루다를 나 또한 조마조마한 눈빛으로 바라보았다. 대체 무슨 말을 하려고?

그 가운데 루다의 명랑한 질문이 날아왔다.

"공주님 구하기 대진표가 지금 나왔게, 안 나왔게?"

설마. 나 또한 눈을 크게 떴다. 그리고 나는 중얼거렸다.

말도 안 돼, 우리 반과 7반을 첫판부터 붙게 한다면 그거야말로 죽음의 조 편성 아니야? 하필이면 어딜 가도 능히 우승할 수 있는 이들을 붙이다니, 그거야말로 밸런스 붕괴가 아니냐고.

그때, 루다가 마침 이쪽으로 다가온 은형이에게서 탁 소리 나게 대진표를 뺏어 들었다. 졸지에 손에 들린 것을 뺏긴 은형이는 눈을 깜빡이다 힘없이 미소만 지었다.

그리고 마침내 문제의 대진표를 보게 된 나는 눈을 깜빡였다.

이게 뭐야. '공주님 구하기'의 대진표에는 크게 A조와 B조가 있는데, 2학년 7반과 2학년 8반은 각각 A조와 B조에 속해 있었다.

즉, 각 조의 우승자가 정해져서 조 우승자끼리 대결을 하게 되지 않는 한 우리는 만날 일이 없었다.

그것을 확인한 유천영도 비로소 어처구니없다는 표정이 되어 대꾸했다.

"아예 다른 조잖아."

"그래! 그러니까 당연히 싸우겠지."

"……?"

유천영은 이제 해석을 바라는 것 같은 눈빛으로 나를 보고 있었다. 이루다 저 자식이 사용하는 게 한국어인 줄 알았더니 아무래도 다른 언어인 모양이다, 하는 눈빛이었다.

나는 그런 그에게 그저 고개만 내저어 주었다.

나도 루다와 어언 1년 반을 알고 지냈지만 꽤 자주 못 따라가겠다고 느낄 때가 많아. 특히 이런 방면의 자신감 면에서…….

그때, 지나치게 활기찬 목소리가 우리 사이에 끼어들었다. 나는 화들짝 놀라 고개를 돌렸다.

"그래! 좋은 자세다! 우리 동생 파이팅!"

"아니, 댁이 여기 왜 있어요?"

나는 남들 앞이란 것도 잊고 큰 소리로 물을 수밖에 없었다.

하늘색 머리칼에 잘 어울리는 파란색 꽃무늬 셔츠에다가 흰색 반바지까지 걸치고 버켄스탁을 신은, 꼭 인간 포카리 스웨트 같은 모습의 루카스가 활짝 웃으며 카메라를 흔들었다.

"왜긴! 우리 루다의 활약상을 캠코더에 담으려고 왔지."

"또 이상한 거 보고 왔구나. 아니, 유치원이나 초등학생도 아니고 고등학생인데 그걸 누가 찍어요."

내가 물은 말에도 루카스는 빙글빙글 웃으며 그저 '내 맘인데!' 하고 외쳤다.

이윽고 루다가 짧은 비명을 지르며 그를 뒤쫓자 루카스는 카메라를 흔들며 저 멀리 도망가 버렸다.

루다의 고함 소리가 맑은 하늘 높이 솟았다.

"그 카메라 이리 안 내놔?!"

그 모습을 보며 나는 새삼 생각하지 않을 수 없었다.

내가 이제니에게 루카스를 후계자로 들이도록 설득한 건 어디까지나 루다를 위해서였는데…… 어쩌 그 선택이 도리어 루다의 행복을 해친 것도 같군.

그때, 나와 같은 곳을 보고 있던 유천영이 짧게 중얼거렸다.

"쟤는 1학년 때랑 변한 게 없네. 멋대로 싸움 걸고, 멋대로 가 버리고."

"하하, 우리 루다가 좀 일관적이지."

나는 멋쩍게 웃으며 대답했다.

다행히 그렇게 말하고 나를 돌아보는 유천영의 눈에 미미한 웃음기가 서린 것으로 보아, 루다에 대해 별다른 앙금이 남진 않은 모양이었다.

과연 그가 웃으며 말했다.

"예전처럼 싫진 않아. 오랜만에 학교에 온 게 실감이 나서."

"그래? 그거 다행……."

안도하며 내뱉던 내 말을 그가 툭 잘랐다.

"그래도, 특별한 사이도 아닌 사람 이름 앞에 '우리' 같은 말은 붙이지 마."

"……."

내가 침만 꼴깍 삼키는 가운데, 낮은 목소리가 이어졌다.

"나도 거기까진 욕심내도 되는 건지, 헷갈려."

"어……."

그가 무슨 의도로 하는 말인지 짐작하지도 못하면서 나는 일단 대답했다.

그러고 나서야, 오늘 아침 세면대를 붙잡고 떠올렸던 생각이 불현듯 머리 한구석에 되살아났다.

내가 여단 오빠와 사귀게 되었다고 알렸을 때, 은지호가 피한 이유는 알겠지만 유천영은?

으아악. 나는 내적 비명을 지르며 재빨리 손을 들어 얼굴을 가렸다. 그런 내 갑작스런 행동에 유천영이 날 의아하게 응시하는 것이 느껴졌다.

정신을 차린 나는 황급히 화제를 돌렸다.

"그, 그나저나 생각해 보니까 너, 경기 나갈 수는 있어? 전에 모델 일 할 때도 몸 다친다고 못 하게 했잖아. 그럼 어차피 루다가 도발해도……."

그제야 의아해하는 눈빛을 거둔 유천영이 담담하게 대답했다.

"그런데 이번엔 나가려고."

"아, 진짜?"

"졸업까지 얼마 안 남았으니까."

그의 입에서 갑자기 흘러나온 '졸업'이란 단어에 나는 일순 숨을 멈추었다.

그거라면 나도 얼마 전에 생각한 적이 있었다. 7월 모의고사를 치르던 날, 창가에서 볕을 받으며 턱을 괴고 앉아서.

그러나 내가 생각했던 졸업이 지금까지의 나날들의 연장선으로 이루어져 있는 반면에, 유천영에겐 그렇지 않을 것이다.

그가 졸업할 때쯤엔 어느 계단 위에 올라앉아 있을지, 어떤 모습을 하고 있을지 나도 그도 전혀 몰랐다. 그도 앞으로 다가올, 결코 돌이킬 수 없는 변화를 예감하고 있는 것 같았다.

몸을 조금 더 내 쪽으로 숙인 그가 말을 맺었다.

"너희랑 함께할 수 있는 시간 동안은, 최대한 충실하고 싶어서."

"응⋯⋯."

나는 무심코 대답했다.

어쩌면 정말로 이것이 유천영과 평범하게 대화하는 마지막 기회일 수 있다고 생각하자, 갑자기 머리가 아파 왔다.

그때 돌연 속삭이는 목소리가 들렸다.

"두고 가지 마."

나는 그제야 시선을 들어 유천영과 눈을 마주쳤다.

짧은 정적 후, 내가 너털웃음과 함께 대답했다.

"누가 할 소리를 하고 있어. 우리를 두고 가는 건 너잖아."

그러자 유천영은 눈살을 찌푸리며 뭔가 마음에 안 든다는 듯한 표정을 지었다.

그가 조금 가라앉은 목소리로 물었다.

"왜 그렇게 생각해?"

"그거야, 너는 우리를 언제든 만날 수 있지만 우리는 널 언제든 만나러 갈 수 없는걸. 그런 걸 아무도 '우리가 너를 두고 간다'고 말하진 않지."

그 반대라면 모를까. 내가 덧붙인 말에 유천영의 눈살이 더더욱 찌푸려졌다.

잠시 생각하는 듯하던 그가 이윽고 조용히 말했다.

"하지만, 내가 어디로 가고 싶어 하는지가 더 중요한 거 아니야?"

"응?"

"내가 가고 싶은 건 결국에는 너희 옆인데."

나는 눈을 크게 뜨고 그렇게 말하는 유천영을 올려다보았다.

진지한 눈빛을 보아하니 농담하는 건 아니었다. 물론 애초에 이런 일을 두고 농담할 성격은 아니지만.

하지만 나는 여전히 그의 말을 잘 이해할 수 없었다.

결국 도착하고 싶은 곳은 우리 옆이라니, 그렇다면 애초에 왜 텔레비전에 나올 결심을 했는데?

그러다 나는 문득 깨달았다. 아, 다른 사람들의 감정을 이해해 보려고 한다고 했지.

애초에 그는 연기를 하고 싶었던 마음뿐, 그에 딸려 올 인기라든가 성공 같은 것에 대해서는 아무 생각이 없었을 것이다.

그제야 내가 '이러다 너무 바빠져서 볼 시간도 없어지는 거 아니야?' 하고 물었던 말에 그가 대답했던 말이 떠올랐다.

'못 보면 안 되지.'

'……'

'누구 때문에 공부하는데, 이걸.'

나는 손을 스르르 내리며 침묵했다. 그 가운데 유천영의 입이 살짝 벌어졌다.

무슨 말을 하고 싶은데 못 하는 듯, 어쩐지 안달이 난 듯한 눈으로 나를 쳐다보는 그의 모습이 몹시 생소했다. 왜냐하면 그는 교장 선생님 앞에서도 자기 할 말은 해야 직성이 풀리는 사람이었으니까.

한참이나 입을 달싹이던 그는 마침내 눈을 내리감더니, 한숨처럼 말했다.

"또 넘을 뻔했어."

내가 되물었다.

"뭐?"

"오래전부터 내내, 외줄 타기 하고 있는 느낌이야. 특히 요즘은 더."

그렇게 말한 유천영이 다시 눈을 뜨고 나를 바라보았다. 하늘보다도 짙푸른 눈 안에 내 모습이 가득 비쳤다.

그리고 그가 한 손을 내게로 가까이하며 말했다.

"자주 못 보니까, 더. 균형 잡기가 힘들어서."

그리고 나는 그가 내민 손끝이 움찔 떨리는 것을 보았다. 그와 동시에 그가 불현듯 뭐가 떠오르기라도 한 것처럼 황급히 손길을 거두었다.

그런 그의 행동에서, 나는 일전에 차 안에서 은지호가 내 발을 툭 쳤던 것을 기억해 냈다.

동시에 움찔 떨리던 그의 손끝 또한.

그때 각 반 반장들이 돌아오며 '일어나!' 하는 소리가 들렸다. 자리에 앉아 있던 아이들이 주섬주섬 일어나 옷에 묻은 흙을 털며 운동장으로 나갔다.

먼저 떠난 것은 유천영이었다.

그는 돌아서기 전 못내 미련이 남은 듯한 눈으로 나를 힐끔 보더니, 마침내 마음을 정한 듯 숨을 짧게 들이마시고 돌아섰다.

한동안 그를 의아하게 보던 나 또한 반 아이들이 이동하는 것을 보고 황급히 따라서 움직였다.

드디어 진짜 체육 대회의 시작이었다.

입장식에서 각 반이 준비한 퍼포먼스를 하는 것은 선율 예술 고등학교의 전통이었다. 우리 반에서도 몇몇 애들이 준비하기는 했지만, 7월 모의고사에 치이다 보니 준비할 시간이 별로 없어 귀여운 새싹 춤 정도에 그쳤다. 그나마 음악을 통한 분위기 반전을 꾀해서 호응이 꽤 좋았다.

한편 선율 예술 고등학교의 공연은 그야말로 장난 아니었다. 특히 한상아가 포함된 반의 부채춤과 케빈이 포함된 반의 공연에서는 압도적인 갈채가 쏟아졌다.

이서진도 뭔가 하려나? 나는 기대하고 기다렸지만, 아쉽게도 그는 학생회라 그런지 공연에는 나오지 않았다.

이윽고 개회사가 있었다. 우리 학교 학생 회장과 선율 예술 고등학교 학생 회장이 함께 단상 위에 올라가 한쪽 손을 들고 선서를 했다.

"선서. 위의 두 학교는 합동 체육 대회를 통해 친목을 도모하고 앞으로도 원활한 관계를 위해 교분을 지속할 것을⋯⋯."

스피커를 통해 넓은 운동장 전체에 낭랑하게 울리는 목소리를 들으며 나는 알 수 있었다.

선율 예고 학생 회장, 긴가민가했더니 여자였구나.

내가 1학년 초에 성별을 헷갈렸던 루다보다도 훨씬 헷갈리는 사람이었다.

"2011년 7월 18일. 김수아."

이름까지 듣고 나자 확실히 알 수 있었다. 한편, 주변 애들도 서로를 돌아보며 '선율 예고 학생 회장, 여자였어?', '아, 진짜?' 하며 웅성대고 있었다.

나는 선서를 마치고 단상을 내려가는 김수아의 등을 빤히 바라보았다. 그러나 역시 인물성이나 이름, 어떤 곳에서도 그녀가 특별한 인물이란 느낌은 오지 않았다. 그렇다면 노아리가 말한 소위 '복잡함'에 걸어 보는 게 옳을까?

이서진의 본성을 깨닫는 사람 따위, 복잡한 이 세계에선 얼마든지 있을 수 있는 거라고. 소설의 주조연으로 낙점된 사람이 아니더라도.

아무튼, 내가 확신하는 건 단 하나였다. 각각 다른 소설에 존재하던 두 개의 학교가 합동 체육 대회를 개최하게 된 이상, 여기에서 일어날 일은 나도 노아리도 전혀 알 수 없다고.

하지만 그렇기에 더더욱 현실이었다. 앞으로 일어날 일은 나도 다른 이들과 마찬가지로 전혀 예측할 수 없는 거니까.

그러니 더욱 충실하자, 나는 스스로에게 되뇌었다.

아무튼 이런 학교를 다니고 이런 추억을 쌓을 수 있다는 건 그 자체로 행운이니까.

그러나 나는 불과 몇 분 만에 그 생각을 철회하고 말았다.

촬영을 위해 퍼포먼스가 비교적 큰 경기는 오후로 미뤄지고, 오전에는 규모가 작은 경기 위주로 진행되었다. 줄다리기나 이인삼각, 뭐 그런 것들.

나와 김 쌍둥이는 대부분의 경기에서 제외되었고, 양궁 외의 대부분의 종목에서 쓸모없는(이 말을 하던 윤정인의 정수리에 신서현의 책 모서리가 콱 박혔다) 신서현 또한 우리와 함께했다. 우리는 트럭에서 산 수박 에이드를 쪽쪽 빨며 경기가 열리는 곳마다 찾아가 응원을 했다.

루다가 활약할 때마다 등 뒤에서 터져 나오는 응원 구호에 나는 이마를 짚었다.

"무기는 미제! 무기는 미제!"

아니, 루다의 취급 정말 이대로 괜찮은가? 내가 이마를 감싸고 고뇌에 잠겨 있는 사이, 이번에는 반휘혈이 매섭게 치고 나가기 시작했다.

그러자마자 또 다른 응원이 터졌다.

"신토불이! 신토불이!"

"야, 너네 진짜……."

신서현이 앉은 채 고개만 젖혀 뒤를 보고 말했다. 너네 진짜 응원 구호 막 짓는다. 내가 하고 싶은 말이었다.

그런 신서현에게 다른 이가 조심스럽게 말했다.

"둘 다 싫으면 또 다른 선택지가 있어."

"그건 뭔데."

이마를 찡그리고 되묻는 신서현에게 그들이 웃으며 대답했다.

"온고지신."

"……."

"새것인 반휘혈을 받아들이며 옛것인 이루다 또한 지켜 나가자는…… 야, 너 표정 왜 그래."

그들에게서 고개를 돌린 신서현이 중얼거렸다.

"아, 전학 가고 싶어졌어. 이제는 반 애들까지 전부 윤정인 같아……."

나는 조용히 손을 뻗어 신서현에게로 내밀었다. 짝, 손바닥이 맞부딪히는 소리가 났다.

그리고 우리는 침묵 속에 경기를 마저 구경했다.

*   *   *

예상은 했지만 2학년 대부분의 경기에서 결승전에 나가 게 된 것은 2학년 7반, 즉 사대천왕과 반여령이 있는 반과 2학년 8반, 그러니까 우리 반이었다.

물론 이러한 대결 구도는 작년부터 계속되었지만, 이루 다가 혼자서 아무리 뛰고 날아도 이루다는 한 명이고 사대 천왕은 네 명, 유천영을 제외해도 세 명이나 됐다.

윤정인이 아무리 운동을 잘한다고 해도 인터넷 소설의 주연이 아닌 이상 어디까지나 일반인이라서, 은형이가 루 다를 견제하는 데 성공하고 나면 승리는 대부분 사대천왕 에게로 돌아갔다.

그런데 이번엔 그게 아니란 거지. 왜냐하면 우리 반에는 새로운 다크호스, 반휘혈이 생겼으니까.

나는 강렬한 햇빛 때문에 눈을 조금 찡그리며 경기장을 바라보았다.

지금 치러지고 있는 건 2학년 남자 축구 결승전이었다. 은형이는 작년처럼 루다 한 명만을 집중적으로 마크하고 있었다.

진로가 번번이 막히자 짜증스레 입술을 짓씹던 루다는 돌연 자신에 찬 미소를 지었다. 은형이가 어찌할 새도 없이 그가 어디론가 공을 뻥 차 날렸다.

가슴으로 가볍게 트래핑에 성공한 반휘혈이 곧장 거침없이 치고 나가기 시작했다. 그의 속도는 그야말로 무시무시해서 황급히 따라붙었던 이들 중에 사대천왕밖에는 남지 못하고 나머지는 전부 나가떨어졌다. 심지어 그들조차 그에게서 공을 빼앗진 못해 초조해할 정도였다.

은지호가 벌컥 짜증을 냈다.

"아, 사람이냐, 진짜?"

그 말을 들으며 나는 중얼거렸다. 그 생각, 아마 작년에 너희랑 맞붙었던 애들도 다 했을걸.

아무리 같은 인터넷 소설의 주인공들이라고 해도 싸움 실력이 중요한 소설과 아닌 소설 사이에는 차이가 있는지, 결국 격차를 좁히지 못하고 승리는 이루다와 반휘혈에게로 돌아오고 말았다.

심판이 호루라기를 분 즉시 우리는 자리에서 일어나며 와! 하고 함성을 내질렀다.

급기야 감동해서 끌어안으려는 애들에게 질색하며 떨어지라고 말하던 루다가 우리 쪽으로 다가왔다. 내가 그에게 손바닥을 내밀자, 그는 곧장 하이파이브를 하곤 키득대며 웃었다.

그가 티셔츠의 목깃을 늘려 땀을 닦으며 웃었다.

"봐, 내가 지금까진 못해서 진 게 아니라니까. 다구리에진 거지."

"그건 알고 있었어."

내가 그렇게 대답하며 웃자, 루다가 돌연 걸음을 멈추고 나를 빤히 보았다.

이윽고 그는 고개를 내젓더니 내 머리칼을 헝클어 놓고는, 빠르게 걸음을 옮겨 그를 찾던 애들에게로 가 버렸다.

혼자 남은 나는 그가 헝클어 놓은 머리카락을 매만졌다. 내가 뭘 잘못 말했나?

그때 운동장 곳곳에 설치된 스피커에서 안내 방송이 울렸다.

[교내에 있는 소현 고등학교 학생들과 선율 고등학교 학생들에게 알립니다. 현재 체육 대회 1부가 끝났습니다. 점심시간을 가진 이후에 체육 대회 2부가 진행될 예정입니다. 2부에는 무대 공연이 포함되니, 학우들께서는 꼭 점심을 드신 이후에…….]

"벌써 1부 끝났구나."

나는 엉덩이에 묻은 흙을 털어 내며 중얼거렸다. 보통 체육 대회 때는 시간이 무척 느리게 가곤 했는데, 이 시간까지 내가 한 게 응원밖에 없어서 그런지 오늘은 그렇지 않았다.

누가 내 팔을 잡아채서 돌아보았더니 김혜힐과 이민아였다.

민아가 이마의 땀을 훔치며 물었다.

"너 누구랑 먹어? 7반이랑 먹는 거 아니지?"

"응, 안 먹어. 오늘 쟤네는 적이잖아."

내 대답이 마음에 든 듯, 어깨를 움츠리며 킥킥 웃는 이들을 보며 나도 따라 웃었다. 사실 진짜 이유는 유천영이 오랜만에 등교한 김에 사대천왕과 반여령과 번화가에서 놀기로 약속해서 그런 거지만.

아무튼 이들은 어서 가자며 나를 잡아끌었다.

선율 고등학교 학생들 외에도 방송 관계자, 혹은 선율 고등학교 학생들의 팬으로 보이는 사람들까지, 외부인이 꽤 많아서 그런지 명당이란 명당에는 사람이 전부 차 있었다. 그 광경을 보며 나는 한숨을 내쉬었다.

역시 사람 보는 눈은 다 똑같은가 보네. 특히 최근 이사장이 투자해서 만든 정원 근처에서는 꼭 한번 밥 먹어 보고 싶었는데, 벌써 다섯 팀이나 넘게 차지하고 앉아 있고.

결국 처음 반끼리 모여 앉던 나무 그늘 아래 좌석에서 먹기로 하고 이동했는데, 그곳에도 한 가지 문제가 있었다.

"뭐야, 왜 애들이 먹다 말고 도시락을 챙겨 나가?"

부쩍 소란스러워진 분위기를 보며 그렇게 중얼거리던 민아가 때마침 옆으로 달려온 애 하나를 붙잡고 물었다.

"왜 저래? 무슨 일이야?"

"아, 그게, 누가 밥 먹는데 머리 위에서 벌레 떨어져서 도시락 안에 들어가서."

"헐."

이민아가 질색하며 내뱉는 가운데 비위 약한 김혜힐이 입을 막고 작게 헛구역질을 했다. 안색이 안 좋아지기는 나 또한 마찬가지였다. 벌레라니, 참아 주라, 좀……

나는 좌석 위로 옅은 그늘을 드리우고 있는 나무 넝쿨들을 바라보았다. 방금까지만 해도 무척 고맙게 느껴지던 그 것들이 이제는 무수히 많은 벌레들의 둥지로 보였다.

아, 아무래도 안 되겠어. 얘기를 듣지 않았다면 모를까, 들은 이상은 저기에서 먹다간 체하고 말 거야.

그러다 문득 3층 창문 쪽에서 익숙한 사람이 손을 흔드는 것을 발견한 우리는 의아해서 눈을 찡그렸다.

어, 김혜우잖아? 이게 어떻게 된 거지?

그가 상체를 창밖으로 내밀고는 외쳤다.

"야, 윤정인이 교실 열어 뒀어! 먹을 데 없으면 여기로 와서 먹어!"

서로를 쳐다본 김혜힐과 이민아, 나는 곧장 걸음을 옮겨 3층으로 이동했다.

과연 교실에는 우리 반 절반 이상이 모여 저마다 서로의 도시락을 뺏어 먹으며 떠들고 있었다. 우리도 그들에게서 얼마 떨어지지 않은 곳에 자리를 잡고 도시락을 개봉했다.

우리 자리로 우르르 몰려와 기대에 찬 눈빛을 보내던 이들이 내 도시락을 확인하고는 곧장 실망했다.

"아, 뭐야. 편의점 도시락이네? 오늘 아침에 샀어?"

"응, 나야 부모님 맞벌이니까."

내가 나무젓가락을 뜯어내며 대답하자 아, 그러네. 그럼 어렵지, 하는 대답이 돌아왔다. 심지어 한 애는 자기가 오늘 김밥을 직접 쌌다고 해서 모두의 감탄을 샀다.

그러고도 잡담은 한참 동안 오갔다.

"그런데 오늘 왜 급식 안 준 거래? 평소라면 체육 대회 때에도 급식 주잖아."

"아, 선율 고등학교 학생들만 다른 곳에서 먹으라고 하면 아무래도 형평성이 안 맞으니까 그런 거래. 그렇다고 둘 다 주기에는 급식실 공간도 없고 시간도 모자라고."

"아, 오케이. 이해했다."

그런 시답잖은 대화를 나누며 도시락을 빠르게 해치우고 있는데, 돌연 복도 쪽이 시끄러워졌다.

다들 호기심 어린 표정으로 복도 쪽으로 우르르 몰려가는 가운데 나만이 평온하게 생각했다. 사대천왕과 반여령이라도 왔나?

그때 교실 문이 쾅! 소리 나게 열리더니 짜증 섞인 목소리가 날아왔다.

젓가락질을 우뚝 멈춘 나는 시선을 그쪽으로 향했다.

"아, 진짜로 교실 안까지 따라왔어! 저리 꺼져, 좀!"

루다가 꿈에 나올까 무서울 정도로 형형한 얼굴로 외친 말을 듣고 나는 짐작했다. 아, 혹시……

과연, 그의 뒤로 시선을 옮기자 세상 어디서도 본 적 없는 하늘색 머리카락이 살랑거리는 것을 볼 수 있었다.

그가 메마른 눈가를 훔치며 짐짓 서운한 척을 했다.

"루다야, 형한테 그런 말이 어디 있니. 이 형 진짜 섭섭하다."

"웃기지 마! 언제부터 댁이 나를 이렇게 끔찍하게 챙겼다고……."

"그래, 루다야. 나도 네가 갑자기 생겨난 형이란 존재 때문에 많이 혼란스러울 거 알아."

루카스가 돌연 웃음기를 거두고 진지하게 꺼낸 말에 교실 안에 무거운 공기가 깔렸다. 나는 대각선 방향에서 한 애가 중얼거리는 말을 들었다.

"와, 개막장이네."

나도 동감이었다.

그러는 사이, 루다는 루카스의 '내가 마음에 안 차는 건 알겠지만…….' 하는 발언에 밀려 결국 자리에 앉았다.

그 모습을 보며 나는 깨달았다.

하긴, 그러고 보면 루다, 의외로 돌직구에 약했지? 주인이가 끈질기게 매달릴 때도 결국엔 쳐 내지 못했고.

묘하게 얌전해졌던 루다는 루카스가 5단 찬합을 개봉하

고 새우튀김 하나를 입에 들이밀자마자 다시 미간을 구기며 성질을 부렸다.

"아, 나도 손 있어! 손 있다고!"

그때, 다시 한번 복도 쪽에서 소란이 날아왔다.

이번에는 익숙한 사람의 목소리가 섞여 있었기 때문에 쉽게 알아들을 수 있었다.

나는 다시 눈을 크게 떴다.

은지호와 주인이잖아, 무슨 일이지?

"아니, 너 요즘 진짜 이상하다고. 왜 그러는데?"

"이상한 건 내가 아니라 너겠지. 내가 이러는 거 한두 번이야? 그냥 두면 될 걸, 뭐 하러 굳이 파헤치려고……."

은지호의 말에 날카롭게 대답하는 주인이의 목소리를 듣고 나는 상당히 놀랐다.

둘 사이가 오래된 만큼, 주인이가 우리 중 누구에게도 쓰지 않는 말투를 은지호에게는 가끔 쓴다는 걸 알고는 있었지만, 그래도 저건 의외인데.

진짜로 화난 것 같잖아? 방금까지만 해도 내게 도토리 쿠션을 들려 주고는 귀엽다느니 뭐라느니 하는 말을 태연하게 하던 그였다.

"엄마한테 놀러 갈 거야. 따라오지 마."

급기야 그렇게 말하며 은지호에게 가운뎃손가락을 날린 (복도 곳곳에서 헉 하는 소리가 났다) 주인이가 우리 반 교실 문을 벌컥 열어젖혔다.

그러자마자 주인이는 책상에 걸터앉아 루다에게 새우튀김을 먹이려는 루카스, 그리고 얼굴이 잔뜩 찌그러진 채 이를 거부하는 루다를 보고 눈을 크게 떴다.

"뭐 해, 형?"

어찌나 놀랐던지 루다를 부를 때면 으레 섞곤 하는 애교조차 없었다. 주인이의 손끝이 이번에는 루카스를 향했다.

"그리고 당신은……."

말하다 말고 주인이는 아차 하는 표정을 지었다. 그도 이제야 전날, 루다 구출 사건의 전말이 어떻게 되었었는지를 비로소 떠올린 모양이었다.

하긴, 나는 젓가락을 물며 새삼 깨달은 얼굴을 했다.

그러고 보면 주인이랑 루카스는 그 사건 이후로 만난 적 없지, 아마. 이게 처음이던가?

나야 설날에 예기치 못하게 루카스와 맞닥뜨려 서바이벌 게임까지 같이했고, 그 외에도 연애 상담 때문에 통화를 몇 번 해서 상당히 익숙해졌지만.

그러는 사이, 마침내 여유를 되찾은 주인이가 입가에 비스듬한 미소를 걸치더니 둘을 번갈아 보며 물었다.

"아, 이제 두 사람 가족이었죠? 그러고 보면 전에 루다 형이랑 엄마랑 저녁 먹을 때도 루카스가 데리러 왔었네요. 그때도 저녁 함께했겠어요?"

"오, 너는 저번에 루다 구하러 갈 때 도와줬던 그 친구 아니야? 안녕!"

루카스에게선 의외로 순순히 대답이 흘러나왔다.

그 모습을 보며 나는 후 하고 이마의 땀을 훔쳤다. 다행이다, '같이 클럽에 갔던' 운운하는 말이 나오면 어쩌지 했네.

그러더니 루카스는 주인이와 루다를 번갈아 보며 물었다.

"형이라니? 루다한테 내가 모르는 동생이 있었어?"

"동생은 얼어 죽을, 누가 동생이야!"

루다가 얼굴을 구기며 벌컥 화를 냈다. 그런 루다를 골똘히 보던 주인이의 입꼬리가 비스듬히 올라갔다.

나는 그 모습을 보며 잠시 불안감을 느꼈다.

잠깐, 주인아, 뭘 하려고? 한편 루다도 같은 불안감을 느낀 듯, 어깨를 주춤하며 몸을 뒤로 뺐다.

그와 동시에 걸음을 옮겨 루카스에게로 다가간 주인이가 환한 얼굴로 물었다.

"루다 형 식사 도와주는 건가요? 재밌어 보이는데, 저도 껴도 돼요?"

그에 루카스가 주인이 못지않게 환한 미소와 함께 젓가락을 주인이에게로 떠넘겼다.

그가 흔쾌히 말했다.

"그럼 되지, 그럼."

"아, 둘 다 꺼져! 좀……."

루카스에게 붙잡힌 어깨를 비틀며 버럭 외치던 루다의 입에 무언가 틀어박혔다. 이윽고 진저리 치며 어깨를 털어 낸 그가 다시 외쳤다.

"이 미친, 장식용 파슬리를 주는 게 어디 있어! 적어도 요리를……."

"흠, 파슬리는 잘 먹네. 그럼 다음으로 뭘 줘 볼까."

"야 이 새끼야, 너 내가 좋아하는 게 아니라 못 먹는 거 찾으려는 거였냐!"

아랑곳 않고 아쉽다는 듯 턱을 짚으며 말하는 주인이에 게 루다가 버럭 외쳤다.

그 모습을 보며 나는 이마를 짚었다. 아이고…….

루다의 적극적인 반항에도 불구하고 기어이 그에게 당근 과 오이, 그 외에도 루카스가 장식용으로 쓴 온갖 해괴한 채소를 먹이는 데 성공한 주인이가 지금까지 본 것 중에 제일 즐거워 보이는 표정을 지으며 말했다.

"오, 이거 재밌는데? 루다 형, 나 체육 대회보다 형이 더 재밌다."

"너 진짜 안 꺼……!"

"이야, 너 진짜 마음에 든다. 너 내 동생 안 할래?"

버럭 외치는 루다의 입에 당근 하나를 틀어박은 루카스 가 묻는 말에, 잠시 고민하는 표정을 지었던 주인이가 이 윽고 빙긋 웃었다.

그가 턱을 짚고 있던 손을 내리며 말했다.

"그럼 그럴까요? 루다 형의 형이면 제 형이기도 한 걸요, 뭘."

그리고 그가 돌연 목소리를 낮추며, '뭐, 아직 앙금이 남은 일이 있기는 하지만…….' 중얼거리는 말에 나는 생각했다. 설마 클럽 갈 때 쓸데없이 여장시킨 일 말이냐. 그걸 아직까지 기억하고 있는 거였냐고. 하긴 잊는 게 더 어렵긴 하겠지만.

아무튼 반 아이들은 황당하게 지켜보고, 루다만이 인상을 쓰고 악을 쓰는 가운데 기어이 도원결의를 맺은 주인이와 루카스는 서로의 어깨를 두드리며 웃기 시작했다.

"잘 부탁드려요, 형."

"나도, 동생!"

"이런 미친, 나는 이 집구석에서 나가야겠어!"

그리고 그런 세 사람의 모습을 보며 나는 기어이 한 가지 표현을 떠올리고 말았다.

개노답 삼 형제……. 아니, 주인이랑 루다에게는 정말 미안하지만 그 말밖에는 떠오르지 않는걸.

그렇게 세 사람 때문에 혼란스러운 점심시간을 보내고 운동장으로 나오자, 어느새 못 보던 카메라들이 나타나 운동장 한가운데를 차지하고 있었다.

뿐만 아니라 콘서트장에서나 볼 법한 커다란 전광판이

구령대 앞에 설치되어 있어, 사람들 때문에 경기의 진행이 잘 보이지 않는다면 그곳을 통해 볼 수 있을 것 같았다.

도대체 이 짧은 새 저런 걸 어떻게 설치한 거야? 혀를 내두르다 말고, 여전히 대단한 존재감을 자랑하며 우뚝 솟은 경기장을 돌아본 나는 중얼거렸다.

아, 이제 슬슬 시작인가. 공주님 구하기…….

그리고 나는 문득 밀려오는 자괴감에 두 손으로 얼굴을 가리며 끙끙 앓았다.

"아, 미쳐, 진짜. 이 경기 이름 어떻게 할 건데?"

하여간 슬슬 무슨 일을 당해도 놀라지 않을 마음의 준비를 해야겠다. 내가 도대체 왜 이 혼돈의 체육 대회 가장 중심에 서게 된 건지는 모르겠지만. 나는 한숨을 푹 내쉬었다.

"야, 함단이! 너 여기서 뭐 하냐!"

바로 그때, 뒤에서 날아온 외침과 동시에 누군가 양옆에서 내 팔을 잡아챘다.

돌아보니 각각 윤정인과 이민아였다. 그들에게 얼떨결에 이끌려 가며 내가 물었다.

"왜? 아, 공주님 구하기? 그거 준비해야 돼?"

곧바로 깨닫고 그렇게 묻는 내게 그들은 빠르게 고개를 내저었다.

"엥? 뭐야, 그럼?"

"지금 공주님 구하기 사회자로 누가 온 줄 알아? 달링즈 예린이래!"

"뭐어?!"

그 초대형 걸그룹 멤버가 여길 오긴 왜 온단 말이냐? 고작 학교 행사인데! 황당해하다가 문득 다시 생각하니 유천영 때문일 수도 있을 것 같았다.

아니, 그게 맞겠지. 벌써 일 시작한 지는 석 달이나 지났고, 방영된 드라마 또한 10회가 넘어가니 친해지지 않은 쪽이 더 이상하겠다.

그렇게 생각하던 나는 윤정인 못지않게 열심히 달리고 있는 이민아를 돌아보며 물었다.

"그런데 너는 왜 뛰어? 뭐, 설마 윤정인이 사인받는지 안 받는지 그런 거 감시하려고?"

"아니, 나도 예린 보려고. 예쁜 사람 짱."

"어, 그래……."

나는 힘없이 대답했다. 그러고는 생각했다, 이 둘이 이런 쪽에서도 취향이 맞아서 다행이야.

정신을 차려 보니 우리는 어느새 공주님 구하기 경기장 근처까지 와 있었다.

무대 위에 서 있는 얼굴 크기와 비율 모두 예사롭지 않은 사람을 보며 나는 감탄에 감탄, 또 감탄했다. 아직 잘 보이지 않는데도 예쁘다니, 가까이에서 보면 얼마나 예쁠까?

그녀의 옆에는 두 사람이 더 서 있었는데, 한 사람은 유천영이고, 다른 한 사람은 시리얼의 케빈이었다.

이민아가 옆에서 중얼거렸다.

"아, 시리얼이랑 달링즈 같은 소속사였지, 참."

아, 그런 거였어? 그럼 예린이 유천영 때문에 왔을 거란 당초의 내 짐작은 틀렸을 수도 있겠다. 내가 생각을 정정하는 사이, 옆에서는 윤정인이 갖고 온 수첩을 구기며 한숨을 터트렸다.

"아, 줄이 저렇게 많아서 직접 보고 사인을 받을 수야 있으려나."

그것을 들은 나는 의아하게 물었다.

"유천영이 준 거 있잖아?"

"아, 그건 그거고! 직접 받아야 좀 더 의미가 있지."

"으음……."

나는 잘 모르겠다, 팬심이란 거. 그렇게 중얼거린 나는 다시 유천영과 예린을 돌아보았다.

예린과 유천영, 케빈, 세 사람은 상당히 가까이 서 있었는데, 케빈과 예린 사이에는 남매 같은 분위기가 풍기는 반면 유천영과 예린 사이에는 상당히 이성적인 긴장감이 감돌았다.

나는 얼마 전 방영된 〈검은 비〉 11화 내용을 떠올렸다.

예린이 분장한 예리 역이 강현우, 그러니까 유천영이 맡은 역할을 좋아한다고 밝혀진 게 바로 11화에서였다. 그때

시청자 게시판의 모든 사람들은 '제발 현우야, 힘든 사랑하지 말고 너 좋다는 예리 잡아! 너무 잘 어울린단 말이야!' 하고 울었고, 나 역시 그중 한 명이었다.

내가 둘 사이에 그런 분위기를 느끼는 것은 어디까지나 그때의 기억 때문인 걸까? 하지만 외적으로도 두 사람이 몹시 잘 어울리는 커플임은 부정할 수 없었다.

그렇다고 해서 전처럼 저긴 범접할 수 없는 세계라든가, 유천영에겐 저쪽이 더 잘 어울린다든가 하는 생각은 들지 않았다. 왜냐하면 유천영이 자기 입으로 말했기 때문이다. 그가 돌아올 곳은 우리 옆이라고.

그렇기 때문에 나는 그에 대한 생각은 할 필요가 없었다. 그보다도 내 속을 심란하게 한 것은 따로 있었다.

유천영한테 여단 오빠와 헤어졌다고 대체 언제쯤 말한담? 아까 그가 하는 말을 봐서, 그는 자기가 하는 일과 무관하게 우리와 멀어지고 싶은 마음은 조금도 없어 보였다.

그런데 만약, 유천영이 내가 아닌 다른 사람에게서 여단 오빠와 헤어졌다는 사실을 듣는다면 나는 어떻게 될까? 드라마에 나가지 않고 모델 활동만 하던 때에도 우리 사이에 생겨난 거리감을 몹시 예민하게 느끼고 불만스러워하던 그였다.

"……."

나는 말없이 고개를 숙였다. 상상하면 할수록 방금 먹은 편의점 도시락이 위에 얹히는 기분이었다.

그때, 무대 위에서는 점처럼 보일 나를 용케 발견한 유천영이 손을 흔들었다. 내가 당황하면서도 마주 손을 흔드는데, 예린이 고개를 돌려 나를 보았다.

시선이 마주친 듯한 느낌은 들지 않았다. 나를 보던 예린은 다만 고개를 살짝 기울이더니, 바로 옆의 유천영을 향해 까치발을 하며 뭐라고 속삭였다. 유천영의 입술이 소리 없이 달싹이는 것을 보다가 나는 조용히 그 자리를 떴다.

점심시간이 끝나고 나서는 고대하던 체육 대회 2부였다. 학생들이 전부 운동장에 나오자, 곳곳에 설치된 중계 카메라가 돌기 시작했다. 전광판에 비친 우리의 모습을 보며 나는 그저 감탄만 했다. 전국 단위로 중계되는 고등학교 체육 대회라니, 내 인생에 이런 경험을 언제 또 해 보겠어.

그때 카메라가 이번엔 우리가 아닌 예린을 비추었다.

경기장 한구석에 마련된 높은 중계석 위에 선 그녀는 두 손을 맞붙이며 활짝 웃었다.

[안녕하세요, 여러분! 〈달링즈〉의 예린입니다. 저는 지금 소현 고등학교 운동장에 와 있습니다. 왜일까요? 네, 다름이 아니라! 저의 모교 선율 예술 고등학교가 소현 고등학교와 특별한 행사를 준비했기 때문입니다! 함께 보실까요?]

스크린 가득 찬 그녀의 환하게 웃는 얼굴을 보며 나는 중얼거렸다. 아, 예린은 선율 고등학교 출신이라서 온 거였구나. 케빈도, 유천영도 그 이유가 아니었어.

　내 옆에서 윤정인은 방금 실물을 실컷 봐 놓고도 연신 안 믿긴다며 감탄했고, 이민아 또한 몽롱한 눈빛을 하며 한숨처럼 '진짜 예쁘다.' 하고 중얼거렸다. 어째 윤정인보다 민아가 예린을 더 좋아하는 것 같은데, 나는 빙긋 웃었다.

　그때, 화면 속에서 예린이 붉은 공과 파란 공 두 개를 통에 넣고 흔들기 시작했다.

　내가 물었다.

　"뭐 하는 거야?"

　"A조랑 B조 중에 먼저 시작할 조 뽑는대. 공정을 기하기 위해서라나."

　"아."

　윤정인의 대답에 내가 가볍게 감탄하는 동시에 예린의 손에 파란 공이 뽑혀 나왔다. 그러자 윤정인이 낮게 속삭였다.

　"마음의 준비해. 파란 공이 B조니까."

　"뭐? 으악! 안 돼."

　나는 나도 모르게 비명을 질렀다.

　반에서 공주님으로 결정되었을 때는 별생각 없이 수긍했는데, 이제 와 생각해 보니 미친 짓이었다.

전국 단위로 방송을 타는 시합에 내가 주인공이 되어 나가겠다니, 정말 미친 짓이 아니고서는 뭔가? 도대체 왜 그때 그 제안을 그렇게 담담히 받아들였던 거람?

후회해 봤자 이미 늦어 있었다. 경기 시작도 안 했는데 벌써부터 심장이 요동치는 바람에, 가슴께를 꾹 누르는 날 지나쳐 몇몇 반이 이동했다. 당장 경기를 치르는 반인 모양이었다. 으악, 내 미래다 내 미래. 나는 속으로 그들에게 명복을 빌어 주었다.

얼마 안 가 카메라가 경기장 안쪽을 자세히 비추자, 나는 눈을 크게 뜨고 살폈다.

아까 보았던 것과 같이 경기장은 두 개의 섬이 있고, 그 섬들을 두 개의 다리가 연결하는 구조로 되어 있었는데, 한 다리는 외나무다리와 손잡이와 밧줄이 달린 3미터 높이의 벽, 발 디딜 곳 없는 그물로만 이루어져 있어 건너기 무척 어려워 보이는 반면 다른 쪽은 그냥 평범한 다리였다. 아마도 저 다리를 차지하려고 양측에서 치열한 싸움이 날 것이란 걸 쉽게 예측할 수 있었다.

옆에서 민아가 속삭였다.

"저 훌라후프 봐. 저기 안에 공주님이 들어가야 하나 봐."

"아, 그러게."

나는 작게 동의하고 그쪽을 보았다.

과연 지금까지 본 것 중에 제일 큰 훌라후프 하나가 바닥에 놓여 있었는데, 왕관 모양 머리띠를 쓴 이들이 다른 이들의 부축을 받으며 그 안으로 들어가 자리를 잡았다. 그녀는 손을 모은 채 다른 이들이 하는 양을 구경했다.

홀라후프 바깥에 그보다는 넓은 원이 하나 더 있었고, 그 안에 다섯 명 정도의 학생들이 지키고 서 있었다.

아하, 저들이 윤정인이 설명했던 '수비수' 역할인 거군. 그리고 그 선 밖에서 당장이라도 달려 나갈 듯한 자세를 취하고 있는 열 명의 학생이 공격수 겸 구조대.

마침 예린이 경기 규칙을 간단히 설명하는 것이 들렸는데, 내가 이해한 것과 동일했다.

양측 학생들이 역할에 따라 올바른 위치를 잡자마자 곧바로 경기가 시작되었다. 폭발적인 환호성이 주변을 가득 메웠다.

으악, 나는 반사적으로 두 귀를 감싸면서도 경기를 잘 보기 위해 자리에서 일어났다. 이제 보니 나만 그런 것이 아니라, 모두가 마치 올림픽 경기라도 보는 양 반쯤 일어나 전광판에 집중하고 있었다.

그러다 나는 문득 고개를 기울이며 중얼거렸다.

"그러고 보니 소리는 안 들리네? 경기장에 마이크는 설치 안 했나 봐?"

윤정인이 설명했다.

"우리 나이 대 하는 욕을 생각하면 생중계는 절대 못 하지. 특히 물에 빠질 거 생각하면."

"아."

쉽게 납득한 나는 다시 전광판을 향해 시선을 돌렸다.

가장 먼저 격돌이 일어난 것은 역시나 평범한 다리 쪽에
서였다.

코뿔소처럼 용맹하게 돌진한 두 무리가 부딪치자, 두셋
정도는 균형을 잡지 못하고 곧바로 아래로 추락했다. 풍
덩! 하는 소리와 함께 물에 흠뻑 젖은 이들이 수면 위로 떠
오르며 머리칼을 쓸어 넘겼다.

우리 사이에서 즐거워하는 듯한 웃음과 안쓰러워하는 듯
한 비명이 동시에 번졌다. 나도 따라 웃었다.

이런 거 재밌는 건 어쩔 수 없나 봐. 예능에서 빠지지 않
고 나오는 데는 이유가 있다니까.

첫 탈락자가 나오자 분위기가 조금 더 시끌벅적해졌다.
그 가운데 천국 길을 빼앗긴 이들은 하는 수 없이 지옥 길
에 매달릴 수밖에 없었다.

그들은 외나무다리와 벽, 그물로 이루어진 몹시 불편해
보이는 다리를 향해 돌진했다.

그런데 그들이 벽에 이를 무렵 문제가 터졌다. 다른 반에
서 이미 벽에 걸려 있던 밧줄을 빼앗아 자기 쪽으로 넘어
오게 한 것이었다.

아니, 저건 언제 그랬대? 나는 눈을 동그랗게 뜨고 탄성

을 내뱉었다.

밧줄을 빼앗기자 졸지에 맨몸으로 손잡이에만 의지하여 벽을 오르게 생긴 이들이 심판에게 항의했다. 저건 반칙 아냐?

심판은 당황한 듯하다가 팔로 가위표를 만들어 보였다. 반칙이 아니란 뜻이었다.

속으로 휘파람을 부는 한편, 나는 상대방 측 얼굴을 확인했다. 도대체 누구지? 저런 꼼수가 등장하려면 꽤 오래 걸릴 거라고 생각했는데, 주인이 같은 애가 아니고서야.

그러다 상대측 얼굴을 확인한 나는 쓰게 웃었다. 아, 너였구나.

본인은 난장판이 된 싸움에 전혀 끼지 않은 채, 공주님 곁에서 왕처럼 우아한 몸짓으로 이것저것을 지시하고 있는 이는 다름 아닌 이서진이었다.

그 와중에 다른 반에서도 간신히 다리를 넘어온 이들이 수비 선을 넘어 이서진에게로 돌격했다.

예린의 외침이 들렸다.

[아, 선율고보다 한발 늦었지만, 소현고에서도 선율고의 수비 선을 뚫습니다! 과연 돌파하여 공주님을 구출할 수 있을까요?]

그런 가운데 이서진은 당황하기는커녕 미소 지었다.

잠깐, 웃어? 나는 눈을 의심했다. 다른 이들도 수군거리기는 마찬가지였다.

바로 그때, 수비 선을 넘어 침입한 공격수들에게 어디선가 날아온 물 풍선이 무자비하게 박혔다.

흠뻑 젖은 데다 머리카락에서 떨어지는 물 때문에 시야가 가려 허우적대며 어쩔 줄 모르는 그들에게 이서진의 손이 닿았다.

깃털처럼 몹시 산뜻하고 가벼운 손길이었다. 그리고 그 손길에 상대 반 공격수들은 속수무책으로 퇴장해 버렸다.

옆에서 윤정인도 중얼거렸다.

"와, 저게 뭐냐. 진짜 머리 좋다."

한편 예린도 당황한 듯 외쳤다.

[네, 물 풍선! 물 풍선 등장했습니다! 이게 도대체 어떻게 된 걸까요?! 아…… 선율 고등학교 측은 벽 뒤가 잘 보이지 않는 것을 이용해 그 뒤에 숨어서 물 풍선을 만들고 있었습니다! 심판님, 이거 규칙에 안 걸리나요? ……네, 안 걸린다고 하네요! 공주님 구하기에서는 규칙에 언급되지 않은 모든 종류의 일이 가능하다고 합니다!]

"첫판부터 이런 경기가 나올 줄이야."

이민아가 중얼거리는 말에 나 또한 고개를 끄덕였다.

힐끗 본 바, 양측 전력 차는 그렇게 크지 않았다. 사대천왕이나 이루다, 반휘혈처럼 판을 뒤엎을 수 있는 존재가 저들 반에는 없다는 뜻이었다.

그러나 이서진의 존재만으로 모든 것이 뒤집혔다.

나는 중얼거릴 수밖에 없었다.

"우리랑 안 붙어서 다행이다."

"야, 진짜. 진짜로."

윤정인이 옆에서 대답했다.

그때, 멀지 않은 곳에서 누군가의 목소리가 날아왔다.

"야, 쟤가 점심시간에 반여령이랑 밥 먹는 거 본 애 있다던데?"

"뭐, 진짜야?"

우리의 고개도 그쪽을 향해 휙 돌아갔다. 다시 고개를 돌린 이민아가 나를 보며 물었다.

"야, 진짜야?"

"어? 아니…… 나도 잘 몰라."

나는 어물거리며 대답했다. 그러자마자 이민아에게서 '네가 알지 누가 알아!' 하는 외침이 돌아왔다.

아니, 나는 진짜 몰랐지, 저 둘 사이가 그렇게까지 진전됐을 줄은.

아무튼 그렇게 이서진이 인터넷 소설 주연다운 저력을 보여 주며 경기를 마친 뒤, 공주님 구하기에는 규칙 하나가 추가되었다. 물 풍선을 만들어 경기에 쓸 수 있다는 거였다. 물 풍선 제조기 또한 각 반에 나누어 지급되었다.

그 모습을 보며 나는 한숨을 내쉬었다.

〈80〉 인소의 법칙 12

"쫄딱 젖을 확률이 더 늘어나는 거잖아."

"하하, 힘내, 힘내. 공주님인데 설마 그렇게까지 막 다루겠어?"

옆에서 이민아가 내 어깨를 두드리며 그렇게 말해 주었지만 별로 기쁘지 않았다. 나는 또다시 한숨을 푹 내쉬었다.

그 뒤에도 경기가 수차례 이루어졌다. 하지만 이서진네 반이 워낙 임팩트를 남겨선지, 아니면 같은 경기장에서 동일한 룰을 통해 경기를 해선지 호응은 처음만큼 크지 않았다.

그나마 모두가 주목했을 때는 시리얼의 케빈이 경기에 등장했을 때였다. 그는 진중한 얼굴에 어울리지 않는 몸개그를 여러 번 남발해 우리들을 웃겨 주었다. 끝끝내 물에 빠진 케빈은 어쨌거나 승리를 쟁취해선지 꽤 즐거운 표정으로 돌아갔다.

그리고 마침내 우리 반의 차례가 되었다.

나는 경기장 아래에서 다른 이들이 넘겨주는 왕관 모양 머리띠를 쓰며 한숨지었다.

"휴……."

은형이 역시 이것을 쓸 거라고 생각하며 조금이나마 웃어서 긴장을 풀어 보려고 노력했으나, 쉽지 않았다. 아니, 그보다도 은형이는 분명히 이거 나보다도 잘 어울릴걸.

그때, 내가 울적한 표정으로 연신 한숨짓는 것을 본 루다가 내 쪽으로 다가왔다.

"왜 그렇게 한숨이야?"

"아니, 머리띠가 너무 안 어울리는 것 같아서…….."

차마 경기가 걱정된다는 말을 경기에 나가는 사람에게 할 수 없어서 그렇게 둘러대자, 이루다는 진지한 얼굴로 '아니, 진짜 잘 어울려.' 하고 말했다.

내가 믿을 수 없다는 표정을 짓자, 그는 내 어깨를 붙들고 어울린다는 말을 열 번씩이나 반복하다가 시간이 다 되어 다른 이들에게 끌려가고 말았다.

그의 뒷모습을 빤히 보던 내게 이민아가 다가와서 속삭였다.

"너 이루다한테는 헤어졌다는 거 언제 말할 거야?"

그 말을 들은 나는 말없이 얼굴을 굳혔다.

그래, 내가 잊고 있었구나. 김혜힐이 꼽아 준 내 남친 후보에는 루다도 분명히 들어 있었음을…….

하지만 루다가 1학년 때 수련회 무대에서 내 볼에 키스했던 그거, 역시 외국인들의 인사 아니었어? 나는 역시 못 믿겠는데, 루다처럼 멋지고 똑 부러진 성격의 사람이 나 같은 사람을 좋아할 수 있다는 걸…….

이마를 짚고 고뇌하는 사이 경기 준비를 알리는 휘슬이 울렸다. 번쩍 고개를 든 나는 그대로 끌려가 다른 반 아이들 사이에 꼈다.

낯선 이들 사이에 서서 민망하게 웃던 내가 조심스럽게

훌라후프 안으로 한 발을 디디는데, 갑자기 남학생 하나가 말했다.

"거기 서는 거 아니야. 훌라후프 들고 이리로 따라와."

"어, 어?"

어리둥절하게 되물으면서도 나는 얌전히 그를 따라 이동했다. 천국 길이 아니라 지옥 길 가까이에 이르러서야 그들은 내게 여기 있으라고 말했다.

비로소 훌라후프 안에 들어가서 선 나는 문득 깨달았다.

아하, 그런 계획이구나.

지금까지의 경기 양상을 보면 대개 경기는 천국 길을 두고 경쟁하는 방식으로 치러졌다.

지옥 길은 높은 벽 덕분에 거길 건너기 전까지는 다른 팀에서 이쪽을 볼 수 없다는, 즉 기습이 가능하다는 이점이 있었지만, 방해가 전혀 없어도 돌파하기 어려운 탓에 경기 끝날 때가 돼서야 넘는 사람이 한 사람쯤 생길까 말까 했다.

그러니 이들은 아예 지옥 길로는 아무도 넘어오지 않을 것을 가정하고, 나를 이쪽으로 옮긴 것이었다.

나는 속으로 웃었다. 하하, 글쎄. 하지만 지금까지 아무도 못 넘었다고 해서 이번 경기에서도 그럴까?

우리 반에 누가 있는지 너희는 아직 모르는구나. 뭐, 그렇다고 내가 정보를 줄 수도 없는 노릇이었다.

내가 침묵하는 사이, 마침내 경기가 시작되었다.

벽 때문에 전체적인 전황이 잘 보이지 않는 나는 멀뚱히 서 있을 수밖에 없었다. 간혹 전광판에 7반이 보이면 어설프게 웃으며 그쪽을 향해 손을 흔들어 주기도 했다.

그러는 사이, 경기장 한가운데에서 갑자기 소란이 터졌다. 나는 의아해하며 다시 경기장 쪽으로 시선을 돌렸다.

"아악, 뭐야?!"

"야, 막아, 막아! 공주님 당장 이쪽으로 데려와!"

뭐야? 그때 갑자기 내 위에 턱, 하고 짙은 그림자가 졌다. 나는 무심코 고개를 들었다.

2미터는 되어 보이는 높이의 벽 위에 위풍당당하게 선 루다가 자신만만하게 웃고 있었다. 득달같이 달려와서 나를 둘러싼 선율 고등학교 학생들을 향해 루다가 비웃음 섞인 목소리로 물었다.

"뭐야, 이제 와서 그런다고 지킬 수 있을 것 같냐?"

"야, 당황하지 마! 혼자야! 혼자!"

혼비백산해서 우왕좌왕하는 이들에게 이 반 행동 대장으로 보이는 이가 다급하게 외쳤다. 그에 비로소 다른 이들도 하나둘 정신을 차리고 눈빛을 가라앉히는가 싶었다.

그 모습을 보고 나는 한숨을 내쉬었다. 하지만…….

"혼자 아니거든?"

입꼬리를 말아 올리며 빈정대는 루다 옆으로 곧장 벽에서 뛰어내린 반휘혈이 합류했다. 그 모습을 보며 나는 중얼거렸다.

이 애들 밧줄 잡고 벽 오르거나, 손잡이 대신 튀어나온 돌 잡고 벽 오르는 정상적인 과정을 거쳐서 여기 온 거 아니지? 아무래도 그런 속도가 아니었다.

반휘혈이 앞을 가로막는 이들을 거침없이, 그야말로 무자비하게 날려서 물에 빠뜨리는 사이, 이루다가 홀로 수비선 안으로 돌진해 들어왔다.

당황 섞인 외침이 번졌다.

"야, 여긴 수비 선이야! 터치만 해도 아웃이라고!"

그 말을 들은 다섯 명가량의 아이들이 동시에 손을 뻗었으나, 루다는 춤추듯 유려한 동작으로 그것을 가볍게 피해 버렸다.

나는 감탄했다. 정말이지, 납치 사건 때에 동트는 빛 속에서 보았을 때도 생각했지만 그의 싸우는 모습은 파괴적인 행위보다는 예술에 가까웠다.

급기야는 루다를 필사적으로 공격하던 이들이 저들끼리 엉켜 무너졌다. 그사이 내 앞으로 다가온 루다가 한 손은 뒷짐을 지고 다른 손을 내밀었다.

이 와중에도 믿을 수 없이 정중한 태도였다.

"그럼, 가실까요?"

"으악, 제발 그거 하지 마!"

그렇게 외친 나는 그의 손을 붙잡고 훌라후프 바깥으로

달려 나갔다.

그런 우리에게 또다시 다른 팀들이 따라붙었다. 급기야 한 애가 내 팔을 잡아채려는 찰나, 이루다가 나를 제 쪽으로 당기며 외쳤다.

"벌써 수비 선은 진작 넘었거든, 멍청이들아!!"

그리고 루다의 손이 그를 날려 저 멀리 물속으로 풍덩 빠뜨려 버렸다.

그 모습을 보며 나는 중얼거렸다. 아니, 루다야. 그래도 사람을 5미터가량 날려 버린 건 너무 심한 게 아닐까 하는데……. 인간답지 않은 괴력을 봐선지, 관중석조차 온통 침묵뿐이었다.

그리고 마침내 루다가 경기장 뒤편에 설치된 미끄럼틀을 통해 나와 함께 내려오자, 관중들은 잠에서 깨어난 듯 일제히 환호했다.

"이루다! 이루다!"

다른 학년에서도 루다의 존재는 유명한 모양인지, 급기야 전교생이 그의 이름을 연호하기 시작했다.

땀 한 점 묻지 않은 머리카락을 쓸어 넘긴 루다가 태연히 나를 돌아보았다.

"휴, 나 어땠어?"

"멋있었어."

그의 물음에 나는 멍하니 대답할 수밖에 없었다.

특히 아래 학년에서 절대적인 그의 인기를, 나는 이제야말로 이해할 수 있을 것 같은 기분이 들었다.

*　*　*

경기장 안에 있어 전체적인 상황을 알 수 없었던 나조차 무척 놀랐으니 다른 이들의 충격은 알 만했다.

특히 선율 예술 고등학교의 경우 장르 특성, 아니, 학교 특성상 이루다나 반휘혈처럼 무지막지한 운동 신경을 가진 애들은 지금껏 보지 못했을 게 분명하고.

우리가 자리로 돌아오자 전광판에서는 방금 경기 하이라이트를 반복 재생하고 있었다. B조와 A조가 교체하는 짧은 틈을 타서였다.

카메라가 주로 비춘 것은 우리 쪽 진영이었다.

경기 시작 전, 상대편 공주님과 잡담을 나누는 이민아와 윤정인, 흥미 섞인 얼굴로 이런저런 질문을 던지는 우리 반 아이들 뒤로, 사자처럼 큰 몸을 쭉 뻗고 기지개를 켜는 반휘혈과 사냥 전에 집중하는 표범처럼 집요한 눈빛으로 한곳만 응시하는 루다의 모습이 화면에 잡혔다.

그의 시선 끝이 박힌 것은 역시나 나였다. 내 위치까지 확인한 그는 문득 입꼬리를 들며 씩 웃었다.

그리고 호루라기가 울리자마자 모든 일은 준비할 새도

없이 일어났다.

경기가 시작되기 전부터 다리 쪽에 서 있던 이루다가 곧장 외나무다리로 달려들었다.

그는 다리를 건너지 않았다. 뛰어넘었다. 이루다를 뒤따라온 반휘혈도 똑같은 일을 성공했지만, 나는 아무래도 키가 더 작은 루다 쪽이 훨씬 경악스럽게 느껴졌다. 폭이 3미터는 돼 보이던데 그걸 별다른 준비 동작도 없이, 진짜 사람이야?!

그렇게 첫 관문을 너무나 쉽게 통과한 루다는 곧장 벽에 달려들었다. 이번에도 그는 밧줄조차 이용하지 않았다. 대신에 벽 이곳저곳에 튀어나온 손잡이 대용의 벽돌을 딛고 뛰어올랐다.

그 모습을 보면서 나는 물론이고 이미 경기를 생방송으로 지켜보았을 이들조차 탄성을 내질렀다.

"정말 사람이냐는 말밖에 안 나온다……."

누군가 중얼거리는 말에 격하게 동의하며 나는 다음 관문을 보았다.

루다가 왜 벽에서 정상적으로 내려오는 대신에 곧바로 뛰어내리는 편을 선택했는지 나는 그제야 알 수 있었다.

루다는 벽에서 뛰어내림으로써 바닥에 깔린 그물에 발을 딛는 것조차 하지 않고 곧장 내게 오는 데 성공했다.

적진의 중심에 침투한 와중에도 여유를 잃지 않은 루다

가 한 손을 뒷짐 지고, 다른 손은 내게 내밀며 '가실까요?' 하고 물을 때는 곳곳에서 비명에 가까운 환호성이 터졌다.

그 모습을 본 나는 고개를 돌리며 헛기침을 해 댔다. 직접 볼 때는 너무 정신이 없어 몰랐는데, 멀리서 보니까 더 낯간지러웠다.

그리고 루다가 나를 낚아채어 미끄럼틀로 뛰어내리는 데서 재방송은 끝났다. 그제야 감상을 마친 나는 고개를 절레절레 내저으며 말도 안 된다는 뜻의 한숨을 내쉬었다.

그런 내 등 뒤에서 다른 이들의 물음이 날아왔다.

"단아, 저거 방송에 나가는 거 아니야? 저 영상 유튜브에 엄청 돌 것 같은데."

"어? 어, 그러게."

나는 얼떨결에 대답하면서도 생각했다. 그걸 왜 나한테? 이어 날아오는 말에 나는 얼굴을 굳혔다.

"너 남친이 저거 보면 질투하겠다."

"아……."

그리고 나는 앞으로 고개를 돌리며 중얼거렸다. 하하, 그러게.

우리 반에서 나름 친한 친구들에게도 여단 오빠와 헤어졌음을 알리지 않았다는 게 새삼스레 양심의 가책으로 다가왔다. 언젠가 말하긴 말해야 하는데, 나는 턱을 괴며 푹 한숨을 내쉬었다.

하지만 이들에게 말하지 않은 것은 조금 아쉬운 소리를 듣고 넘어갈 수 있는 반면에, 유천영에게 말하지 않은 건…….

나는 앞머리를 모아 눈을 덮었다.

이번에야말로 진짜 절교당할지도 몰라. 아니, 분명히 절교당한다.

하지만 도대체 언제…….

그때 A조의 시합이 시작되었다. 나는 비로소 얼굴을 가리고 있던 머리카락을 치우고 그쪽에 집중했다.

A조의 시합에서는 2학년 7반의 경기 외에 별로 주목할 것이 없었다.

2학년 7반에서 주로 활약한 것은 반여령과 유천영이었다. 두 사람은 환상의 호흡을 선보이며 관중들을 즐겁게 했다.

그러고 보면, 중학교 때도 유천영은 반여령과 춤춘 적이 있었지. 나는 턱을 짚으며 새삼 잊고 있던 추억을 떠올렸다.

더군다나 은형이가 싸움에 익숙해진 것도 다름이 아니라 유천영에게 습격해 오는 이들에게 맞서 싸우면서라고 했고. 그런 것을 생각하면 유천영이 몸 쓰는 데 익숙해진 이유도 알 만은 하다.

은지호는 길을 막고 서서 덤벼 오는 이들마다 긴 팔다리를 이용해 손쉽게 물 아래로 떨어뜨려 주었다. 심지어 나중에는 지루한지 하품을 하기까지 했다. 아무튼 그가 가로막고 있는 다리를 건넌 사람은 한 명도 없었다.

한편 은형이는 예상했던 것과 같이 화려한 큐빅이 달린 머리띠가 몹시 잘 어울렸다. 내가 썼을 때는 저렴한 가장용 소품처럼 보이던 그것은 은형이가 쓰니까 영국 왕실의 가보처럼 빛이 났다.

훌라후프 안에서 제한된 행동밖에 취할 수 없는 은형이가 어떤 식으로 경기에 기여할까 궁금했는데, 막상 직접 보니 감탄밖에 나오지 않았다.

수비 선에 가장 먼저 침투해서 은형이를 붙잡은 것은 여령이었다. 유천영은 바깥에서 공격수들을 저지하는 역할을 맡았다.

그러자마자 수비수들은 여령이에게 득달같이 달려들었다. 상당히 아슬아슬한 순간이 계속되었다.

앗, 조심……! 내가 나도 모르게 외치던 찰나, 수비수와 여령이 사이에 넓은 등이 끼어들었다.

그제야 나는 감탄해서 중얼거렸다. 참, 그랬지.

"규칙상 공주님은 수비수한테 닿아도 아웃 아니지."

그 점을 설마 저런 식으로 이용할 줄은 몰랐다.

은형이가 자기 몸을 방패처럼 이용해서 수비수들을 막는 사이 여령이는 손쉽게 미끄럼틀로 뛰어내렸고, 우리 쪽을 향해 씩 웃으며 브이 자를 만들어 보였다. 그 미소는 정말이지 보는 사람이 자연히 따라 웃을 수밖에 없을 만큼 상쾌하고 예뻤다.

은형이가 그런 여령이를 보며 눈부신 무언가를 본 듯, 눈을 가늘게 뜨는 모습이 전광판 위로 비쳤다. 나는 생각했다.

아, 역시 은형이는 여령이를 아직도……. 하긴, 그 스스로도 쉽게 죽일 수 없을 거라 장담하던 마음이었다.

그때 스피커에서 예린의 목소리가 울렸다. 나는 화들짝 놀라며 자리에서 일어났다.

[그럼 B조 준결승 시작합니다. B조는 준비해 주세요.]

이서진의 반과는 준결승에서 바로 붙게 되었다. 최대한 미룰 수 있길 바랐던 우리 반은 그저 한숨만을 내뱉었다.

하지만 이서진의 전략조차 이루다와 반휘혈의 황당하기까지 한 무력에는 통하지 않았다. 말하자면 킹콩이나 고질라를 상대로 총이 통하지 않는 것과 비슷한 원리라고나 할까.

실제로 나는 몇 번씩이나 이서진네 반 학생들에게 '그만둬! 더 이상 쏘는 건 탄약 낭비야!' 하고 외치고 싶은 것을 참느라 스스로 입을 막아야 했다. 무엇보다도 조롱으로밖에 들리지 않을 거야.

내가 공주님으로서 적진에 있을 때 이서진과 짧게나마 대화를 나눌 기회가 있었다.

그때 나는 이서진에게 물었다.

"여령이랑 밥 먹었다는 얘기 들었어. 그냥 소문이야?"

그러자 뜻 모를 눈으로 나를 빤히 보던 이서진이 대답했다.

"아니. 사실이야."

"너 여령이랑 사귈 마음은 있어?"

나는 곧바로 되물었다.

연인 관계에 남들이 이래라저래라 참견하는 게 어떤 파국으로 이어지는지 못 본 것도 아니었지만, 이번은 다름 아닌 반여령 일이었다.

내게 이 정도 끼어들 권리는 있다고 생각했다. 반여령이 내 일과 내 삶에 이 정도 끼어들어도 되는 것과 마찬가지로.

나를 빤히 보던 이서진에게서 전혀 예상치 못한 대답이 흘러나온 것은 그때였다.

"신경 쓰여?"

"뭐?"

"지금 네 대답에 따라 달라질 수 있어."

"아니, 네 마음인데 내 대답에 따라 달라지면 어떡해?"

나는 진심으로 어이가 없어서 그렇게 물었다. 그러거나 말거나, 이서진은 특유의 온화한 미소를 지어 보이더니 뒤돌아 뒷모습만 보여 주었다.

그다음엔 곧바로 들이닥친 이루다와 반휘혈의 습격 때문에 주변이 아수라장이 되는 바람에 대화할 틈을 더는 얻지 못했다.

경기가 끝나고 상대 팀과 인사를 나누는 자리에서 다시

한번 그에 대해 물었지만, 이서진에게선 '잘 생각해.' 하는 대답만이 돌아올 뿐이었다.

아니, 너희 둘 문제인데 내가 생각하긴 뭘 생각해?

나는 다시 고민에 빠지지 않을 수 없었다. 저런 수상쩍은 녀석에게 반여령을 맡겨도 괜찮을까?

내가 고민에 빠지건 말건 우리 반은 B조 결승 우승까지 쭉쭉 치고 나갔다.

내가 경기에 코털만큼도 지장 안 준다는 게 다행으로 느껴지는 한편 조금 분해……. 그런 생각이나 하고 있는 사이 A조에서도 2학년 7반이 한상아네 반을 꺾고 우승에 올라왔다.

어느새 전광판에 비친 대진표에 2학년 7반과 2학년 8반, 단 두 반밖에 남지 않은 것을 보고 나는 침을 꼴깍 삼켰다.

루다가 자신만만해하는 것을 들을 땐 설마 하는 마음이 있었는데, 진짜로 이렇게 되네.

적진에 선 나는 주변을 둘러보고는 허탈하게 웃었다. 아, 도대체가 어떻게 다 아는 얼굴이야.

여령이가 가장 먼저 나를 끌어안았다. 강한 힘에 개구리처럼 짜부라진 내가 힘겹게 말했다.

"저기, 일단 나 너희 적이다."

"알 게 뭐야! 우리가 납치한 이상 우리 공주님이지!"

여령이가 외치는 소리에 나는 깨달았다. 아, 이 게임 그런 콘셉트였어?

옆에서 은지호도 말했다.

"그러냐, 그러면 절대로 지면 안 되겠네."

지면 빼앗길 테니까.

그가 덧붙인 말에 나는 여전히 반여령에게 끌어안긴 채로 슬쩍 눈만 들어 그의 표정을 살폈다. 반여령의 시답잖은 농담에 맞받아치는 것치고는 몹시 가라앉은 목소리였기 때문이었다.

그때 문득 귓가에 환청처럼 스치는 목소리가 있었다.

'한 번 빼앗겨 보고 나니까, 조바심 나서 참을 수가 있어야지.'

속에서 타오르는 불을 누르지 못해 어쩔 줄 모르는 것처럼 낮게 그르렁거리던 목소리.

나는 문득 여령이의 등에 두르고 있던 손에 힘을 주었다. 여령이가 나를 보며 왜? 하고 묻는 말에 나는 가만히 고개만 내저었다.

그때 유천영도 나를 보며 말했다.

"그러네. 네가 걸린 거면 더."

나는 그렇게 말하는 그를 향해서도 마찬가지로 복잡한 표정을 지어 보였다. 아니, 진짜 여단 오빠 일에 대해 말해야 하는데. 언제 말한담?

이번에도 날카로운 호루라기 소리가 하늘 높이 치솟는 것과 동시에 경기가 시작되었다.

여령이와 유천영이 곧장 그물 쪽으로 달려가는 것을 보고 나는 눈을 크게 떴다. 도대체 뭘 하려고?

그물 앞에 그들이 멈춰 선 지 얼마 안 돼서 벽 위에 누군가의 실루엣이 나타났다. 이번엔 반휘혈이 이루다보다 먼저였다. 주저 없이 아래로 뛰어내리려던 그가 그물 바로 뒤를 막고 선 두 사람을 보고 난감한 낯을 했다.

아, 그래서! 나도 이제야 깨달을 수 있었다. 반휘혈이 착지할 곳을 미리 차지해 버리면 반휘혈은 어쩔 수 없이 얌전히 벽 아래로 착지하여 그물을 돌파할 수밖에 없다.

결국 반휘혈은 그들 뜻대로 얌전히 아래로 내려갔다. 그리고 그가 그물을 한 번에 뛰어넘기 위해 준비 동작을 하는 그때였다.

허공에 뛰어오른 반휘혈에게 당장 물 풍선이 날아들었다.

힘과 기술이 실린 물 풍선의 위력은 굉장했다. 더군다나 반휘혈은 공중에 떠 있어 피할 수도 없었다.

잠시 앞이 보이지 않는 듯 눈을 찡그린 반휘혈을 반여령이 화려하게 엎어뜨렸다. 나는 나도 모르게 기겁해서 외쳤다.

"반여령, 네가 기어이 서열 1위를……!"

순식간에 물 아래로 가라앉은 반휘혈이 곧바로 분수처럼 솟구치는 물과 함께 떠올랐다.

잔뜩 젖어서 이마에 달라붙은 머리카락을 쓸어 넘기면서도 그는 방금 제게 무슨 일이 일어났는지 믿지 못하는 얼굴이었다. 그야 그럴 만도 하지, 나는 중얼거렸다.

실제로 관중석마저 폭발적인 환호 대신 침묵으로 대응하고 있었다. 마치 이루다와 반휘혈의 활약을 처음 보았을 때와 같은 반응이었다.

그리고 나는 문득 시선을 먼 곳으로 향했다.

그나저나, 루다는 뭐 하고 있는 거지? 그가 이렇게 긴 시간 동안 조용할 리 없는데.

그때 갑자기 천국 길 쪽에서 소란이 일어났다. 루다가 다름 아닌 은지호를 향해 정면으로 돌격해 오고 있었다. 윤정인과 이민아를 대동한 채였다.

이제껏 그가 장애물이 없는 다리 쪽을 이용한 적은 한 번도 없었기 때문에 당하는 이들은 경악하는 얼굴이었다.

"뭐야?! 왜 이쪽으로 오고 난리야?!"

"반휘혈이 당한 걸 보아하니 너희가 저쪽엔 수작을 부려 놨을 게 뻔한데, 내가 미쳤다고 저쪽으로 가겠냐?"

달리는 와중에도 용케 듣고 대답한 루다는 곧장 은지호에게로 달려가 팔을 잡으며 기술을 걸었다.

눈살을 찌푸린 은지호는 곧장 이루다가 붙든 팔을 풀었다. 모르는 사람이 봐도 기술이 대충 들어간 게 아니었는데, 나는 감탄을 흘렸다.

루다도 몇 번이나 기술을 걸어도 번번이 풀리자 눈썹을 찡그리며 물었다.

"마냥 곱게 자란 것처럼 생겨선, 의외로 호신술은 다 꿰고 있네?"

"네가 귀한 집에서 사대 독자로 자라 납치 한번 당해 봐라. 어떻게 되는지."

"글쎄, 나는 없던 형이 막 생긴 참이라 그런 건 평생 알 일이 없을걸. 그리고 방금 그거, 칭찬 아냐!"

그렇게 외친 루다가 곧장 다리를 움직여 은지호의 발을 걸었다.

지금까지 루다가 상체만을 썼기 때문에 미처 방비하지 못한 은지호는 대번에 몸의 균형을 잃었다. 그 틈에 은지호를 평소와 같은 수법으로 경기장 바깥으로 날려 버린 루다가 빈정거렸다.

"흥, 싸우는 방식이 실전 한 번 못 겪어 본 샌님답다는 뜻이었다."

그리고 그는 곧장 이쪽을 향해 달려왔다.

그러나 은지호와의 드잡이질이 의외로 길어지는 바람에 이쪽은 이미 유천영과 반여령이 지키고 있었다. 루다가 눈을 왈칵 구기며 말했다.

"이거 성가시게 됐네."

그러다 그는 문득 깨달은 듯 물었다.

"뭐야, 한 놈은 어디 갔어?"

"그게, 주인이라면 아까 너랑 은지호가 싸우고 있을 때 벽 쪽으로 넘어갔어."

공주님이 말을 해도 반칙은 아니었기에 내가 슬쩍 끼어들었다.

그러자마자 루다의 표정은 야차처럼 일그러졌다. 그가 당장 손을 내밀어 날 잡았다.

"얼른 가자! 시간 없어."

"어, 그런데 있잖아. 네 뒤."

내가 조심스럽게 꺼낸 말에 루다는 뒤를 돌아보며 난처한 얼굴을 했다.

루다가 진작 경기장 바깥으로 날려 보낸 줄 알았던 은지호가 용케 살아서 이쪽으로 걸어오고 있었다.

놀랍게도 조금도 젖지 않은 채였다.

그제야 나는 깨달을 수 있었다. 설마 경기장 끝 모서리를 잡고 버틴 건가? 경기장 재질 자체가 상당히 미끄러운 편인데, 정말 오기의 승리로군.

"젠장, 아무리 나라도 이건 좀 어렵겠는데……."

'아무리 나라도'라니, 여전히 자신만만한 루다의 말에 나는 감탄했다.

그러나 그에게서 어렵다는 말이 나온 이상 그 또한 사실일 터였다. 더군다나 우리는 아직 수비 선 안에 있었다.

유천영이나 반여령, 은지호, 세 사람 중 한 사람의 손만 살짝 닿아도 아웃이란 얘기였다. 더군다나 세 사람 뒤에서 7반 학생 열 사람 정도가 물 풍선을 들고 눈을 빛내고 있었다.

"야, 함단이. 너 얼른 그 녀석한테서 떨어져. 너 때문에 물 풍선 못 던지고 있잖아."

루다의 앞을 가로막고 선 내게 그렇게 말한 것은 은지호였다. 그러면서 그가 원 밖으로 손짓하자 그제야 나는 깨달았다.

아, 왜 당장 물풍선을 던지지 않는 걸까 했더니, 그런 이유에서였어?

내가 물에 젖는 모습을 생방송으로 내보내지 않겠다는 배려는 고맙지만, 나는 한숨을 쉬며 옆을 힐끗 쳐다보았다.

그렇다고 해서 예, 그렇습니까, 하고 물러날 수도 없는 노릇이었다.

이것만 이기면 가장 점수가 큰 〈공주님 구하기〉에서 우승인데! 그러면 학년 전체 우승에 한 발짝 가까워지는 셈이다.

작년에는 이루다 혼자만으로는 힘에 부쳐서 엄두조차 못 냈던 일이었다. 그때 우리 반 애들과 특히 이루다가 그까짓 거 상관없다고 말하면서도 얼마나 안타까워했는지, 옆에서 지켜봐서 잘 알고 있었다.

그때, 갑자기 옆에서 불쑥 튀어나온 손이 나를 밀었다.

나는 그대로 떠밀려 균형을 잃으면서도 반사적으로 그쪽을 보았다.

"같이 죽는 건 바보짓이잖아."

그렇게 말한 루다가 못내 미련을 버리지 못한 표정으로 입술을 깨물었다.

그러자마자 루다에게 물세례가 쏟아졌다. 그는 쏟아지는 물 풍선을 피해 최대한 수비 선 바깥을 향해 달렸지만, 그곳은 이미 반여령과 유천영, 은지호가 지키고 서 있었다.

루다는 눈앞이 거의 보이지 않는 상태고 방해까지 받았는데 세 사람은 아니었으니 당연한 일이었다.

세 사람이 동시에 성큼 간격을 좁혀 다가오던 그때였다. 마음이 급해진 내가 아무런 계획도 없이 외쳤다.

"자, 잠깐만!"

그러나 이제 막 쥐를 궁지에 몰아넣은 상황, 아무도 내게는 시선도 주지 않았다. 그들이 이루다를 노려보며 팔을 뻗는 모습에 나는 속으로 비명을 질렀다. 안 돼!

아주 짧은 틈, 그거면 루다는 이 위기를 단숨에 돌파할 수 있을 텐데!

머리를 굴리던 내가 황급히 말을 이었다.

"나, 나 있잖아……."

여전히 아무도 이쪽에는 시선을 주지 않았다.

다시 눈을 질끈 감은 나는 버럭 외쳤다.

"나 여단 오빠랑 헤어졌어!"

그러자 잠시 침묵이 찾아왔다.

뒤늦게 내가 방금 무슨 말을 했는지 깨달은 나는 손을 들어 입을 턱 막았다.

그리고 조심스럽게 시선을 들자, 경기장에는 나만큼이나 조용해진 사람들이 나를 향해 경악에 찬 눈빛을 보내고 있었다.

사대천왕과 반여령은 물론이고, 나머지 7반 학생들도 얼어붙은 것을 확인한 나는 천천히 두 손을 들어 얼굴을 가렸다.

내 입에서 탄식에 가까운 신음이 새어 나갔다.

"아……."

망했다.

나는 그냥, 내가 아는 선에서 가장 충격적인 말을 꺼내려던 것뿐인데. 그것이 루다와 유천영에 대한 고민과 얽히자 그만 이런 참혹한 결과가 빚어지고 말았다.

다른 반 학생들까지 다 있는 곳에서, 더군다나 생중계 되는 시합에서 이런 충격 고백을 하게 되다니. 경기장 내에 마이크가 없어서 말소리는 생중계 되지 않는 게 그나마 다행이지.

내 무의식 죽고 싶냐, 진짜? 급기야 내 무의식을 향해 협박을 날려 보았으나, 아무튼 이미 일어난 일을 수습하는 데는 쥐뿔도 도움 되지 않았다.

더군다나 내가 그 말을 날린 목적이었던 루다 또한 굳어져서 꼼짝도 안 하고 있었다.

아니, 얼른 도망치지 않고 뭐 하는 거야! 다른 애들도 안 움직이고 있어서 잡힐 염려는 없지만!

아무도 움직이지 않는 가운데 정적만이 영원히 이어질 것처럼 계속되었다. 급기야 정적을 더는 견딜 수 없어진 나는 두 손으로 얼굴을 가리고 한 발자국씩 뒤로 물러났다.

그들 눈에 초점이 돌아온 것은 그때였다.

그들이 누가 먼저라 할 것 없이 다급히 내게 손을 뻗으며 외쳤다.

"야, 함단이!"

"조심해! 그 뒤에 물……."

뭐라고 대답할 새도 없이 디딜 곳을 찾지 못한 내 발이 허공에 미끄러졌다.

다음 순간 풍덩, 하는 소리와 함께 시야가 뒤집혔다.

녹색 물결을 뚫고 들어온 금색 빛줄기가 눈앞에 어른거렸다.

그 와중에 내가 걱정한 것은 단 하나였다.

안 돼! 이거 완전 차원 이동 루트잖아! 충격 고백 후 입수! 그것만은 안 돼! 내게는 물에 빠진 것보다 차원 이동 쪽이 실질적 위험이었다.

다행히 바닥을 딛는 데 성공해 물에서 상체를 솟구치고 보니, 아직 경기장 안이었다.

경황없이 두 팔을 들자마자 이쪽으로 뻗어 나온 손에 의해 번쩍 들어 올려졌다. 내가 스티로폼이라도 되는 듯 몹시 가뿐한 동작이었다.

나를 구해 준 게 누구인지 확인할 새도 없이 누군가 내게로 다가와 어깨를 끌어안았다. 살랑이는 금발 때문에 그가 누구인지 금방 깨달은 내가 물었다.

"루다야?"

아랑곳하지 않고 내 어깨를 바짝 끌어당긴 루다는 고개를 돌리더니 사람과 카메라를 가리지 않고 쏘아보며 외쳤다.

"야, 나랑 같은 성별인 놈들은 죄다 눈깔아! 나랑 눈 마주친 놈들 기억해 뒀다가 나중에 찾아간다! 카메라도 전부 다른 쪽으로 돌려! 비싼 렌즈 깨지고 싶지 않으면!"

"아니, 루다야. 다들 보고 싶어서 본 것도 아닌데 그런 말이 어디 있니……."

내가 침착하게 말려 봐도 루다는 내 말이 들리는 눈치가 아니었다.

내 어깨를 안고 새끼를 지키는 어미 새처럼 경계 어린 눈빛을 내쏘고 있던 그를 누군가 불쑥 밀어냈다.

"비켜."

"넌 또 뭐……."

루다의 말에도 아랑곳 않고 유천영은 곧장 입고 있던 저지를 벗더니 나를 향해 말했다.

"팔."

"팔?"

내가 두 팔을 들자마자 저지 소매를 내 두 손에 각각 끼워 넣은 그는 지퍼를 끌어 올려 내 목 끝까지 가려 주었다. 그러고 나서야 그가 안도한 듯 한숨을 내쉬었다.

그제야 나는 우리가 모든 사람들 앞에서 이러한 짓을 벌이고 있다는 사실을 문득 깨달았다.

심지어 경기는 아직 끝나지도 않았는데.

실제로 2학년 7반 애들 대부분이 당황한 얼굴로 우리를 보며 어쩔 줄 몰라 하는 표정을 짓고 있었다.

혹시 이게 일반적인 일인가? 나는 기억을 되짚어 보았지만, 역시 그렇진 않았다. 경기 중에 물에 빠진 사람은 여자고 남자고 할 것 없이 웃음의 대상이 되었다. 나처럼 적극적으로 구조되는 게 아니라.

그리고 나는 새삼 깨달음을 얻었다.

어라, 이거야말로 너무 인터넷 소설 같은 상황 아니야? 그것도 무려 반여령이 아니라 내가 중심이 된 상황이라니!

게다가 생각해 보니 이 경기장엔 김혜힐이 내 남자 친구 후보로 꼽은 사람 중 세 사람이나 있었다.

아니, 그럼 이루다와 유천영이 날 좋아하는 게 진짜라고?

잠시 충격에 빠져 있던 나는 퍼뜩 고개를 들어 은지호를 돌아보았다.

이 상황에서 궁금해할 게 아닌 건 알지만, 막상 이렇게 되고 나니 내게 고백까지 했던 그의 반응이 궁금할 수밖에 없었다.

그리고 곧바로 이어진 은지호의 예기치 못한 행동에 내 얼굴이 일그러졌다.

내게 다가온 은지호는 너무도 태연히, 조약돌 주우러 온 소년처럼 몸을 숙여 발치에 굴러다니던 물 풍선 하나를 줍더니, 제 머리에 부딪쳐 터트려 버렸다.

그때까지도 내 곁을 떠나지 않고 있었기 때문에 그 여파를 고스란히 맞은 이루다와 유천영이 차례로 짜증을 냈다.

"야, 미쳤어?!"

"물 튀잖아."

"아, 미안. 그래도 이렇게 해야…….."

은지호는 젖은 머리칼을 태연히 쓸어 넘기며 전광판을 눈짓했다. 나와 다른 두 사람의 시선이 일제히 그쪽으로 향했다.

은지호가 담담하게 말을 맺었다.

"다들 나만 쳐다보느라 함단이 쪽을 안 볼 거 아냐."

"……."

나는 누군가 작게 '미친…….' 하고 중얼거리는 소리를 들었다.

내 마음의 소리가 튀어나온 건 줄 알았는데, 알고 보니 유천영과 이루다가 동시에 그렇게 중얼거리며 나를 자기들 쪽으로 끌어당기고 있었다.

그 와중에도 정말로 전광판 가득 클로즈업된 거라곤 물을 뚝뚝 흘리며 머리칼을 쓸어 넘기는 은지호의 모습뿐이라서, 나는 마음이 몹시 복잡해졌다.

제52조. 체육 대회와 공개 고백의
상관관계는?(하)

"후, 살았다."

나는 젖은 머리를 털어 내며 숨을 깊이 내쉬었다.

매우 다행히도 윤정인이 교실을 열어 둔 덕에, 일이 벌어진 직후 곧장 교실 사물함에서 체육복을 꺼내 올 수 있었다. 덤으로 김혜힐이 혹시 몰라 가져왔다던 새 수건까지 얻었다.

뽀송하게 마른 수건에 머리를 몇 분 정도 닦아 내니 간신히 물이 떨어지지 않을 정도는 되었다. 새 체육복으로 갈아입은 나는 탈의실 문을 열어젖혔다.

오후에는 체육관을 사용하는 종목의 시합이 없기에 체육관에 붙어 있는 탈의실 인근은 한산했다. 체육관을 둘러싸고 있는 키 큰 나무들 사이로 벌레 우는 소리만이 어지럽게 쏟아졌다.

　나뭇잎 사이로 조각난 채 흘러가는 하늘을 가만히 바라보다, 나는 한 손을 문득 들어 손 그늘을 만들었다.

　폭발적인 환호성 속에서 벗어나 물속 같은 정적에 둘러싸이니, 방금 있던 일이 현실에서 일어난 것 같지 않았다. 모조리 꿈만 같았다.

　물론 그게 꿈이 아니란 증거는 푹 젖은 내 머리칼과 아직도 물을 뚝뚝 흘리고 있는 신발, 양말에서 확인할 수 있지만.

　옅은 한숨을 내쉰 나는 무심코 걷다 말고 남자 탈의실 앞에서 우뚝 멈춰 섰다.

　잠깐 망설이던 내가 조심스레 물음을 던졌다.

　"거기, 안에 누구 있어요?"

　"어. 있다."

　탈의실 안에서 날아온 목소리에 나는 작게 웃었다. 그 목소리의 정체는 다름 아닌 은지호였다.

　하여간, 내게서 시선을 돌리겠다고 한 일이 다른 무엇도 아니고 스스로에게 물 풍선을 부딪쳐 터트리는 거였다니.

　다시 생각해도 헛웃음만 나왔다. 그렇게 해야 사람들이 모조리 자기만 쳐다보느라 날 보지 않을 거라니, 도대체 무슨 자신감인데?

　하지만 진짜로 그렇게 되었다.

　사람이고 카메라고, 화보라도 촬영하는 듯 당당한 표정

으로 머리를 쓸어 넘기는 은지호에게서 시선을 떼지 못하는 통에, 나는 그 틈을 타 후다닥 달아날 수 있었다.

경기장을 벗어나고서야 내 옷의 재질이 생각보다 두꺼웠기 때문에 하나도 비치지 않았고, 결과적으로 우리가 했던 일들이 죄다 헛짓거리였단 것을 깨달았지만.

나는 잠시 멈추어 있다가 근처에 놓인 빈 의자를 발견하고 그 위에 걸터앉았다. 근처는 떨어진 솔잎과 흙발 자국으로 온통 더러워져 있었다.

발뒤꿈치로 바닥을 툭툭 차며 기다리길 한참, 나는 문득 기억 속에서 이와 비슷한 상황을 발견하곤 미소 지었다.

나는 상체만 앞으로 쭉 뻗고 탈의실을 향해 다시 물었다.

"은지호, 너 기억나?"

탈의실 안에서 여상한 목소리로 대답이 돌아왔다.

"뭐가?"

"우리 중학교 때 말이야. 내가 너한테 물 뿜고, 너 옷 갈아입고 있을 때 방에 쳐들어간 거."

"아."

"나 지금은 좀 사람 되지 않았어?"

밖에서 얌전히 기다리고 말이야, 그치. 당연한 일을 가지고 칭찬이라도 해 달라는 듯 떠들어 대던 나는 이어진 대답에 말을 멈췄다.

"야, 그거 그렇게 아무렇지도 않게 말하지 마라. 너한테는 아무 기억도 아니더라도 나한테는 꽤 아픈 기억이거든?"

"어……."

내가 발뒤꿈치로 바닥 두드리던 것도 멈추고 바짝 얼어붙은 그때, 마침 탈의실 문이 달칵 열리며 은지호가 모습을 드러냈다.

학교 앞에서 대기하고 있던 누군가에게 갈아입을 옷과 수건을 전달받았는지, 그는 우리 학교 체육복도 아닌 연보라색 저지와 바지 차림을 하고 있었다.

흰색에 가까운 그의 은색 머리칼은 벌써 거의 다 마른 것 같았다.

목에 걸린 수건으로 머리를 문지르며 그가 심드렁히 덧붙였다.

"아니, 아무리 생각해도 어이가 없네. 진짜."

당황해서 눈만 깜빡이던 내가 되물었다.

"뭐가?"

"너도 방금 봤을 거 아니야. 카메라고 사람이고 뭐고 죄다 나만 쳐다보는 거. 이루다인가 그 녀석이 협박한 것보다 내 쪽이 훨씬 효과적이었다니까."

그의 뻔뻔스런 말을 들으며 나는 한숨만 푹푹 내쉬었다. 허……. 저걸 어쩌면 좋아, 저 미친 자신감.

그리고 성큼성큼 걸어와 내 앞에 멈춰 선 그가 덧붙였다.

"그런데 너한테는 그게 쥐뿔도 안 먹힌단 말이지."

"야, 그럼 당연하지. 우리가 봐 온 게 몇 년인데…….."

당연한 듯 대답하던 내 말은 은지호의 다음 말에 먹혔다.

허리를 숙여 내 앞에 얼굴을 바짝 붙인 그가 낮게 중얼거렸다.

"도대체 뭘 더 해야 네가 나한테 한 번이라도 설레냐?"

"헉…….."

"지금 이 거리조차, 너한테는 아무런 의미도 없어?"

그렇게 말하는 은지호의 숨결이 내 속눈썹에 닿을 듯해 나는 잠시 숨을 멈추었다.

우습게도 머릿속을 가득 채운 생각이라곤 내가 점심에 뭘 먹었더라, 트럭에선 뭘 사 먹었더라 하는 것뿐이었다.

그러다가 갑자기 원경처럼 흐릿하던 눈앞이 선명해지면서, 바로 가까이에 있는 은지호의 긴 속눈썹이 클로즈업한 것처럼 눈에 들어왔다.

잠시 그대로 있다가, 나는 은지호를 밀어내기 위해 경황 없이 손을 뻗었다. 그러자 곧바로 진지한 표정을 집어치운 그는 개구진 미소를 떠올리며 내 손을 가볍게 피했다.

"그것도 공격이라고 하냐?"

그렇게 말하며 킥킥 웃던 그의 어깨를 누군가 사납게 잡아챘다. 그의 뒤를 확인한 나는 놀라서 눈만 깜빡였다.

방금까지만 해도 귀신이라도 나올 것처럼 아무도 없던 통로에 갑작스레 모습을 드러낸 사람은 다름 아닌 유천영이었다.

그의 새파란 눈이 불길을 피워 올리는 것을 보고서야 나는 방금 경기장에서 있었던 일을 다시 떠올렸다.

그러자 갑자기 잊고 있던 현실 감각이 돌아오며 숨이 턱 막혔다.

'나, 나 있잖아…….'
'나 여단 오빠랑 헤어졌어!'

나는 두 손으로 얼굴을 가리며 비명 같은 신음을 내뱉었다.
"아…….."
죽자, 나 자신의 의지로…….
내가 인터넷 소설에 들어온 이래로 최대의 수치심 속에 허우적거리는 가운데, 유천영은 은지호를 향해 사납게 물었다.
"너, 진작 알고 있었지."
그 소리를 듣고서야 나는 다시 고개를 들었다.
은지호가 턱을 까딱 들며 여유롭게 되물었다.
"뭘?"
"장난칠 기분 아니야. 함단이랑 그 형, 헤어진 거."
유천영이 여전히 사납기 짝이 없는 목소리로 말을 이었다.
"넌 이미 알고 있었잖아. 그래서 갑자기 등하교를 함께

하기 시작하고, 그렇게 거리낌 없이……."

말을 하다 말고 문득 입술을 깨문 유천영의 시선이 내 손목에 와 닿았다. 화들짝 놀란 나는 반사적으로 손을 등 뒤로 숨겼다.

그러면서 내가 중얼거렸다. 아, 그때.

오후 촬영이 있는데도 굳이 학교에 얼굴을 비쳤던 날, 이서진과의 대면이 끝나고 나서 유천영은 곧바로 가방을 내려놓기 위해 교실로 사라진 줄 알았는데, 알고 보니 그는 은지호와 사라지는 내 모습을 지켜본 모양이었다.

한참을 입술만 짓씹다가 다시 은지호를 돌아본 유천영이 말했다.

"이건 반칙이지."

그에 한쪽 눈썹만 까딱 들어 올린 은지호가 되물었다.

"반칙?"

"그래. 넌 내가 함단이 좋아하는 걸 수련회 때부터 알고 있었으면서도……."

유천영의 입에서 거침없이 떨어진 폭탄 발언에 나는 또다시 헉하고 헛숨을 들이켰다.

그러자 나를 힐끗 본 유천영의 시선이 다시 은지호에게로 향했다.

그때, 은지호가 입꼬리를 들어 올리며 비릿한 웃음을 지었다. 그가 곧바로 입을 열어 반격했다.

"야, 말은 바로 하자. 반칙이라니? 난 오히려 수련회 때 네 마음을 알고서 너한테 잘해 보라고 말했어. 나름 경험에서 우러나온 충고까지 해 줬고."

"그건……."

드물게 말문이 막혀 입술만 깨물고 있는 유천영에게 나른히 앞머리를 쓸어 넘긴 은지호가 쏘아붙였다.

"내가 물러나 있던 시간 동안 네가 도대체 뭘 했는데?"

"너도 알잖아. 어차피 그때 함단이한테 내 마음을 말했어도, 함단이는 조금도 듣지 않았을 거란 거."

유천영이 드물게 격정적으로 퍼붓는 말에 나는 움찔했다.

잠시 젖은 머리끝을 매만지던 나는 생각했다. 좋아, 방금 그 말엔 반론할 여지조차 없군. 실제로 나는 최근까지도 은지호는 물론이고, 유천영이 날 좋아할 수 있을 거라곤 생각해 본 적 없으니까.

얼마 전 부모님과 싸웠을 때 우연히 유천영과 만나 카페에서 단둘이 대화를 나눌 때도, 그의 다정함에 침몰당해 테이블에 얼굴을 처박으며 수십 번은 읊조렸다.

너는 왜 이렇게 다정할까?

나에게 허락되지 않은 최초의 사람이던 너는, 어째서 이렇게나.

그때 날아온 은지호의 말이 내 상념을 깨뜨렸다.

"반칙? 웃기고 있네. 짝사랑에 반칙 같은 게 어디 있어."

유천영은 어처구니가 없다는 듯 깊은 한숨만 내뱉었다.

"하……."

"난 함단이에게 이미 말했어. 날 선택하라고."

은지호가 팔짱을 끼며 당당히 내뱉은 그 말에 그제야 유천영이 고개를 휙 돌려 나를 바라보았다. 그의 푸른 눈에서 불길이라도 뿜어져 나오는 것 같아 나는 움찔했다.

은지호가 주의 깊게 지켜보는 가운데, 곧장 가로질러 내게로 다가온 유천영이 낮은 목소리로 말했다.

"함단이."

"응."

"얼마나 됐어?"

여느 때처럼 주어 없는 그의 말에 잠시 어리둥절해하던 나는 곧바로 의미를 깨닫고 대답했다.

"3주, 아니, 이제 한 달인가? 한 달 좀 안 됐나?"

"왜 말 안 했어."

곧바로 돌아오는 그의 대답에 일말의 원망마저 담겨 있어서 가슴이 콕콕 찔렸다.

잠시 눈을 내리깔고 그의 눈치를 살피던 나는 조심스럽게 물었다.

"화…… 났어?"

"……."

유천영은 대답 없이 손을 들어 올려 엄지와 검지로 콧대만 매만졌다. 그의 미간에 팬 주름만 보고도 대답을 대충 짐작할 수 있을 것만 같아 덜컥 겁이 났다.

한참을 우물쭈물하던 내가 말했다.

"야, 미안해. 말 안 하려고 안 한 게 아니라, 너 바쁜 거 빤히 아는데 네가 그걸 알면 괜히 바쁜 와중에 신경 쓸까 봐, 그래서 그랬어."

그 말에 콧대를 매만지던 것을 그만두고 퍼뜩 눈을 든 유천영이 나를 쳐다보았다. 나는 또다시 쫄았다.

유천영이 지극히 어처구니없다는 투로 물었다.

"'괜히'?"

그다음 이어지는 말에 나는 다시 헛숨을 삼켰다.

"네 일인데 '괜히'가 어디 있어."

"어……."

나를 좋아한다는 말보다도 이 말이 내겐 수배는 더 부끄러웠다.

말없이 입만 여닫는 내게, 유천영이 거르지도 않고 말했다.

"함단이. 방금 들어서 알겠지만, 제대로 말할게. 좋아해."

"……."

예상은 했지만 유천영 성격에 걸맞은 돌직구였다. 내리깔린 푸른 눈은 어느새 분노를 잃고 차분하게 빛나고 있었다.

그가 말을 이었다.

"은지호보다 한발 늦었지만, 나도 말할게. 날 선택해."

"아니, 나는……."

"네가 그 형이랑 사귀게 되었을 때, 후회한 사람은 저 녀석뿐만이 아니야."

유천영의 그 말을 듣고서야 나는 다시 눈을 들어 올렸다.

내가 멍하니 중얼거렸다. 그렇다면 도대체 언제부터? 얼마나 오랫동안 나는 이들의 마음을 알 수 있는 징후들을 놓쳐 오고 있던 거지?

나는 작게 앓는 소리를 내며 한 손으로 얼굴을 가렸다. 유천영과 은지호가 올곧게 내쏘는 시선을 받는 것이 부담스러웠다.

아니, 나는 정말로 유천영이 뺨에 입을 맞춘 것도, 은지호가 잠든 내 손을 잡고 있던 것도 전혀 다른 문제인 줄 알았는데.

이를테면 로봇이 특정 행동을 하는 것은, 그들이 그 일을 하고 싶어서가 아니라 단지 정해진 알고리즘을 따르고 있기 때문인 것처럼. 그들의 알 수 없는 행동 뒤에 있는 것 역시 그들의 마음이 아닌 작가일 것이라 생각했다. 그런 내 생각은 완전히 틀려 있었다.

지금 내가 입을 열지 못하는 것은 그들의 기세가 워낙 대단하다는 것 외에도, 내 지난날에 대한 회의감 때문이었다.

내가 대답하지 않는 시간이 길어지자, 우리를 둘러싼 침묵과 초조감은 더더욱 무거워져만 갔다.

매미 우는 소리만 일대에 가득한 가운데, 나는 진땀을 흘리며 여러 번 읊조렸다. 어떡하지? 어떡하지, 진짜?

그때 의외의 돌파구가 나타났다.

여름 햇살보다도 맑고 강렬한 목소리를 듣고 나는 퍼뜩 고개를 들었다.

"엄마!"

짧게 외치며 달려온 주인이가 나를 곧장 은지호와 유천영 사이에서 끌어냈다.

나를 등 뒤에 숨겨 두 사람의 시선으로부터 차단하는 그의 뒷모습을 보며, 나는 새삼 그의 키가 나보다 커졌다는 것을 실감했다.

그것도 모자라 내 앞을 두 팔로 가로막은 주인이가 말했다.

"하여간 이러고 있을 거라고 예상했지만, 너희 두 사람 다 뭐 하는 거야?"

그가 한심하다는 표정을 숨기지 않고 말했다.

"지난 반년 동안 너희가 얼마나 애달았을지는 짐작이 가지만, 그건 그거고 엄마 마음은 별개지. 안 그래도 헤어진 것 때문에 정신없을 엄마가 니들 마음을 왜 책임져 줘야 하는데?"

"……."

꿀 먹은 벙어리가 된 은지호와 유천영에게 주인이가 다시 톡 쏘아붙였다.

"좋아한 건 니들이 제멋대로 좋아한 거고, 그 기간이 얼마나 길었건 마음이 얼마나 크건 엄마가 거기에 보답해야 할 이유는 하나도 없거든? 그러니 너희 두 사람 다……."

그때 멀리서 뜨거운 공기를 가르고 목소리가 날아왔다. 놀랍도록 크고 쩌렁쩌렁한 목소리였다.

"니들 다 안 떨어져?! 체육복 빌리러 다녀온 사이에 나만 빼고 뭔 짓거리 하고 있는 거야?!"

"……아니, 세 사람 다 멀리 떨어져."

짧은 정적이 흐른 뒤, 주인이가 골치 아프다는 표정으로 말했다.

그러는 사이 루다는 척척 걸음을 옮겨 내 앞에 섰다.

그가 다급한 목소리로 물었다.

"뭐야? 뭔데 그래?"

급기야 은지호와 유천영에게로 사납게 시선을 내쏘며 '너희 나 없는 사이 뭔가 했냐?' 하고 쏘아붙이는 루다의 뒷목을 주인이가 턱 잡아챘다.

주인이는 한 손에는 루다를, 다른 손으로는 내 손을 잡고 당장 그 자리를 벗어났다.

"이거 안 놔?!"

성질을 이기지 못하고 외치는 루다에게 주인이가 득도한 듯한 미소를 지으며 말했다.

"그래그래, 형. 지금 형이 말하는 대로 저 두 사람한테서 멀어지고 있잖아. 엄마도 같이."

그제야 나를 힐끗 본 루다는 푸른 눈에서 피어오르던 불을 금세 꺼뜨리며 누그러진 태도로 덧붙였다.

"그래, 그럼 뭐."

"이해해 줘서 고마……."

평온하게 흘러나오던 주인이의 말을 루다가 다시 끊었다.

"그런데 단아, 학교 끝나고 시간 있어? 중요하게 할 얘기가 있는데."

"아, 진짜. 형!"

버럭 외치는 주인이를 향해 루다가 어리둥절한 시선을 보냈다. 그들을 외면하며 하하 웃는 한편, 나는 생각했다.

그럼 역시, 내가 공주님 구하기 경기장에서 깨달았던 그게 전부 사실이란 거지? 은지호에 유천영으로도 모자라, 이루다까지 날…….

생각하다 말고 두 손을 들어 얼굴을 가린 나는 신음을 내뱉었다.

"으으."

이건 말도 안 돼.

이건 진짜 말도 안 된다고.

*　*　*

함단이가 우주인의 손에 이끌려 떠난 직후, 목표를 잃은 유천영과 은지호의 신경전은 곧장 불이 꺼졌다.

함단이의 일에 대해 자신에게 말하지 않은 데에 대한 배신감이 꽤 큰 듯, 한동안 차가운 눈으로 노려보던 유천영이 몸을 휙 돌려 사라지고, 혼자 남은 은지호는 애꿎은 머리만 털어 냈다.

여전히 머리에 수건이 덮인 채로 그가 중얼거렸다.

"난 틀린 말 하나도 안 했다. 내가 시간을 얼마나 줬는데."

그 기회를 걷어찬 건 너라고, 멍청아.

괜히 거친 말을 내뱉은 은지호는 그 직후 개운치 못한 기분이 느껴지자 번복했다.

아니, 그 말은 취소다. 취소.

"언제 우리가 함단이와 얽힌 일에서 똑똑하게 행동한 적이 있었나."

자신조차 반여령과 함단이가 납치당했을 때, 반여령에게는 멀쩡히 사과해 놓고 함단이에게는 절교해 주겠다느니 뭐라느니 유세를 떤 적이 있었다.

그건 말하자면 일종의 애원이었다.

제발 다시는 보지 말잔 말은 하지 마. 제발 나를 불쌍히 여겨. 나는 네가 날 용서하지 않아도 좋다고 말하고 있지만 너는 그런 날 용서해야 해.

속으로는 제발 그 말만은 하지 말라고 기도하던 주제에 그런 식으로 마음과는 다른 말을 했다.

그러니까 아마도 유천영이 지난 시간 동안 지지부진했던 이유도 그와 비슷했을 것이다. 실패할 경우 잃을 것이 너무 큰 나머지, 함부로 덤벼들 수조차 없었겠지.

생각하던 은지호는 문득 서늘한 느낌이 들어 뒷목을 매만졌다.

더군다나 유천영이 짚어 낸 점, 설령 그가 고백했더라도 그때의 함단이는 받아들이지 않았을 거란 점은 사실이었다.

은지호가 느끼기로 함단이가 자신들을 알 수 없는 다른 기준에 휘둘리지 않고, 똑바로 바라보기 시작한 지는 얼마 되지 않았다.

거기까지 생각한 그는 허, 하고 헛웃음을 내뱉었다.

정말이지.

"학교도 얼마 안 나온 놈이, 계속 옆에 붙어 있던 나도 최근에야 안 사실을 어떻게 알아챈 거야?"

그야말로 가공할 직관력이라고 할 수밖에. 물론 함단이를 대상으로 했기에 그 직관은 더욱 힘을 발휘했을 테지만.

좋아하는 사람에게 온몸의 촉이 곤두서는 것은 어쩔 수 없다.

그러다 문득 시간의 흐름을 느끼고, 운동장을 향해 천천히 걸음을 옮기며 은지호는 다시금 한숨을 내쉬었다.

아무튼 꽤 곤란하게 됐다.

우주인의 말대로 자신들이 함단이를 얼마나 지극한 마음

으로 얼마나 오래 좋아했든 말든, 함단이는 그 마음에 책임질 의무가 없다.

그러므로 그녀의 마음을 돌리는 것은 어디까지나 노력으로 이루어져야 하는데, 그것도 모자라 만만치 않은 적들까지.

은지호는 주머니에 넣고 있던 손을 빼내어 손가락을 하나씩 접었다.

"유천영에 이루다를 더해서 두 명. 아니, 어쩌면 세 명인가……."

낮은 목소리로 중얼거리던 그의 팔꿈치를 누군가 잡아당겼다. 돌아보니 같은 반 체육부 위원 녀석이었다.

그가 작은 수첩 하나를 불쑥 내밀었다.

"저기, 이것 좀 주인한테 갖다줘."

"주인이 누군 줄 알고?"

뭘 어떻게 다룬 건지, 수첩은 물에 푹 젖어 있어 글씨가 보일 것 같지도 않았다. 그러나 다행히 수첩 맨 앞의 반, 번호와 이름은 유성 매직으로 적혀 있었다.

이름을 확인한 은지호가 중얼거렸다.

"뭐야, 함단이 거잖아."

아까 물에 빠졌을 때 주머니에서 빠진 모양이었다.

체육 대회인데 주머니에 다른 것도 아니고, 수첩 같은 걸 왜 가지고 다니는 거지?

잠시 한쪽 눈썹을 들어 올렸던 은지호는 어쨌거나 고개

를 끄덕이고 수첩을 건네받았다.

우주인의 말 때문에 가까이 가기 눈치 보였는데, 이 핑계로라도 한 번 더 말 붙여 볼 수 있으면 좋았다.

함단이가 있을 만한 쪽으로 걸음을 옮기며 은지호는 수첩을 한 장 한 장 넘겨 보았다. 기껏해야 영어 단어가 적혀 있으리라 생각하고 한 행동이었다.

"이렇게 젖어서야 안에 글씨가 읽히긴 하려나."

과연 예상대로 안에 볼펜으로 적힌 영어 단어들은 죄다 물에 번져 전위 예술가의 그림처럼 검고 푸른 흔적만을 남겨 놓고 있었다.

이건 갖다줘도 욕먹겠는데? 그렇게 중얼거리며 읽을 수 있는 페이지를 찾아 훌훌 넘겨 보던 은지호의 손이 문득 멈추었다.

다른 것들이 죄다 볼펜으로 쓰인 데다 영어 단어임을 예상할 수 있는 반면에 그 부분만이 연필로 쓰여 있었다. 가장 최근에 쓰인 듯 그 뒤는 온통 빈 페이지였다.

멍하니 수첩에 시선을 꽂고 있던 은지호가 중얼거렸다.

"선율 예고 주요 등장인물……."

그리고 시선을 들어 올려 한창 경기가 진행 중인 운동장 쪽을 바라보며, 그가 다시 중얼거렸다.

"등장인물?"

*　*　*

　루다와 주인이와 함께 운동장으로 돌아가자, 이미 체육 대회는 중후반에 접어들어 장애물 달리기와 계주만을 남겨 놓고 있었다.

　우리가 옷을 갈아입고 오는 사이 장애물 달리기가 이미 시작되어 있었다. 배턴을 든 이들이 이를 잔뜩 악물고 코너를 도는 것을 보며 나는 당황했다.

　어떡해, 옷 갈아입고 오는 사이 경기 늦은 거 아니야?! 루다는 우리 반 장애물 달리기 주자인 데다 비장의 무기인 만큼 절대 빠지면 안 되는데!

　루다도 눈살을 찌푸린 채 핸드폰을 꺼내 반 친구들에게서 연락 온 게 없는지 확인하는 듯했다.

　다행히 트랙을 도는 이들의 얼굴을 유심히 살피니, 아는 얼굴이 없는 걸 봐선 1학년이 분명했다. 그제야 안도의 한숨을 내쉰 나는 트랙을 둘러싸고 앉은 수많은 반 중에 간신히 우리 반을 발견하고 그쪽으로 달려갔다.

　주인이를 보내 주고 나와 루다가 터덜터덜 그쪽으로 걸어가자, 가장 먼저 이민아가 화색이 된 얼굴로 우리를 반겼다. 그녀가 아이들이 모여 앉은 곳을 향해 외쳤다.

　"야, 윤정인! 와 봐! 우리 반 마지막 주자 도착했어!"

"야, 왜 이제야 오냐! 너 안 오는 줄 알고 경기에서 빼야하나 고민했잖아!"

윤정인도 앉은 자리에서 벌떡 일어나며 외쳤다.

그 순간 기막힌 타이밍으로 1학년 장애물 달리기가 끝나고, 구령대에서 안내 방송이 흘러나왔다.

[다음으로 소현 고등학교와 선율 고등학교 2학년 남자 장애물 달리기가 있을 예정입니다. 각 반 참가 선수들은 출발선에 서서 대기해 주시기 바랍니다.]

곧바로 주위가 왁자지껄해지며 일제히 일어난 애들이 '야, 가자!', '대박, 완전 떨려.' 하는 말과 함께 걸음을 옮겼다. 그들의 옷에서 떨어진 흙먼지 때문에 주변 공기가 일순 텁텁해졌다.

마찬가지로 이루다 또한 윤정인에 의해 출발선으로 끌려갔다.

끌려가기 전 루다는 나를 돌아보며 무언가를 말하려는 듯 입을 달싹였지만, 결국 촉박한 시간과 윤정인의 재촉에 못 이겨 그대로 사라져 버렸다.

그들의 뒷모습을 한동안 멍하니 바라보던 나는 간신히 정신을 되찾고 우리 반 대열에 합류했다. 그러자마자 곳곳에서 내 어깨를 감싸거나 등을 토닥이며 알 수 없는 감탄사를 터트렸다.

"오, 함단이."

"왜 이제야 왔어? 우리 기다리는 동안 궁금해서 죽는 줄 알았잖아."

"왜, 왜들 이래?"

기겁하며 그들의 팔에 감싸인 어깨를 빼내려던 나는 곧바로 게엑 하는 다 죽어 가는 개구리 같은 소리와 함께 단단히 틀어잡혔다.

사실 이들이 이러는 이유야 어느 정도는 짐작할 수 있었다. 아니, 사실 모르는 게 불가능하지. 나는 속으로 한숨을 내쉬었다.

과연, 기대를 거스르지 않는 말들이 쏟아졌다.

"야, 너 공주님 구하기 때 완전 대박이었어!"

"어떻게 그걸 거기서 말할 생각을 했어? 애들 완전 다 얼어 가지구."

"아하. 하…….."

애써 웃던 나는 결국 두 손으로 얼굴을 가리며 쥐어짜 낸 목소리로 말했다. 제발 그거 그만 말해 줄래? 그제야 이들은 실언을 했다며 내 어깨를 토닥였다.

"아무튼 우리 반 지긴 했어도 명장면 하나는 확실히 남겼잖아!"

"맞아, 맞아."

그제야 나는 얼굴을 가리고 있던 두 손을 슬그머니 치웠다. 명장면? 이윽고 내 얼굴이 다시 속수무책으로 붉어졌다.

명장면이라면 루다가 당장 내 어깨를 감싸며 '눈 돌려!' 하고 외치고, 유천영이 입고 있던 저지를 벗어 대번에 내게 입혀 주고 목 끝까지 지퍼를 올려 준 그거 말인가?

　나는 화끈거리는 뺨을 문지르며 중얼거렸다.

　그래, 그거 부정할 여지도 없이 완전 인터넷 소설 같은 장면이긴 했지. 나라도 경기장 밖에 있었다면 당장 자리에서 일어나며 환호성을 질렀을 거라고.

　그런데 이들에게서 돌아온 대답은 전혀 의외의 것이었다.

　고개를 돌려 다른 쪽을 바라본 이들이 외쳤다.

　"은지호!"

　"은지호 거기서 왜 갑자기 화보 촬영하고 난리래? 나 진짜 깜짝 놀랐잖아."

　"그거 너한테서 시선 떼려고 그런 거라며!"

　그들이 상기된 얼굴로 외치는 말에 나는 잠시 고뇌하는 시간을 가졌다.

　어라, 시선을 돌리려고 자기 머리에 물 풍선을 갖다 박는 게 이 세계에서는 상식적인 일에 속하는 건가? 아니, 이루다와 유천영의 질색한 반응을 봐선 그럴 리는 없는데.

　그럼에도 이들은 아무튼 좋은 구경을 했다면 뭐든 좋다는 모양으로, 한동안 이루다의 패기와 유천영의 순발력, 은지호의 기지를 칭찬하는 데 여념이 없었다.

　그러다 갑자기 소란 사이로 신호탄이 분홍 연기와 함께

푸른 하늘을 가르고 솟구쳤다.

와아아아! 일대를 뒤흔드는 함성과 함께 2학년 장애물 달리기가 시작되었다. 그제야 정신을 차린 나는 그때까지도 나를 붙잡고 있던 애들에게서 빠져나와 무릎걸음으로 엉금엉금 기어가 김혜힐의 옆에 걸터앉았다.

이미 내 정신 상태를 짐작한 듯, 그녀는 안쓰러워하는 목소리로 물었다.

"괜찮아?"

"어…… <u>흐흐</u>. 어흐흑."

대답하다 말고 결국 무릎에 얼굴을 묻고 무너지는 내 등을 김혜힐이 가볍게 토닥였다.

그때, 말발굽처럼 두두두두 소리를 내며 달려온 이들이 흙먼지를 일으키며 우리 앞을 스쳐 지나갔다.

나는 흐느끼던 것을 멈추고 고개를 다른 곳으로 돌리며 기침을 했다.

"콜록, 콜록."

어휴, 죽겠네. 눈물 고인 눈을 비벼 낸 나는 그제야 고개를 들고 전황을 살폈다.

장애물 달리기에는 반마다 네 명씩 나갔는데, 첫 주자는 다름 아닌 윤정인이었다.

첫 주자인 만큼 장애물 난이도도 높지 않은 편이라서, 그는 폴짝 뛰는 것만으로 도넛을 입으로 낚아채고 그대로 그물 안으로 슬라이딩해서 두 번째 주자에게 배턴 터치를 성공했다.

두 번째 주자는 다름 아닌 김혜우였다. 상당히 멀리 떨어져 있는데도 여기까지 보일 정도로 싫어 죽겠다는 표정을 짓고 있는 그를 보며 우리는 키득키득 웃었다.

장애물 달리기 때 얻은 도넛을 아직 다 삼키지도 못한 윤정인이 입을 우물거리며 이쪽으로 다가왔다.

"얍."

손을 들어 올리며 우리 뒤를 스쳐 지나가는 그에게 우리는 일제히 하이파이브를 해 주었다.

이어지는 경기를 보고 우리는 흙바닥을 두드리며 웃었다. 하필 김혜우가 달리는 구간엔 매트에서 앞구르기 열 번과 포대 자루에 들어가 콩콩거리며 뛰기가 포함되어 있었다.

정전기 때문에 하늘로 뻣뻣이 솟은 머리칼을 하고, 포대 자루 끝을 움켜쥐고 힘껏 뛰던 김혜우가 비명처럼 외쳤다.

"윤정인, 너 순서 알고 있었지! 어떻게 나한테 이럴 수가 있어, 개자식아!"

드물게 김혜우의 입에서 비속어가 터져 나오는데도 윤정인은 눈 하나 깜빡 않고 어깨만 으쓱했고, 나와 김혜힐은 웃으랴 응원하랴 정신이 없었다.

한참을 웃다 말고 나는 김혜우의 옆을 보았다.

주인이는 부슬부슬하게 일어나서 꼭 강아지 같은 머리칼

을 하고서도 미소를 잃지 않고 포대 자루에 들어가 신나게 콩콩거리고 있었다.

그런 그의 모습은 장애물 달리기가 아니라 축제에서 무슨 놀이에라도 자진 참가한 것처럼 보였다. 주변에서 그런 주인이를 놓고 귀여워! 하는 탄성들이 터졌다.

참, 즐거워 보여서 다행이야. 턱을 괴고 그 모습을 구경하는 사이, 어느새 주자가 넘어가 우리 반에서는 반휘혈이, 7반에서는 은형이가 배턴을 이어받았다.

두 사람이 배턴을 건네받은 것과 동시에 장애물 달리기에선 흔히 볼 수 없는 폭발적인 스피드로 치고 나가는 것을 보며 '와아아!' 하는 먹먹한 환호성이 일대를 가득 메웠다.

나도 반쯤 귀를 막은 채 비명을 질렀다.

"반휘혈 멋있다! 권은형도 멋있다!"

"얌마, 우리 반만 응원을 해야지 다른 반까지 응원을 하면 어떡하냐. 그것도 가장 유력한 경쟁 상대를."

윤정인이 뒤에서 황당한 듯 하는 말에도 나는 그냥 웃고 대꾸했다.

"그래도 중학교 동창의 정이 있지."

그리고 사실 내겐 나름의 확신이 있었다. 내 응원 따위 없더라도 반휘혈이 은형이를 근소한 차이로나마 이길 거란 확신이.

왜냐하면 반휘혈과 은형이 중에 누가 더 강한지는 지난

서열전 사건 때 이미 확인했는걸.

물론 두 사람 다 나 같은 건 트럭으로 덤벼도 이길 수 없는 상대들이란 건 여전하고, 싸움 실력에 관계없이 은형이는 반휘혈 마음속에 영원한 서열 0위로 남을 테지만(그리고 은형이는 제발 그만둬 달라고 말할 것이다).

잡념에 잠겨 있는 사이 어느새 두 사람은 콜라와 까나리 액젓 복불복 관문을 가장 먼저 돌파하고 다음 관문으로 달려갔다.

두 사람 다 하도 아무렇지도 않은 얼굴이라 둘 다 콜라를 마신 건가? 운 좋네 했는데, 가까이 다가왔을 때 보니 은형이는 거무죽죽해진 얼굴로 애써 기침을 참는 듯했고 반휘혈 또한 얼굴을 있는 대로 찡그린 채였다.

아, 둘 다 그냥 인내심이 좋은 것뿐이로군. 깨달음을 얻은 나는 다음 관문의 장애물이 책상과 책상 위에 놓인 종이뿐이란 것을 깨닫고 눈살을 찌푸렸다. 저게 뭐야?

그러다 문득 한 가지 가정을 떠올린 나는 인상을 구기며 외쳤다. 아, 설마! 제발 그것만은!

그 순간 기다렸다는 듯 날아오는 안내 방송을 듣고 나는 머리를 움켜쥐며 비명을 내뱉었다. 안 돼!

[장애물 달리기 여섯 번째 장애물은 바로 바로, 십자말풀이!]

십자말풀이라니! 나는 당장 구석에 얼쩡거리는 운영 위원들에게 달려가 항의라도 하고 싶어졌다.

너희 이거 대(對) 반휘혈용으로 고안한 거 맞지! 세상에 십자말풀이 따위를 장애물 달리기에 넣는 게 어디 있어?!

과연 예상과 다르지 않게, 정지 버튼이라도 누른 것처럼 종이를 쥐고서 꼼짝도 못 하던 반휘혈은 '도움을 구해도 됩니다!' 하는 소리를 듣고서야 헐레벌떡 우리 쪽으로 뛰어왔다.

그새 이런 건 껌이라는 듯 3분도 안 되어 풀어 버린 은형이는 홀가분한 몸으로 다음 타자를 향해 달려갔다.

안 돼! 나는 분한 나머지 주먹으로 땅을 쳤다. 젠장, 이래서 사람이 문무를 겸비해야 한다니까! 오늘의 교훈이었다.

김혜힐과 김혜우의 적극적인 도움으로 불과 1분도 안 되어 십자말풀이를 해결한 반휘혈이 다시 트랙으로 뛰어가는 것을 보며 나는 눈을 가늘게 떴다.

그새 격차는 꽤 벌어졌지만, 아직 희망을 버리기엔 일렀다. 왜냐하면, 우리 반 마지막 주자는 루다니까.

7반의 마지막 주자는 은지호였다. 첫 장애물로 준비된 붉은 타일 밟고 지나가기를 설렁설렁 해결하던 은지호는 뒤에서 매섭도록 추격해 오는 이루다를 보고 그제야 태도를 바꿨다.

그는 우리와 몹시 가까운 곳에 있었기 때문에 그가 하는 말이 우리한테까지 들렸다.

"아니, 코뿔소냐 뭐냐?"

은지호가 후다닥 타일을 빠져나가기가 무섭게 색색의 타

일 앞에 도착한 이루다는 숨 한번 고르지 않고 장애물을 빠져나갔다.

은지호가 일찍 출발했다는 것을 믿을 수 없을 정도로 빠르게 치고 나가는 루다를 보며 다들 수군거렸다.

"쟤 사람 아니지?"

급기야 인터넷 소설 주민들마저 이루다의 종족을 의심하는 가운데, 나는 두 눈 크게 뜨고 경기를 지켜보았다.

이루다가 마침내 은지호를 따라잡을 무렵, 그들은 작은 상자 앞에서 우뚝 멈추었다.

상자 위에 손 하나가 간신히 들어갈 만큼의 구멍이 뚫린 것을 보고 나는 탄성을 토해 냈다.

"아."

드디어 장애물 달리기의 꽃이군.

쪽지 뽑고 쪽지에 적힌 사람을 찾아 함께 결승선 통과하기. 중학교 때부터 늘 장애물 달리기의 대미를 장식했지.

그러고 보니 올해 봄엔 윤정인이 '좋아하는 사람' 쪽지를 뽑은 여학생한테 끌려가는 바람에 엄청 놀림받았었지? 그 직후에 자기는 여자 친구가 있다며 거절했었고.

나는 새삼스레 그 여자애의 패기에 감탄했다. 그 애, 정말로 거의 전교생 앞에서 공개 고백한 거잖아.

그런 생각을 하고 있던 사이, 은지호와 이루다가 각자 쪽지를 뽑았다.

도대체 뭘 뽑았나 싶어 턱을 괴고 시큰둥하게 쳐다보던 나는, 두 사람이 일제히 고개를 두리번거리다 말고 나를 보자 눈을 크게 떴다.

이윽고 두 사람이 나를 향해 달려오는 것을 보며 나는 중얼거렸다. 아니, 나? 잠깐, 진짜 나?

물론, 착각이겠지만 혹시나 싶어 뒤로 물러나려는 찰나, 다른 애들은 오히려 굳건한 방벽을 만들고 나를 앞으로 떠밀었다.

얼떨결에 트랙 안으로 떠밀려 넘어진 내가 뒤를 보며 소리를 질렀다.

"야! 너희, 나 아니면 어쩌려고!"

그러면서 주변을 둘러보자, 다행히 다른 반에서도 비슷한 방식으로 떠밀려 나온 애들이 서로를 보며 허탈하게 웃고 있었다.

아니, 그래도 그렇지! 못마땅하게 뒤통수를 매만지던 나는 문득 내 앞에 발 한 쌍이 멈춰 서는 것을 보고 멍하니 고개를 들었다.

눈을 들자 그대로 루다와 시선이 마주쳤다. 강한 햇살에 반짝반짝 빛나는 그의 머리카락을 보면서, 나는 새삼 루다가 파란 하늘과 무척 잘 어울리는 사람이란 것을 실감했다.

귀가 먹먹해지는 함성이 사방을 메운 가운데, 어째선지 초연하기까지 한 얼굴로 그가 말했다.

"단아."

"으, 응?"

"나랑 가 줄래?"

그렇게 말하며 그가 손을 내밀었다.

잠시 어안이 벙벙해서 뒤통수만 문지르고 있던 나는 이
윽고 조심스레 손을 내밀어 그의 손을 잡았다.

평소처럼 화사하게 반짝거리는 미소 대신 들풀 같은 미
소가 그의 얼굴에 번지는 것을 보며 나는 생각했다. 저게
루다가 진짜로 즐거울 때 웃는 방식이었지.

그리고 그가 뒤돌아 달리기 시작했다. 그의 뒤를 힘겹게
따라가던 나는 새삼 깨닫고 외쳤다.

"아, 그런데 나 어쩌지? 나 아까 물에 빠지는 바람에 양
말이랑 운동화 벗고 슬리퍼 신었거든……."

삼선 슬리퍼는 애초에 신고 달리라고 만들어진 물건도
아니었기에 자꾸만 내 발에서 불편하게 덜그럭거렸다.

내가 다시 말했다.

"안 그래도 너에 비해서 엄청 느린데, 나 너무 민폐 아니
야? 다른 사람 데려가는 게……."

"아니, 괜찮아."

내 말을 단호하게 끊고 들어오는 목소리에 나는 고개를
들었다. 루다는 여전히 이 떠들썩한 공기와는 상관없이 묘
하게 초연한 얼굴이었다.

그가 내 얼굴은 보지도 않고서 말했다.

"너여야 하거든."

그렇게 말하는 그의 눈이 부자연스러울 정도로 앞에 고정되어 있다고 생각하던 나는, 그의 뒷목부터 귀까지 이어진 부분이 온통 빨갛게 물들어 있는 것을 보고 그만 입을 다물었다.

나는 눈을 내리깐 채 루다가 잡고 있는 내 손을 내려다보았다. 여간해선 땀이 나지 않는다던 그의 손에 벌써부터 땀이 배어 있었다.

"……"

설마, 설마. 그렇게 생각하며 나는 루다와 함께 결승선을 향해 뛰었다. 그때 갑자기 검고 흰 잔영이 내 옆을 쌩하니 스쳐 지나갔다.

그들은 다름 아닌 은지호와 반여령이었다.

모처럼 둘이 사이좋게 손까지 잡고 있다며 놀라던 나는 날아오는 대화를 듣고 한숨을 내쉬었다. 하여간.

"야, 너 진짜 결승선 통과하고 쪽지 펴 봤을 때 뭐 이상한 거면 진짜 죽을 줄 알아!"

"그러는 너는 세상에서 제일 재수 없는 사람으로 나 데려가 놓고, 양심 있냐?!"

"애초에 왜 날 데려온 건데? 다른 사람 없었어?"

"함단이는 뺏겼고, 우주인이랑 유천영은 온몸으로 거부

의사 표시하는데 달리 방법이 있냐?"

누군 좋아서 그러는 줄 알아! 그렇게 외치면서도 은지호는 지극히 빠른 속도로 계속 달렸다.

그들이 끝내 우리보다 한발 앞서 결승선을 통과하는 모습을 본 나는 한숨을 터트렸다.

아, 진짜 아까워. 신발이 운동화만 됐어도 이보다 두 배는 빨리 달릴 수 있었을 텐데.

결승선을 통과하여 숨을 고르는 우리에게 어김없이 운영 위원이 다가와 쪽지를 확인했다.

반여령과 은지호 팀에서도 운영 위원이 쪽지를 확인하고는 마이크에 대고 외치고 있었다.

[아, 의외네요! 남녀 조합이라 틀림없이 '좋아하는 사람' 일 줄 알았는데, 이 팀의 쪽지는 바로! '가장 친한 친구'였습니다!]

그 말을 듣자마자 나는 그들 쪽으로 고개를 돌렸다. 가장 친한 친구? 아니나 다를까 여령이의 얼굴이 무섭게 구겨진 것을 본 나는 키득키득 웃었다.

아무튼 은지호의 체면을 고려해선지 어째선지, 당장이라도 마이크를 뺏고 정정할 것 같던 여령이는 의외로 그러지 않았다.

그사이 우리 쪽지를 확인한 운영 위원도 마이크에 대고 입을 열었다.

[자, 그럼 이 팀은······.]

그 무렵, 이루다의 고요한 얼굴과, 그에 대조적으로 화르르 익은 목덜미와 귀를 번갈아 보던 나는 중얼거렸다. 설마?

그 순간 기다렸다는 듯 외침이 터져 나왔다.

[아, 드디어 나왔습니다! 잭팟은 이 팀이었군요. '좋아하는 사람'!!]

와아아아아! 다시 한번 비명 같은 환호성이 일대를 가득 메웠다.

1학년 장애물 달리기 때도 똑같은 상황은 있었지만, 그땐 재미없게도 친한 친구를 데려와서 좋아하는 사람이라고 우기는 바람에 여기서 터진 고백은 이게 처음이었다.

체육관 근처에서 겪었던 비현실적인 감각이 나를 찾아왔다. 지금 당장 이 모든 게 모래로 변해 부서지더라도 나는 놀라지 않을 자신이 있었다.

멍하니 그의 옆얼굴만 지켜보던 내게 루다가 말했다.

"단이야. 함단이."

첫 번째에는 평소처럼 다정하게 부르고, 두 번째에는 마음을 다잡는 것처럼 무게를 실어 낮게 불렀다.

그러고는 그때까지도 내 손을 잡고 있던 손을 확 떼어 낸 그가 흙투성이가 된 손바닥을 티셔츠에 문질렀다.

그가 몹시 당황한 얼굴로 말했다.

"아, 미안. 난 땀이 이렇게 난 줄도 모르고."

왜인지 아까의 초연함을 잃어버리고 횡설수설하는 그에게 나도 괜히 당황해서 대답했다.

"아, 아냐. 나도 났어. 날씨가 더워서."

"아, 그런데 나 진짜 평소엔 땀 안 나거든? 진짜로. 그러니까 오래 잡고 있어도 괜찮을 텐데, 그렇다고 잡아 달란 소리는 아니고……."

그런 루다를 빤히 올려다보며 나는 생각했다. 그래도 아까의 루다보다는 이쪽이 더 좋은걸, 친근한 느낌도 들고.

그때 간신히 평정을 되찾은 루다가 다시 말했다.

"미안해. 나 되게 멋없지."

"아니, 그건 절대 아냐."

그리고 나는 쓴웃음을 지으며 덧붙였다. 방금 체육 대회 본 사람 중에 너한테 그런 말 할 수 있는 사람 아무도 없을걸.

그러자 루다는 조금 붉어진 눈을 내리깔며 대답했다.

"아니, 운동 말고. 그런 건 내가 배워서 잘할 줄 아는데."

"응."

그리고 루다가 손등을 들어 눈가를 감추며 하는 말에, 나는 문득 숨을 멈추었다.

"내가 고백 같은 건, 해 본 적도 배운 적도 없어서."

"……."

"그리고 연애도."

여전히 숨 쉬는 법을 잊은 것처럼 가만히 서 있던 내게 루다가 말을 이었다.

"그런데 나, 배우는 거 하나는 진짜 빠르거든. 그러니까 금방 익숙해질 자신 있어. 내 말 무슨 말인지 알지? 그러니까 나는……. 내 말은……."

여전히 식은땀을 뚝뚝 흘리는 것 같은 얼굴로 루다가 말을 맺었다.

"나랑 사귀자."

"……."

말을 맺는 루다는 이제 목부터 이마까지 온통 붉어져 있었다.

"좋아해 왔어. 아주 오래전부터."

* * *

다행히 루다의 고백까지는 생중계 되지 않았다. 그러나 운영 위원과 주변 사람들이 그 모습을 모두 지켜보았고, 옆에 있던 은지호와 여령이 역시 모두 보았음은 물론이었다.

루다의 고백이 이어지는 내내 여령이는 얼어붙은 듯이 눈만 크게 뜨고 있었고, 은지호는 몹시 복잡한 얼굴이었다.

그러나 그 이유가 단지 루다의 고백 때문만은 아닌 것 같아 나는 의아해졌다.

무슨 일이 있었나? 물론, 내 감이 틀린 걸지도 모르지만. 애초에 지난 몇 년간 세 사람이 날 좋아하는 줄도 몰랐던 감이니 순순히 믿어선 안 되겠고.

아무튼 이 자리에서 당장 대답을 할 순 없는 노릇이었다. 루다도 당장 대답을 들을 생각은 없었던 듯, '생각해 줘.'라고 말한 뒤에 곧바로 뒤돌아 어딘가로 떠났다. 수돗가에서 얼굴을 식힐 계획이란 것을 쉽게 짐작할 수 있었다.

나도 어디론가 떠나고 싶다. 나는 두 손으로 얼굴을 가리며 비척비척 걸음을 옮겼다. 하지만 내가 갈 곳 따위 어디에도 없다는 것쯤은 이미 잘 알고 있었다.

내가 교실로 돌아가자마자 우리 반은 환호하고 내 등을 때리고 난리가 났다.

"이루다 완전 빨라!"

"헤어지자마자 들이댄다 이거지?"

급기야 그런 외침들이 터져 나오는 것을 들으며 나는 퍼뜩 고개를 들었다. 내가 당황해서 물었다.

"너희 다들 알고 있었어?"

"그러는 너는 진짜로 몰랐냐?"

다들 황당한 듯 눈을 동그랗게 뜨며 물어 오는 것을 보며 나는 머리를 쥐어뜯고 싶어졌다. 아니, 말이 안 되잖아, 말이!

"루다가 어떻게 나 같은 걸 좋아하냐고!"

그러자 당장 망설임이라곤 전혀 없는 대답들이 쏟아졌다.

"너 그 말 루다 앞에 가서 해 봐라. 당장 네게 반한 이유 백 개쯤 읊어 줄 테니까."

"너 왕관 쓴 거 보고선 그대로 식장에 데려가고 싶어 하는 눈빛이던데."

"아 미친, 식장은 너무 갔다."

그들이 낄낄거리며 서로의 팔을 때리는 것을 보고 나는 그저 신음하며 얼굴을 가렸다. 으아악.

다행히 그런 나를 불쌍히 여긴 이민아와 김혜힐이 나를 그들에게서 격리 조치해 주었다. 그러나 그들조차 내 등을 토닥여 주는 것 외엔 어떤 것도 하지 못했다.

김혜힐이 무심히 말했다.

"거봐, 내 말 맞았지?"

"다시는 의심하지 않겠습니다⋯⋯."

신의 기적이라도 체험한 듯, 엄숙히 말하는 나를 보며 작게 웃은 김혜힐이 다시 물었다.

"그래서 다른 애들은 어떻게 하고 있는데?"

"헉."

은지호와 유천영에 대한 것까지 말할 생각은 없었기에 나는 다급히 숨을 삼켰다. 아니, 은지호의 경우에야 상담을 해도 좋겠지만 유천영의 경우에는 아무래도 공인이라서.

그러나 김혜힐은 이미 그런 내 반응에서 답을 읽어 낸 듯, 눈을 가늘게 뜨며 작게 웃을 뿐이었다.

아, 진짜. 나는 신음하며 얼굴을 가렸다. 이놈의 정직한 안면 근육 좀 어떻게 해야 하는데.

그때 마침 등 뒤에서 나를 부르는 소리가 날아왔다.

그쪽을 본 나는 황급히 돌아섰다.

내가 김혜힐과 이민아에게로 손을 흔들며 외쳤다.

"나 잠깐 다녀올게!"

아무튼 지금은 이 자리를 벗어나야 할 때였다. 물론 벗어날 데가 다름 아닌 은지호란 데서 결코 편하지는 않겠지만.

그래도 은지호가 고백한 건 적어도 오늘은 아니라서 다른 두 사람보다는 여유 있게 대할 수 있었다. 그의 앞에 종종걸음으로 다가간 내가 안도의 한숨을 내쉬며 물었다.

"왜?"

그런 나를 향해 그의 복잡한 시선이 쏟아졌다. 나는 괜한 머쓱함에 뺨을 긁적이며 물었다.

"왜? 무슨 할 말 있어?"

"……."

은지호는 여전히 대답 없이 의미를 알 수 없는 눈빛만 보낼 뿐이었다.

그 눈빛을 마주하다 문득 정신을 차린 내가 말했다.

"아, 혹시…… 루다 일 때문에?"

그거라면 당장 대답해 주지 않아도 된다고 해서 시간을 두기로 했는데, 나는 우물거리며 내뱉었다. 그러면서도 나는 상황이 이 지경이 된 데에 대해 약간의 죄책감을 느꼈다.

은지호는 기다리겠다고 했으나, 사실상 그건 일종의 희망 고문이었다. 나는 하루빨리 내가 그를 좋아할 수 있을지 없을지 결정해서 말해야 했지만 그러지 못했다. 나는 땀이 고인 눈가를 손바닥으로 찍어 냈다.

그리고 그러는 사이, 유천영과 이루다가 내게 고백을 했다. 이거야말로 은지호로서는 전혀 예상치 못한 상황이었을 것이다. 그의 기다림이 이제 전보다 수배는 괴로워질 것이란 건 짐작할 수 있었다.

하지만 그가 지금 당장 대답을 요구한다면 나는…….

나는 아직 그를 잃고 싶지도, 그렇다고 그 때문에 두려워 사귀고 싶지도 않은데.

다른 무엇보다도 나는 내 마음 같은 건 아직도 알 수가 없는데. 그 대가를 여단 오빠로 치르고 나서도 그랬다.

적어도, 조금만 더 시간을……. 그런 생각을 하던 나를 그가 불쑥 불렀다.

"함단이."

"어? 어."

그리고 불쑥 내밀어진 것을 보고 나는 몹시 당황했다.

어, 어, 뭐야. 퍼뜩 양 바지 주머니를 더듬어 보던 나는 내가 진작 옷을 갈아입었다는 사실을 깨닫고 고개를 들었다. 그래, 내가 전에 입었던 바지는 교실 사물함에 있어!

그러나 교실로 가서 확인해 볼 필요도 없이 여기 내밀어진 수첩은 분명 내 것이었다.

이걸 어쩐다지, 나는 입술을 살짝 깨물었다.

아마도 공주님 구하기 시합 때 흘린 모양이었다. 실제로 수첩은 다 젖어서 종이 전체가 쭈글쭈글해져 있었다.

그 모습을 본 나는 또다시 한숨을 토해 냈다. 꼼꼼한 누가 경기장을 점검하다 발견한 모양이지만, 차라리 찾아 주지 않는 편이 나았을 텐데.

그것도 은지호 손에 들려 돌려줄 거였다면.

"저기……."

한참을 그의 눈치만 살피던 나는 조심스레 입을 열었다.

은지호의 검은 눈은 여전히 바위처럼 단단해 아무것도 읽을 수가 없었다.

내게 고백한 이래로 그가 내게 이런 눈빛을 하는 것은 처음이었다.

나는 잠시 머뭇거리다가 수첩을 가리키며 말했다.

"그거, 내 거지? 나 돌려주려고 가져온 거 맞지?"

고맙게 받을게. 나는 최대한 태연히 말했다.

여기서 둘러댄다 한들 수첩 앞에 유성 매직으로 커다랗게 내 이름이 또박또박 새겨진 이상 도리어 의심만 살 게 뻔했다.

이 수첩에 적힌 내용이 중요한 건가? 그가 그런 의심이라도 품으면 끝장이야. 나는 볼 안의 살을 깨물며 생각했다.

왜냐하면, 여기에는 지난주 노아리와 선율 예술 고등학교 주요 등장인물들에 대해 대화하며 메모한 것들이 적혀 있으니까.

나는 손을 엉거주춤하게 내민 채로 은지호의 눈치를 보았다.

은지호는 어째선지 내가 손 내민 것을 보고도 내 손에 수첩을 쥐여 줄 생각을 안 했다.

기이한 정적 속에서, 한참을 그저 서 있기만 하는 그를 보며 내 안의 불안감은 점점 몸집을 키워 갔다.

그럼 정말로? 정말로 그가 수첩 안의 내용을 읽었단 말이야? 그것도 모자라 그에 대해 진지하게 생각하고 있다고? 단지 단어의 잘못된 사용 정도로 생각하는 게 아니라.

그때, 은지호가 갑자기 웃었다.

수채 물감으로 그린 것처럼 아주 옅은 미소였다.

너무 갑작스런 미소였던 나머지, 나는 금세 긴장감을 잃고 말았다.

"응?"

눈을 크게 뜨고 묻는 내게 수첩을 내민 그가 다른 손으로는 내 머리를 헝클었다.

그러면서 그가 말했다.

"이건 가져다줘도 욕먹겠다 생각했는데, 욕도 안 하고.

착하다, 착해."

"뭐야, 왜 그런 걸로 칭찬해. 나 그렇게 배은망덕한 사람 아니야."

그제야 긴장을 완전히 푼 나는 그의 손을 내 머리 위에서 치우며 대답했다.

그러자 어느새 따뜻해진 눈으로 나를 보던 그가 말했다.

"아니야, 네가 진짜 안을 봐야 돼. 안에 볼펜 글씨 다 번져서 하나도 안 보인다고."

"뭐야, 읽긴 왜 읽어. 내가 여기 일기를 썼으면 어쩌려고."

그렇게 툴툴거리면서도 나는 심장 한구석이 철렁 내려앉는 것을 느꼈다. 아, 역시 읽었나? 읽은 건가?

하지만 평소로 돌아온 은지호에게선 도무지 그런 기미는 찾아볼 수 없었다.

"이렇게 좁은 데다 잘도."

그렇게 말하고서 어깨를 으쓱하고 돌아서는 그를 나는 한동안 멍하니 쳐다보았다.

그러다 문득, 주위를 휘휘 둘러보고 사대천왕이나 반여령 중 아무도 없다는 것을 확인한 나는 조심스레 수첩을 넘겼다.

사용한 맨 뒤 페이지를 확인한 나는 앓는 소리를 냈다.

"아, 역시……."

나는 아무런 생각 없이 곧이곧대로 적은 것을 후회하기

시작했다. 이렇게 될 줄 알았으면 어떤 특수한 암호 같은 걸 쓰거나, 아니면 적어도 표현이라도 조심할걸.

등장인물. 등장인물이라니.

질끈 감고 있던 눈을 뜬 나는 홀가분한 걸음으로 멀어져 가는 은지호의 뒷모습을 보며 중얼거렸다.

"설마 아무것도 눈치 못 챘겠지?"

그렇다고 해도 여전히 막막한 것은 사실이었다. 나는 눈을 감고 수첩을 이마에 가져다 대며 한숨지었다.

주인이에 이어 사실을 알아냈거나, 앞으로 알아낼지도 모른다고 의심해야 하는 사람이 은지호까지 둘로 늘어나다니.

왜 상황이 갈수록 꼬여만 가냐.

* * *

혼돈의 체육 대회는 계주를 마지막으로 종장에 접어들었다.

공주님 구하기와 장애물 달리기에서 아쉽게 2등을 차지한 우리 반은 축구와 농구, 계주에서 1등을 차지해 간발의 차로 종합 우승 자리에 올라섰다.

"와, 대박!"

"무슨 일이야, 진짜!"

'2학년 8반' 이름이 나올 때부터 서로의 등을 때리며 요란하게 기뻐하던 우리는 반 대표를 내보낼 때가 되자 자연히 루다의 등을 떠밀었다.

반장도, 부반장도, 그렇다고 체육부장도 아닌 루다가 우리 반 대표로 나가는 것에 대해 아무도 이의를 제기하지 않았다. 심지어 루다가 단상 위로 올라가자 다른 반에서조차 일제히 '이루다! 이루다!' 하며 복창하기 시작했다.

나는 어디선가 이 광경을 카메라로 담으며 즐겁게 웃고 있을 루카스를 떠올리고 어깨를 떨었다. 그 사람, 한동안 루다 따라다니면서 이것만 틀어 주는 거 아니야?

아무튼 나중의 일은 그때 가서 걱정할 일이고, 루다가 상장을 안고 밝은 얼굴로 단상을 내려오자 우리는 일제히 환호하며 그를 껴안았다. 접촉은 대체로 질색하는 그가 이번만큼은 모든 포옹을 관대하게 받아 주었다.

그러고선 곧바로 합동 공연이 시작되었다. 각 반은 다시 자기 자리로 이동하고, 공주님 구하기 때 쓰였던 초대형 전광판이 우리 앞을 크게 차지했다.

시간은 빠르게 흘러 어느새 오후 다섯 시, 한여름이라 하늘은 전혀 어둡지 않았지만 햇살에 희미하게 섞여 들기 시작한 주황빛이 약간의 운치를 더해 주었다.

내 머리 위에서 이민아와 윤정인이 도란도란 떠들어 댔다.

"너무 신나. 다 같이 올림픽 보는 기분이야."

"와, 진짜 이거 학교에 계속 두고 올림픽이랑 월드컵 때 쓰면 개 좋겠다."

우리 월드컵 언제더라? 그런 얘기가 오고 가는 것을 들으며 키득키득 웃던 나는 핸드폰 진동을 느끼고 고개를 숙였다.

"어?"

메시지도 아니고 전화였다. 그것도 다름 아닌 주인이에게서 온 전화.

대체 왜? 의아해하며 전화를 받은 나는 그러자마자 날아오는 말에 당황했다.

[엄마! 지금 바로 체육관 뒤쪽으로 와 줄 수 있어?]

"뭐? 체육관? 거긴 왜?"

어리둥절하게 물은 나는 그 즉시 돌아온 대답에 얼굴을 굳혔다.

[이서진이 여령이를 체육관 뒤쪽으로 불러냈어! 우리도 지금 그쪽으로 가고 있어. 여령이한테 우리 갈 때까지는 절대 혼자 가지 말랬으니 아마 가는 길에 기다리고 있을 거야.]

"어, 그래, 알았어! 지금 갈게."

경황없이 대답한 나는 벌떡 자리에서 일어났다.

내 어깨에 각각 한 손씩을 기대고 있던 윤정인과 이민아가 당황하며 나를 올려다보았다.

"왜? 우리 공연 이번에 재밌을 건데."

"맞아, 연예인들도 나오고."

"열심히 준비한 애들한텐 미안한데, 진짜 너무 급한 일이라."

영상 꼭 찍어 줘. 그들의 두 손을 단단히 붙들며 그렇게 말한 나는 곧장 뒤돌아 좌석을 두 계단씩 뛰어내리기 시작했다.

달리며 나는 주먹을 질끈 쥐었다. 이번이야말로 이서진의 진면모를 확인할 수 있는 기회였다.

반여령! 제발 혼자 들어가지 마라! 그렇게 외치며 나는 체육관을 향해 있는 힘껏 달렸다.

삼선 슬리퍼가 몇 번이나 벗겨지려는 것을 무시하며 최대한 힘껏 달렸는데도, 내가 체육관 근처에 도착했을 때는 이미 다른 애들은 모두 모여 있었다.

하나같이 심각한 얼굴로 말을 주고받던 그들은 내가 오자 일제히 고개를 돌렸다.

"함단이."

"왔네."

방금 일이 다 뭐였냐는 듯, 너무나도 태연한 얼굴로 인사하는 은지호와 유천영을 게슴츠레한 눈으로 보던 나는 슬그머니 주인이와 여령이 사이에 자리를 잡고 섰다.

은형이가 그런 나를 보며 알 만하다는 듯 웃었다. 나는 그런 그를 향해 의아하게 물었다.

"뭐야, 왜 다들 여기서 이러고 있어? 이서진은 어디 있고?"

그제야 난감한 미소를 지워 낸 은형이가 도로 심각한 표정을 지으며 말했다.

"그게, 단아. 상황이 이상해졌어."

"이상해지다니?"

그는 대답 대신 모퉁이에 가려져서 안 보이는 체육관 뒤편을 손으로 가리켰다.

내가 조심성 없이 터벅거리는 발걸음으로 그쪽으로 다가가자 뒤에서 '잠깐만, 발소리 죽여!' 하며 비명에 가까운 외침들이 터져 나왔다.

글쎄, 나보다 너희 목소리가 더 큰 것 같은데. 뒷머리를 긁적거리던 나는 모퉁이 너머로 고개만 빼꼼 내밀었다.

가물거리는 오렌지빛 햇살 아래 선 인영은 한 사람이 아닌 두 사람이었다.

나는 눈살을 찌푸렸다. 한 사람은 흔치 않은 단정한 몸가짐 때문에 이서진인 걸 금방 알아보겠는데, 다른 사람은 누구지?

그러다 유난히 덥수룩한 머리칼, 호리호리한 몸을 보고서야 나는 '아.' 하는 탄성을 토해 냈다.

"선율고 학생 회장이잖아?"

저 사람이 왜? 나는 그렇게 중얼거리며 몸을 기울였다. 다른 애들도 일제히 내 옆에 따라붙으며 몸을 앞으로 기울였다.

 그때까지도 무표정한 얼굴로 머리칼만 매만지던 이서진이 문득 웃으며 내뱉었다.

 "왜 불러 놓고 계속 말이 없으세요? 이렇게 바쁜 때 저랑 회장 둘이 사라져 버리면 다들 저희 사이를 의심할 거예요. 쓸데없는 오해는 피해야죠."

 "……."

 김수아는 이서진이 부드럽게 타이르는 말에도 대답 않고 바닥만 보고 있었다. 그런데 잠깐, 나는 방금 들은 말을 되새겼다.

 불러 놓고 말이 없다니? 그럼 이서진을 이곳으로 불러낸 게 김수아란 말이야?

 하지만 우린 이서진의 부름을 받고 여기 왔는데?

 설마 이서진이 김수아와 반여령을 삼자대면시킬 생각은 아니었을 테고, 나는 짐작했다.

 왜냐하면, 이서진 입장에서는 자기를 싫어하는 게 틀림없는 김수아를 반여령에게 소개시켜 주는 손해 보는 짓을 결코 할 리 없으니까.

 그렇다면 왜? 심각하게 고민하던 나는 문득 이서진을 마주 보는 줄 알았던 김수아의 시선이 애매하게 비켜나 바닥을 향하고 있음을 깨달았다.

 그리고 그녀의 시선 끝엔, 다름 아닌 체육관 벽에서 길게 삐져나온 우리의 그림자가 있었다.

"앗."

내가 뒤늦게 비명을 터트리자 따라서 바닥을 본 주인이
도 얼굴이 새하얘졌다. 그가 내 뒷덜미를 잡고 우리에게
손짓해서 일제히 몸을 뒤로 물리는 그때였다.

갑자기 고개를 들어 이서진을 똑바로 본 김수아가 입을
열었다. 방금까지 바닥만 보며 지지부진하게 굴던 사람이
라곤 믿을 수 없는 태도의 변화였다.

"이서진, 너 말이야."

조금 놀란 것 같긴 했지만 이서진은 여전히 여유 만만이
었다. 특유의 부드러운 미소를 머금고 그가 대답했다.

"네, 말씀하세요."

"너 반여령이랑 정말 사귈 생각이야?"

"……."

나는 이서진을 둘러싼 정적인 공기가 흐트러지는 것을
처음 보았다. 그와 대조적으로, 더욱 짙은 미소를 피워 올
리며 이서진이 되물었다.

"회장, 제가 질문에 질문으로 대답하는 것을 무척 싫어
하기는 하지만 어쩔 수 없네요."

그리고 그가 나직하게 덧붙였다.

"게다가 제가 특정 질문은 무척 저열하다고 여겨서 싫어
하는데도, 이번만큼은 정말이지 어쩔 수가 없어요."

"싫으면 하지 마."

김수아가 미간을 구기며 말하는 것에도 아랑곳 않고 이서진은 기어이 물었다.

"회장, 저 좋아하세요?"

"아, 하지 말랬지!"

김수아가 경기라도 일으킬 듯 펄쩍 뛰었다. 그것도 모자라 간지럽다는 듯 손톱을 세워 제 팔을 박박 긁기 시작했다.

그 와중에도 이서진은 여전히 침착하기 그지없는 목소리로 말을 이었다.

"절 좋아하냐는 말엔 그렇게 펄쩍 뛰시는 분이 어째서 남의 연애사에 관심 가지시는지 모르겠네요. 더군다나 학생 회장인데도 매일같이 복장 불량으로 학주한테 불려 가시는 분이."

"야, 그건……."

"인생은 마이웨이라면서요. 남한테는 자기한테 간섭 말라던 분이 왜 본인은 저한테 신경 쓰시냐는 거죠."

그러자 불만스럽게 이서진을 노려보던 김수아가 툭 내뱉었다. 시선은 어째선지 내 쪽을 향하면서였다.

"그건 그렇지만 너, 공주님 구하기 때 함단이란 애한테 이상한 얘기 했다며."

비로소 이서진의 눈이 커지며 의외란 빛으로 물들었다.

"회장은 공주님 구하기 때 본인 경기에도 참가 안 했잖아요."

"알 바야? 내 질문에나 대답해."

"게다가 경기장 안엔 마이크가 없어서 소리는 생중계가
안 되었으니, 그쪽도 아닐 테고."

김수아의 말에도 아랑곳하지 않고 혼자 턱을 짚으며 중
얼대던 이서진은 이윽고 고개를 들더니 빙긋 웃었다.

"저희 반에 아예 귀를 심어 두셨단 말이네요. 제가 수상
한 언동을 하면 바로 보고하도록."

"그래서 내 걱정이 기우였기라도 하냐? 어쨌든 네가 수
상한 말을 한 건 사실이잖아."

김수아가 짝다리를 짚으며 삐딱하게 내뱉었다.

나는 그런 그녀를 보다 문득 궁금해졌다. 왜 저렇게까지?

그녀는 나나 반여령과도 아는 사이가 아닌데, 어째서 저
렇게나 이서진을 매섭게 추궁하는 걸까. 그것도 우리가 보
는 앞에서.

나는 지금 반여령과 내가 이 대화를 듣고 있는 것이 김수
아가 꾸민 계획대로라고 확신했다. 아마 반여령에게 문자
를 보낸 사람도 이서진이 아닌 김수아일 것이다.

나는 끙 소리를 내며 턱을 짚었다.

이대로 가만히 있는다면 우리를 둘러싼 이서진의 알 수
없는 행동들의 이유를 알 수 있을 테지만, 한편으론 김수아
의 뭔지 모를 계략에 놀아나는 기분이 드는 것도 사실이다.

그럼 지금이라도 인기척을 내는 게 나을까? 그렇게 생각하며 망설이던 내 팔을 누군가 옆에서 잡았다. 돌아보니 주인이었다.

그가 말없이 입술에 검지를 가져다 댔다.

왜? 내가 의아해하던 그때, 김수아의 목소리가 날아왔다.

나는 다시 고개를 돌렸다.

"설명해. 함단이가 '반여령이랑 사귈 거냐'고 물은 말에 '너한테 달려 있다'고 말한 이유, 뭐였는데? 그러는 너야말로 나한테는 득달같이 자기 좋아하냐고 받아친 주제에, 왜 함단이한테는 그런 식으로 대답한 거냐고."

나는 침을 꼴깍 삼켰다. 뒤에서 날아온 시선들이 내 뒤통수에 우르르 꽂히는 것이 느껴졌다. 나를 향해 '정말로 그런 걸 물어봤어?' 하고 묻는 듯했다.

아니, 뭐…… 내가 반여령이랑 몇 년 친구인데, 친구 썸남이 저 정도로 수상쩍으면 물어볼 수도 있지, 뭐.

그때 이서진의 대답이 들려왔다.

"……정말 알고 싶으세요?"

지금까지의 웃음기가 완전히 걷힌 목소리였다. 그럼에도 김수아는 조금도 겁먹지 않은 듯 대꾸했다.

"그래. 알고 싶다면 대답해 줄래?"

"못할 것도 없죠. 다른 사람이 있다면 곤란했겠지만."

말을 마친 이서진이 스스로 팔짱을 끼며 웃었다.

"여긴 단둘이고. 그러니 이 얘기가 퍼진다면 범인이 회장이란 걸 단번에 알 수 있고."

그리고 그가 나직이 웃으며 덧붙인 말에 나는 꿀꺽, 마른침을 삼켰다.

"그리고, 회장이 이걸 퍼트리고 다녀 봐야 다들 회장이 저를 음해한다고 생각할걸요."

"얼마나 터무니없는 얘기를 하려고 그러는데?"

김수아가 한쪽 입꼬리를 올리며 빈정거리듯 묻거나 말거나, 잠시 눈을 내리깔고 말을 고르던 이서진은 이윽고 천천히 얘기를 시작했다.

"반여령에게는 흥미가 있어요. 예쁘고, 그러면서도 자기가 예쁜 걸 모른다는 것도 신기하고. 그 경이로운 생김새보다도 흥미로운 건 성격이에요."

김수아는 대답 없이 한쪽 눈썹 끝만 추켜올렸다.

"착하고 올곧죠. 그렇게나 똑똑하면서도 그 머리를 사람 이용하는 데 쓸 생각은 안 하더라고요. 그러기는커녕 한 번 좋게 생각한 사람은 끝까지 믿어 주려고 하고, 꼭 빛과 그림자 중에 빛만 보기로 작정한 사람처럼."

도통 칭찬하는 건지 빈정거리는 건지 모를 투로 말을 잇던 이서진이 말을 맺었다.

"그런 애라면 한 번쯤 사귀어 볼 수 있겠다고 생각했어요."

한 번쯤? 나는 이서진의 표현 뒤에 숨은 뜻에 예민하게 날을 세웠다. 그럼 한 번 이상은 못 사귀겠다는 소리냐?

나는 힐끗 옆을 쳐다보았다. 은형이의 얼굴이 나 이상으로 굳어 있는 것을 본 나는 한숨을 내쉬며 다시 고개를 돌렸다.

김수아가 채근하듯 되물었다.

"그런데?"

그리고 이어진 말에 나는 하마터면 기침을 터트릴 뻔했다.

아까와 같이 무척이나 태연한 얼굴로, 그가 폭탄을 터트렸다.

"함단이에게도 흥미가 있어요. 아니, 어쩌면 그 이상일지도."

간신히 치밀어 오른 기침을 삼킨 나는 주먹을 꾹 쥐며 눈을 부릅떴다. 아니, 지금 대체 무슨 소릴 하는 거야!

김수아가 사납게 되물었다.

"인마, 너 아까부터 그게 무슨 소리야? 함단이에게 그 이상의 흥미가 있다니."

대답하는 이서진의 얼굴은 태연했다.

"말 그대로예요."

"하지만 너, 반여령이랑 사귈 마음이 있다고 했잖아?"

"그렇죠."

"그럼 함단이랑도 사귈 생각이 있다는 소리야?"

그리고 조금의 거리낌도 없이 돌아온 대답에 나는 이번

에야말로 입을 틀어막았다.

"그렇다고 볼 수 있겠네요."

아니, 저게 대체 무슨 소리야! 혼자 머리를 쥐어뜯던 나는 간신히 생각을 정리했다. 그러니까 이서진이 한 저 말의 뜻은, 반여령과 사귀었다가 헤어지고 나랑 사귀겠다는 뜻은 아닐 테고.

마침내 이서진의 진의를 깨달은 나는 입을 벌렸다. 즉, 쟤는 지금까지 우리를 저울 위에 올리고 계속 재고 있었다는 거야? 반여령에겐 계속 사귈 여지를 주고, 내겐 오해할 만한 행동을 골라 하면서.

아니, 게다가 좋아하는 것도 아니고, 단순히 흥미가 있다는 이유로 사귀겠다니, 그거 뭔데?

맙소사, 나는 석양빛에 붉어진 이서진의 얼굴을 황망히 바라보았다. 아까의 발언들이 저런 단정한 얼굴의 소유자에게서 나왔다고 말하면 과연 누가 믿기나 할까.

김수아도 나와 같은 생각인지, 한참을 멍하니 서 있던 그녀가 마침내 헛웃음을 터트렸다.

"하, 다른 애들한테 말해 볼 테면 말해 보란 게 이래서였군? 우리 얌전하고 정도를 지키는 부회장이 이런 녀석이라고는 다들 상상도 못 할 테니까."

이서진이 여전히 태연하기 짝이 없는 낯으로 웃으며 대꾸했다.

"뭘요, 그러는 회장이야말로 제 그런 면을 어느 정도 눈치채셨으니까 저를 따로 불러낸 거 아니에요?"

김수아가 슬그머니 입술만 깨무는 가운데, 이서진이 꽃보다도 화사하게 웃으며 말했다.

"저야말로 알고 있었거든요, 사사건건 회장이 의심하는 눈으로 저를 보는 거. 특히 우연한 사건들로 학생회의 골치 아픈 일이 손쉽게 해결될 때 말이에요."

"……."

"좋은 게 좋은 거 아니에요? 한배를 탄 사이인데, 그렇게까지 날을 세울 필요가 있을까요?"

그때까지도 불안한 듯 입술을 잘근잘근 씹던 김수아가 맞받아쳤다.

"그래서, 내가 네 성격을 모르는 여자애 두 명을 갖고 노는 것까지 두고 보라?"

그 말이 들리지도 않는다는 듯이, 이서진은 갑자기 자신의 손을 펼치더니 가만히 들여다보았다. 허공 위에서 손가락을 섬세하게 움직이는 모습은 마치 보이지 않는 건반을 두드리거나, 혹은 보이지 않는 실을 조종하고 있는 것 같았다.

자신의 손가락이 땅 위에 만들어 낸 그림자를 살피며, 이서진이 다시 말했다.

"회장, 회장은 그런 기분 알아요? 모든 사람이 내가 예상한 대로 내 손바닥 안에서 놀아서, 모든 게 재미없는 기분. 그걸 계속 보고 있자면, 종이 인형으로 된 연극을 보고 있는 기분마저 들거든요."

그 무렵 나는 고개를 휙 돌려 주인이를 돌아보았다.

생각하고 싶지 않았음에도 어쩔 수 없이, 이서진의 방금 그 말에 나는 주인이를 떠올리고 말았다.

주인이가 그 놀라운 지력을 가지고 조금만 다른 길을 들었을 때 어떤 사람이 될 수 있었는지를.

주인이 또한 그 가능성을 떠올린 모양인지, 심상치 않게 굳어진 얼굴이었다. 그를 골똘히 바라보던 나는 그와 눈이 마주치기 전에 얼른 고개를 돌렸다.

그러고 나서 들려온 이서진의 말에 나는 또다시 얼굴을 굳히고 말았다.

"제가 그 종이 인형들을 사람답게 존중하기 위해 얼마만큼의 인내심이 필요한지, 회장은 아마 모를 거예요."

아, 이럴 수가. 나는 한참 있다 가만히 손을 들어 이마를 감쌌다.

방금 그 말에서 내가 떠올린 사람이 주인이라면, 이번에 떠올린 사람은 다름 아닌 나였다.

그 순간 알 수 없게도 은지호의 시선이 내게 머무른 것도 같았다. 나는 입술을 깨물며 그저 정면을 응시했다.

"회장은 그런 제 예측에서 벗어난 몇 안 되는 사람이고, 저에겐 없는 걸 가진 사람이기도 하죠. 정의감이나 인덕 같은 것. 제가 회장의 물음에 솔직하게 대답한 건 그래서예요."

김수아가 충격받은 얼굴로 계속 말이 없는데도 이서진은 알 바 아니라는 듯 계속 말을 이었다.

그가 마침내 말을 맺었다.

"알았으면 제가 놀이를 계속하게 내버려 둬요. 회장 외의 사람한테까지 쓸 인내심은 없어요."

내내 연극 대사라도 읊는 듯 태연함을 가장했던 이서진이었지만, 그럼에도 불구하고 마지막에는 날 선 기운을 조금 드러내고 말았다.

그가 마지막에 얼핏 드러내 보였던 짜증 섞인 얼굴이 그의 원래 모습이란 것을 쉽게 짐작할 수 있었다.

주변 사람들의 시선에 견디다 못해 본성을 숨기기로 작정했지만, 그 과정이 끊임없는 인내심을 요하는 통에 언제나 반쯤은 열 받아 있는 상태인 것이다. 나는 침을 꼴깍 삼켰다.

노아리, 너 어떻게 이런 성격의 남자애를 서브 남자 주인공 삼을 생각을 한 건데. 내가 속으로 중얼거렸다.

그때, 석상처럼 굳어 있던 김수아가 마침내 입을 열었다.

내내 숙이고 있던 고개를 든 그녀가 평소처럼 심드렁한 목소리로 말했다.

"야, 그럼 한번 생각을 해 봐라."

갑작스런 태도의 변화에 놀란 듯 한쪽 눈썹만 살짝 치켜올리는 이서진에게, 김수아는 여유롭게 웃으며 말을 이었다.

"내가 네 성격을 어느 정도 눈치챘는데, 설마하니 너를 혼자 불러냈을까?"

"뭐? 아……."

어찌나 놀랐던지 내내 써 오던 존대조차 잊었다. 마침내 고개를 돌려 우리를 발견한 이서진의 얼굴에 옅은 낭패감이 번졌다.

그것도 아주 잠시였다. 짧은 순간 눈을 감았다 뜨자, 그의 얼굴에서 동요는 완전히 사라져 있었다.

파문 하나 없는 고요한 얼굴을 보며 나는 조금쯤 감탄했다.

진짜 성격 한번 대단하군. 이런 말들을 당사자가 듣는 자리에서 했다는 걸 들켰다간 난 고개도 못 들 것 같은데.

하긴, 애초에 이런 성격이니 그런 일들을 꾸밀 수 있었겠지.

이서진이 처음 입을 열어 말을 건넨 상대는 의외로 나도, 반여령도 아니었다.

대신에 김수아를 돌아보며 그가 말했다.

"이래서 예측할 수 없는 사람은 예측할 수 없는 사람대로 곤란하다니까."

"……."

심란한 듯, 손을 들어 가볍게 앞머리를 헝클어트린 이서진이 말을 이었다.

"회장, 제가 회장에게는 화를 내지 못할 것을 알고 그런 거죠?"

"당연하지."

김수아의 대답은 단호했다.

"네가 내년 학생 회장이 되려면, 어쩔 수 없이 내 지지가 필요할 테니까."

"하."

이서진이 다시 앞머리를 헝클며 어이없는 듯한 웃음을 흘리던 그때, 누군가 우리 사이에서 몸을 일으켜 그쪽으로 다가갔다.

그 정체를 보고 나는 당황했다.

열 받을 대로 열 받아 견딜 수 없어진 은지호나, 주인이일 거라 생각했는데 의외로 반여령이었다.

"여령아?"

내가 놀라서 묻는 가운데, 이서진으로부터 열 걸음 떨어진 곳에서 걸음을 멈춘 그녀가 갑자기 팔에 차고 있던 뭔가를 집어 던졌다.

영롱한 구슬 알이 석양빛을 반사해 허공에서 반짝 빛을 뿌렸다. 얼떨결에 그것을 잡아챈 이서진이 얼떨떨한 표정으로 말했다.

"내가 사 준 팔찌네."

"그래."

"뺨 맞을 각오 정도는 했는데."

이서진이 태연하게 내뱉는 말에 나는 감탄하는 한편 속으로는 기가 질렸다.

사과도 안 하고 대신 맞는 걸로 끝낼 속셈이셨다? 하긴, 이서진으로서는 종이 인형으로 느껴질 뿐인 우리에게 미안함을 느낄 수도 없을 테니, 말뿐인 사과라면 안 받는 게 낫긴 하겠다.

그에 반여령은 냉랭하게까지 느껴지는 무표정으로 대답했다.

"난 가치 없는 일에는 화 안 내."

그녀의 목소리에선 조금의 미련도 느껴지지 않았다.

"내 기력이 너무 아깝거든."

더러운 것을 만졌다는 듯 팔찌를 던진 손을 툭 털고, 다시 몸을 돌려 우리 쪽으로 돌아오는 반여령의 모습은 단호함 그 자체였다.

반여령은 한 번 믿은 사람에겐 제 간이고 쓸개고 다 빼줄 것처럼 헌신적으로 굴다가도, 일단 배신당하면 뒤도 돌아보지 않았다.

가치가 없어서 화를 내지 않는다는 반여령의 말은 사실일 것이다.

그렇다고 그녀가 배신에 상처받지 않냐고 하면, 그건 결코 아니지만.

나는 손을 내밀어 반여령의 손을 쥐었다. 그제야 고개를 들어 나를 바라본 그녀가 평소 같은 미소를 지으며 물었다.

"뭐 해?"

당황한 나는 그만 사랑 고백 같은 대답을 해 버리고 말았다.

"아니, 그냥…… 좋아서."

"뭐야, 실없긴."

그렇게 말하면서도 반여령은 내 손을 들어 자기 뺨에 가볍게 갖다 대었다.

그러고 나니 어쩐지 좌중이 모두 굳어진 채 나와 반여령을 번갈아 보고 있었다.

멋쩍어진 내가 헛기침과 함께 재빨리 손을 내리는데, 이서진이 어쩐지 눈부신 무언가를 본 것 같은 눈으로 반여령을 보고 있었다. 그것은 틀림없이 한순간의 빛에 매료당한 사람의 눈빛이었다.

그가 중얼거렸다.

"네가 그런 성격인 걸 그때 알았으면 좋았을 텐데."

"알았으면 뭘 어쩌려고?"

반여령은 여전히 단호했다. 눈을 치켜뜨며 그렇게 말한 그녀가 내 팔짱을 끼며 나를 이서진에게서 떨어뜨리려 했다.

그런 그녀에게 이끌려 걸음을 옮기는 한편, 나는 이서진을 보았다. 이서진은 피하지 않고 나와 눈을 마주쳤다.

여전히 담담한 그의 눈에 대고 내가 선포하듯 말했다.

"미안한데, 아니다, 미안하진 않고, 다시는 나나 반여령 앞에 나타나지 말아 줘. 멀리서 보이거든 그쪽에서 먼저 피해 주라."

"그럴게."

이서진은 어렵지 않다는 듯 고개를 끄덕였다.

마지막까지 당당한 그의 모습이 조금 재수 없었지만, 어쨌거나 그와 앞으로 마주칠 일이 없을 거라는 데 만족하기로 했다.

더군다나, 그의 모습에서 내 과거 모습을 어느 정도 본 것 또한 사실이었다. 이마를 감싸며 한숨짓는 내 양옆에서 은지호와 유천영이 으르렁대듯 말했다.

"넌 진짜 두 사람한테 아무 일도 없었으니까 그냥 넘어가는 줄 알아라."

"한 번만 더 이런 수작 부리다 걸리면, 가만 안 둬."

두 사람의 말하는 기세는 웬만한 사람이라면 오금이 저릴 정도로 사나웠으나, 이서진은 여전히 빙긋 웃는 얼굴로 손을 흔들 뿐이었다. 맙소사. 나는 그저 속으로 탄식하며 점점 멀어지는 그와 김수아의 모습을 바라볼 수밖에 없었다.

내가 다시 정신을 차린 것은 각 반별 좌석으로 돌아와 앉을 때쯤이었다. 무대에서는 케빈이 우정 출연한 자신의 멤버들과 함께 특별 공연을 펼치고 있었고, 덕분에 모두가 앞으로 몰려가서 뒷좌석은 텅텅 비어 있었다.

각자의 반으로 찾아갈 정신도 없어 적당히 빈 자리에 나란히 앉고 나자, 그제야 이서진에게 경고를 날리는 데 급급해서 김수아에게는 아무런 말도 하지 않았다는 것이 떠올랐다.

처음에는 이서진을 불러내 놓고 그가 하는 말을 우리가 몰래 듣게 하는 그녀의 행동이 조금, 뭐라고 해야 할까, 음험하게 느껴졌으나, 다시 생각해 보면 루다가 전에 우리 반을 위해 하려고 했던 행동도 그와 다르지 않았다.

게다가 결정적으로 은지호가 쉽지 않은 상대라고 공언했던 것처럼, 이서진은 자기 자신을 숨기는 데 무척 능한 사람이었다. 그러니 김수아가 그렇게 해 주지 않았다면 우리는 그의 본성을 끝까지 파악할 수 없었을 것이다. 노아리에게서 들어서 이미 알고 있던 나 빼고는.

거기까지 생각한 나는 황급히 반여령을 돌아보았다.

"고맙다는 말을 해야겠지?"

"뭐? 누구한테?"

"선율 예고 학생 회장한테 말이야."

내 말에 여령이도 그제야 생각이 미친 듯, 자리에서 벌떡 일어나며 외쳤다.

"아, 맞다! 어떡해, 완전 잊고 있었다!"

"진정해, 진정해. 아마 벌써 가진 않았을걸. 엄연히 학생 회장인데."

말하고 나서야 김수아의 학생 회장치고 영 제멋대로이던 복장과, 그녀를 가리켜 마이웨이라고 칭하던 이서진의 말을 떠올린 나는 말끝을 흐렸다. 음, 아마도. 아마도…….

반여령이 내 손목을 움켜잡고는 좌석 계단 아래로 폴짝 뛰어내리며 외쳤다.

"어떡해, 얼른 가자!"

"잠깐만, 반여령, 민간인 배려 좀 해 주라. 그리고 나 삼선 슬리퍼야."

내가 허둥지둥 말하며 그녀를 따라 달리는 가운데, 사대 천왕들이 일제히 우리를 따라 일어나며 갑자기 어디 가는 거냐고 물었다.

나는 선율 예고 학생 회장에게 간다고 외치고는 그 자리를 벗어났다. 다행히 내 말이 제대로 들렸는지, 그들은 따라오지 않았다.

호기롭게 나온 건 좋았지만 번호를 아는 것도 아니라서 찾기가 쉽지 않았다. 꺼림칙한 마음을 참고 체육관 뒤쪽에도 가 보았지만, 그곳에는 이미 아무도 없었다.

한참을 더 헤매고 나서야 무대 뒤에서 '시리얼'에게 사인을 받겠다며 모인 애들 사이에 서 있는 김수아를 발견할 수 있었다.

"저기요! 회장님! 김…… 수아 회장님!"

내가 애들 사이를 비집고 들어가며 힘겹게 외친 말에 김수아의 고개가 이쪽으로 휙 돌아왔다. 놀랍게도 그녀는 우리를 보자마자 풋, 하고 웃었다.

그녀가 유쾌한 웃음을 짓고 우리 쪽으로 다가오며 물었다.

"뭐야, 난 설마 내가 잘못 들었겠지 했네. 회장님이라니, 여기 어디에 회장님이 와 계신가 보다 하고."

"아."

"그냥 수아 선배라고 해. 날 회장이라고 꼬박꼬박 부르는 건 학생회 중에서도 이서진뿐이야."

그런 다음 그녀는 눈살을 살짝 찌푸리며 덧붙였다. 그 녀석이 별종인 거라고.

그 말에서 그녀가 그를 싫어한다는 것을 충분히 알 수 있었다. 나는 잠시 멍해진 채 그녀를 보았다.

그렇다면 그녀는 이서진을 골탕 먹이기 위해 그런 일을 한 걸까? 아니면 정말로 우리를 위해서?

어쨌건 도움을 받은 건 사실이니까. 나는 주저하다 작게 고개를 숙였다.

"저기, 감사합니다."

"아까는 감사했습니다."

내 옆에서 반여령도 따라서 고개를 숙였다.

졸지에 사람들이 보는 앞에서 인사를 받게 된 김수아는 허둥지둥하다가 손을 내저어 고개를 들게 했다.

"아니, 그럼 내가 무슨 큰일이라도 해 준 줄 알잖아."

그리고 그녀는 주변을 휘휘 둘러보더니 우리의 손목을 잡아끌었다.

"안 되겠다, 조용한 곳으로 가자."

우리는 잠자코 그녀를 따라 걸음을 옮겼다.

분장실로 추정되는 조용한 곳에 이르러서야 김수아는 우리를 돌아보며 말했다.

아까 이서진을 몰아붙일 때의 담대한 목소리였다.

"저기, 다시 말하는 거지만 나는 너희한테 이렇게 인사받을 정도의 일을 한 건 아니라고 생각해. 그러니까 마음의 빚 같은 거 남겨 두지 마."

"그래도."

나는 잠시 주저하다가 말했다.

"누구한테 들은 말로는, 이서진한테 잘못 찍히면 인생 고달파지는 수가 있다던데."

"뭐? 누가 그런 소릴 해?"

어쩌면 자신의 미래가 될지도 모르는 말을 듣고서도 김수아는 걱정하긴커녕 배를 구부리며 한바탕 거하게 웃어 댔다. 의욕 없고 구부정한 첫인상에서는 상상할 수 없던, 보는 사람이 다 따라 웃고 싶어지는 미소였다.

나는 그제야 조금 놀라며 이서진의 말을 상기했다.

김수아에게는 정의감과 인덕이 있다고 했지. 그 이유를 이제야 알 것도 같았다.

아마도 학생회가 이미 '이서진과 아이들'이나 다름없다던 김수아의 말은 사실이 아닐 것이다.

웃던 것을 멈춘 김수아가 다시 손을 내저으며 말했다.

"아, 미안. 너무 오래 웃었지. 그게, 이서진의 본성을 그렇게 잘 꿰뚫어 본 사람이 나 말고 또 있을 거라곤 상상도 못 해서."

그리고 그녀가 빙긋 웃으며 덧붙였다.

"나도 2년을 지켜보면서 겨우 안 건데 말이야."

"그런데도 걱정 안 되세요?"

나는 의아하게 물었다. 그러자 김수아는 어깨를 으쓱하며 시큰둥하게 대답했다.

"아예 안 된다고까진 못해도, 그 녀석 나한테 어떻게 못 해. 아까 들었잖아, 전교 회장이 되기 위해선 내 지지가 필요하다는 거. 우리 학교 시스템 때문이기도 하지만, 이서진 본성을 알아챈 사람이 나뿐만도 아니라서."

"아……."

"사실 난 반대할 생각은 없지만. 이서진은 자기 완벽 주의에 못 이겨 열심히 할 거란 거 알거든. 인성이 부족한 사람이 다스리는 완벽한 학교가 태어나겠지."

그녀의 말을 마침내 이해한 나는 고개를 주억거렸다. 하긴, 이서진이 여기에서 학생 회장이 되지 못한다면 여주인공과의 로맨스 역시 꼬이고 말 텐데, 그럴 리는 없지.

그러다 나는 문득 물었다.

"그럼, 이서진을 싫어하진 않으시는 거군요?"

무심코 물은 말이었는데, 김수아가 빙긋 웃으며 되묻는 걸 듣고 나는 당황했다.

"왜? 내가 걔를 엿 먹이려고 아까 그 일을 벌인 줄 알았어?"

"아, 저기, 그게 아니, 아, 죄송……."

한참을 허둥대던 나는 끝내 스스로의 입을 두 손으로 막으며 사과했다. 반여령이 옆에서 그런 나를 향해 조마조마한 눈빛을 보냈다.

우리 둘이 갑자기 긴장하거나 말거나 김수아는 여전히 유쾌하게 웃는 얼굴이었다.

신경 쓰지 말라는 듯 어깨를 으쓱한 그녀가 대답했다.

"아니, 뭐. 나라도 의심해 볼 만하겠어. 처음 보는 자리에서 이서진 험담을 하질 않나, 이서진인 척 문자를 보내서 아예 이서진의 밑바닥을 까발리고 말이야."

그리고 그녀는 새삼 눈빛을 가라앉히며 덧붙였다.

"사실 이서진이 날 건드리지 않는 건, 내 지지가 필요하기 때문이 아니야. 그 애는 악의에는 악의로 갚아 주는 주의거든."

내가 의아하게 되물었다.

"그럼요?"

"걔는 내 행동의 이유가 걔에 대한 악의가 아니라 그냥 오지랖이란 걸 알거든. 내가 단순히 걔의 그런 행동을 그냥 넘어갈 수 없어서 그랬다는 걸 아는 거지."

"아……."

나와 반여령이 잠시 조용해진 가운데, 문득 목을 길게 빼고 사람들이 바쁘게 오가는 바깥을 힐긋 본 김수아가 다시 말했다.

"그럼 난 이만 가 봐야겠다. 일단 직함은 학생 회장이니까."

"아, 네. 시간 내 주셔서 감사합니다."

나와 반여령은 마치 인터뷰를 허락받은 학생들처럼 공손히 말했다. 그러자 씩 웃은 김수아가 손을 흔들며 나가려다 말고 우뚝 멈춰 섰다.

의아한 눈빛을 보내는 우리를 향해 다시금 낮게 웃어 보이며, 그녀가 말했다.

"그런데 말이야, 이제 와서 말하는 거지만…… 아마 이서진은 스스로 생각한 것보다 훨씬 너희에게 호감을 가졌는지도 모르겠다."

"네?"

"그렇게 얼빠진 모습은 처음 봤거든."

말 몇 마디로 우리를 어안이 벙벙하게 만들어 버린 그녀는 다시 준비실 바깥을 보았다.

아마도 저기 어딘가에 이서진이 있을 것이다. 내가 그 사실을 새삼 깨닫던 찰나, 그녀가 그쪽을 향해 가운뎃손가락을 치켜세웠다.

나와 반여령이 둘 다 눈만 깜빡이며 굳어진 가운데, 김수아가 짓궂게 말했다.

"그럼 뭐 해, 스스로도 진짜인지 아닌지 확신 못 하는 맘이면 남한테 당당하게 들이대지 말라고."

그제야 나와 반여령은 굳어졌던 얼굴을 풀고 다시금 웃을 수 있었다.

다시 김수아와 인사를 나누고, 학생 회장을 빌려 가는 바람에 폐를 끼쳐 버린 선율 예고 운영 위원들에게도 인사를 한 우리는 무대 뒤 쪽문으로 빠져나왔다.

색색의 조명이 오가고, 폭죽과 비명이 번갈아 터지는 무대 앞과 달리 높지 않은 나무에 둘러싸인 이곳은 몹시 적막했다.

인적 없는 길을 반여령을 따라 걸으며, 나는 속으로 노아리의 말을 되새겼다.

현실은 소설보다 훨씬 다양하고 복잡한 법이랬지. 이 세계가 아무리 소설을 기반으로 만들어졌다고 해도, 엄연히 하나의 현실인 이상 어쩔 수 없다고.

그리고, 문득 주머니에 든 수첩을 살짝 꺼낸 나는 자그맣게 한숨을 내쉬었다.

결국 이런 건 필요 없었다는 얘기잖아.

선율 예술 고등학교에서 제일 눈에 띄는 사람을, 나는 수첩 속 이름들에서가 아닌 바깥에서 발견하고 말았으니.

은지호에게 들킬 줄 알았다면 그냥 집에 놓고 나올 걸 그랬지, 이딴 소용없는 수첩.

잠시 후회하던 나는 사대천왕과 아이들이 있는 곳으로 돌아가기 전, 그대로 멈춰 서서 지난 일을 되새기는 시간을 가졌다.

여령이가 옆에서 의아한 듯 물었다.

"단아?"

"잠깐만."

나는 스스로 되뇌듯이 말했다.

"잠깐이면 돼."

눈을 감은 내 머릿속에 이서진의 말이 잔향과 함께 윙윙 울렸다.

'회장, 회장은 그런 기분 알아요? 모든 사람이 내가 예상한 대로 내 손바닥 안에서 놀아서, 모든 게 재미없는 기분. 그걸 계속 보고 있자면, 종이 인형으로 된 연극을 보고 있는 기분마저 들거든요.'

'제가 그 종이 인형들을 사람답게 존중하기 위해 얼마만큼의 인내심이 필요한지, 회장은 아마 모를 거예요.'

그리고 마지막 김수아의 말.

'스스로도 진짜인지 아닌지 확신 못 하는 맘이면 남한테 당당하게 들이대지 말라고.'

그리고 다시 눈을 뜬 나는 반여령을 돌아보며 '가자.' 하고 말했다.

그녀와 나란히 걸음을 옮기며 나는 주먹을 질끈 쥐었다.

내가 지금 해야 할 일이 무엇인지, 조금이나마 알 것도 같았다.

*   *   *

체육 대회의 종막은 불꽃놀이와 함께였다.

도대체 축제도 아니고 체육 대회에, 대학 축제에서나 볼 법한 화려한 불꽃놀이가 말이 되냐고 생각했지만, 모두는 그저 하늘을 수놓는 예쁜 무늬에 웃고 떠들며 즐거워했다.

하긴, 인터넷 소설에 들어온 지 5년이나 지나서 새삼 이런 데 놀라는 것도 이상하긴 하지. 그렇게 생각하자 마음을 좀 진정시킬 수 있었다.

그리고 무엇보다도, 그보다도 이상한 일 따위 이 세계에는 얼마든지 존재하는 걸, 뭐. 그렇게 생각하며 나는 고개를 돌렸다.

운동장에서는 불꽃놀이가 한창인 가운데, 우리 네 사람

만이 사람들 눈에 잘 띄지 않는 장소로 이동해 있었다.

이곳은 유명한 고백 명소로, 이민아와 윤정인이 작년 축제 때 고백을 주고받은 곳이기도 했다.

이곳에 나를 좋아한다는 세 명의 남자와 함께 서 있으려니 나도 모르게 손에 땀이 배어나기 시작했다.

어느새 축축해진 손을 쥐었다 폈다 하며, 나는 슬그머니 시선을 들었다.

은지호와 유천영, 이루다.

아마도 이 소설에 들어오지 않았더라면 먼발치에서나 보고 좋아했을 그들이, 아니, 먼발치에서도 인파에 밀려 못 봤을 것 같은 그들이 일제히 나를 향해 시선을 고정하고 있으니 어쩐지 무섭기까지 했다.

땀이 밴 손으로 눈가를 매만지던 내가 마침내 말을 꺼냈다.

"저기."

그 순간 세 사람 다 일제히 대답해서 나는 화들짝 놀랐다.

"말해."

"그래."

"응."

그러더니 셋은 내가 자기한테 한 말을 빼앗기기라도 한 것처럼, 동시에 고개를 돌려 서로를 노려보기 시작했다.

아니, 이거 공주님 구하기 때부터 진짜 인터넷 소설 같네!

아니면 진작부터 인터넷 소설 같은 경쟁 구도를 취하고

있었는데 나만 몰랐나?

그런 생각을 하며 나는 내 눈을 더 세게 비볐다. 그러고 나서야 나는 힘없이 말을 꺼냈다.

"원래는 따로따로 얘기하려고 했는데, 그러려면 누구부터 말해야 할지 순서도 잘 모르겠고……."

나는 손을 꼼지락거리며 말을 맺었다.

"……그렇다고 이런 걸 문자나 전화로 말하는 것도 좀 아닌 것 같아서."

말하는 동안 안 그래도 없던 자신감이 뚝뚝 떨어지는 듯한 느낌이었다. 내가 생각하기엔 나 자신이 이렇게 멋없을 수가 없었다.

나는 손을 이마에 대고 길게 한숨을 내쉬었다. 적어도 내가 수아 선배와 반여령이 말하는 걸 들었을 때, 내가 상상한 모습은 이런 게 아니었는데.

두 사람처럼 당당하게 말할 자신이야 애초에 없었지만, 적어도 서로 얼굴 보기도 곤혹스러울 세 사람을 한자리에 모아 뒀으면 말이라도 빨리빨리 해야 할 거 아니야?

그러나 세 사람은 내 말이 무슨 한마디라도 놓쳐선 안 될 뉴스 속보라도 되는 것처럼 여전히 나를 집중해서 쳐다보았다.

내가 한동안 말이 없자, 그들이 거의 동시에 입을 열었다.

"천천히 얘기해. 불꽃놀이라면 한참 더 할 거다. 우리 학교 돈 많은 거 알면서 그러냐."

"아침에도 말했지만 난 오늘 촬영 없어. 괜찮아. 숨 쉬어, 함단이."

"난 문자나 전화로 들어도 돼. 직접 말하기 힘들면 굳이 애쓸 필요 없어."

은지호와 유천영, 이루다가 차례로 하는 말에 나는 얼굴을 두 손으로 가리고 속으로 비명만 질렀다. 아악. 으아악.

결국, 압박감보다 이 상황에서 얼른 탈출하고 싶은 욕구가 더 커지자 그제야 입을 열 수 있었다.

나는 고개를 들고 한결 차분히 운을 뗐다. 있잖아.

"내가 너희 셋한테 고백을 듣고 생각을 해 봤는데……
아무래도 내가 가까운 시일 내에 결론을 내릴 수 있을 것 같진 않았어. 그러니까, 내가 누구랑 사귀고 싶다 하는 거 말이야. 왜냐하면 알다시피."

거기까지 말한 나는 이제는 가시넝쿨 같은 이름을 입속에서 굴리며 고통스런 한숨을 내쉬었다.

"여단 오빠와 내가 헤어진 건, 내가 내 마음도 모르고 사귀었기 때문이었어. 오빠에 대한 동경을 이성적인 호감으로 착각해서."

그렇게 말하고 나는 한 손을 들어 다른 팔을 가만히 감쌌다.

어느새 고요해진 밤공기 속에 내 목소리만이 또렷이 울렸다.

"다신 그러고 싶지 않아. 나를 위해서도, 너희를 위해서도. 왜냐하면, 너희도 알다시피, 이성적인 감정을 빼놓고서도 너희는 나한테 진짜 소중한 친구들이잖아."

그리고 나는 눈을 들고 그들의 눈치를 살폈다.

아니면, 혹시 내가 착각하는 건가? 사귀고는 싶은데 친구로는 지내고 싶지 않을 가능성도 아예 없진 않았다.

그러다 유천영이 갑자기 손 내밀어 내 머리칼을 헝클자, 그제야 나는 안도의 한숨을 내쉬었다.

내가 아는 한 이 타이밍에서 유천영이 내 머리칼을 헝크는 것은 내 말에 동의한다거나, 내지는 '너 지금 뭔진 몰라도 쓸데없는 생각 한다'는 뜻이었다. 유천영은 이런 면에서는 유난히 예민했다.

그러기가 무섭게 은지호와 이루다도 동의하고 나섰다.

"당연하지."

"그런 건 걱정하지 마, 단아."

그제야 굳어 있던 얼굴을 푼 나는 말을 이었다.

"그래서, 난…… 적어도 내 마음을 알게 될 때까지는 누구하고도 사귈 수가 없을 것 같아."

나는 눈을 내리깔며 말을 맺었다.

"정말 미안한데, 이게 내 답이야."

그리고 나는 아무 말 없이 잠시 동안 기다렸다.

한동안은 풀벌레 우는 소리밖에 나지 않았다.

당장 반응이 돌아올 줄 알고 바짝 긴장하고 있던 나는, 한참이 지나도 그런 기미가 전혀 없자 의아해하며 어깨 힘을 풀었다.

아니, 왜냐하면, 다들 나를 좋아한 게 짧은 시간이 아니잖아. 은지호도 그랬고, 유천영도 그랬다. 둘은 여단 오빠와 내가 사귀게 될 때를 언급했으니 적어도 1년은 넘게 나를 좋아한 거였다.

그리고 루다 또한.

그가 언급한 '아주 오래전부터'가 도대체 얼마나 오래전부터였는지 나는 알 수도 없다.

다만 반 친구들이 놀리기 시작한 것이 언제부터였는지, 루다가 놀림에 대해 반박하긴커녕 대답을 구하는 눈으로 지그시 나를 쳐다보는 것이 언제부터였는지 생각하면, 그가 고등학교 1학년 때부터 나를 좋아했다고 해도 놀랍지 않다.

그런데 더 기다려 달란 말에 아무 반응이 없다고?

슬쩍 시선을 든 나는, 가장 먼저 루다가 두 손을 모으고 있는 모습을 보고 잠시 할 말을 잃었다.

"아, 신이시여. 감사합니다. 고백한 날 차이지 않게 해주셔서."

"루다야……."

너 만족의 기준 너무 소박한 거 아니니. 내가 중얼거리는 사이, 은지호는 태연하게 주머니에 두 손을 찔러 넣고 나를 보다가 눈이 마주치자 웃었다.

그가 눈을 지그시 휘며 대꾸했다.

"그게 뭐 대수라고 말하면서 그렇게 긴장해? 심각한 얘기인 줄 알고 나도 같이 긴장했잖아."

"뭐?"

"사람들은 내가 타고난 것들의 덕을 너무 많이 본다고들 하는데…… 사실 내가 가장 자신 있는 건, 노력하는 거거든."

그렇게 말한 은지호가 검은 눈을 휘며 웃었다. 정말이지 조금의 유감도 없어 보이는, 일견 상쾌해 보이기까지 하는 미소였다.

잠시 넋 놓고 그를 바라보던 나는 정신을 차리고 스스로의 뺨을 작게 때렸다. 윽, 나 방금 은지호가 멋있어 보였어.

그때 유천영이 마지막으로 입을 열었다. 나는 고개를 휙 돌려 그를 바라보았다.

"그거라면 괜찮아."

그 또한 너무 담담한 목소리였다. 의아한 표정을 지었던 나는, 이어진 그의 말에 금세 평정을 잃었다.

"난 한 번 좋아한 건 안 바꿔."

"뭐……."

"시간이 얼마나 걸리는지도 상관 안 해."

어둠 속에서 희미한 빛 속에 잠겨 있던 유천영이 느리게 웃었다.

"이만큼 기다려서 이제 겨우 네가 나를, 우리를 봤는데."

"……."

"여기에서 물러날 리가 없잖아."

그건 정말이지 내가 태어나서 처음 본 종류의 미소 같아서, 나는 잠시 멍하니 있을 수밖에 없었다.

그렇게 체육 대회는 내게 너무 큰 충격과 너무 큰 과제를 남겨 준 채 끝나고 말았다.

그리고 그다음 주, 여름 방학이 시작되었다.

고등학교에 올라오고 두 번째로 맞이하는 여름 방학이었다.

제53조. 지나간 인연과 시작되는 인연

지나간 인연과 시작되는 인연

"흠. 어째 여름 방학 직전만 되면 큰일이 터지는 것 같은데."

여름 방학이 된 지 며칠 지난 어느 날, 체육 대회 때의 꿈을 꾸고 일어난 내가 중얼거린 첫말이었다.

누군가 이런 내 말을 들으면 잠이 덜 깨거나 더위를 먹었냐고 하겠지만, 그렇지만 사실인걸. 나는 이불에서 부스스하게 손가락을 꺼내어 하나하나 접었다.

"작년엔 이때쯤 최유리 일이 있었고, 피구 시합이 있었고…… 그 결과 폐교에서 담력 시험까지 하게 됐고."

그리고 올해는 무려…….

고작 며칠 전인데도 아직까지 꿈처럼 느껴지는 일을 떠올리며 허탈하게 웃은 나는 문득 자리에서 일어나 컴퓨터를 켰다.

초록 검색창에 '유천영'이라고 검색하자마자 뜨는 블로그 글들을 보고 나는 이마를 짚으며 한숨 쉬었다.

"정말이지 이거 좀 어떻게 못 지우나."

내가 중얼거렸다.

선율 예술 고등학교와 소현 고등학교 합동 체육 대회는 예상치 못한 파장을 불러일으킨 채 끝나고 말았다.

두 인터넷 소설의 주역들이 한자리에 모였으니 어느 정도 예상은 했지만, 나는 다른 인물, 이를테면 반여령이나 이루다가 관심의 중심이 될 줄 알았지. 설마하니 내게 이런 일이 일어날 줄은 꿈에도 몰랐다고.

나는 한숨을 푹푹 내쉬며 한 영상을 클릭했다. 영상은 정확히 내가 무슨 말인가를 외치고 잠시 얼어 있다 뒷걸음질 치는 데서부터 시작되었다.

그러다 디딜 곳을 찾지 못하고 기우뚱 미끄러져 떨어진 나를 이루다가 다급히 건져 내는 모습, 그가 나를 끌어안고 사납게 사방을 보며 뭐라고 쏘아붙이는 모습이 영상에 선명하게 찍혀 있었다. 특히 한 카메라는 이루다와 눈이 마주친 순간을 클로즈업해 보여 주기까지 했다.

유천영이 재빨리 저지를 벗어 내게 걸쳐 주는 모습도 보였다. 그러나 영상에 무엇보다도 길게 나온 것은 다름 아닌 은지호였다.

스스로에게 물 풍선을 부딪치더니 물이 뚝뚝 떨어지는

머리칼을 쓸어 넘기며 오연하게 턱을 치켜드는 모습.

역시, 모든 카메라가 은지호만 비추는 것 같다고 느낀 건 내 착각이 아니었던 거지, 나는 중얼거렸다.

이 영상은 체육 대회가 끝난 직후 온갖 사이트에 일파만파 퍼져 나갔다.

처음 이 영상이 화제가 된 것은 단연 유천영 때문으로, 〈검은 비〉의 '강현우' 때문에 유천영 팬이 되었던 사람들이 이 영상을 공유하기 시작한 것이었다.

그러나 확산에 불붙은 것은 물론 사람들이 이루다와 은지호의 정체를 궁금해하기 시작하면서였다.

얼마 전까지 가출 청소년 신세였던 데다가 REED사의 경우 그렇게까지 개방적인 기업도 아닌 만큼 이루다의 정체가 밝혀질 일은 없었지만, 은지호의 경우엔 그가 공식적인 행사에 나선 것이 한두 번도 아니었거니와 무엇보다 그의 은발이 너무 눈에 띄었다.

은지호의 정체가 한울 그룹 외동아들이란 것이 밝혀지고 나자, 단연 사람들의 관심은 내게로 옮겨 갔다.

확실히 내가 봐도, 세 사람에게 극진한 대접을 받으며 구조되는 내 모습은 사람들의 궁금증을 살 만했다. 멀리 사는 친구들마저 그 영상을 보고 연락해 올 정도였다.

옛날 같으면 '아니, 사실 이 애들이 나한테 잘해 주는 건 실은 내가 인터넷 소설 여주인공 친구로 낙점되어서인데?'

라고 생각하며 겉으론 말도 안 되는 변명들을 꾸며 냈겠지만, 이번엔 정말로 고백받은 것이 사실이라 대답 없이 머리만 쥐어뜯는 나날이 반복되었다.

그리고 나는 한숨을 내쉬었다.

아무튼 하나 다행인 것은, 유천영이 이제는 공인인 만큼 나는 우리 사이가 대중에게 수상하게 비칠 것을 걱정했는데, 의외로 그런 의심은 조금도 나오지 않았다는 것이다.

극 중 '강현우'의 성격이 모두에게 매너 있고 공평하게 대하는, 말하자면 은형이에 가까운 성격이라 사람들도 유천영의 행동을 그러한 맥락에서 이해한 것 같았다. 말하자면 흰옷을 입고 물에 빠진 여자애에게 보여 줄 수 있는 최대한의 신사적인 태도.

때문에 댓글에서도 날 부럽다고만 언급하고는 끝나는 게 보통이었다. 내 눈이 닿지 않는 곳에서 어떤 말들이 오가고 있을지도 모르겠으나, 아무튼 내게 보이지 않으니 아무래도 실질적으로 다가오진 않고 있었다.

하지만 내가 나온 영상이 인터넷에서 엄청난 화제를 불러일으키며 돌아다니고 있다는 것 자체만으로 소시민 입장에서 부담스러운 건 사실이지. 한숨을 푹푹 쉰 나는 머리를 감고 부지런히 준비에 들어갔다.

백팩 하나만 메고 집을 나온 내가 가벼운 걸음으로 향한 곳은 다름 아닌 시민 회관이었다.

시민 회관에서는 학생들이나 주부들, 노인들을 대상으로 한 강좌와 전시회, 공연들이 많이 열리는 터라 방학인데도 북적였다. 그중에는 에어컨을 찾아 하릴없이 놀러 온 것처럼 보이는 사람들도 꽤 많았다.

나는 오가는 사람들로 복잡한 로비를 지나 건물 구석에 위치한 계단을 올라갔다. 모퉁이를 돌 때마다 계단에 반사된 햇살이 너무 강렬한 나머지 눈이 멀어 버릴 것 같아 이따금 눈을 감기도 했다.

그렇게 도착한 3층은 1층과는 달리 한적했다. 온도도 어쩐지 몇 도는 낮은 것 같았다. 나는 소름이 돋아난 팔을 문지르며 '강의실 1'이라는 명패가 달린 교실 문을 밀었다.

"앗, 선배."

가장 먼저 눈이 마주친 것은 노아리였다. 책상 끄트머리에 앉아 있던 그녀가 나를 발견하고 손을 흔들었다. 그녀에게 밝은 미소로 화답한 나는 그녀의 옆에 가방을 놓고 앉았다.

내가 들어오고 얼마 안 있어 세 사람 정도가 자리를 더 채웠다. 두 사람은 우리 엄마 또래로 보이는 중년의 여인이었고, 나머지 한 사람은 키가 크고 눈에 띄게 마른 대학생이었다.

수업을 듣다 보면 필연적으로 토론을 해야 할 일이 생기기 때문에 얼추 말은 섞고 있었다. 머쓱하게 인사를 나눈 우리는 정적 속에서 불안하게 눈을 굴리며 선생님이 오기를 기다렸다.

얼마 안 가, 품에 책을 가득 안은 선생님이 어깨로 유리문을 밀고 들어오셨다.

책들을 탕 소리 나게 책상 위에 내려놓고, 코 아래로 미끄러진 안경을 추켜올린 선생님이 더위 때문에 상기된 얼굴로 외쳤다.

"죄송해요, 많이 기다리셨죠? 오늘 강의할 내용이 참고 자료가 좀 많았는데, 한 책이 아무리 찾아도 보이질 않아서요."

"괜찮아요, 선생님."

학생들이 이구동성으로 말하는 가운데, 빙긋 웃은 선생님이 화이트보드를 향해 돌아섰다.

"그러면 오늘은 단편 소설의 기본적인 구조에 대해 알아볼게요."

선생님의 높은 목소리가 교실 가득한 온화한 햇빛에 부드럽게 섞여 들었다. 커피에 우유를 붓는 모습을 상상하며 나는 턱을 괴고 강의에 빠져들었다.

올해 여름, 시청 홈페이지에서 시민들을 대상으로 하는 강의 중에 '소설 창작론 강의'가 있는 것을 본 나는 가장 먼저 노아리에게 그것을 전했다.

그러자 노아리는 서울에 오니 이런 것도 있다며, 몹시 흥

분해서는 당장 수강을 신청하겠다고 했다. 노아리가 하는 일이라면 뭐든 전폭적으로 지지하는 노민찬 선생님께서는 당연히 허락하셨다.

그러고 나니 문제가 되는 사람은 나였다.

나는 작년부터나마 어렴풋이 순간을 붙잡는 일, 그러니까 예술에 종사하고 싶다고, 재능이 허락하지 않는다면 발이라도 담가 보고 싶단 생각을 하게 되었는데, 부모님께 이것에 대해 말한 적은 없었다. 안 그래도 성적 때문에 모의고사 때마다 날을 세우는 집에서 예술이니 어쩌니 하는 얘기를 했다간 등짝에 불이 나게 맞을지도 모른다는 생각에서였다.

하지만, 이번에는 다르지 않을까? 7월 모의고사가 끝나고서도 엄마는 내게 성적을 당장 말하라며 채근하지 않았다. 내가 입을 다물고 있을 때면 으레 나오는 '못 봐서 그러니?' 하는 어림짐작 또한 없었다.

놀랍게도 마음을 비우고 봐선지, 내 성적은 이제까지 중에 제일 잘 나왔다.

그것을 보고서야 엄마는 내가 방학 동안 시민 회관의 글쓰기 수업을 듣는 것을 허락하셨다. 2학기 때도 내가 이 점수를 유지한다는 조건에서였다.

'말은 그렇게 했지만 공부를 놓지 말고 긴장감을 가지란 소리

지, 성적 유지 못했다고 우리가 어떻게 한다는 소리는 아니야. 알았지?'

뒤돌아서다 말고 못내 찝찝한 표정으로 그렇게 말하는 엄마에게, 나는 가만히 다가가 등을 껴안아 주었다.

어쩌면, 내가 올해 동안 얻은 변화 중에 가장 큰 변화는 이것일지도 모른다.

"……그러면 다음 시간까지 한 페이지 분량의 원 페이퍼 소설을 써 오는 것을 과제로 할게요."

그 말에 회상에 잠겨 있던 나는 퍼뜩 정신을 차렸다.

고개를 돌려 화이트보드 위에 걸린 시계를 바라본 나는 숨을 들이켰다. 언제 시간이 이렇게 된 거지? 벌써 두 시잖아.

어안이 벙벙해져 있는 내게 선생님이 방금 했던 말을 반복했다. 마치 내가 수업 중에 딴생각에 빠져 있었다는 것을 알고 있다는 듯한 부드러운 미소와 함께였다.

"아까도 말했지만, 원 페이퍼 소설은 '기승전결' 중 '전'에 해당하는 부분을 서술함으로써 기와 승, 결 부분을 짐작할 수 있도록 하는 것이 일반적으로 가장 높게 평가받으니까, 그 부분을 고려해서 써 오도록 하세요. 그럼 오늘 수업은 여기까지."

우리는 일제히 감사하다고 말하며 자리에서 일어나 주섬

주섬 짐을 챙기기 시작했다.

바깥으로 향하는 길에 노아리가 나를 보고 물었다.

"선배는 이제 어디로 가세요? 점심은 집에 가서 드세요, 아니면 밖에서 드세요?"

"어, 그게……."

노아리가 묻는 의도는 짐작 안 가는 건 아니었으나, 나는 그저 어색하게 웃을 수밖에 없었다. 얼마 안 가 내 속마음을 읽은 듯, 노아리의 입이 삐죽 튀어나왔다.

"선배랑 밥 한 번 먹기 엄청 어렵네요."

어딘가의 웹툰 남주 같은 대사를 친 그녀는 곧장 핸드폰을 꺼내 어디론가 문자를 보내기 시작했다. 아무튼 나 외에도 같이 먹을 사람이 있는 모양이군, 다행이라고 생각하며 나는 안도의 한숨을 내쉬었다.

시민 회관 입구에서 나와는 다른 방향으로 갈라지며 그녀는 끝끝내 경고를 날렸다.

"수요일에도 저랑 안 드셔 주시면 그때는 저랑 친해질 마음이 없다고 오해할 거예요."

"이미 오해라고 말하는 데서부터 내 본심이 그게 아니란 거 알고 있다는 거잖아."

허탈하게 웃으며 대답하는 내게 '몰라요.' 하고 새침하게 쏘아붙인 그녀는 씩씩하게 걸음을 옮겨 길을 떠났다.

작아지는 등을 보다가 뒷머리를 긁적이며 음, 하고 한숨을 내쉰 나도 그 자리를 벗어났다.

*　*　*

　시민 회관은 언덕 위에 있었기에 땡볕을 맞으며 오르다
보면 옷이 땀에 젖어 버리는 게 보통이었다. 덕분에 나는
강의를 듣기 시작하고 유채색 옷은 입을 엄두도 못 내고
있었다.

　흰 반팔 티의 목깃을 늘리고 그 사이로 손부채질을 하며
바쁘게 걸음을 옮기던 나는 우뚝 멈추었다. 약속 장소 바
로 앞에 낯설진 않은데, 그렇다고 익숙하지도 않은 사람들
이 진을 치고 서 있는 것이 보였기 때문이다.

　그들과 2, 3미터 정도 거리를 두고 멈춰 선 나는 눈을 가
늘게 뜨고 기억 속을 열심히 뒤져 보았다.

　분명 처음 본 건 아닌데 그렇다고 많이 본 것도 아니야,
어디서 봤지? 학원? 아니, 학원은 아닌데, 나랑 같은 수업
을 들었다고 하기엔 나이가 좀 더 많아 보이는, 아…….

　불현듯 망치에 맞은 것처럼 그들의 정체를 깨달은 나는
말없이 눈만 크게 떴다. 하필이면 그 타이밍에 멍하니 서
있던 나를 향해 그들의 고개가 돌아왔다.

　나와는 달리 보는 즉시 내 정체를 알아본 그들은 눈을 크
게 뜨며 외쳤다.

"어, 여단이 여자 친구!"

"뭐? 그럼 우리 며느리잖아?!"

그들은 여전히 쾌활하고 떠들썩했다. 나더러 며느리라고 외친 이의 옆구리에 주먹을 박아 넣은 남자가 '될 소리를 해라, 전 여자 친구거든?' 하고 외쳤다. 그러고서 일부는 주춤하더니 조심스레 내 눈치를 살피는 듯했다.

한편 내 반응엔 전혀 개의치 않는 이들도 있었다. 그들은 눈을 휘둥그레 뜨더니, 내게 득달같이 달려왔다.

내 위에 그림자가 질 정도로 키 큰 몸을 가까이 구부린 그들이 다그치듯 물었다.

"아니, 진짜 헤어졌어? 진짜로?"

"왜, 반여단이 잘 안 해 줘? 그럴 애가 아닌데."

그들의 말에 곤혹스러워진 나는 일단 손을 들어 그들과 내 얼굴 사이를 가로막았다.

그러면서 내가 조심스레 말을 꺼냈다.

"아, 저기."

그때 누군가의 말이 날아왔다. 그 말에 간신히 지키고 있던 내 평정은 끝내 깨지고 말았다.

"왜 헤어졌는지는 모르겠는데, 여단이가 너 진짜 좋아했거든. 만난 김에 말하는데, 한 번만 다시 생각해 주면 안 되겠냐?"

말한 사람이 내게 별 유감이 있어서 그런 건 아니었다.

그의 어조에서도, 악의 하나 없이 무구한 표정에서도 그 점을 읽을 수 있었다.

그러나 그 순간 나는 예기치 못한 공격에 당한 것처럼, 덤불에서 튀어나온 창에 찔린 것처럼 숨이 가빠 왔다.

심장이 빨리 뛰고 입술은 바짝 말랐다.

익숙한 목소리가 날아온 것은 그때였다.

"너희 뭐 하는 거야."

"아, 왔냐, 반여단. 그게."

허둥지둥 못하는 것은 나를 둘러싼 이들이 아니라 도리어 멀찍이 떨어져서 내 눈치만 살피던 이들 쪽이었다. 하긴, 그들도 지금까지 내게 무슨 말을 안 했다 뿐 말려 주지 않았다는 점에서 그리 다를 건 없었다.

그들의 반응에도 아랑곳 않고, 곧장 걸어와 나와 나를 둘러싼 사람들을 베일 듯한 눈으로 쏘아본 여단 오빠가 싸늘한 목소리로 물었다.

"뭐 하는 짓이냐고, 이게."

나는 아직도 퍼덕거리는 심장께를 누르며 그를 올려다보았다. 나를 둘러싼 검은 그림자 사이에 우뚝 솟아 있는 그의 모습이 오늘따라 커 보였다.

"헤어졌다고 이미 말했잖아. 헤어졌다고 하면 나랑 상관없는 사람인 거 알아야지."

방금 들었던 말들보다도 그의 입에서 나온 '나랑 상관없는 사람'이라는 말이 나를 더 아프게 했다.

헤어지고 나서 그의 태도를 통해 그가 나와 더는 인연을 유지할 맘이 없단 걸, 이제는 오빠 동생으로조차 남고 싶지 않아 한다는 걸 알고 있었는데도.

나조차 모르던 희망의 불씨가 아직 내 안에서 꺼지지 않고 살아 있었던 모양이다.

내가 입술을 살그머니 깨무는 가운데, 여단 오빠와 그들의 대화가 계속되었다.

"아니, 여단아⋯⋯."

"단이한테서 당장 떨어져."

그러자 당장 변명을 멈춘 여단 오빠 친구들이 곧장 나와의 간격을 벌렸다.

2, 3미터 정도 떨어진 채로 뭉쳐 선 그들에게 여단 오빠가 여전히 냉랭한 얼굴로 말했다.

"먼저 가 있어. 나는 나중에 따라갈 테니까."

"그럼 언제⋯⋯."

당황한 얼굴로 묻던 한 사람의 입을 다른 이들이 틀어막는가 싶더니, 그들은 일제히 몸을 돌려 우르르 떠나 버렸다.

인파에 파묻혀 사라지는 그들의 모습을 멍하니 바라보던 나는 이윽고 고개를 돌렸다.

여단 오빠와 눈이 마주치자, 한낮인데도 꼭 밤처럼 느껴졌다. 우리 사이에 마주쳐도 아무 말도 하지 않던 기간이 꽤 길었기에 나는 잠시 머뭇거렸다.

한참 있다 내가 간신히 말을 꺼냈다.

"안녕, 오빠……."

"미안해, 단아."

건넨 건 인사였는데 돌아온 것은 사과였다.

갑작스런 사과에 눈을 깜빡이는 내게, 그가 미간을 일그러트리며 말했다.

"다시는 아까 같은 일 없을 거야. 내가 그놈들이 망나니 같은 놈들이란 걸 깜빡하고 충분히 설명하질 않아서."

"아."

왠지 여단 오빠의 입에서 나온 '망나니 같은 놈들'이란 직접적인 표현이 웃겼다.

그제야 나는 가슴을 틀어쥐고 숨도 못 쉬게 하던 통증에서 벗어날 수 있었다. 미미하게 웃으며 고개를 내저은 내가 말했다.

"아니야, 오빠. 오빠 친구들 유난한 거야 나도 옛날 옛적부터 알고 있었는데 뭐. 게다가, 그 덕분에 재미있는 일도 꽤 있었고."

"그래도……."

여전히 분을 못 이긴 표정인 그에게 내가 다시 말했다.

"아무튼 이젠 아무 사이도 아닌 나 때문에 오빠랑 오빠 친구들 사이가 틀어지면 그건 내가 너무 미안할 거야. 그냥 다신 그러지 말라고만 말해 줘. 너무 화내진 말고."

"……."

그리고 나는 어설프게 웃으며 덧붙였다. 알았지? 내 당부에도 그는 아무런 대답이 없었다.

그러다 문득 햇살을 가르고 들어오는 그의 말에, 나는 흠칫 놀랐다.

"단아. 네가 누군가의 말이나 행동에 상처를 받으면."

그의 목소리는 나직하고도 힘이 실려 있었다. 나는 붙들린 것처럼 꼼짝없이 그 목소리에 집중할 수밖에 없었다.

그리고 이어진 말에 나는 숨을 삼켰다.

"그건 변함없이 내가 화내야 할 일이야."

"……."

"우리가 헤어졌더라도, 네가 내게 태어나서부터 지켜봐 온 소중한 동생인 건 변함없어."

그래도 네가 그렇게 말하니까, 너무 화내지 않도록 노력은 할게.

낮은 목소리로 덧붙이는 그를 올려다보던 나는 문득 얼굴을 일그러트렸다.

애써 억눌렀던 감정이 어쩔 수 없이 흘러나오고 있었다.

그런 나를 부드러운 눈으로 바라보던 그가 나직이 불렀다.

"단아."

"응."

"방금 우리가 아무 사이도 아니라고 한 건, 그 녀석들이 너한테 간섭할 여지를 주는 게 싫어서였어."

"……."

내가 입술만 깨무는 가운데, 그가 다시 말을 이었다.

"나한테 미안해할 필요 없어. 내가 너한테 헤어지자고 한 건, 네가 나를 좋아하지 않아서보다, 점점 변해 가는 내 모습을 내가 견딜 수 없어서였어."

나는 그렇게 말하는 여단 오빠의 모습을 오래 관찰했다. 과연 그의 얼굴은 나와 사귈 때보다 훨씬 편안해 보였다.

하지만, 정말 이걸로 된 걸까? 머뭇거리는 내게 여단 오빠가 다시 말했다.

"그러니까 그렇게 나 볼 때마다 고개 숙이고 있을 것 없어."

"아……."

"인사, 하고 지낼 거지."

그가 풀어진 얼굴로 미소를 지으며 건네는 말에 나는 간신히 고개를 끄덕였다.

여단 오빠가 먼저 그렇게 말해 준다면야 나로선 더 바랄 것이 없었다. 다만, 그의 말이 사실인가 아닌가 하는 문제만이 남아 있을 뿐.

의심할 필요 없겠지? 나는 그의 편안해 보이는 얼굴을 보며 생각했다.

그의 그런 모습을 보고 있자니 새삼 나는 그와 사귈 때 그를 불안하게 하고, 기다리게 하고, 해 준 것 없이 기대기만 한 것 같아 마음이 무거웠다.

내가 조금 더 성숙한 사람이었다면 좋았을 텐데. 나는 다시 한숨을 내쉬었다. 물론, 애초에 성숙했더라면 그렇게 섣부르게 여단 오빠와 사귀지도 않았겠지만.

그때 여단 오빠가 물었다.

"어디 가는 길이었어?"

"아, 나는 이 카페."

나는 지금은 〈검은 비〉 촬영지로 더 유명해진 여령이 친척네 카페를 손가락으로 가리켰다.

고개를 끄덕인 여단 오빠가 재촉했다.

"그럼 얼른 들어가 봐. 나도 친구들 따라갈게."

"응. 오빠. 더위 조심해."

실없는 소리를 한다는 듯, 옅게 웃은 여단 오빠가 고개를 끄덕이더니 천천히 돌아섰다. 아무래도 내가 긴장한 나머지 쓸데없는 안부 인사를 덧붙였다는 것을 들킨 것 같았다. 괜히 민망해진 나는 앞머리를 매만지다 돌아섰다.

딸랑, 머리 위에서 차임벨이 울렸다. 카페에는 아직 아무도 와 있지 않았다.

바깥이 보이는 유리 벽 가까이에 일단 자리를 잡은 나는, 유리를 통해 여단 오빠가 아직도 제자리에 서 있는 것을 발견하고 당황해서 반쯤 일어났다.

어떡하지? 아픈 거 아니야? 진짜 더위인가? 급기야 다시 밖으로 나가려던 나는 여단 오빠의 잔뜩 일그러진 미간을 보고 걸음을 멈추었다.

한 손을 이마에 가져다 댄 그는 가만히 숨을 참고 있었다.

묵주 기도를 올리는 사람처럼 고요하고, 진지하고, 그리고 어딘가 고통스러워 보이는 얼굴.

풍랑 치는 바닷속에서 혼자만의 싸움을 계속하는 사람의 고단한 빛.

나는 유리 벽 하나를 사이에 둔 채 그의 얼굴을 한참이나 바라보았다.

그가 결코 내게 보여 주고 싶지 않았을 터인 모습을 봐버린 탓에 마음이 무거웠다.

가만히 그에게서 등을 돌려 앉으며 눈을 내리감고, 나는 그에게는 들리지 않을 기도를 했다.

언젠가 그랬던 것처럼, 그가 나 없이 불행하기를 바라는 대신에, 그가 나 없이도 내가 있었던 때만큼, 아니, 그 이상으로 행복해지기를.

* * *

상념에 잠긴 채 멍하니 바닥만 내려다보던 내 눈앞에 손바닥 하나가 불쑥 끼어들었다.

화들짝 놀란 나는 그제야 음료를 내려놓고 고개를 들었다.

"왜 그렇게 멍해? 무슨 일 있었냐?"

"아, 은지호."

나는 또, 여기 우리 학교 애들도 빈번히 보이는 곳이니까 다른 친구들인 줄 알았네.

안도의 한숨을 내쉬는 내 옆에서 루다 또한 의자를 빼고 앉으며 말했다.

"단아, 나도 왔어."

"오늘은 너희 둘만이야?"

나는 의아해져서 물었다.

여름 방학이 시작된 이후 우리는 작년 여름 방학 때와 같이 스터디를 진행하고 있었다.

장소는 처음엔 도서관이었지만, 얘기하다 보면 시끄러워지는 게 다반사다 보니 요즘은 주로 카페에서 하고 있었다.

고개를 끄덕인 은지호가 말했다.

"권은형이야 요즘 은미 상태가 부쩍 좋아져서 병원에 주로 있으니 그렇다 치고, 반여령이 안 오겠다고 한 건 상당히 의외인데."

"흐으음."

나는 대답 없이 커피만 쭉 빨았다.

그러게, 나도 그건 꽤 의외인데.

은지호의 말대로 반여령은 거의 한 번도 빠짐없이 스터

디에 참여해 왔다.

이유는 단 하나, 체육 대회 이후로 본색을 드러낸(반여령이 직접 사용한 표현이다) 은지호와 유천영, 이루다에게서 날 지키겠다는 거였다. 그리고 나는 잠자코 눈을 내리깔았다.

사실, 나로서는 반여령이 루다가 내게 공개 고백했을 때 그 자리에서 멱살을 잡아채지 않은 것만 해도 놀라운 일이 었다.

그나마 여단 오빠의 경우에는 가족이기 때문에 데이트에 끼어들어도 괜찮았던 거였지, 루다의 경우엔 생판 남이니 까 반여령으로서는 당연히 싫을 수밖에.

그랬던 그녀가 갑자기 부쩍 너그러워진 이유에 대해 나는 대충 짐작하고 있었다.

은형이의 마음을 알고부터, 여령이는 자기를 좋아한다고 말하는 사람들에게 예전처럼 마냥 모질게 대하지 못하고 있었다. 그것과 같은 맥락에서 여령이가 은지호와 루다를 예전처럼 거리낌 없이 방해할 수 없다고 하면 이해가 간다.

요컨대 짝사랑하는 사람들에게 약간의 연민을 갖게 된 걸까. 한숨을 내쉰 나는 다시 앞을 보았다.

아무튼 초기 스터디가 일곱 명으로 진행되던 것에 비해 오늘 나온 것은 나와 은지호화 루다, 고작 세 명뿐.

유천영은 오늘도 〈검은 비〉 촬영이 있다고 해서 저녁에 나 보기로 했고, 주인이는 어디 간 거지?

그때 루다가 내 생각을 읽은 것처럼 말했다.

"진짜 수상하네. 그 녀석이야말로 너랑 우리 둘만 함께 있게 두지 않을 거라고 생각했는데. 도대체 무슨 대단한 일이 있길래?"

나는 울리지 않는 핸드폰을 내려다보며 대답했다.

"뭐, 주인이는 원래 잠이 많으니까. 게다가 사실은 혼자 하는 일들을 여러 사람이랑 하는 일보다 더 좋아해서, 사실 여태까지 나온 것만 해도 대단한 거야."

"그 녀석이 혼자 하는 일을 좋아해?"

루다가 의외란 듯 한쪽 눈을 찡그리며 물었다. 나는 키득 키득 웃으며 고개를 끄덕였다.

"응. 한 번 꽂히면 그것만 하는데 또 금방 질려서 던지는 스타일, 뭔지 알지."

2년 전엔가 여름 방학 땐 글쎄, 때아닌 십자수에 빠져서 우리 모두한테 자수 쿠션을 선물했다니까. 내가 덧붙인 말에 루다가 금세 질색하는 얼굴을 했다.

그 모습을 보며 나는 루다를 끈덕지게 괴롭히는 주인이 와 루카스의 마음을 조금쯤 이해하고 말았다.

체육 대회나 무력을 행사할 일이 있을 때는 차라리 비인 간적이라고까지 느껴질 만큼 압도적인 애가, 사소한 말 한 마디 한마디에 저런 표정을 지으니까 그게 웃겨서.

거대한 사자를 한 방에 잠재울 수 있는 마취 총을 손에 넣은 기분이 들고야 마는 것이다. 그런 생각을 하며 남몰래 웃던 나는 문득 은지호가 조용하다는 생각에 고개를 돌렸다.

"은지호, 왜 그래?"

무슨 생각을 하는 건지, 그때까지도 비스듬히 시선을 비껴 내려 바닥만 보고 있던 그가 화들짝 고개를 들었다.

"어? 어. 아니."

"아닌 게 아닌 것 같은데? 무슨 생각을 했길래 표정이 그래?"

의아하게 묻는 내 옆에서 루다가 당장 건수 잡았다는 표정으로 물었다.

"이런, 날이 이렇게 더우니까 더위 먹었나 보네. 그만 집에 갈래?"

그러자 은지호는 말도 안 되는 소리 하지 말라는 듯 확인상을 구겼다.

"네가 함단이랑 단둘이 남으면 뭘 할 줄 알고 내가 집엘 가."

그가 툴툴거리며 뱉는 말을 듣고 나는 아차, 하며 이마를 짚었다. 아 참, 그랬지. 결론적으로 나, 오늘은 나한테 고백한 두 사람한테 둘러싸여 공부하는 셈이로군.

이거 공부가 되기나 할까? 나는 불안 섞인 시선으로 자리를 떠나는 은지호의 뒷모습을 쳐다보았다.

방송에 나가고 나서 단순히 분위기 있는 동네 카페에서 일종의 관광지로 바뀐 이 카페는 이래저래 변신을 시도했다. 특히 전에는 모양새만 갖추고 있던 샌드위치가 꽤 그럴듯해져서, 이것만 먹어도 점심은 해결이 가능했다.

나는 내용물이 떨어지지 않도록 조심스레 샌드위치를 들어 올리는 한편, 두 사람의 하는 양을 살폈다.

은지호나 루다나, 도련님다운 생김새답게 입맛도 까다로운 편이라 애초에 급식이나 패스트푸드점에 갔을 때 뭘 잘 먹질 않았다.

지금도 두 사람은 남고생인데도 불구하고 샌드위치 하나를 먹는 둥 마는 둥 하고 있었다.

그 모습을 보며 나는 잠시 고민에 빠졌다.

음, 그러고 보면 진짜 은지호가 뭘 정말 맛있어하면서 먹는 모습은 한 번도 못 본 것 같네. 바닷바람 맞으며 먹는 컵라면이야 엄연히 날씨 때문에 그런 거였고.

내 지갑 사정 때문에 계속 이런 카페나 동네 분식만을 전전해도 괜찮은 걸까? 나는 음료 잔을 빨대로 휘저으며 푹푹 한숨 쉬었다.

실은 이 스터디도 순전히 내 필요로 인해 결성된 건데, 언제 한번 거하게 보답하지 않으면…….

그때, 불쑥 부르는 소리가 날아왔다. 고개를 들자, 은지호가 의아한 눈으로 나를 바라보고 있었다.

"뭐 해, 함단이. 문제 안 풀려?"

"어, 아니. 이건……."

당황하며 대답하던 나는, 너희들의 식단과 영양 상태를

걱정하고 있었다는 대답 따위를 내놓을 수 없어서 얌전히 입을 다물었다.

그새 자리에서 일어난 은지호가 내 등 뒤로 다가오며 손에서 샤프를 뺏어 갔다.

나는 눈을 깜빡이며 그대로 굳어지고 말았다. 귀 바로 옆에서 뻗어 나온 은지호의 팔에서 심상치 않은 열기가 느껴졌다.

그러고 보면 은지호는 체온이 높은 편이던가? 나는 새삼 떠올렸다. 그걸 깨달았을 때가 작년 여름이었지.

최유리와 옥상에서의 일이 있고 나서 그가 내 손을 잡아 끌고 말없이 길을 걷던 날. 그때 나는 그의 손이 품은 열기에 화상이라도 입을 것 같다고 생각했다.

그때를 생각하자 갑자기 얼굴에 열이 확 오르는 것 같았다. 그 일은 아마 내 인생에서 가장 쪽팔리는 일들 중 하나로 남을 것이다.

그때 루다의 빈정거림이 날아왔다.

"너는 샤프가 없냐?"

"알고서도 조용히 하는 게 미덕인 거 모르냐?"

은지호가 곧바로 받아치고 나서야 나는, 그가 단순히 나와 손이 닿기 위해 내 샤프를 가져갔다는 것을 깨닫고는 경악했다.

기가 막혀 입만 뻐끔거리는 나를 힐끗 본 은지호가 태연하게 말했다.

"원한다면 네 손을 잡고 대신 글씨 써 주는 방향으로 할 수도 있어."

"악! 진짜 그러기만 해 봐. 태연하게 무슨 소릴 하는 거야?"

하필이면 그가 내 등을 감싸고 있던 덕에 그의 목소리가 내 귀 바로 가까이에 와 닿았다.

온몸의 솜털이 곤두서는 느낌이었다. 내가 그를 응징하려 손을 휘두르자, 은지호는 짐짓 몇 대 맞아 주는 척하다가 금세 문제집으로 내 주의를 돌렸다.

"이 문제를 푸는 방법에는 두 가지가 있는데, 하나는 삼각 함수의 성질을 이용하는 방법이고, 다른 하나는……."

아니, 나 이 문제 풀 수 있다니까 그러네.

퉁퉁 부은 얼굴로 그의 설명을 듣던 나는 곧, 그가 전혀 생각지도 못했던 또 다른 방식의 문제 풀이를 들려주자 조금 감탄했다.

하긴, 은지호는 전부터 설명 하나는 잘했지. 돌려받은 샤프를 까딱거리며 자리로 돌아가는 그의 모습을 쳐다보자, 시선을 느낀 그가 옅게 웃으며 되물었다.

"뭐."

혹시 너, 수학 잘 푸는 사람이 이상형이냐? 그의 헛소리를 가볍게 무시한 내가 물었다.

"넌 어떻게 설명까지 잘해? 반여령은 풀기는 엄청 빨리 풀어도 설명해 달라고 하면 하나도 못 알아듣겠던데."

특히 며칠 전, 인터넷 강사가 칠판을 두 번씩이나 지워가며 설명했던 고난도 문제를 고작 수식 네 줄만으로 풀어버리는 반여령의 모습은 정말이지……. 그 일을 떠올리며 새삼 우울한 표정을 하는 내게 은지호가 대답했다.

"내 뇌 구조가 너랑 비슷한가 보지, 뭐."

"뭐? 에이, 말도 안 돼."

나는 즉각 부정했다.

물론 나는 남과 비교당하는 데 진저리가 나 있긴 하지만, 아무리 그래도 전국 2등과 내 뇌 구조가 비슷하다는 말을 덥석 믿기엔 염치가 있다.

그러나 은지호는 내가 부끄러워질 정도로 진지하게 말을 이었다.

"왜 말이 안 돼? 설명이란 게 기본적으로 상대방이 어디서 어려움을 느낄지 알아야 할 수 있는 건데."

그러더니 은지호는 픽 웃으며 덧붙였다.

"너, 중학교 때도 나랑 친해지고 나선 반여령 버리고 나한테만 뭐 물어보러 다녔어."

"아, 그건 그래."

나는 금세 두 손을 들고 말았다.

아니, 그래도 뇌 구조가 비슷하다는 말은 여전히 납득 못하겠단 말이야. 미심쩍은 표정을 짓는 내게 은지호가 말을 이었다.

"내가 전에 말했잖아. 난 타고난 것의 덕을 확실히 많이 보고 있긴 하지만, 노력하는 것에 더 자신 있다니까."

"아……."

"나도 너처럼 계단을 차근차근 올라가서 답을 찾는 타입이란 얘기지. 반여령처럼 휙휙 몇 계단씩 건너뛰는 타입이 아니라. 그런 건 쫓아갈 수도 없고, 쫓아가고 싶지도 않거든."

그제야 나는 작게나마 웃음을 터트렸다.

내가 말했다.

"네가 보기에도 여령이가 괴물이긴 괴물이구나."

"말도 마. 난 그때 그 이서진인가 하는 녀석 말 듣고 속으로 생각했다니까. '웃기지 마. 천하의 반여령도 사람들을 종이 인형으로 안 보는데 네가 왜?'"

"야, 그거 말 된다."

이서진의 말을 들으면서 그런 생각을 하고 있었단 말이야? 하여간 진짜 웃겨. 키득대던 나는 루다의 의아한 시선을 눈치채고, 이서진과 우리 사이에 있던 일을 설명해 주기 위해 고개를 돌렸다.

그러다 말고, 문득 내 머릿속을 스치고 지나가는 섬뜩한 생각이 있었다.

이서진이 '종이 인형'을 언급했을 때, 은지호가 나를 쳐다보았던 일.

"……."

나는 잠시 그대로 굳어져 움직이지 못했다. 그런 나를 보고 루다가 당황해서 물었다.

"단아?"

"응? 아, 아니. 에어컨 바람이 춥나……."

공연히 에어컨 타령을 하며 팔에 돋아난 소름을 한번 쓸어내린 나는 루다에게 이서진에 얽힌 이야기를 시작했다.

그러는 한편으로, 나는 체육 대회 때 은지호가 수첩을 가져다주었던 일을 머리 한구석에서 끊임없이 떠올렸다.

정말 은지호가 아무것도 눈치채지 못했을까? 그는 방금 나와 그의 사고방식이 비슷하다고 말하기까지 했다. 그렇다면, 어쩌면 주인이보다도 경계해야 할 것은 그일지도 몰라.

갑자기 손발에 피가 돌지 않는 것처럼 손끝이 저릿저릿해져 왔다. 가라앉은 눈으로 잠시 테이블만 보던 나는 문득 날아온 루다의 목소리에 고개를 들었다.

그가 쑥스러운 듯 눈을 다른 곳으로 향한 채 붉어진 얼굴로 말했다.

"내, 내가 생각하기에는 나도…… 설명을 꽤 잘하는 편인 것 같거든?"

"풋."

반사적으로 작게 웃은 나는 흠칫하며 입을 가렸다. 아차, 비웃는 거로 보였으면 어쩌지? 나는 그냥, 루다가 너무 귀여워서.

주저하며 시선을 들었던 나는 붉어진 얼굴로 말하는 루다와 눈이 마주치고 또다시 웃음을 터트리고 말았다.

"내가 적어도 다섯 명은 되는 녀석들 언어랑 외국어 등급 2등급은 넘게 올려 줬거든? 그러니까 단아, 모르는 게생기면 꼭 나한테도……."

말을 잇는 루다의 목소리가 점점 기어들어 가기에 나는황급히 그의 말을 받았다.

하여간 이럴 때면 체육 대회 때 공주님 구하기에서 맹활약을 펼치던 사람과는 전혀 다른 사람 같다니까. 그 점이귀여운 거지만.

"알았어. 도와 달라고 부탁해야 하는 사람은 나인데, 네가 오히려 나한테 부탁을 하면 어떡해?"

내가 작게 웃으며 말하자, 루다는 곧바로 붉어진 얼굴을수그렸다.

"그건……."

그때, 옆에서 심드렁한 얼굴로 음료를 휘젓고 있던 은지호가 불쑥 끼어들었다.

"그거야 너한테 설명을 해 주고 나서 그 핑계로 '너랑 나는 참 생각하는 방식이 비슷한 것 같아' 같은 말이나 하려고 그러는 거지 뭐겠냐. 하여간, 창의성이 없어."

"너는 좀 빠져!"

당장 그를 향해 고개를 돌린 루다가 온몸의 털을 곤두세우며 빽 소리쳤다. 그러더니 그는 곧 주변 사람들의 시선을 의식한 듯, 스스로의 입을 틀어막으며 씨근씨근 숨만 내쉬었다.

그런 그에게 은지호가 여전히 여유로운 표정으로 대꾸했다.

"그러는 너는 아까 순순히 빠져 줬고? 오는 말이 거지 같으니까 가는 말도 거지 같다는 걸 왜 몰라."

"야, 내가 한국 산 지 얼마 안 되긴 했어도 원본이 그게 아니란 건 알거든?"

너 지금 나한테 욕한 거지, 이 자식아……. 그걸 이제야 눈치채다니……. 어쩌고 하는 소리가 오가는 것을 듣다가 나는 말없이 가방 앞주머니에서 이어폰을 꺼내 두 귀를 틀어막았다.

다시 샤프를 쥐고 고개를 수그리며 나는 생각했다.

아, 이 두 사람과 함께하는 여름 방학, 정말이지 괜찮은 걸까…….

* * *

틈만 나면 으르렁대면서도 은지호와 루다는 자리를 떠나려 하지 않아서, 우리는 결국 저녁까지 함께 먹게 되었다.

저녁은 인근의 패스트푸드 매장에서였다. 퍼석퍼석한 햄

버거 빵을 입에 구겨 넣으며 나는 미간을 찌푸렸다.

나 참. 카페에서 두 사람 먹는 양이 너무 적다며 좀 더 제대로 된 걸 먹으러 가야 할지도 모른다고 걱정하던 게 언제인데, 보란 듯이 패스트푸드라니.

하지만 내 지갑 사정 때문에 어쩔 수가 없었다. 우리가 단순히 친구 사이였다면 모를까, 고백에 대한 대답을 유예한 이상 전처럼 생각 없이 뭘 얻어먹는 것도 어려운 일이고.

그렇게 생각하던 나는 테이블 맞은편을 힐끗거렸다.

역시나 은지호와 루다의 쟁반 앞에 수북이 쌓인 감자튀김은 전혀 줄어들질 않고 있었다.

두 사람 다 의무적인 일을 해치우기라도 하는 것처럼 햄버거를 씹고 있는 모습을 보자니 내 마음이 다 아파 왔다.

한참이나 눈치를 보던 내가 조심스럽게 말했다.

"저기."

"응?"

"왜."

루다와 은지호가 동시에 고개를 들어 나를 바라보았다.

이들에게서 고백받은 뒤로 나는 이들의 눈을 정면으로 마주 보는 것조차 가끔은 부담스러워졌다.

나는 눈을 내리깔며 잠시 숨을 골랐다. 두 사람은 멀뚱히 눈을 깜빡이며 내 말을 기다렸다.

내가 더듬더듬 말을 꺼냈다.

"음. 나 곧 있으면, 아마 일주일만 더 있으면 용돈 받거든? 그때 너희 괜찮으면, 우리 뭐 제대로 된 식당이나 아니면 뷔페 같은 데라도⋯⋯."

고등학생 용돈으로 뷔페는 나 혼자 먹은 값 계산하기도 부담스럽긴 하지만. 나는 한숨을 내쉬었다.

어쩔 수 없지. 이들은 나를 만나는 것 때문에 시간이나 금전 면에서 이미 상당한 손해를 입고 있는데, 거기에 밥까지 못 먹여 보낼 순 없으니까.

그런데 막상 고개를 들어 바라본 이들은 영 희한한 표정을 짓고 있었다. 왜? 내가 되묻자 그들은 떨떠름한 얼굴이 되어 대꾸했다.

"단이 너 설마, 방금까지 조용하던 게 우리 먹는 거 신경 쓰고 있던 거였어?"

"응?"

루다의 물음에 내가 고개를 기울이기가 무섭게 은지호의 대답이 돌아왔다.

"나는 그런 줄도 모르고, 우리가 너무 시끄럽게 해서 이어폰으로도 해결 안 돼서 화났나 보다, 지금부턴 조용히 하자, 하고 둘이 따로 나가서 타협했잖아."

너 기분 안 좋아 보여서. 은지호가 덧붙인 말에 나는 황급히 고개를 내저었다. 뭐야, 그럴 리가 없잖아!

"너희 나 눈치 보고 있었어?"

"그건 내가 할 말이고."

내가 물은 말에 은지호가 당연한 듯 대답했다.

눈앞에 놓인 감자튀김 하나를 집어 든 그가 어처구니없다는 듯 말했다.

"난 원래 식욕 별로 없는 편이야. 식당 메뉴 외우고 다니는 건 우주인이나 윤정인 같은 녀석들이나 하는 거고, 나는 속이 거북한 느낌 자체를 싫어하는 편이라."

"그럼……."

내 시선이 물끄러미 루다를 향하자, 그때까지도 턱을 괴고 있던 루다가 황급히 상체를 곧게 펴며 대답했다.

"나도 고기 빼고는 딱히 많이 먹는 편은 아니야. 애초에 꼬박꼬박 나오는 식사 같은 게 중요했으면 도망 생활을 그렇게 오래 하지도 못했을걸?"

루다가 덧붙인 말을 듣고 곰곰이 생각하던 나는 고개를 끄덕였다. 그러게, 생각해 보니까 그건 그러네.

"안 그래도 같이 다니는 놈들도 놀라는 눈치더라. 운동 잘하면 많이 먹어야 한다는 편견이라도 있는지."

중요한 건 식사량이 아니고 효율이거든? 익숙하게 투덜대는 루다의 말을 듣고 나는 다시 웃고 말았다.

그리고 나는 비로소 안도의 한숨을 내쉬며 생각했다. 아, 그럼 나 때문에 맛없는 거 억지로 먹느라 적게 먹었던 게 아니구나, 둘 다. 원래 그 정도 먹는 거였어.

참, 몇 년 알고 지냈으면서도 이런 걸 이제야 알게 되다니 민망하네. 뒷머리를 긁적이던 나는 은지호가 하는 말에 다시 고개를 들었다.

"네가 우리 눈치를 보긴 왜 봐?"

"아니, 그래도⋯⋯."

내가 일방적으로 도움을 받고 있는데, 당연히 신경이 쓰이지⋯⋯. 항의하는 내 말을 깔끔히 무시한 그가 다시 말했다.

"네가 우리한테 나오라고 시킨 것도 아닌데 그게 왜."

"⋯⋯."

"네가 도와 달라고 해서 나온 거 아니고, 우리가 잘 보여야 해서 나온 거거든."

은지호가 손가락에 묻은 케첩을 혀로 훔치며 태연하게 하는 말에 나는 고개를 푹 숙였다.

그런 내게 그가 기어이 못을 박았다.

"너는 좀 더 맘대로 굴어도 돼. 눈치 보는 건 우리가 할 테니까."

"아아악."

마침내 참을 수 없어진 나는 두 손을 들어 얼굴을 가렸다. 그 모양을 보고서도 은지호는 키득키득 웃기만 했다.

내가 지친 목소리로 말했다.

"너, 고백하고부터 진짜 부끄러운 말 아무렇지도 않게 잘하는구나."

"나오는 말은 되도록 참지 않고 하려고 노력하고 있어."

몸을 뒤로 빼며 의자에 등을 기댄 그가 아무렇지도 않게 말을 맺었다.

"백 번쯤 말해야 네가 한 번쯤은 흔들릴 거 아니야."

* * *

노아리는 부글부글 끓는 속을 애써 누르며 테이블 맞은 편을 바라보았다.

옅은 노란색 테이블 위로 그것과 조금 어두운 색의 부드러운 머리카락이 흩어져 있었다.

"아, 심심하다. 심심해."

우주인이 테이블 위에 눕다시피 엎드려 심심하다고 투덜 댄 지가 어언 두 시간째. 그런데도 사람들은 그에게 눈치를 주긴커녕, 오히려 호감 어린 눈으로 힐끗거리기 바빴다.

노아리는 한숨을 푹 내쉬었다.

그야 밝은 갈색 머리칼이나 하얗고 작은 얼굴, 큰 눈까지, 강아지상의 조건은 전부 갖춘 미소년이 철없는 태도를 보여도 다른 사람들 눈엔 강아지가 뒹구는 것처럼 보여서 그저 귀여울 뿐이겠지만.

하지만 저 속에 숨은 건 강아지가 아니라 시커먼 늑대, 아니, 그렇게 말하면 늑대에게 미안한 다른 무언가라고.

노아리는 속에 담긴 말을 하지도 못하고 푹푹 한숨만 내쉬었다.

그러는 사이, 우주인은 오늘로만 백 번째 같은 말을 내뱉고 있었다.

"완전 지루해. 게임기라도 들고 올걸. 왜 놓고 나왔지?"

"그럼 집에 가시든가요."

노아리가 정색하고 내뱉은 말에 잠시 눈을 가늘게 뜨던 우주인은 곧바로 몸을 일으켜 세워 앉으며 너스레를 떨었다.

"에이, 어떻게 널 두고 혼자 가겠어?"

얼핏 들으면 설렐 말이었지만, 그에 노아리의 시름은 더더욱 깊어졌다. 그녀는 속으로 투덜댔다.

내가 함단이를 데리고 원래 세계로 돌아갈까 봐, 그게 걱정돼서 혼자는 못 두겠다 이거지? 하여간 충성스런 친구 나셨어. 조용히 이를 갈던 노아리는 퍼뜩 깨달았다.

어라, 잠깐만. 친구? 저게 단순히 친구로서 보여 줄 만한 정도의 집착인가?

노아리는 우주인의 얼굴을 빤히 쳐다보았다. 그는 방금 다섯 살배기 저리 가라 할 정도로 철없는 태도가 거짓말이었나 싶게 반듯한 자세로 앉아 창밖을 보고 있었다.

오후의 환한 햇살이 그의 머리칼을 금색에 가까운 빛으로 물들였다. 본래 채도가 높은 소년은 그럴 때면 곧 햇살에 녹아들 것처럼 현실감이 없었다.

문득 그가 이쪽을 다시 돌아보았다.

"······왜?"

그렇게 물으며 싱긋 웃는 그를 보며 노아리는 도깨비에 홀린 듯한 느낌마저 받았다.

그녀는 조금 전 했던 생각을 되뇌었다. 아니, 잠깐. 그럼 설마 진짜로? 진짜로 우주인마저 함단이를 좋아한단 말이야?

원작에는 없던 내용이었지만, 애초에 은지호나 유천영이 함단이를 좋아하는 것조차 원작에는 없던 내용이었다. 이루다? 그야말로 다른 소설 인물이라 좋아하긴커녕 만날 일도 없었고.

"그러니까 그렇게 이상한 일도 아니지······."

홀린 듯 내뱉은 노아리는 다음 순간 자신이 생각한 바를 그대로 말했다는 것에 놀라 입을 막았다.

"뭐가?"

우주인은 여전히 천진하게 눈을 깜빡이고 있었다. 황급히 고개를 내저은 그녀는 재빨리 표정을 가다듬고 대답했다.

"아니요, 아무것도 아니에요. 그보다, 심심하면 그냥 가시라고요."

그러자 손바닥에 입술을 파묻은 우주인이 시무룩하게 대답했다.

"네가 놀아 주면 되잖아."

"저는 다른 할 일 있다고요!"

노아리가 그렇게 외치자 우주인은 대뜸 테이블 위에 펼쳐진 노트 위로 고개를 숙였다.

"뭐야, 그 소설 쓰기 과제란 거?"

"악, 보지 마요!"

너무 당황한 나머지 노아리는 우주인의 머리를 퍽, 하고 밀쳐 내 버렸다. 그런 다음 그녀는 스스로의 입을 막으며 헛숨을 내뱉었다.

"헉."

곱슬곱슬한 머리칼 아래로 보이는 황금색 눈동자가 완전히 싸늘해져 있었다.

어떡해. 같이 있는 시간이 길어지다 보니까 나도 모르게 너무 편해졌나 봐. 저게 어떤 인간인데. 노아리는 울상을 지었다.

꿈에 나올까 무서울 정도의 눈빛으로 그녀를 쏘아보던 우주인이 벌떡 몸을 일으켰다.

"그래, 갈게. 가면 되잖아."

살벌한 눈빛에 비해 흘러나오는 대답은 의외로 순순했다.

노아리는 어쩔 줄 몰라 하며 조심스레 손을 뻗었다.

"어, 저기……."

"애초에 같이 점심 먹어 달라고 불러낸 게 누군데?"

톡 쏘아붙이고 단호한 걸음으로 카페를 나가 버리는 우주인을 보며 노아리는 안절부절못했다.

아무튼 우주인의 말대로 자신이 먼저 그를 불러낸 것은 사실이었다.

아니, 하지만 애초에 날 먼저 이용하려 든 건 당신이었잖아. 그런데 내가 당신을 좀 이용한 게 뭐 어때서? 억울하다는 생각이 들었으나 하는 수 없었다.

노아리는 황급히 노트를 가방에 쑤셔 넣고 그를 쫓아 뛰었다.

"잠깐만요!"

두 사람은 지하철 좌석에 나란히 앉아 쏟아지는 냉풍을 맞았다. 에어컨 찬바람이 그들 사이의 분위기를 대변해 주는 것만 같아 노아리는 한숨을 내쉬었다.

어딜 가는 거지? 노아리는 우주인의 차가운 옆얼굴을 힐끗거렸다. 이쪽은 우주인의 집 쪽이 아닌 걸로 알고 있는데. 벌써 두 사람은 30분째 지하철을 타고 있었다.

그러다 마침내 우주인이 어느 역에서 내리자, 노아리는 황급히 그를 따라 내렸다. 말이라도 좀 하고 내리면 어디 덧나, 하고 입속으로 투덜대면서.

그러고도 우주인은 한참을 걸었다.

혼잡했던 길이 어느새 한산해지고, 눈을 돌리면 보이는 거라곤 빌라밖에 없게 되고서야 노아리는 감탄을 내뱉었다.

그러다 그녀는 한 건물 앞에서 문득 걸음을 멈추었다.

노아리는 생경한 눈으로 흔치 않은 구조의 2층 주택을 올려다보았다.

이 집이라면 기억 속에 있었다. 비록 사진으로 된 기억이 아니라, 활자로 된 기억일 뿐이지만.

잠시 멍해져 있던 노아리의 뒷덜미를 누군가 덥석 잡았다. 그녀는 화들짝 놀라며 고개를 돌렸다.

그곳엔 의외로 아무렇지도 않은 얼굴을 한 우주인이 있었다.

"여기, 옛날 내가 살던 집이야."

"아…….'

"알고 멈춘 거야? 아니면 그냥 예뻐서?"

태연한 얼굴로 날카로운 질문을 던지는 우주인에게 노아리는 어설프게 웃어 보였다.

"하, 하하……. 당연히 그냥 예뻐서죠."

"그래? 난 또, 네가 천기를 읽는다고 했으니까 혹시 그건가 해서."

아무렇지도 않게 대답한 우주인이 도로 몸을 돌려 성큼성큼 걷기 시작했다.

노아리는 그런 우주인의 뒷모습을 복잡한 눈으로 보았다. 설마 아무렇게나 둘러댄 말을 아직까지 믿고 있을 줄이야.

정말로 모르는 건가? 아니면 모르는 척해 주고 있는 건가? 어느 쪽이지?

어두운 얼굴을 하고 있던 노아리는 '안 가?' 하는 소리가 날아오자 그제야 후다닥 걸음을 옮겼다.

이제 우주인은 말없이 걷는 대신에 동네 이곳저곳을 가리키며 설명하기에 이르렀다. 노아리는 주의 깊게 그 말을 들었다.

"저기 옛날에 대학생 누나가 살았는데, 매일 저녁 여덟 시만 되면 포메라니안 세 마리를 데리고 산책 나왔거든. 진짜 귀여웠어. 아, 그리고 저기 저 집은 저녁마다 고기를 굽는지 냄새가 장난 아닌 거야. 배고플 때는 일부러 돌아갈 정도였다니까."

"……."

그리고 그 말들은 우주인의 말이 대부분 그렇듯 쓸모라곤 전혀 없었다.

노아리는 겉으론 웃으며 속으로만 한숨을 푹푹 내쉬었다.

그러다 그녀가 문득 물었다.

"그러고 보니, 여긴 왜 온 거예요? 추억 탐방하러 온 건 아닐 테고."

"아. 난 이사 갔어도 은지호는 여전히 이 동네 살거든. 은지호네 집 쳐들어가려고. 그리고 여기는……."

나는 새처럼 평탄하던 그의 목소리가 갑자기 덜컥 추락했다.

무슨 일이지? 의아하게 그의 옆얼굴을 살피던 노아리는 이윽고 정면을 보았다.

빌라의 담벼락들에 둘러싸인 평범하기 짝이 없는 놀이터가 보였다. 모서리마다 색색 페인트로 칠한 타이어가 솟아 있었고, 안쪽에는 그네와 철봉, 시소와 지구본이 있었다. 그네의 그림자가 석양빛에 길게 늘어졌다.

놀이터에는 아무도 없었다. 군데군데 자란 풀들이 놀이터가 제대로 관리되지 않고 있음을 짐작하게 했다.

놀이터를 동그란 눈으로 쳐다보던 노아리는 다시 우주인을 돌아보았다.

그는 어째선지 텅 빈 목소리로 말했다.

"이 놀이터에서는……. 나랑 은지호가 처음 만난 게 이 놀이터에서였는데."

"아."

그에게서 흘러나올 말을 짐작한 노아리는 작은 탄성을 흘렸다.

바로 그 순간이었다.

두 사람을 휘감고 있던 정적 사이로 불쑥 낯선 목소리가 끼어들었다. 노아리도, 우주인도 화들짝 놀라서 고개를 돌렸다.

"주인이니?"

여자가 등진 석양빛이 눈부셔서 노아리는 한참이나 눈만

깜빡였다.

역광 속에서 보랏빛에 가려져 있던 얼굴이 서서히 드러나며 갈색 머리칼, 나이가 상당히 들어 보임에도 아직까지 고혹적인 매력을 잃지 않은 얼굴이 나타났다.

그녀의 미소가 누구를 닮았는지를 생각하던 노아리는 이윽고 경악 어린 표정을 지었다.

여자가 다정하기 그지없는 목소리로 말했다.

"주인아. 언젠가 만날 수 있을 거라 믿고 기다렸지만, 설마 정말로 만날 수 있을 줄은 몰랐어. 전엔 글쎄 지호랑 만났는데 말이야……."

"제 이름 함부로 부르지 마세요."

칼날처럼 차가운 말에 여자의 말이 뚝 끊겼다.

상처받은 얼굴을 하는 여자의 앞에서, 우주인은 노아리의 손목을 쥐며 성큼 돌아섰다.

그가 낮은 목소리로 말했다.

"가자."

"아, 네."

여자의 정체를 짐작 못 한 것도 아니었기에 노아리는 두말하지 않고 그를 따랐다. 황급히 걸음을 옮기던 그들의 등 뒤에서 다시 외침이 날아왔다.

"주인아! 잠깐만 얘기 좀 하자. 넌 왜 그렇게 애가 매정하니!"

결국 두 사람은 견디지 못하고 다시 뒤를 돌아보고 말았다.

　아까의 여자가 두 손을 들어 얼굴을 가리고 있었다. 그녀의 말끝마다 울음기가 묻어났다.

　"우리가 가족이 되었을 때도 그랬지. 내가 진짜 엄마처럼 생각해 달라고 했을 때도, 너는 그냥 대답 없이 고개만 끄덕였어. 한 번도 '엄마'라고 불러 준 적이 없었지……."

　그런 너 때문에 내가 얼마나 힘들었는지 아니? 대놓고 원망하는 말에도 우주인은 아무런 표정의 변화가 없었다.

　무미건조한 눈으로 그녀를 건너다보던 그가 물었다.

　"원하는 게 뭐예요?"

　"주인아, 그렇게 말하면 내가 뭔가 다른 마음이 있어서 널 찾아온 사람 같잖니……."

　"용건."

　우주인이 또 한 번 말을 끊자 마침내 여자의 눈빛이 변했다. 가면 벗듯 순식간에 표독스러워진 눈빛을 보며 노아리는 겁먹은 표정을 지었다.

　여자가 툭 던지듯 말했다.

　"새로 이사 간 집 주소."

　"못 가르쳐 줘요."

　우주인의 대답 또한 못지않게 단호했다. 금세 아까같이 처연한 얼굴로 돌아온 여자가 말했다.

　"너희 아빠랑 한 번만 다시 얘기할 수 있게 해 줘. 한 번만, 응?"

"그거라면 아빠에게 연락해서 물어보면 되잖아요. 주소는 안 된다지만, 번호까지 못 알아낼 정도로 정보력이 없진 않을 텐데."

그녀가 입술을 깨물었다.

"연락했는데 내 연락을 거부해."

"그렇다면 그쪽이랑 더는 볼 마음이 없다는 거겠죠. 그만 포기하고 돌아가세요."

우주인은 피곤한 듯 머리칼을 쓸어 넘기며 말을 이었다.

"저 보겠다고 여기서 서성거리는 거, 저한테도 그렇지만 은지호한테는 더 민폐예요. 걔한테 당신은 납치범이라고요. 본인도 모르는 트라우마가 있을지 누가 알아요?"

그러자 여자의 눈꼬리가 성큼 치켜 올라가며 그녀의 얼굴에 귀기가 어렸다. 입술을 지그시 깨무는 그녀를 보며 노아리는 다시금 경악 어린 눈빛을 했다. 저게 뭐야? 공포 영화에 나오는 귀신도 저보다 무섭진 않겠어.

그 가운데 여자가 비명처럼 외쳤다.

"내가 그렇게까지 부탁했는데 어떻게 그럴 수가 있니! 네가 날 조금이라도 엄마처럼 생각했다면 그런 말은 못 하지."

"네, 네. 믿고 싶은 대로 믿으세요. 지난 수년간 그래 왔던 거, 제가 아무리 사실을 말해도 믿지 않으실 거잖아요."

아무렇지도 않게 대답하며 우주인이 다시 노아리의 손목

을 잡아당겼다.

그에게 이끌려 가면서도 노아리는 울부짖는 여자를 힐끗힐끗 쳐다보았다. 정말로 저대로 두고 가도 괜찮은 걸까?

그때 그녀가 다시 외쳤다.

"악마 새끼! 악마 같은 자식……. 하여간 지금까지 하나도 변하질 않았어. 조금이나마 사람답게 변했을 거라고 기대했던 내가 잘못이지."

"하."

우주인은 어처구니없다는 듯 웃으면서도 걸음을 멈추지 않았다. 노아리는 그런 그의 모습을 시한폭탄 보듯이 쳐다보았다.

여자가 다시 외쳤다.

"네 주변 사람들이 네 진짜 모습을 언제까지 모를 거라고 생각해? 언제까지 속일 수 있을 거라고 생각하니? 이제 곧이야! 네 친구들은 물론이고 네 여자 친구도, 네 진짜 모습을 알게 되면 전부……."

그 대목에서 발끈한 노아리는 뒤를 돌아보았다. 놀라는 우주인의 모습에도 아랑곳 않고 그녀가 저도 모르게 소리를 높였다.

"여자 친구라니요! 말 함부로 하지 마세요! 누가 이런 악……."

자신을 지그시 응시하는 우주인의 눈을 본 노아리는 황

급히 말을 바꿨다.

"……악마도 울고 갈 만큼 잘생긴 분의 여자 친구라니. 제겐 너무 과분하네요."

"애쓴다."

우주인이 어쩐지 김이 빠진 모양새로 중얼거렸다. 그래도 화난 것 같진 않아서 다행이었다.

하, 하하. 어색하게 웃던 노아리는 다시 붉어진 얼굴로 고개를 돌렸다. 그녀가 더듬더듬 외쳤다.

"그리고 마, 말은 바로 하세요! 당신이야말로 우주인을 한 번도 진짜 아들이라고 여긴 적 없잖아요. 단지 그의 탁월한 지능에 압도당해서, 그가 관심이 필요한 어린애일 뿐이란 점은 무시하고."

"그만해."

우주인이 경고하듯 나직이 하는 말에도 불구하고 노아리는 말을 멈추지 않았다.

"다, 당신이 마음 편하게 이용하기 위해서, 의도적으로 그가 당신에게 보이는 애정에는 관심도 주지 않으려 했잖아요! 그런 주제에 악마니 뭐니……."

눈을 질끈 감으면서 노아리는 필사적으로 말을 맺었다.

"진짜 악마는…… 당신이에요."

"너 뭐라고 했어?"

여자가 눈꼬리를 성큼 치켜올리며 물었다. 노아리도 지

지 않고 맞받아쳤다.

"진짜 악마는 당신이라고요."

"네가 뭔데? 나는 이 애 엄마야! 진짜 엄마는 아니더라도 한집에서 몇 년을 같이 살았다고. 그런데 네가 뭘 안다고……!"

"적어도 당신보단 제가 저 사람을 더 많이 알걸요?"

노아리의 단호한 대답에, 입술을 짓씹은 여자가 '무슨 근거로?' 하고 비웃듯 되묻는 그때였다. 우주인의 차가운 목소리가 두 사람 사이로 끼어들었다.

"다들 그만해요. 엄마도, 그리고 너도. 여기 주택가야."

우주인의 입에서 흘러나온 '엄마'란 호칭에 여자의 굳어 있던 눈매가 눈 녹듯 풀렸다.

그녀가 희망 어린 눈으로 우주인을 바라보았다.

"주인아."

그러나 이어진 말에 여자의 얼굴은 도로 흙빛이 되었다.

"엄마라고 불러 드리는 건 이게 마지막이에요. 다신 찾아오지 마세요, '엄마'."

"……."

여자의 입술이 굳게 다물렸다. 뱀처럼 표독스러운 눈으로 한참이나 우주인을 노려보던 그녀는 마침내 몸을 휙 돌렸다.

돌아서기 전, 노아리를 향해 살벌한 시선을 보내는 것도 잊지 않았다. 그런 그녀의 시선을 우주인이 슬쩍 앞으로 나서서 가로막았다.

여자가 마침내 떠나자, 골목에는 침묵만이 흘렀다.

이윽고 우주인이 입을 열었다.

"너 생각이 있어? 저 여자가 한때 은지호를 납치했다는 얘기 들었을 거 아니야. 엄연히 범죄자인 사람 앞에서 겁도 없이……."

말을 잇던 우주인은 마주 본 노아리의 뺨을 타고 눈물이 주룩 흘러내리는 것을 보고 말을 잃었다.

황급히 눈물을 훔쳐 내며 노아리가 대답했다.

"저…… 어른한테 소리쳐 본 거 처음이에요."

이럴 일이 한 번도 없었던 것도 아닌데. 정작 제 일에는 나오질 않더니……. 노아리가 울음 새로 드문드문 뱉는 말을 들으며 우주인은 멍한 얼굴을 했다.

"뭐……."

"어떡해, 심장 너무 빨리 뛰어. 저 이러다 쓰러지면 어떡해요?"

그렇게 말하며 노아리가 손을 들어 가슴께를 꾹 눌렀다. 엄살인 것을 알면서도, 우주인은 저도 모르게 그녀에게 손을 뻗었다가 다시금 거두고 말았다.

손목을 잡는다고 해서 맥박을 어떻게 할 수 있을 리 없지.

그런데도 어째서 불현듯 손을 내밀고야 말았는지. 말없

이 제 손을 빤히 보던 우주인은 다시 고개를 들었다.

"……그렇다고 울 것까지 있어?"

"범죄자라면서요. 저 사람."

노아리는 눈물을 훔치며 말을 이었다.

"평범한 사람이 범죄자를 눈앞에서 볼 일이 몇 번이나 있어요."

"하지만 나는 어렸을 때 범죄자들한테 둘러싸여 살았는데."

무심코 대답하고서 우주인은 흠칫했다. 울고 있는 애 앞에서 달래기는커녕 왜 그런 말이나 했는지 알 수가 없었다.

아니, 왜냐하면 자신과 이 애의 대화는 항상 이런 식으로 이루어졌기 때문에. 우주인은 눈빛을 어둡게 가라앉혔다. 난 저 애를 달랠 마음도, 그럴 필요성도 느끼지 못하겠어.

왜냐하면 이 애는…….

그때 노아리가 말했다.

"미안해요."

우주인은 눈을 크게 뜬 채 움직임을 멈추었다. 한참 있다 그의 입에서 굴러떨어진 대답은 이랬다.

"왜?"

"알잖아요. 제가 무슨 말을 하는 건지."

"……."

"몰라도 말할게요. 미안해요."

지금은 그것밖에 해 줄 말이 없어요. 그렇게 말하는 그녀를 망연히 보던 우주인은 갑자기 뻗어 나온 손에 두 손을 붙잡혔다.

노아리가 여전히 눈물이 그렁그렁한 눈으로 그를 올려다보며 말했다.

"그러니까 제 말 믿으세요. 당신은, 성격이 무척 나빠서 조금 헷갈릴 수는 있어도 하여간 악마는 아니에요. 그 여자 말 말고 제 말 믿어요. 제가 당신을 훨씬 더 잘 아니까."

"너는 대체……."

"당신이 그 여자를 진심으로 엄마처럼 생각하고 따른 거 알아요. 그래서 여자의 이상한 요구를 거부하지 못하고 뜻대로 휘둘려 준 것도."

우주인이 창백해진 얼굴로 물었다.

"너 진짜 뭐야?"

노아리는 조금의 주저도 없이 대답했다.

"당신에게 그 여자보다도 큰 잘못을 저지른 사람."

그때 우주인의 시선이 노아리의 핸드폰에 매달린 열쇠고리를 향했다.

고리에 매달린, 코가 부자연스럽게 큰 돌하르방이 최면이라도 걸듯 느리게 좌우로 흔들렸다.

우주인은 어째선지 현기증이 났다.

너는 저 말이 무슨 뜻인지 알겠어? 그래, 누구보다도 잘 알고 있잖아.

아니, 나는 몰라. 나는 아무것도…….

정말 모르겠어?

그래.

허공에서 흔들리던 열쇠고리가 마침내 멎었다.

우주인의 눈빛도 따라서 잔잔해졌다.

* * *

저녁 여덟 시 무렵, 집으로 향하는 길을 가로질러 가던 은지호는 놀이터 앞 가로등 아래, 웅크린 그림자를 보고 한 발짝 물러났다.

"아 씨, 깜짝아."

화들짝 놀라 그렇게 말하는 그에게 우주인이 고개를 들며 배시시 웃어 보였다.

"엄마랑 데이트 재밌었어? 부럽다."

그제야 평정을 되찾은 은지호는 손을 저으며 투덜댔다.

"이루다 그놈도 껴 있었는데 데이트는 무슨 데이트. 그리고 지가 안 와 놓고선 무슨 소리래."

"하하, 내가 이런 배은망덕한 놈을 위해 그 여자를 물리치다니. 이럴 줄 알았다면 그냥 계속 찾아오게 두는 건데."

태연하게 지껄이는 말에도 은지호는 눈을 크게 뜨며 놀라는 표정을 지었다. 그가 물었다.

"너…… 설마 그 여자를 만났어? 어디서, 여기서?"

우주인은 어깨를 으쓱하며 대답했다.

"운 나쁘게 우연히 마주쳐 버렸어. 내가 널 예전처럼 자주 만나러 오는 줄 아는지, 이 근처에서 얼쩡거리고 있더라고."

그리고 무릎을 끌어안은 그가 태연히 말을 이었다.

"아무튼 너한텐 납치범이고, 무슨 트라우마가 있을지 모르니까 더 찾아오지 말라곤 했는데 들을지 모르겠다."

그에 은지호는 웃기지 말라는 듯 대답했다.

"트라우마 그런 거 하나도 없으니 걱정 마. 몇 시간도 안 되어 풀려났는데 그런 게 생길 틈이나 있었겠냐."

"그거 다행이네."

"그보다도 난 네가 걱정이다. 또 무슨 이상한 말 들었지?"

"아, 그거라면 걱정 마. 잘 물리쳤으니까."

"물리치다니?"

"혼자 물리친 건 아니지만. 공적치를 30, 아니, 50쯤은 배분하도록 할까……."

우주인이 턱을 매만지며 내놓는 헛소리에도 은지호는 별로 개의치 않았다. 그러기에는 두 사람은 서로의 그런 모습에 이미 너무 익숙해져 있었다.

대신 은지호는 곧장 행간에 숨은 의미를 깨닫고 물었다.

"그 여자랑 만날 때 다른 사람이랑 같이 있었어? 대체 누구랑?"

"……."

"보통 사람이었다면 네가 지금 이토록 아무렇지도 않은 얼굴은 아닐 테고."

그 여자에 관한 일은 우주인의 가장 큰 상처, 가장 큰 약점이었다. 그런데 그 여자와 같이 있는 모습을 누군가에게 들키고서도 이렇듯 아무렇지도 않은 얼굴이라니, 그럴 순 없다.

그렇게 생각하며 우주인의 얼굴을 빤히 들여다보던 은지호는 문득 깨닫는 바가 있어 입을 열었다.

"그 애야? 함단이 친한 후배라던."

우주인은 여전히 대답이 없었다. 물끄러미 시선을 내리깔아 운동화 앞코만 보고 있었다.

"노아리, 맞지?"

그 이름이 흘러나오고서야 우주인은 고개를 들었다.

우주인의 두 눈이 가로등 불빛을 받아 환히 빛나자, 은지호는 비로소 우주인이 지금 반쯤 넋이 나간 상태란 걸 알아차렸다.

"도대체 무슨 일이 있었던 거야?"

눈썹을 찡그리며 의아하게 되묻는 은지호에게 우주인이 멍하니 말했다.

"이해 못 할 일……."

"허?"

은지호는 큰 소리를 내며 눈썹을 더욱더 찡그렸다. 천하의 우주인이 이해 못 할 일이라니, 그런 게 이 세상에 존재할 리가.

그러다 며칠 전, 물에 젖은 수첩에서 보았던 글자를 떠올린 그는 퍼뜩 얼굴을 굳혔다. 섬뜩한 느낌이 머릿속을 할퀴고 지나갔다.

은지호가 고개를 들며 말했다.

"너 잠깐 나 좀 보자."

우주인은 그 말에 비로소 고개를 들고, 길 잃은 아이처럼 투명한 눈으로 그를 응시했다.

이윽고 들려온 말에 우주인의 눈이 커졌다.

"'등장인물'. 이걸 듣고 뭔가 떠오르는 거 없어?"

여전히 대답이 없는 그에게 은지호가 다그쳤다.

"너 요즘 이상하게 예민했던 것도 혹시 이것과 관련 있는 거냐? 네가 이상해졌던 게 정확히 수학여행 때부터였지. 숙소 밖으로 함단이를 쫓아갔던 때부터."

"……."

"거기서 뭔가를 들은 거지? 그게 뭐였어?"

우주인은 여전히 아무 말도 하지 않았다. 씨근거리며 숨을 뱉은 은지호가 다시 말했다.

"식당에서 나가기 전 함단이가 자기 반 담임한테 뭘 물었는지 알아? 그 여동생의 전화번호였어. 노민찬 선생님의 여동생이 이 학교에 다니고 있다는 건 전교생 사이에서 꽤 유명한 모양이고."

"……."

"그 애 이름이 노아리. 함단이가 수학여행 끝나고 얼마 안 있어 병원 무단 침입 사건 범인의 정체이자, 자기 친한 후배라며 우리 앞에 데리고 나타났던 여자애였지."

그리고 고개를 기울인 은지호가 덧붙였다. 그런데 이상한 일이지?

"함단이 이사 간 친구들까지도 웬만하면 알고 있는데, 노아리란 이름은 그때까지 들어 본 적도 없었거든."

우주인은 여전히 입을 꾹 다문 채 기묘한 침묵을 지켰다.

은지호는 차가운 목소리로 말을 이었다.

"그 애는 작년까지 전북 살다가 이제야 올라와서 서울에는 온 적이 한 번도 없다더라고. 물론 이걸 알아볼 생각을 한 것도 최근의 일이지만."

알아보기 시작한 건 일주일 전이지만, 그 대상이 학교에서 상당한 유명인사인 노민찬 선생님의 동생이다 보니 어려움은 전혀 없었다. 여기까지 알아내는 데 하루도 채 걸리지 않았다.

눈을 내리깐 은지호가 덧붙였다.

"그리고 모두와 친하게 지내는 건 잘해도 결코 특별한 사람은 만들지 않는 네가 그 애와 단둘이 시간을 보내기 시작한 게, 공식적으로는 수학여행 뒤의 일이지. 만나기는 그 전부터 만났다고 쳐도."

"……."

"말해. 함단이와 노아리, 두 사람을 둘러싼 일들에 대해 넌 어디까지 알고 있어?"

은지호가 참지 못하고 다그쳤다.

그런 은지호를 우주인은 유리 벽 하나를 사이에 둔 양 무심한 눈으로 올려다보기만 할 뿐이었다.

그를 보던 은지호가 마침내 얼굴을 일그러뜨리며 물었다.

"나도 정말 말도 안 된다고 생각하지만, 내가 예상한 그게 맞아? 그럼 정말로, 함단이가 우리를 처음에 받아들이지 못했던 이유가…….".

말을 잇던 은지호가 돌연 괴로운 듯이 이마를 감쌌다. 우주인은 여전히 표정 없이 그런 은지호를 물끄러미 올려다보았다.

상체를 수그린 은지호가 떠듬떠듬 뱉어 냈다.

"만약 정말로, 그 녀석이 처음에 우리를 피했던 이유가, 내가 생각하는 그게 맞다고 하면, 나는…….".

"……은지호 너 대체 무슨 소릴 하는 거야?"

갑자기 날아온 말에 은지호는 멍하니 고개를 들었다.

방금까지의 침묵이 거짓말이라도 되는 것처럼, 우주인이 태연하기 짝이 없는 얼굴로 말하고 있었다.

"미안한데 네가 무슨 말을 하는지 조금도 모르겠거든. 너야말로 뭐 하자는 건데? 혼자 얘기하고 혼자 결론 내리고. 내가 모든 것을 반드시 안다는 보장이라도 있어?"

"뭐? 하지만 넌……."

은지호는 눈을 깜빡였다.

자신들을 둘러싼 일들의 진상이 아무리 어처구니가 없건간에, 그것을 알아내는 사람은 무조건 우주인이 첫 번째일 거라고 생각했다. 지금까지 늘 그래 왔듯이.

그런데, 고개를 들고 이쪽을 올려다보는 우주인은 그런 것은 조금도 짐작 못 했다는 듯 무구한 얼굴이었다. 스스로 빛나는 것처럼 환한 금색 눈에는 조금의 그림자도 없었다.

그가 평소처럼 맑고 쨍쨍한 목소리로 되물었다.

"왜? 그러는 너는 대체 얼마나 어처구니없는 일을 생각하고 있기에 이렇게 심각해져서 그러는 건데? 어디 들어나 보자."

"아, 아니야. 네가 모른다면 됐다."

잠시 멍하니 있던 은지호는 손을 내저었다. 황망히 손을 내리는 한편 그는 중얼거렸다. 정말 이걸로 된 걸까? 정말로?

하지만, 우주인의 말마따나 자신이 생각하고 있는 일은 그야말로 '어처구니없는 일'이다. 은지호는 입술을 깨물었다.

이런 얘기를 아무런 근거 없이 우주인 앞에서 꺼낼 순 없다. 미치광이 취급받지 않으면 다행이지.

증거를 남겨 둘 걸 그랬나. 아니, 하지만 물에 푹 젖은 그 수첩은 그럴듯한 증거가 못 돼. 더군다나 고작 한마디, 단 한마디였을 뿐이다.

한숨을 푹 쉬는 은지호에게 우주인이 다시 말했다.

"그럼 할 얘기 끝난 거지? 그럼 나는 가 본다."

"뭐? 야, 잠깐."

은지호는 황급히 우주인을 붙잡았다. 돌아선 그가 뭐냐는 눈으로 자신을 응시했다.

"너…… 그럼 노아리랑은 정말로 무슨 사이인 건데?"

"응, 서로 이용하는 사이. 적어도 지금까지는."

조금의 망설임도 없이 돌아온 대답에 은지호는 이마를 짚었다.

그는 허무한 얼굴로 중얼거렸다. 하긴, 그건 그렇지. 저 위인이 누굴 진심으로 좋아해서 만날 리는 없지.

그러다 말고 그는 문득 고개를 들었다. 아니, 그런데 '지금까지'라는 단서는 도대체 왜 붙인단 말인가?

그때 우주인이 불쑥 말했다.

"그런데 어쩌면 지금부터는 달라질 수도 있겠다는 생각이 들어."

그렇게 말하는 그는 묘하게 웃는 얼굴이었다.

"너 도대체 뭘 하려고?"

황당하게 되묻는 은지호에게 대답 없이 웃어 보인 그는

다시 성큼 뒤돌아 골목을 뛰어갔다.

은지호는 어둠에 파묻히는 뒷모습을 한참이고 그 자리에 서서 바라보았다.

그러다 문득 어둠 속에서 부름이 날아왔다.

"은지호."

"왜?"

"널 처음 만났을 때."

그 말에 비로소 은지호는 가로등 건너 컴컴한 어둠 속에 숨은 풍경을 바라보았다.

빈 그네가 누가 와서 앉기를 기다리는 것처럼 흔들리고, 웃자란 잡초가 바람에 떨렸다.

서늘해진 뒷목을 매만진 은지호가 대답했다.

"그래. 날 처음 만났을 때."

당연한 듯 대답이 돌아왔다.

"넌 내가 미아인 줄 알고 경찰서에 데려가려고 했잖아. 내가 밤늦도록 집에 돌아갈 생각도 않고 계속 그네만 타고 있으니까."

"그걸 넌 아직도 기억하냐?"

어처구니없다는 듯한 은지호의 목소리도 무시하고, 우주인은 여전히 쾌활하게 웃으며 말했다.

"난 내가 불량품 같다고 생각했어."

"뭐?"

"태어날 때나 아니면 자라날 때, 아주 중요한 단계 하나가 빠져 버린 거라고 생각했어. 그래서 그런 거라고."

"야, 너 역시 그 여자한테 무슨 말 들은 거지?"

은지호의 날을 세운 물음에도 아랑곳 않고 우주인은 손을 흔들었다. 어둠 속에서 그의 팔만이 유독 하얗게 빛났다.

"내일 다시 제대로 얘기해!"

은지호의 들어 줄 이 없는 외침은 그대로 어둠 속에 묻혔다.

제54조. 여름 바다는 식상하니까 계곡으로 가자(상)

내가 문제의 전화를 받은 것은 밤 열한 시가 지날 무렵이었다.

전화를 끊고서 살금살금 거실에 나가 보니 부모님은 벌써 안방에 들어가신 듯, 거실에는 불이 꺼져 있었다. 주저하며 탁자 주변을 맴돌던 나는 안방 근처로 다가가 외쳤다.

"엄마, 나 잠깐 이 앞에 다녀올게!"

아파트 나가진 않고 복도에만 있을 거야. 작게 덧붙인 말에 엄마가 잔뜩 졸린 목소리로 물었다.

"여령이?"

"으, 응."

나는 더듬거리며 대답하는 한편 속으로만 빌었다. 미안, 반여령. 널 팔아넘기는 나를 용서해라.

곧 알겠다는 대답이 돌아왔다. 나는 종종걸음으로 신발장으로 다가가 슬리퍼만 신고 현관문을 열어젖혔다.

밤중의 아파트 복도는 꼭 검푸른 입자가 공기 중에 섞여 떠도는 것 같았다.

나는 텅텅 울리는 발소리를 지나치게 의식하며 엘리베이터로 다가가 위층으로 향하는 버튼을 눌렀다. 누가 이런 나를 보면 오해하고 붙잡을지도 몰라, 괜한 걱정도 했다.

마침내 도착한 아파트 옥상 문 앞에 누군가 기대어 서 있었다. 바짝 긴장해서 계단을 오르던 나는, 조금씩 가까워질수록 드러나는 얼굴에 안도의 한숨을 내쉬었다.

"유천영."

내가 작게 부르자, 그는 내 손을 붙잡고 얼마 남지 않았던 거리를 더욱 끌어당겼다.

"지금밖에 시간이 안 났어. 너무 늦게 불러내서 미안."

그렇게 말하면서도 그는 옅게 웃는 얼굴이었다.

우리는 아파트 옥상 문을 열어젖혔다.

인터넷 소설의 법칙 때문인지 아니면 화재 때문인지, 우리 아파트 옥상은 항시 열려 있었다. 하지만 나도 아주 어렸을 때 딱 한 번, 여령이와 여단 오빠와 올라왔을 때 이후로 다시 올라와 보긴 처음이었다.

무심코 그런 생각을 한 다음 나는 흠칫 놀랐다. 이건 누구의 기억이지?

여령이와 여단 오빠와 내가 이 옥상에 올라왔던 때는 함단이가 여덟 살 때. 당연히 내게는 있을 리 없는 기억이다. 그런 것들이 요즘 드문드문 떠오르곤 한다.

언제부터였냐고 한다면, 아마도 반여령 기억 상실 사건 이후부터다. 정확히는 그녀의 말을 들은 내가 옷장을 뒤져 롤링 페이퍼를 찾아냈던 그때부터.

나는 푸른 어둠에 파묻힌 손을 잠자코 내려다보았다.

이건 뭐 그런 걸까? 사이코메트리? 물체의 기억을 읽는 초능력이야 워낙 유명해서 영화 단골 소재일 정도니까.

하지만 이게 그런 거였다면, 나는 내 과거뿐만 아니라 다른 애들의 기억들도 죄다 읽을 수 있어야 하겠지.

비로소 고개를 든 나는 저 멀리 붉은 먼지 속에 가라앉은 서울의 모습을 보며 한숨을 토해 냈다. 그러니까 이건 결국, 내가 잃어버렸던 과거의 기억을 되찾는 과정일 뿐일 터였다.

나는 드러난 두 팔을 손으로 감쌌다.

반여령과 여단 오빠와 함께한 기억이 돌아오면 나도 더 이상 부모님께 의심받을 일이 없어 좋다고 생각하는데도, 역시 아직은 두려운 마음이 더 컸다.

무엇보다도 소설 속 함단이와 현재의 나를 갈라 주는 것은 기억의 유무뿐이니까.

내가 모든 기억을 되찾게 됐을 때, 나는 나를 뭐라고 부르게 될까? 그런 생각에 빠져 눈빛을 가라앉히던 그때, 불쑥 유천영의 목소리가 날아왔다.

"무슨 생각 해?"

고개를 돌린 나는 유천영이 내 바로 옆에 서 있다는 것을 깨닫고 흠칫 놀랐다.

그는 내가 경황이 없던 사이 태연히 내 옆에 다가와 난간에 한 손을 얹고 풍경을 내려다보고 있었다.

나는 기겁해서 물었다.

"너! 너 안 무서워? 우리 아파트 23층이야."

"그러는 너도 바로 난간 앞까지 나와 있는 건 마찬가지잖아."

"뭐? 그건……."

당황하며 아래를 내려다본 나는 내 발로부터 고작 30센티가량 떨어진 곳에 펼쳐진 아찔한 풍경을 보고 얼어붙고 말았다.

그 모양새를 잠자코 바라보던 유천영이 손을 내밀었다.

"손."

"응?"

"잡고 이리 와."

나는 유천영이 내민 손을 동아줄이라도 되는 양 힘껏 붙잡고 걸음을 옮겼다. 유천영의 손에 이끌려 난간에서 5미터쯤 떨어진 곳으로 온 나는 그제야 안도의 한숨을 내쉬었다.

〈260〉 인소의 법칙 12

고개를 푹 숙이며 가슴을 쓸어내리는 내게 유천영이 물었다.

"무슨 생각을 하고 있었기에 그렇게 가까이 가도 몰랐던 건데."

"아니, 별생각 안 했어."

앞머리를 매만지며 민망하게 웃던 나는 이어진 말에 뻣뻣하게 굳었다.

"다른 사람 생각?"

잠시 멍해졌던 나는 이윽고 정신을 차리고 그의 팔을 퍽퍽 때렸다. 평소와 같이 힘이라곤 전혀 실리지 않은 공격이었지만, 유천영은 평소처럼 맞아 주는 대신 대뜸 내 손목을 붙잡았다.

갑자기 손목이 붙들리자 나는 바짝 굳을 수밖에 없었다. 그런 내게 유천영이 천천히 고개를 숙였다.

가까이서 본 그는 어쩐지 부루퉁한 얼굴이었다.

그가 말을 이었다.

"내가 한 번 볼 때 다른 녀석들은 다섯 번은 보니까."

"아……."

"본 시간만큼 감정이 쌓인다고 하면, 불안해지는 건 어쩔 수 없잖아."

말을 마친 유천영이 비로소 내 손목을 놓아주고 한 걸음 뒤로 물러났다.

눈을 내리깔고 마른침만 삼키던 내게 그가 다시 말했다.

"곧 끝날 줄 알았는데, 〈검은 비〉 연장 얘기가 나왔어."

"뭐? 진짜? 잘됐다."

그거 완전 대박 드라마만 하는 거잖아. 내가 밝은 얼굴로 성과를 축하해도 그는 여전히 뚱한 얼굴이었다.

왜 그래? 내가 의아하게 묻자 그는 어두운 낯으로 대답했다.

"말했잖아. 곧 끝날 줄 알았다고."

"……."

"그 시간까지 전부 너한테 쓰고 싶은데."

잠시 넋을 잃고 있던 나는 그에게서 흘러나온 말에 후다닥 뒤로 물러났다. 유천영이 그런 나를 의아한 얼굴로 바라보았다.

쟤 지금 자기가 무슨 말 한 줄 모르는 거지? 그렇게 생각하며 나는 여름인데도 불구하고 식은땀이 흘러내린 이마며 목덜미를 손등으로 찍어 냈다.

그러는 나를 유천영은 어쩐지 갈증을 느끼는 것 같은 눈으로 여전히 바라보고 있었다.

그로부터 몇 분의 시간이 지나 우리는 맨바닥에 주저앉았다.

우리는 나란히 무릎을 감싸고 앉아 하늘 가운데 높이 뜬

달을 올려다보았다.

계속 메시지를 주고받았는데도 이렇게나 할 얘기가 쌓여 있다는 게 신기했다. 나는 시민 회관에서 듣는 수업 얘기, 새로 어울리는 사람들 얘기를 했고, 유천영은 촬영장에서 있었던 얘기, 은형이와 있었던 얘기를 했다.

그러다 문득 유천영이 꺼낸 말에 나는 놀랐다.

"팬클럽?"

그는 미미하게 고개를 주억거렸다.

"생긴 줄은 알고 있었지만 작은 규모인 줄 알았는데, 얼마 전에 촬영장에 밥 차를 보내 줘서 놀랐어."

나는 눈을 동그랗게 뜨며 말했다.

"그건 진짜 놀랍다. 너 엄밀히 말해서 주연까지는 아니잖아. 게다가 이게 첫 드라마고."

"그러게."

"아무리 검은 비가 인기가 많아도 그렇지, 네 인기가 개중에서도 독보적이긴 한가 봐."

그에 담담히 고개를 끄덕인 유천영이 '그렇다더라.' 하고 대답했다.

나는 웃으며 그의 팔을 툭 쳤다.

"남 얘기도 아니고. 좀 더 기뻐해 봐."

"사실, 별로 기쁘진 않아."

그가 머뭇거리다 한숨과 함께 꺼낸 말에 나는 의아해졌다.

"왜?"

"내가 조금만 덜 화제가 됐더라면, 너랑 조금 더 제대로 된 곳에서 만날 수도 있었을 것 같아서."

"아."

나는 사실 오랜만에, 그것도 한밤중에 옥상에 오니까 비밀 캠프라도 하는 느낌이라 꽤 신났는데, 유천영은 그게 아닌 모양이었다.

나는 달빛에 빛나는 유천영의 검푸른 머리칼을 빤히 바라보았다. 유천영도 벌써 유명인들이 그러하듯, 일상적인 세계를 그리워하게 된 걸까? 밝고 트인 장소, 너무 적적하지도 그렇다고 열광적이지도 않은 일상적인 소음 같은 것들을.

머뭇거리던 내가 말했다.

"난 괜찮은데."

그러자마자 찬바람이 불고 지나가는 바람에 나는 어깨를 움츠리며 재채기를 했다.

에취. 그 모습을 본 유천영이 계단 쪽을 가리키며 말했다.

"추우면 들어가자."

"아니, 난 괜찮아. 그런데 이 열대야에 무슨 놈의 찬바람이람?"

그렇게 말하며 나는 주위를 두리번거렸다. 실제로 우리를 둘러싼 것은 더위를 품은 찐득하고 무거운 공기뿐이라 찬바람 같은 것은 불 새가 없었다.

그때 유천영이 심각한 얼굴로 말했다.

"어쩌면 나 때문일지도 몰라."

"뭐? 에이, 설마."

너털웃음을 터트리면서도 나는 차마 아니란 말은 못 했다. 유천영이 있는 곳의 온도가 낮아진다는 것은 경험으로 잘 알고 있기 때문이었다.

그러다 문득 고개를 든 내가 말했다.

"아, 어쩌면 귀신이었을지도."

"귀신?"

유천영이 말도 안 되는 말 하지 말란 눈빛으로 대답했다.

아니, 너 귀신 안 믿었냐? 작년 담력 시험 때 네가 왔어야 했는데. 아쉬움을 삼킨 내가 말을 이었다.

"여기 옥상에 귀신 진짜로 있을지도 몰라. 건너편 아파트에 사는 애가 말해 준 적 있어. 나도 옛날에 들은 얘기지만."

"뭐라고 했는데?"

"우리 아파트 옥상에서 떨어지는 뭔가를 봤다고. 엄마한테 난리 쳐서 같이 우리 아파트 아래로 와 봤는데 아무것도 없더래."

"흐음……."

"실제로도 죽은 사람이 있었다는 모양이고."

우리 또래 학생이었다는데. 그렇게 덧붙이며 무릎을 끌어안는 나를 빤히 쳐다보던 유천영이 물었다.

"왜 죽었대?"

"글쎄. 흔한 이유가 아니었을까."

아무튼 청소년들이 아무렇지도 않게 죽어 나가는 나라니까. 헝클어진 머리카락을 헤집던 나는 유천영의 물음을 듣고 고개를 돌렸다.

"너는, 죽고 싶었던 적 있어?"

나는 밤바람 속에서 흩날리는 그의 머리칼을 멍하니 쳐다보았다.

너, 그렇게 무거운 질문을 갑자기 하는 법이 어디 있냐. 그렇게 중얼거리던 나는 이윽고 생각을 바꾸었다. 아니, 하지만 이것조차 우리 사이이기 때문에 할 수 있는 질문이겠지.

누군가와 이런 얘기를 해 본 건 처음이었다.

나는 옅게 웃으며 말을 꺼냈다.

"아마도……."

"……."

"있었을 거라고 생각해."

지금은 내 것이 아니게 돼 버린 시간 속에서.

나는 눈을 내리깔고 생각했다.

어린 내 기억 속에서 느꼈던 격렬하고 난폭한 충동을, 나는 그것이라고밖에 생각할 수 없다.

이불을 마치 찢어 낼 것처럼 움켜잡고, 사실 찢어 내고 싶은 것은 자기 자신이면서, 반나절 가까이 울음을 토해 내던 날들.

기억을 더듬어 보며 잠시 초점이 흐릿해진 눈을 하늘로 들어 올린 내가 말했다.

"그런데 지금은 아니야."

대답이 없는 유천영을 돌아본 나는 배시시 웃었다.

"지난번 그 사건 이후로 더는 엄마가 반여령과 나를 비교하지 않아. 시험만 보면 결과에 상관없이 화내시던 것도 많이 줄었고."

석고상처럼 굳어진 얼굴의 그에게 한 손을 내민 내가 말했다.

"내 생각에 그렇게 된 건 너희 덕분인 것 같아. 아니, 너희 덕분이야."

너희 없었으면 난, 부모님께 그런 일들에 대해 말할 엄두도 내지 못했을 거야. 이건 확실해.

내가 낮은 목소리로 조곤조곤 말하는 것을 유천영은 가만히 듣고만 있었다.

그런 그에게 문득 내가 물었다.

"너는? 넌 그랬던 적 있어?"

잠시 생각하는가 싶던 유천영이 고개를 내저었다. 그러기까지 얼마 걸리지도 않았다.

"없어. 아마도."

"그래?"

그럴 줄은 알았지만 정말로 그렇군. 나는 여전히 무심한 유천영의 얼굴을 빤히 들여다보다가 말했다.

"있잖아, 사람들의 감정을 이해하기 위해 연기를 시작했다고 했지?"

유천영이 미미하게 고개를 끄덕였다.

"응."

"그런 감정만은 배우지 마."

나는 나직하게 말했다.

늘 밝고 구김 없는 모습으로 어느 사람에게나 거리낌 없이 다가가던 윤정인에게 느꼈던 동경하는 마음을, 나는 유천영에게도 똑같이 느끼고 있었다.

어쩌면 이것 역시 내 환상이고, 또 욕심일지도 모르겠지만.

"네가…… 그런 감정만은 배울 일이 없었으면 좋겠어."

윤정인이 황시우에게 얻어맞았을 때 몹시 끔찍한 기분을 느꼈던 것과 똑같이, 나는 유천영이 다치는 일을 차마 두 눈 뜨고 그냥 지켜볼 순 없을 것이다. 신체적으로든, 감정적으로든.

나와도, 또 보통 사람들과도 완전히 다른 길로 뻗어 나가고 있는 유천영의 삶이 몹시 걱정되었다.

앞으로 그에게 무슨 일이 닥친다 해도, 내가 그에 대항하여 할 수 있는 일은 거의 없음을 알기에.

나를 빤히 보던 유천영은 고개를 끄덕이곤 내 손등 위에 가만히 손을 올려놓았다.

"그럴게."

"그래."

"대신 너도, 그런 일은 더는 겪지 마."

나직이 흘러나온 목소리에 나는 문득 고개를 들었다. 시야에 담긴 유천영의 얼굴은 진지했다.

"너한테도, 그런 일은 더는 없었으면 좋겠어."

"그, 그거야 당연하지."

뒤늦게 정신을 차린 내가 대답했다. 그러나 말을 조금 더 듬은 것은 어쩔 수 없었다.

어휴, 별말도 아닌데 당황하기는 왜 당황하냐. 유천영이 의아하게 쳐다보는 가운데 나는 스스로 얼굴을 몇 번이고 쓸어내렸다.

유천영이 방금 그렇게 말한 뜻은 아마 내가 말했던 뜻과 크게 다르지 않을 거다. 친구로서 친한 친구가 힘든 일을 겪는 게 유쾌할 리 없으니까.

그러다 말고 나는 퍼뜩 정신을 차렸다.

아니, 아니지. 고백받은 게 불과 며칠 전인데 잊고 있었다. 유천영이 나를 좋아한다는 것을.

그 말인즉, 나는 유천영의 말과 행동에 대해 지금까지 그래 왔듯, '저건 그냥 하는 말이야', '당연히 친구로서 하는 얘기지', 할 필요가 더는 없다는 뜻이었다. 하도 습관이 돼서 그만.

"왜 그래?"

"아니, 아무것도……."

그렇게 대답하다 말고 나는 문득 유천영의 얼굴을 빤히 보았다. 의식도 전에 말부터 흘러나왔다.

"있잖아."

"응."

"우리 중학교 때. 네가 우리 반 애들 다 보는 앞에서 고백받았던 그날."

나는 갑자기 우리의 머리 위에 펼쳐져 있던 밤하늘이 걷히고, 여름날의 햇볕이 내리쬐는 듯한 착각을 느꼈다.

그 가운데 유천영의 미간이 설핏 찌푸려졌다.

상상할 수 있는 거의 모든 장소에서 고백을 받아 본 그에게조차 그 일은 흔치 않은 일이었고, 그래서 아직도 기억 속에 남은 모양이었다.

그가 담담히 수긍했다.

"그래, 그날."

나는 홀린 듯 말을 이었다.

"기억나? 네가 그때 고백 거절하고 나서, 나랑 교실을 나와서 잠깐 같이 앉았을 때."

어디선가 희미하게 공 차는 소리가 들린 듯했다.

유천영이 고개를 끄덕였다.

"응."

"그때 네가 그랬어. '나한테 아무것도 기대하지 않아서 네가 좋다'고."

나는 기어이 조금 분한 목소리로 말을 맺었다.

"넌 왜 그런 말을 한 거야? 날…… 이렇게 좋아하게 될 거였다면."

"……."

유천영은 아무 대답도 하지 않았다.

"나는 네 그 말이, 너만은 끝까지 딴마음 먹지 말고 친구로 남아 달라는 것처럼 들렸어. 그래서 난 너와의 신뢰를 지키려고 지금까지 최선을 다했는데……."

나는 한 손을 가져다 이마에 댔다.

"혼란스러워. 네가 날, 좋아한다고 하니까."

그런 다음 나는 황급히 덧붙였다.

"아, 싫다는 건 아니야. 싫다는 건 아니지만."

애초에 유천영이나 은지호나 이루다나, 내게는 왜 날 좋아하는지 도통 이해가 안 될 정도의 인물들이었다.

아, 또 해서는 안 되는 생각. 은지호가 들었다면 '내가 좋아하는 사람한테 그런 말 하지 마.'라고 했을 텐데.

그때였다. 내내 잠자코 있던 유천영이 드디어 입을 열었다.

"난 물론…… 지금까지 많은 기대에 둘러싸여 살았어."

"그건 알아."

내가 기다렸다는 듯 대답했다.

실제로 은형이는 유천영의 성격이 무뚝뚝해진 이유에 대해 그의 형들인 유건, 유신의 유난한 막내 사랑을 언급했다. 게다가 그는 온 집안에서 막내기까지, 관심받지 않으려야 않을 수 없었을 것이다.

작게 고개를 끄덕인 유천영이 다시 말했다.

"환경을 이유로 들 거였다면, 나는 내가 우주인처럼 되었을 수도 있다고 생각해."

그 뜬금없는 말에 나는 눈을 동그랗게 떴다.

"응? 그게 무슨 뜻이야?"

"집안의 막내라는 거 말이야."

그제야 그가 말하려는 바를 어렴풋이 깨달은 나는 아, 하고 탄성을 내뱉었다.

그러고 보면 주인이는 부모님과의 일을 제외하면 확실히 유천영과 비슷한 환경에서 자랐다.

그런데도 두 사람의 결과는 이렇듯 확연히 달랐다.

그리고 나는 다시 고개를 기울였다.

"무슨 말이 하고 싶은 거야?"

"난 아마, 결과와 과정이 반대인 걸 거라고 생각해."

"응?"

"주변에서 지나친 관심을 줬기 때문에 내가 무뚝뚝해진

게 아니라, 무뚝뚝했기 때문에 지나친 관심을 받은 거라고. 어린애답지 않다는 이유로 말이야."

나는 그제야 낮은 탄성과 함께 고개를 끄덕였다.

눈을 가만히 내리깐 유천영이 말을 이었다.

"은지호 말로는 어렸을 때는 아무런 표정도 없었다던 우주인이 저렇게 애교 있어진 건, 우주인이 나름대로 그 애정에 적응하고 보답하는 방법을 찾은 거라고 생각해."

그리고 그는 느릿하게 말을 이었다.

"하지만 나는 도무지 적응할 수도, 보답할 방법을 찾을 수도 없어서."

"……."

"늘 맞지 않은 옷을 입은 느낌이었어. 그 안에 있을 때면."

내가 괜히 숙연해진 가운데, 느리게 뒷목을 매만진 그가 덧붙였다.

"내가 웃지 않고 있으면 다가와서, '뭐가 문제냐'거나 '어디 불편하냐'고 묻는 사람들은 어디에나 있었어."

그가 단조로운 어조로 말을 이었다.

"내가 언젠가 밝아질 거라고, 자신들의 애정으로 내 무뚝뚝함을 고칠 수 있을 거라고 말하는 사람들을 보면서, 나는 그들 말대로 되길 바라는 한편으론 그런 생각이 들었어."

나는 그렇게 말하는 유천영의 얼굴을 빤히 응시했다.

"내 이런 성격은 '고쳐야만' 하는 걸까 하고. 마치 망가진 물건처럼 말이야."

"……."

"항상 웃고 행복해 보여야 한다는 어린애에서 벗어나서 좀 자란 이후로는, 그런 말들은 거의 사라졌지만."

그의 말을 들으며 나는 몹시 의외라고 생각했다.

나는 유천영에게는 아무런 그늘도 없을 거라고 생각했다. 마음의 껍질이 아직 생겨나지 않아서 가장 연약할 수밖에 없던 어린 시절에조차, 아무런 상처도 입지 않고 온전히 자라난 거라고.

실제로 은형이도 전에 그런 말을 했었다.

'나는 앞으로도 그런 사람이 될 수 없을 거야.'

그건 분명히 유천영의 온전함을 강하게 의식한 말이었다.

거기까지 생각한 나는 문득 깨달았다. 그렇다면 설마, 유천영에게서 이런 얘기를 듣는 건 내가 최초인 건가? 은형이조차 이 얘기를 모른다고? 그러자 이게 뭐라고 부담스러운 한편으로는, 무척 부끄러워지는 기분이 들었다.

우와……. 괜히 열이 오른 얼굴에 손부채질하는 내게 유천영이 말을 이었다.

"학교에 처음 들어갔을 때는 날 어려워하는 애들이 그렇게 많지는 않았어. 내 집안에 대해 소문이 퍼지기까지는 상당히 시간이 걸렸고, 어딜 가도 사람이 모이는 권은형이 옆에 있었으니까."

"응, 그렇지……."

나는 고개를 끄덕였다. 초등학교부터 지금까지 한 번도 빠지지 않고 반장을 역임했다는 은형이의 어린 시절이 어땠을지는 상상하기 쉬웠다.

"자연스럽게 몇 명의 애들하고 친해졌지만, 어느 정도 친해지고 나면 그 애들은 더 이상 가까이 다가오지 않았어."

말을 잇던 유천영의 목소리가 문득 가라앉았다.

"내가 왜 이렇게 무뚝뚝하냐면서. 그 애들은 나와 가까워지면 내게서 '다른' 모습, 조금 더 밝은 모습을 볼 수 있을 거라고 기대한 모양이었지만."

"……."

"결국 그 애들도 내 친척과 같이, 나를 바꾸는 일은 불가능하다는 것을 깨달았지. 친척은 떠날 수 없지만, 친구는 떠날 수 있으니까."

그의 마지막 말을 들고서야 나는 그 우정의 끝이 어땠는지 짐작할 수 있었다.

그들은 유천영에게 친해졌다는 증거로 '더는 차갑지 않고 밝은 모습' 같은 것을 기대했지만, 유천영은 애초에 그런 것은 불가능한 사람이었다.

그러자 그들은 자신이 유천영에게 특별하지 않은 존재라

고 생각했고, 그래서…….

"졸업할 무렵에는 나도 마음을 놓았어. 그래도 어렸을 때보다는 이상한 시선을 받지 않으니까 나이가 들면, 또 나이가 더 들면 나아질 거라고. 그렇게 생각하면서 중학교에 들어와서 너희를 만났어."

"으응."

"반여령도, 은지호도, 우주인도 각자 특이한 성격들이라서 그런지 내 남다른 점에는 관심도 안 두는 것 같아서, 그 점이 좋았어. 하지만 너."

거기까지 말한 유천영이 비로소 눈을 들고 나를 보았다. 새파란 눈 한가득 내 모습이 담기자 나는 잠시 가슴이 섬찟해졌다.

그가 나를 똑바로 바라보며 말을 이었다.

"너만은 지극히 평범한 성격인 데다 이미 보통 애들과 사귀는 데 익숙한 것 같았고, 그래서 너하고만은 친한 사이가 되긴 힘들 것 같았어. 전에 그 애들이 그랬듯이, 너도 나와 충분히 가까워지고 나면 나한테서 뭔가 다른 반응을 기대할 거고, 그게 안 되면 떠날 거라고."

나는 대답 없이 침만 꼴깍 삼켰다.

"그런데 그러지 않았어."

"……."

"나는 고백받을 때마다, 그 사람과 사귀게 되면 그 사람도 내가 '고쳐지길' 원하는 눈빛으로 날 볼 거라 생각해서 숨이 막혔는데."

그가 말을 이었다.

"그럴 때마다 네 존재가 고맙게 느껴졌어. 내게 아무것도 기대하지 않는 네가."

그 말을 들으며 나는 손끝이 차가워지는 느낌을 받았다.

이제야 나는 그의 '너는 내게 아무것도 기대하지 않는다'는 말의 뜻이 무엇이었는지 알 수 있었다.

바보같이, 몇 년이 지나고서야.

내 마음을 염두에 두고 한 말이 아니었다. 내가 그를 좋아할까 봐서가 아니라, 내가 그에게 변화를 요구할까 봐서.

그러나 몰랐던 사실이 밝혀졌는데도 나는 속이 시원하기는커녕 뭔가가 목을 죄는 느낌을 받았다.

내가 그에게 이젠 친해졌으니 조금만 따뜻하게 대해 달라고 요구하지 않은 이유는 간단했다. 나는 그가 '원래 그런 사람'으로 이미 정해졌음을 알고 있었으니까.

그가 어떤 사람인지를 있는 그대로로 받아들여서가 아니라, 오히려 그가 어떤 사람인지를 내 멋대로 정해 놓고 있었기 때문에.

유천영은 아까 은형이의 말에서 과정과 결과가 바뀌었다고 했지만, 과정과 결과가 바뀐 것은 나 역시 마찬가지였다.

유천영이 나를 똑바로 보며 말했다.

"네가 나와 가까워지고 나서도 내게 달라질 것을 기대하지 않은 게 좋았어. 내가 널 좋아하게 된 게, 그렇게 이상해?"

진지한 목소리로 그렇게 묻는 그에게 나는 고개만 내저었다.

좋아한다니. 언제 들어도 부끄러워지는 말이었다.

나는 슬쩍 손을 들어 붉어진 귓불을 매만졌다.

그러나 그럼에도, 내가 유천영을 속이고 있는 듯한 생각이 들어 가슴 한편에서 죄책감이 드는 것은 어쩔 수 없었다.

그의 감정은 결국, 내가 현실을 소설로 받아들였다는 데서부터 시작되었으니까.

그가 나와 가까워지고서는 어렴풋이 느낄 때마다 불같이 화를 내던 바로 그 지점이었다.

이게 바로 아이러니란 걸까, 나는 작게 한숨을 내쉬었다.

아무튼 이 사실을 유천영이 알게 할 순 없었다, 당연한 말이지만. 이미 주인이와 은지호가 사실을 눈치챘을지도 모른다는 데서부터 나는 머리가 터질 것 같으니까.

그러다 나는 시간이 거의 다 되었음을 깨닫고 앉은 자리에서 일어나려 했다. 유천영이 당연한 듯 먼저 일어나 내 손을 잡고 나를 일으켜 세워 주었다.

엘리베이터를 기다리다 말고, 나는 문득 떠올라서 말했다.

"그런데 있잖아, 너는 사람들이 네게 바뀌기를 기대하는 게 널 고쳐야 할, 망가진 물건처럼 생각하는 것 같아서 싫었다며."

"응."

"그런데 왜 지금은 굳이…… 감정들을 배우려고 하는 거야? 그거야말로 네 입장에선 너를 '고치려고' 하는 일이 아니야?"

"맞아."

조금의 망설임도 없이 돌아온 대답에 나는 잠시 멍한 표정을 지었다. 아니, 그럼 왜?

"넌 내가 있는 그대로도 괜찮다는 입장이었지만, 한편으로는 그런 내 역할이 정해진 것처럼 굴었잖아."

"……."

말없이 경악한 표정을 짓는 내게, 유천영이 옅게 웃으며 덧붙였다.

"네가 한때 반여령과 내가 같이 있을 때마다 수상한 시선을 보냈던 거 알고 있어."

"그, 그건 너희 둘이 워낙 잘 어울려서."

나는 더듬거리며 대답했다.

실제로 반여령도 유천영에겐 껴안는 둥의 스킨십을 곧잘 하는 편이었고. 그게 유천영이 자기를 절대 이성으로 좋아할 리 없다는 믿음에서 비롯됐다는 것을 나는 최근에야 알게 되었다.

그런 나에게 유천영이 눈을 지그시 휘며 대답했다.

"내가 널 좋아한다는 걸 네가 못 믿겠다면, 믿을 수 있게 해야겠지."

"아, 아니······."

말을 더듬는 내게 그가 담담히 말했다.

"걱정 마. 나를 싫어하는 사람들 마음에 들기 위해서라 거나, 단지 주변 사람들을 안심시키기 위해 나 자신을 바꾸는 건 지금도 썩 내키지 않지만."

"······."

"좋아하는 사람에게 그걸 증명하기 위해서 나 자신을 바꾸는 건 싫지 않아. 아니, 오히려 기꺼워."

유천영이 표정 하나 안 바꾸고 태연히 하는 말에도 나는 실내의 공기가 점차 희박해지는 것처럼 숨이 가빠졌다. 엘리베이터에 타고나서도 그건 마찬가지였다.

1층에 이르러서야 나는 겨우 참았던 숨을 터트릴 수 있었다.

괜히 소매 아래로 드러난 맨팔만 벅벅 문지르던 나는 문득 입을 열었다. 유천영이 나를 돌아보았다.

"아, 맞다. 은지호 출국하기 전에 우리 한번 놀러 가자. 다 같이 여행 안 간 지 꽤 오래됐잖아. 저번엔 네가 빠졌었고."

"시간이야 하루 이틀쯤 만들 수 있겠지만, 어디로?"

고개를 기울이며 대답하는 유천영에게 내가 말했다.

"음, 글쎄. 예전처럼 바다 같은 곳 1박 2일이면 괜찮지 않아? 여령이는 바다 진짜 좋아하니까."

내 말에 그가 미미하게 눈살을 찌푸렸다.

어, 싫은가? 하지만 우리와 함께하는 여행이면 어디든 좋다고 말하지 않았었나?

내가 멋쩍게 뒷목만 긁적이던 그때, 머뭇거리는 목소리로 대답이 돌아왔다.

"1박 2일은, 좀."

"왜?"

"내가 이제는 입장이 다르니까. 너희한테 피해 간다고 생각하면 못 하겠어."

어두운 얼굴로 덧붙이는 유천영을 보며 나는 깨달았다. 아, 그건 그렇지. 그걸 생각 못 했네.

잠깐 고민하던 나는 다시 말했다.

"음, 괜찮아. 장소를 바다보다 좀 덜 개방적인 곳으로 바꾸면 되지. 사람들 시선 덜 쏠릴 곳."

그리고 나는 쾌활하게 웃으며 덧붙였다.

"그리고 사람들이 우리가 어떤 사이인지 의심조차 못 하게 하면 되지."

"어떻게?"

어리둥절하게 되묻는 유천영에게 나는 의미심장한 미소만 지어 보였다.

* * *

나무를 숨기려면 숲속에 숨기란 말이 있듯, 나도 유천영을 사람들 속에 숨기기로 했다.

그러면 설마 유천영이 우리와 1박 2일로 여행을 간다고 해서 유천영이 날 좋아한다거나, 우리가 수상한 사이라고 의심하는 사람은 아무도 없겠지!

그리하여 '아는 사람은 모두 데리고 가는 여행' 계획이 시작되었다.

계획의 요지인즉, 이름 그대로 아는 사람은 모두 데리고 가는 거였다. 최대한 시끌벅적하고 사건 많은, 그래서 모두의 추억에 남을 만한 여행이 목표였다.

일단 장소부터 정해야 했다. 바다는 너무 공개적인 장소이니 전처럼 유천영네 형의 별장으로는 해결이 되지 않았다.

나는 별장을 가진 사람을 백방으로 수소문하기 시작했다.

물론 보통의 소설이라면 별장을 가진 사람을 일개 고등학생의 힘으로는 쉽게 찾을 순 없을 것이다.

하지만 여긴 재벌 2세가 밤하늘의 별처럼 많은 인터넷 소설! 불과 하루도 지나지 않아 나는 윤정인의 연락을 받았다.

[야, 너 별장 찾는다며? 우리 집 별장 중에 계곡에 면해

있는 곳이 있는데. 빌려줄까? 우리 가족은 이미 방학 시작하자마자 다녀왔고, 앞으로 빌려줄 일이 두 번 정도 있는데 다음 주엔 괜찮을 듯?]

그 전화를 받자마자 침대에서 튕기듯이 일어난 내가 외쳤다.

"와, 진짜? 진짜 고마워! 그런데…….."

나는 대뜸 목소리를 낮추었다.

"별장 '중에'라고?"

[응! 별장 '중에'.]

무슨 문제 있어? 태연한 목소리로 되묻는 윤정인에게 나는 낮은 목소리로 대답했다.

"너, 어디 가서 소심하다는 말도 하지 말고 평범하다는 말도 하지 마라."

[아니, 왜?]

윤정인은 전혀 모르겠다는 목소리로 되물었다.

어쨌거나 빌릴 날짜를 정하고 '그래서 무슨 일이야?' 하고 묻는 윤정인에게 나는 대강 어떻게 된 일인지 설명했다.

"유천영이 전처럼 우리끼리만 여행 가면 우리한테 시선 쏠릴 게 걱정된대. 그러니까 최대한 많은 사람이 가면, 학교 친구들끼리 다 같이 놀러 간 것처럼 돼서 우리한테 특별히 시선 쏠릴 일이 없지 않을까 하고."

[와, 진짜 유명인 되니까 여행 한 번 가는 것도 일이다.

그래서 어떻게 하게?]

나는 당당하게 외쳤다.

"'아는 사람 다 데려오기' 여행! 한 사람당 한 명씩만 데려올 수 있도록 하고, 또 초대받은 사람이 한 명씩, 또 그렇게 초대받은 사람이 한 명씩 데려오도록 할 작정이거든."

그리고 문득 목소리를 죽인 내가 '그런데 너희 별장, 충분히 커?' 하고 묻자 흔쾌한 대답이 돌아왔다. 야, 걱정 마! 우리 반 다 들어가. 그런 다음 윤정인이 되물었다.

[아니, 그런데 얘기 들으니까 개재밌겠는데? 나도 가고 싶다.]

"아, 진짜? 그럼 너 올래?"

나는 흔쾌히 물었다. 나야 내가 초대할 사람을 원래는 김쌍둥이로 하려고 했지만, 윤정인은 별장 주인, 그가 원한다면 우선순위는 당연히 그가 되어야 한다.

그러나 그는 잠시 고민하는가 싶더니 말했다.

[음, 아니. 그렇게 가면 너무 재미없잖아! 어차피 나머지 녀석들이랑, 아, 반여령도 간다고 했지? 그럼 그중에 한 명쯤 날 초대 안 하겠냐.]

운명에 맡겨 볼란다! 태평한 윤정인의 외침을 들으며 나는 키득키득 웃었다.

하여간, 대단한 자신감이네. 친한 사람들을 두고도 그들이 날 얼마만큼 좋아하는지, 우리가 어디까지 함께할 수 있는지 계속 의심하지 않곤 못 배기는 나와는 역시 달랐다.

나는 웃음기가 밴 목소리로 대답했다.

"그래, 그럼 그때 봐."

[오냐.]

윤정인과의 전화를 끊은 다음, 나는 곧장 사대천왕과 반여령에게 장소가 결정되었음을 알렸다.

그다음에 내가 연락한 사람은 다름 아닌 유천영네 둘째 오빠였다.

아무리 같이 여행 갈 사람들을 많이 끌어모은다고 해도, 의심하는 사람은 어디에나 있을 것이다.

의심을 완벽하게 피하기 위해선 '유천영의 가족'이자 '어른'을 데려가야 했다. 이것이 완벽하게 건전하고 믿을 수 있을 만한 여행임을 증명하기 위해.

물론 유천영에게 직접 데려와 달라고 부탁하는 수도 있지만, 아무래도 유천영과 함께 여행 가고 싶은 것은 내 욕심인데 유천영더러 형들에게 미안한 소리 하라고 말하기가 좀 그랬다. 어차피 만약의 만약을 대비한 안전장치이기도 하고.

은형이에게 말했더니, 은형이 또한 흔쾌히 좋은 생각 같다고 말했다. 유천영네 첫째 형인 유건 그 사람은 무척 바빠 보이는 데다, 이루다에게 하던 말을 생각하면 아무래도 우리와 같이 가 줄 것 같진 않아서.

유신의 번호로 전화를 걸며 나는 속으로 생각했다. 받으세요, 받으세요, 좀. 그러다가 아차, 일단 메시지를 보낼 걸 그랬나 하는 생각이 뒤늦게 드는 그때였다.

마침내 신호음이 끊기고, 퍼뜩 들려오는 목소리에 나는 얼굴을 굳혔다.

[여보세요?]

"엇, 어, 안녕하세요. 전 유천영 친구 함단이라고 해요. 유천영네 첫째 오빠……?"

보험 광고에서 자주 들어 본 것 같은 부드럽고 믿음이 가는 목소리를 들으며 나는 바짝 긴장했다.

이럴 수가, 내가 유신이 아니라 유건에게 잘못 전화했나? 두 사람 다 번호는 저장했으니 그랬을지도 모른다.

그때 유건의 대답이 돌아왔다.

[단이구나. 단이가 무슨 일로 신이 핸드폰에 전화를 했지?]

그제야 굳어 있던 얼굴을 푼 내가 대답했다.

"아, 역시 둘째 오빠네 전화번호가 맞군요?"

[응, 잠깐 핸드폰을 두고 나갔나 봐. 빈방에서 계속 벨 소리가 울려서 내가 대신 받았어.]

"아, 죄송해요."

[아니야, 괜찮아. 워낙 뭘 잘 두고 다니는 덜 떨어진…… 덜렁대는 인간이라서 말야. 어라, 지갑도 두고 갔네.]

넌 커서 이런 사람은 되지 말렴. 온화하기 그지없는 목소리로 그가 덧붙인 말에 나는 그저 하하 웃었다. 유건도 그렇고 루카스도 그렇고, 내 친구들 형제의 성격, 이대로 괜찮은가…….

그때 유건이 선뜻 물었다.

[그래서 무슨 일이니?]

"아, 그게. 저희가 여행을 가기로 했는데……."

내가 채 몇 마디 말하지도 않았는데 유건이 수긍한 듯 물었다.

[아, 알았어. 사람들 눈이 걱정돼서 그러는구나?]

"네! 그거예요."

밝아진 목소리로 대답한 나는 이어진 유건의 말에 얼굴을 굳혔다.

[좋아, 빌려줄게.]

"빌려주다니요?"

[뭐냐니, 신이를 '빌리려고' 전화한 거 아니었어?]

아니요, 부탁하려고 한 건데요…… 라는 말은 너무나도 당당한 유건 앞에서 차마 할 수 없었다.

도대체 이 형제의 서열 구도는 어떻게 돼 먹은 걸까? 틀림없이 유천영이 (유건의 양보로) 맨 위, 유건이 그다음, 그리고 유신이 마지막인 거겠지.

내가 몹시 침착하게 생각하는 사이, 수화기 너머가 돌연 시끄러워졌다. '너 대체 여기 왜 있어!'라는 유신의 외침에 유건이 냉랭한 목소리로 대답했다.

[왜냐니, 넌 대체 뭘 하고 다니기에 핸드폰도 두고 다니는 거야? (뭐래, 씻으러 다녀왔거든! 내 핸드폰 당장 안 내놔?) 아, 맞아. 너 이번 여름에 어디 좀 다녀와야겠다. (뭐? 미친, 내가 왜!) 싫어도 하는 수 없어. 내가 널 빌려주기로 이미 약속했거든. 내가 덜 바빴다면 직접 가겠지만, 알다시피 난 너보다 열 배는 할 일이 많잖니……. 누가 너무 쓸모없어서 말이야.]

끝내 입에 담을 수 없는 욕이 다발로 쏟아지는 것을 뒤로하고 나는 조용히 전화를 끊었다. 말없이 끊어도 유건이라면 이해해 주겠지, 싶어서.

한참 가만히 있다가 나는 유신에게 문자로 일시와 장소를 보냈다. 그리고 또다시 고민에 잠겼다. 이 여행, 이대로 괜찮은가 하고.

어째 시작부터 다사다난한 여행이 될 것 같은 예감이 들었다.

* * *

부디 여행 당일 날씨가 좋았으면 했는데, 새벽에 잠깐 일어나 보니 구름이 껴 있었다.

괜히 베란다로 나가 먼 하늘을 보며 발을 동동 구르던 나는 다시 일어나자 눈부신 햇살이 나를 반기는 데 놀랐다.

"와! 여행! 계곡 여행!"

나는 괜히 신나서 혼자 외치며 어제 싸 둔 가방 내용물을 점검했다. 갈아입을 옷들 챙겼고, 칫솔 치약 챙겼고, 일회용 종이컵이랑 나무젓가락은…… 아, 도착해서 사람 수 보고 사기로 했지?

차라리 올 사람 수를 아예 모르고 있는 게 더 기대되는 것 같기도 하고, 윤정인이 우리 반 다 재워도 된다고 큰소리를 친 바가 있는지라 사람 수는 가서 확인하기로 했다.

아, 너무 설레는데. 두근두근 뛰는 가슴께에 손을 가져다 대는 한편 나는 핸드폰을 확인했다.

개인적으로 윤정인이 초대를 받았을지 안 받았을지가 제일 궁금했는데, 그는 여태껏 연락이 없었다.

못 오려나? 잠시 고민에 빠지던 나는 어느새 시간이 다 되었음을 깨닫고 후다닥 집을 나섰다.

"단아!"

아파트 복도 난간에 기대어 있던 반여령이 나를 돌아보았다.

검은 생머리를 양 갈래로 땋아 내린 반여령은 붉은 야구 모자를 쓰고, 가운데에 붉은색 로고가 자그맣게 박힌 흰 수프림 티셔츠와 세로로 옅은 색 줄무늬가 들어간 반팔 남방, 색이 밝은 청반바지를 입고 있었다. 그녀의 등에는 큼

직한 검은색 배낭이 매달려 있었다.

그런 그녀를 보며 나는 잠시 눈이 부셔서 걸음을 멈추었다. 큭, 어떻게 예쁜데 옷까지 잘 입지. 이건 사기야. 그렇게 생각하는 내게 여령이가 당연한 듯 내 팔짱을 꼈다.

"얼른 가자! 단아."

엘리베이터를 통해 현관으로 내려가는 내내 여령이는 종알종알 떠들었다.

"나 너무 신나, 우리 다 같이 여행가는 건 중학교 졸업여행 이후로 처음이잖아! 그 뒤로 딱 한 번, 다 함께 바다에 갈 뻔한 적도 있지만……."

그렇게 말한 여령이의 얼굴이 잠시 어두워졌다. 나는 반사적으로 손 내밀어 그녀의 손을 꼭 붙잡았다. 그녀가 무슨 생각을 하고 있는지 알고 있어서였다.

분명히 저번 여행에서 내 기억 상실에 대한 비밀이 밝혀지는 바람에, 돌아오는 내내 우리가 서로를 보지도 않았던 기억을 떠올린 거겠지.

여령이가 불러온 부자연스러운 침묵을 깨려고, 나는 부러 밝은 목소리로 말했다.

"이번 여행에서 돌아오면, 평소처럼 우리 집에서 자고 가야 돼. 그래서 여행에서 있던 일에 대해서도 말하고."

"너무 좋지."

그제야 여령이가 슬픈 눈빛을 거두고는 말했다. 우리는

잡은 손을 흔들고 시시덕거리며 아파트 로비를 나섰다.

그러자마자 여령이의 눈살이 곧바로 찌푸려졌다.

"그 표정은 뭐야? 사람을 보자마자 대놓고 그런 표정을 하는 게 어딨어?"

턱을 들고 당당하게 말하는 그는 다름 아닌 이루다였다.

그는 검은 야구 모자를 쓴 데다 흰색 큰 로고가 장식된 넉넉한 파란 티셔츠에, 검은 바지를 입고 있어서 꼭 여령이와 상극처럼 보였다. 아니, 뭐, 실제로도 상극이니 틀린 표현은 아니지만.

옆으로 메는 스포츠쌕이 그의 옆구리에서 흔들렸다. 주머니에 손을 쑤셔 넣은 루다가 대답했다.

"난 어디까지나 유천영과 너희의 여행이 평범해 보이도록 '도와주러' 온 건데? 도와주러 온 사람을 이렇게 대해도 되냐?"

"하지만 너, 단이가 이 여행에 참여 안 했으면 안 왔을 거잖아!"

"그야 당연하지."

파란 눈을 예쁘게 휘며 대답하는 이루다를 보며, 여령이가 한쪽 발을 굴렀다. 악, 진짜 싫어! 그런 여령이를 태연하게 스쳐 지나 내게로 다가온 이루다가 한 손을 내밀었다.

"가방 이리 줘, 단아. 들어 줄게."

"어? 아니야, 네 가방도 있는데……."

대답하던 나는 문득 어깨에서 무게가 사라진 것을 느끼고 고개를 돌렸다. 거기엔 태연한 얼굴을 한 은지호가 한 손을 들어 올리며 인사하고 있었다.

여령이와 루다의 복장이 당장 야구장에 가도 좋을 정도로 캐주얼한 반면, 은지호는 확실히 점잖았다. 색이 옅은 하늘색 줄무늬 남방에, 검은 슬랙스를 걸친 그는 삐뚜름하게 웃더니 내 가방을 들고 냉큼 걸음을 옮겼다.

그러면서 그가 시큰둥하게 중얼거린 말이 내 귀에 닿았다.

"이제 함단이는 날 따라올 수밖에 없단 거지."

"야, 너 어디 가!"

당장 외치며 그의 뒤를 따라붙는 내 뒤로 이루다와 반여령의 외침이 이어졌다.

"야, 그거 안 내놔?!"

"은지호! 단이도 단이 가방도 당장 내놔! 다 내 거, 아니, 내가 들 거란 말야!"

은지호를 뒤따라가던 와중에 반여령의 말실수를 듣고 나는 거하게 기침을 해 댔다.

아니, 반여령, 너 또 그런 실수를! 진짜 여기에 다른 학교 친구들이 없어서 망정이지, 있었으면 어쩔 뻔했어? 또 거하게 놀림…… 그렇게 생각하던 나는 아파트 입구 그늘 속에서 있던 김 쌍둥이와 눈이 마주치고 미묘한 표정을 지었다.

"어……."

잠시 우리 사이에 침묵이 흘렀다.

이윽고 김혜힐이 애써 침착한 목소리로 말했다.

"음, 이루다가 김혜우를 부르고, 김혜우가 나를 불러서. 나는 아무도 안 불렀어."

그녀의 어색하기 짝이 없는 표정을 통해 나는 그녀가 반여령의 말을 들었음을 눈치챘다.

한참 있다가 어색하게 웃은 내가 말했다.

"잘 왔어……."

"하하."

"호호."

우리의 웃음소리만이 공허하게 울리는 가운데, 이윽고 은지호네 차가 우리 쪽으로 굴러왔다.

우리는 말없이 차에 올라탔다.

* * *

아무래도 보통 때처럼 바다가 아닌 계곡, 그것도 사유지에 둘러싸인 계곡이기에 대중교통으로 가기에는 무리가 있었다.

나와 반여령, 이루다, 그리고 김 쌍둥이까지 다섯 명이 은지호네 차를 얻어 타고 출발했다.

점차 낮아지고 깊어지는 주변 광경을 보며 나는 나머지

사람들을 생각했다.

은형이와 유천영은 유신네 차를 타고 온댔고, 주인이는 데려올 사람을 비밀로 하고 싶다며 교통편은 방법이 있으니 걱정하지 말라고 큰소리를 쳐 댔는데, 이나라려나? 나는 멍하니 생각했다.

그녀는 전에 봤듯이 차로 주인이를 곧잘 태우고 다니는 편이니까. 아니, 하지만 바빠서 안 되려나? 그럼 누구지?

차에선 이루다와 여령이가 끝없이 싸워 대서 심심할 틈이 없었다. 두 사람을 말리는 것도 지쳐 해탈한 표정을 짓고 있던 나는 문득 은지호를 향해 고개를 돌렸다.

내가 턱을 괴며 그를 빤히 쳐다보자, 시선을 느꼈는지 그의 검은 눈이 나를 향했다.

"왜?"

태연하게 되묻는 그를 보면서 나는 묘한 느낌을 받았다.

은지호는 내가 아는 사람 중에 가장 여유 있는 사람이었지만, 내게 고백하고부터는 그런 여유를 죄다 내다 버린 것처럼 굴었다.

볼이 따끔따끔해서 고개를 돌리면 언제나 그가 나를 쳐다보고 있을 정도로, 그는 내 관심을 맹목적으로 차지하려고 들었다. 그런 그가 심지어 한 공간에 같이 있으면서도 내게 눈길 한 번 주지 않고, 말 한마디 걸지 않다니, 이상한 일이었다.

게다가 방금 되묻는 그의 태도에선 가장된 여유가 느껴졌다. 그는 명백히 뭔가를 감추고 있었다.

그게 뭐지? 그를 빤히 올려다보며 나는 대답했다.

"아니."

"왜, 심심해? 놀아 줘?"

그러더니 반여령을 돌아보곤 고개를 주억거리며 '하긴, 쟤가 저러고 있으니 그럴 만해.' 하고 말하는 은지호를 나는 물끄러미 응시했다.

마침내 참지 못한 내가 물었다.

"너 어디 아파?"

"아니?"

명쾌할 정도로 간단한 대답이 돌아왔다. 하지만 나는 눈썹을 살짝 찌푸리며 물었다.

"그럼 무슨 일 있어?"

"아니."

그러더니 은지호가 대뜸 시트에 기대었다. 내 시선이 여전히 그를 좇는 가운데, 그가 말했다.

"함단이, 내가 전에 말했지? 내 눈치 보지 말라고. 눈치 볼 사람은 나라니까."

"하지만……."

내가 불만에 차서 말하는 것을 그가 끊었다.

"내가 너한테 ……한다고 말한 순간부터 칼자루는 네가

쥐고 있는 거야. 쥐여 줬는데 왜 휘두를 줄을 몰라?"

그때였다. 그의 조곤조곤한 말을 끊고 내가 외쳤다.

"애초에 왜 칼자루를 나한테 쥐여 주는데!"

애써 소리를 죽이긴 했지만 은지호는 물론이고, 멀지 않은 곳에서 조곤조곤 그들만의 얘기에 빠져 있던 김 쌍둥이, 그리고 그때까지도 다투던 반여령과 이루다조차 내 쪽을 돌아보았다. 하지만 나는 미처 그들에게 신경 쓸 겨를이 없었다.

아래를 보며 작게 숨을 씨근대던 내가 말을 이었다.

"넌 계속 나한테 내 멋대로 굴라고 하지만, 난 그런 거 싫어. 내가 왜 네 눈치를 보면 안 돼? 눈치 보는 게 아니라 네 마음을 신경 쓰는 거잖아."

"……."

"칼자루를 나한테 쥐여 줬다고? 내가 일방적으로 널 휘두르고 상처 줘도 좋다는 얘기야? 난 그런 거 싫다고. 내가 왜 너한테 상처를 줘야 하는데? 난 너랑 대등하고 싶어. 대등하지 않으면 친구를 어떻게 오래 하냐?"

잠시 후 김 쌍둥이가 가장 먼저 대화를 재개했다. 그럼으로써 그들은 우리 사이의 일에 끼어들지 않겠다는 표현을 명확히 했다.

이윽고 루다와 여령이 또한 우리끼리 해결하란 뜻으로 고개를 돌렸다.

그런 가운데 나는 은지호의 눈을 뚫어져라 노려보았다.

이윽고 은지호가 작게 중얼거렸다. 그는 어쩐지 조금 충격받기까지 한 표정이었다.

"나한테 상처를, 주기, 싫다고…….."

"당연하지, 그럼. 내가 사디스트야?"

내가 여전히 화난 얼굴로 하는 말에 그는 대답하지 않았다. 그러더니 문득, 그가 중얼거렸다.

"그럼 너는 왜……."

"뭐?"

"아니, 아니다."

고개를 내저은 은지호가 갑자기 옅게 미소 지었다.

그가 말했다.

"어차피 뭐가 됐든 간에 그게 네 의도는 아니었겠지. 너는 나를, 우리를 상처 주기 싫다고 했으니까."

"뭐……."

"함단이."

갑작스런 그의 부름에 나는 퍼뜩 고개를 들었다. 그는 말없이 손가락만 까딱여서 내게로 다가오란 시늉을 했다.

뭔데 그래? 내가 몸을 숙여 그의 가까이에 귀를 가져다 대자, 그가 낮은 목소리로 말을 이었다.

"내가 너한테 칼자루를 쥐여 줬다고 한 건, 네 선택을 존중하겠다는 뜻이었어. 네가 날 마음대로 상처 입히란 뜻이 아니라."

나는 작게 고개를 끄덕였다.

"그래도 그게 너한테 뭔가를 강요하는 것처럼 느껴졌다면 미안해. 나는, 너도 알다시피 나는 내가 뭔가를 얻고, 마음대로 할 수 있는 게 많아질수록 보람을 느끼는 사람이다 보니까."

"응."

"너한테도 똑같이 해 주고 싶었어."

"……."

"하지만 너랑 나는 다른 사람이고, 네가 그게 싫다면 나는 역시 너를 존중하지 못한 거겠지. 미안해."

그리고 그는 잠깐 침묵하다가 손을 뻗어 내 손등을 툭 건드렸다. 내가 가만히 있자, 그가 한 손으로 내 손등을 천천히 감쌌다.

내게로 이마를 더욱 숙이며 그가 말했다.

"그래도 칼자루는 그대로 가지고 있어 주라."

그는 잔뜩 잠긴 목소리로 말을 맺었다.

"네가 싫다고 해도 내가 포기 못 할까 봐, 나 진짜 겁나니까."

*　*　*

갈수록 나무 그림자가 짙어지며 자동차는 울퉁불퉁한 길

로 접어들었다.

슬쩍 창문을 내리자 나뭇잎이 흔들리며 저들끼리 부딪히는 소리와 함께 새 우짖는 소리, 콸콸 흐르는 물소리가 들려왔다.

진짜 어디에 계곡이 있긴 한 모양이군. 지금은 빽빽한 소나무 숲에 가려 보이질 않지만.

그로부터 30분 이상을 비포장도로 위에서 흔들거리며 시달린 끝에 우리는 약속 장소에 도착할 수 있었다.

은지호네 차는 분명히 충격 완화 설계가 아주 잘되어 있을 텐데, 그런데도 나는 차에서 내리자마자 진이 빠져서 헛구역질을 해 댔다. 허둥지둥 그런 나를 따라 내린 반여령이 내 등을 두드리며 어쩔 줄 몰라 했다.

"단아, 어떡해, 괜찮아?"

"응. 시간상으로 봤을 때 얼마 안 멀다고 해서 멀미약 안 챙긴 내가 잘못이지 뭐."

그리고 뒤를 돌아본 나는 곧바로 눈을 휘둥그레 뜨며 탄성을 토해 냈다.

"와아."

윤정인네 별장은 과연 우리 반 다 데려와도 된다는 말이 무색하지 않게 무척 컸다. 2층으로 된 데다, 층마다 적어도 방이 두 개는 되어 보였고 방마다 테라스까지 딸려 있었다.

1층 데크와 마당에는 파라솔이 딸린 테이블이 세 개나 구비된, 정말 휴양을 위해 설계된 곳이었다.

바다 갈 때만큼 신나 보이지는 않던 여령이도 그 모습을 보고 눈이 휘둥그레져서 내 팔을 끌고 이리저리 돌아다녔다.

나는 별장 관리인 아주머니와 입구에서 잠시 인사를 나누었다. 몹시 인자해 보이는 관리인이 내게 열쇠를 건네며 말했다.

"시설은 방금 점검 끝냈고, 모두 문제없으니 편하게 사용하시면 될 거예요. 청소도 제가 할 테니 쓰레기 분리수거만 하고 가시면 돼요."

"아, 아니에요! 어떻게 그래요! 저희가 해야죠."

황급히 손을 내저으며 나는 열쇠를 받았다. 마당 구석에 주차되어 있던 차를 타고 산길을 내려가는 아주머니의 뒤를 향해 꾸벅꾸벅 고개를 숙이던 나와 여령이는 곧장 뭔가를 발견하고 외쳤다.

"바비큐!"

"대박, 애들 오면 밥부터 안치고 내려가서 사람 수만큼 고기 사 오자!"

손을 맞잡고 비명을 지르던 우리는 또다시 이곳저곳을 헤집고 다녔다.

방! 깨끗해! 이불! 깨끗해! 화장실! 세 개나 되는 데다 욕조도 있어! 부엌! 컵라면에 통조림까지 잔뜩 있어!

2층 테라스로 나갔던 우리는 차 한 대가 도착하는 것을 보고 놀라서 몸을 길게 뺐다.

이런 때면 균형 감각 좋은 여령이는 옆 사람이 보기엔 아슬아슬할 정도로 몸을 길게 빼는 버릇이 있었는데, 나도 너무 신난 나머지 말리는 대신 같이 몸을 내밀고 말았다.

그때 차 문이 덜컹 열리며 은형이가 모습을 드러냈다.

은형이는 오자마자 조바심 내는 표정으로 우리에게 달려와서 외쳤다.

"여령아! 뭐 하는 거야, 위험하잖아! 당장 안으로 들어가."

"아."

그는 몹시 창백한 얼굴이었다. 그 얼굴빛을 봐선지 여령이는 말없이 몸을 집어넣었다. 이윽고 은형이는 나를 보고서도 외쳤다.

"단아! 너까지 그러고 있으면 어떡해?"

"앗, 헤헤."

미안. 머쓱하게 웃으며 말한 나는 곧장 1층으로 내려갔다.

당장 은형이에게 달려간 나는 그의 어깨를 치대며 장난을 쳤다. 오랜만에 보는 그라서 더 반가웠다.

내가 물었다.

"은미는? 아직 이런 데 올 정도까진 아닌가?"

이렇게 물을 수 있게 된 것도 은형이가 더 이상 이런 물음에 쓴웃음을 짓지 않기 때문이었다. 과연, 은형이는 밝은 얼굴로 고개만 내저었다.

"그것 때문에 안 데려온 게 아니라, 사고 칠까 봐 못 데리고 온 거야. 위험한 물건이라곤 하나도 없는 곳에서도 어찌나 사고를 쳐 대는지, 아버지한테 일단 맡기고는 왔는데 잘 막으시려나 모르겠어."

장난스럽게 푸념하는 그를 보며 나도 따라 웃었다. 그때 여령이가 머뭇거리며 내 옆으로 다가왔다.

은형이는 잠시 눈을 크게 떴다가, 곧 언제 동요했나 싶게 태연한 태도로 인사를 건넸다.

"여령아, 안녕."

"응? 응."

"아까는 보자마자 소리 높여서 미안해. 네가 너무 아슬아슬해 보여서."

"아니야."

어색하기 짝이 없는 표정으로 대답하는 여령이를 보며 나는 깨달았다.

이 두 사람, 방학하고 나선 거의 한 번도 안 봤지? 그리고 나는 작게 한숨을 내쉬었다. 꼭 남매처럼 친밀하던 두 사람이 어쩌다 이 모습이 되었는지.

잠시 침묵이 흘렀다. 그러다 문득, 은형이가 나를 돌아보며 말했다.

"그럼 난 가 볼게."

"아……."

여령이가 굳어 있는 가운데, 은형이는 조금의 망설임도 없이 걸음을 옮겨 멀어졌다.

그는 아직도 여령이 앞에서, 또 우리 앞에서 '사라질' 작정인 걸까?

나는 가만히 서 있는 여령이와 은형이를 번갈아 보다가 황급히 은형이를 뒤쫓았다.

"은형아! 잠시만!"

거침없이 아랫길로 내려가는 그가 금방이라도 사라질 것만 같아 저절로 목소리가 다급해졌다.

은형이가 회녹색 눈을 둥그렇게 뜨며 나를 돌아보았다.

"단아? 왜 그렇게 급하게……."

어색하게 웃은 나는 숨을 고르며 대답했다.

"아니, 너 아무도 안 데려왔나 해서. 우리 한 명씩은 데려올 수 있게 되어 있잖아."

나는 루다 데려왔고, 루다가 김혜우를 데려왔고, 김혜우가 김혜힐을 데려왔어. 아, 김 쌍둥이는 당연히 알지? 내 말에 웃으며 고개를 끄덕인 은형이가 대답했다.

"천영이는 그냥 신이 형을 데려온 걸로 치고, 나는 한 사람 데려왔어."

"한 사람?"

"너도 아는 사람인데."

그렇게 말한 은형이가 시선을 내 등 뒤로 향하더니 스스럼없이 웃었다.

내 뒤? 뒤를 돌아본 나는 자갈 밟는 소리와 함께 들려오는 방정맞은 웃음소리에 눈을 크게 떴다.

곧 차창이 내려가며 창 사이로 익숙한 얼굴이 보였다.

"야! 함단이! 보았냐? 이게 바로 내 인덕이다!"

의기양양하게 외치는 윤정인을 보며 나는 이마를 짚었다.

나는 질린 얼굴로 중얼거렸다. 아, 윤정인은 이걸로 다음 학기까지 내내 '권은형의 진짜 친구는 나다!' 하고 떠들고 다닐 거야. 장담해.

이윽고 차가 중턱에서 끼익하고 멈추고, 익숙한 얼굴들이 포도 알처럼 속속히 튀어나왔다.

이민아가 스스로를 가리키며 외쳤다.

"윤정인이 날 데려왔고, 내가 정세연을 데리고 왔고, 정세연이 반휘혈을 데리고 왔어!"

이민아의 뒤에서 나타난 정세연과 반휘혈이 손을 흔들더니 서로를 보며 씩 웃었다. 그들은 이제 제법 연인 같아 보였다.

나는 반휘혈을 향해 물었다.

"넌 누구 데려왔어? 이러다간 끝이 없겠는데."

그렇게 말하며 웃는 내게 반휘혈이 예의 무뚝뚝한 말투로 대답했다.

"난 데려올 사람이 없었다."

"……."

휘이잉, 잠시 침묵이 흘렀다.

그 가운데 내가 떠듬떠듬 대답했다. 아, 뭐. 그래.

윤정인과 이민아가 갑자기 그의 어깨며 등을 마구 두드려 대자 반휘혈은 의아한 얼굴을 했다.

그 가운데 나는 중얼거렸다. 아니, 뭐, 생각해 보면 전국 서열 1위가 사랑하는 여자와 부하는 몰라도 친구가 있는 건 본 적 없어.

윤정인네 패거리가 위쪽으로 올라가자 곧 김 쌍둥이의 '안 돼!' 하는 비명 합창에 이어 은지호의 '함단이, 친구 잘 사귀랬지!' 하는 외침, 심지어 유천영의 '은지호가 두 명…….' 하는 소리까지 들려왔다.

곧이어 차 한 대가 더 올라왔다. 운전석에 앉은 사람을 본 나는 눈을 휘둥그레 떴다. 어, 저 사람…….

주인이와 꼭 닮은 다갈색 머리칼과 그가 성장하면 이렇게 될까 싶게 큰 눈에 오밀조밀한 이목구비. 그는 다름 아닌 주인이의 사촌 형인 우산이었다.

내 뒤로 다가온 은형이도 놀란 듯 눈을 크게 뜨며 말했다.

"산이 형이잖아? 하지만 산이 형은 이제 열아홉인데."

뭐라고? 그럼 이 산길을 심지어 무면허로 주행해 왔단 말이냐?

반사적으로 미간을 와락 구기는 내 앞에서 차가 완만한 곡선을 그리며 멈추었다.

운전석으로 다가간 은형이가 물었다.

"산이 형, 이게 어떻게 된 거예요?"

친분이 꽤 있는 모양인지, 은형이의 말투에는 스스럼이 없었다. 그러자 곧바로 명랑한 목소리로 대답이 돌아왔다.

"아, 걱정 마, 걱정 마. 법적으로는 열아홉 살 생일 지나면 바로 면허 딸 수 있으니까!"

얼마 전에 지났거든, 그런 말을 들으며 은형이가 한숨지었다.

"하아……."

한숨이 나오긴 나도 마찬가지였다. 아니, 아무리 그래도 고등학생인데 운전은 좀.

저 사람 평일에 교복 입고 운전하다가 경찰한테 여러 번 걸린 거 아니야? 틀림없이 그럴 거란 확신이 있었다.

어쨌건 우산과의 대화가 그렇게 일단락되고, 차 뒷문이 열리며 나타난 사람들을 본 나는 다시 눈을 크게 떴다.

"어."

"엄마! 나 왔어."

해맑게 외치며 뛰어오는 주인이의 뒤에서 쭈뼛쭈뼛 나타난 사람은 다름 아닌 노아리였다. 청 멜빵바지의 멜빵을 연신 만지작거리던 노아리는 속삭이듯 말했다.

"안녕하세요."

"어, 안녕. 그런데 너 왜 여기……."

반갑지 않은 건 아니었으나 떨떠름한 대답이 튀어나왔다.

아니, 왜냐하면 며칠 전 내가 은근슬쩍 계곡에 대한 얘기를 꺼냈을 때 노아리는 분명 '저는 사실 돌아다니는 거 별로 안 좋아해요. 어쩌면 글도 그래서 쓰게 된 게 아닐까요? 방구석에서 다른 세계를 여행할 수 있으니까.' 하고 웃었다.

그런데 그렇게 말했던 노아리가, 심지어 서로 모르거나 불편한 사람이 대부분일 터인 이곳에 오다니, 어째서?

내 의아한 시선에 그녀는 말없이 주인이를 눈빛으로 가리켜 보였다.

주인이한테 협박당했나? 하지만 그가 주로 사용한 협박 수단은 이미 효력을 잃은 걸로 아는데? 더군다나 이 계곡 일은 전적으로 내가 꾸민 일, 따라서 원작 소설에 있을 리는 없다. 그러니 주인이가 노아리를 데려왔다고 해도 그녀를 통해 꾸밀 수 있는 일이 있을 리도 없는데.

"어쩌다 이렇게 된 거야?"

"이따 설명해 드릴게요. 둘만 있을 때."

작게 속삭인 노아리는 곧 우산과 인사를 마친 주인이가 자기 쪽으로 다가오자, 인상을 쓰면서도 그를 따라갔다.

손목 잡혀 그와 나란히 걷는 노아리를 보며 나는 고개를 기울였다. 설마? 설마?

생각 없이 놀기 위해 온 건데, 어째 은지호가 좀 전에 보였던 태도에 이어 주인이와 노아리의 관계까지, 심상치 않은 기미가 보이는데. 어두운 얼굴로 잠시 생각에 잠겼던 나는 멀리서 유천영과 눈이 마주치자 미소를 보냈다.

무슨 일 있어? 눈빛으로 그렇게 묻는 그에게 나는 고개만 내저어 보였다.

설령 무슨 일이 있더라도 최대한 없는 척하자. 은지호의 출국이 얼마 남지 않았고 유천영이 나오는 드라마 〈검은비〉 연장도 결정된 이상, 다 함께 하는 여름 방학은 이게 마지막일 게 분명하니까.

다시 한번 고개를 내저은 나는 그들을 향해 걸음을 옮겼다.

거대한 별장 건물은 조금 떨어진 곳에서 마치 우리를 내려다보는 것처럼 꼿꼿이 서 있었다.

유신을 제외한 운전자들은 전부 다시 돌아가고, 잠시 인원 점검을 할 시간이 있었다. 나는 가방에서 꺼낸 작은 수첩을 들고 사람들 사이를 종종걸음 치며 돌아다녔다.

볼펜 끝을 입술에 꾹 누르며 내가 중얼거렸다.

"어디 보자…… 원래 우리 여섯 명에 루다, 김 쌍둥이, 윤정인, 이민아, 휘혈이랑 세연이…… 아리로 끝인가? 그리고 마지막으로 유신 오빠……. 총 열다섯인가."

그때 별안간 내 바로 옆에서 목소리가 날아왔다. 나는 깜짝 놀라며 고개를 들었다. 루다의 것과는 확연히 다른 탈색된 금발이 강한 햇살 아래 빛나고 있었다.

주머니에 손을 찔러 넣고 고개 숙인 그가 짐짓 껄렁하게 물었다.

"뭘 얼마나 사 오면 돼?"

"네? 어, 저도 같이 갈게요. 장 보고 차에 실으려면 어차피 사람 필요할 것 같은데……."

"됐다, 스무 명도 안 되는 사람 먹을 건데 뭐. 그런 거 하나 못 옮길 정도로 이 어른이 힘이 약하지 않아요. 애들은 뛰어놀고 있어."

그렇게 말하며 장난스레 웃은 유신이 한쪽 어깨를 추어올렸다.

그리고 내가 뭐라고 더 말하기도 전에 내게서 노트를 뺏은 그는 삼겹살, 목살…… 하며 목록들을 중얼중얼하더니 천천히 멀어졌다. 그가 차에 타는 모습을 보고서야 나는 뒷머리를 긁적이며 돌아섰다.

뭐라고 할까, 유건과 통화해서 얼떨결에 그를 빌리는 데 성공했을 때는 강제로 끌려오게 된 그에 대해 미안한 마음이 있었는데, 막상 오게 된 유신은 놀랄 정도로 싹싹하고 적극적이었다. 방금도 내가 뭐라고 말하지도 않았는데 혼자 장보기를 자처하지 않나.

영 의욕이 없어 보이는 그한테는 운전사 역할만 맡기고

장 보는 건 우리가 할 작정이었는데, 그럴 필요가 없게 되었다.

뒷머리를 긁적거리던 나는 반여령이 손짓하는 것을 보고 별장을 향해 걸어갔다.

* * *

물놀이하기 편한 옷으로 갈아입은 우리는 윤정인의 안내에 따라 숲속 비탈길을 내려갔다.

어디선가 주운 나뭇가지를 휘휘 휘두르며 윤정인이 쉼 없이 떠들어 댔다.

"계곡은 개인이 소유하는 게 불가능하지만, 계곡을 둘러싼 땅은 소유하는 게 가능하거든. 사실상 계곡을 둘러싼 땅만 전부 갖고 있으면 계곡도 아무도 못 들어가는 거지, 뭐. 계곡 근처 산장들이 장사해 먹는 것도 그 원리 아니겠냐? 자기들을 지나지 않으면 계곡을 아예 못 들어가게 해서."

"그럼 이 일대가 전부 너희 소유란 말이야?"

이마에 손차양을 하고 주변을 둘러보던 내가 질린 표정으로 물었다.

울창한 나무 사이로 드문드문 쏟아진 햇살이 지면 위에 점점이 흩어져 있었고, 콸콸하는 듣기만 해도 시원해지는 물소리가 점차 가까워지고 있었다.

인소의 법칙 12

"아니, 전부는 아니고, 계곡을 둘러싼 별장들이 몇 개 있어서 다들 조심조심 나눠 쓰고 있는 거로 알아. 뭐, 아주 작은 계곡도 아니고, 서로 마주치지 않고 노는 게 얼마든지 가능하거든. 게다가 애초에 날이 겹치지 않는 한 마주칠 일도 없고."

"별장은 총 몇 개 있는데?"

잠자코 듣던 김혜힐이 불쑥 물은 말에 윤정인이 저편을 가리켰다.

"글쎄, 기껏해야 서너 개 있는 모양이던데. 아, 한 집엔 우리 또래 자식들이 있었던 것 같은데 너무 어렸을 때라 나도 잘 기억은 안 난다."

"뭐야, 그럼 설마 이번에 마주치는 거 아니야?"

그렇게 말하곤 서로를 때리며 웃는 이민아와 정세연에게 윤정인이 심드렁히 대꾸했다.

"설마. 기껏해야 몇 년 전에 한 번 마주친 게 다인데. 진작 다른 집에 팔아 치웠는지도 모르는 일이고."

그의 말이 끝나기가 무섭게 갑자기 나무들이 걷히며 시야가 탁 트였다. 나는 작게 탄성을 내질렀다.

"계곡이다!"

그렇게 외치며 헐레벌떡 뛰어간 나는 바위에 쪼그려 앉아 몇 뼘 거리에서 콸콸 흘러가는 물속을 들여다보았다.

윤정인의 말을 듣고 예상은 했지만 물이 무척 맑았다. 뿐만 아니라 이런 휴양 철이면 으레 널려 있곤 하는 아이스크림 비닐이나 망가진 튜브 따위의 쓰레기도 하나도 보이지 않았다.

진짜 오는 사람이 없긴 한가 보다. 나는 감탄했다. 이 정도면 유천영의 사생활 보호에 대해 걱정할 필요는 없겠다. 그리고 나는 조심조심 계곡 안으로 발을 뻗었다.

발가락 사이로 찬물이 파고들자 나는 소스라치게 놀라며 어깨를 떨었다. 아니, 여름인데 물이 이 정도로 차가울 수가 있나? 그러다 뒤에서 밀려오는 사람들 때문에 나는 금세 풍덩, 하고 온몸을 계곡물에 담그고 말았다.

푹 젖은 머리카락을 뒤로 모아 묶은 내가 뒤를 향해 외쳤다.

"야, 밀지 마!"

"야, 원래 찬물에는 놀면서 익숙해지는 거야."

윤정인이 뻔뻔한 소리와 함께 나를 더욱 떠밀었다. 뒷걸음질 쳐 물러나던 나는 결국 크게 자빠짐으로써 가장 먼저 물에 빠져 버렸다. 그런 나를 보며 주위에서 일제히 웃음을 터트렸다. 으씨, 가만 안 둬, 진짜.

그로부터 십몇 분 정도는 각자 물에 익숙해지며 시간을 보냈다. 금방 익숙하게 잠수를 하는 이들이 있는가 하면, 절대로 물에 들어오지 않으려 하는 이들도 있었다.

반여령과 서로에게 물을 튀기며 장난을 치던 나는 그늘에 주저앉은 김 쌍둥이를 보고 외쳤다.

"너희 안 들어오고 거기서 뭐 해?"

"우리는 계곡 싫어해."

김혜힐이 김 쌍둥이란 종족 전체의 대표라도 되는 것처럼 말했다. 내가 어리둥절해하며 물었다.

"그럼 왜 왔어? 아니, 네가 온 건 좋은데 심심하잖아."

김혜힐이 평소처럼 담담하기 짝이 없는 얼굴로 대답했다.

"너 보러."

"앗⋯⋯."

난데없이 고백을 받게 된 나는 어쩔까 하다가 손가락으로 하트를 만들어 날렸다. 내 머쓱하기 짝이 없는 행동에 다행히 김혜힐은 맑은 웃음으로 화답했다.

김혜우가 옆에서 별꼴을 다 본다는 표정으로 우리를 번갈아 보고 있지만 않았더라면 참 좋았을 것이다. 그를 게슴츠레하게 노려보던 나는 어디선가 날아온 공이 그의 턱을 맞추자 작게 외쳤다. 나이스!

돌아본 곳에선 윤정인이 한쪽 손을 내민 채 싱글벙글 웃고 있었다.

"야, 김혜우. 보는 사람까지 심심하게 거기서 뭐 하냐. 발리볼 하자, 발리볼."

"오냐, 비치 볼로 살인 나도 딴소리하지 마라."

데굴데굴 굴러가는 비치 볼을 주우며 으르렁거리는 김혜우를 향해 윤정인이 능청스레 대꾸했다.

"어? 내가 아는 김혜우는 비치 볼은커녕 농구공으로도 누구 죽일 만큼 힘이 세지가 않은데? 혹시 다른 사람 아니신지……."

"너 오늘 죽었어, 진짜."

급기야 두 사람이 이 자리에 없는 신서현을 들먹이며 '신서현의 몫까지 널 응징해 주마.', '무슨 소리냐, 신서현은 당연히 내 편이지.' 하는 것을 듣고 나는 남몰래 아련한 표정을 지었다.

서현아, 훈련 때문에 못 오는 널 안타깝게 생각했지만, 사실 너는 안 오는 게 더 나은 것도 같아. 그가 여기 있었다면 지금쯤 말도 못 하게 피곤해하고 있을 것이 눈에 선했다.

아무튼 윤정인과 김혜우 사이에 불이 붙어 발리볼 대회가 개최되자, 나는 당장 손을 들며 참가를 외쳤다. 각자 따로 놀고 있던 이들이 속속 모여들었다.

반휘혈과 정세연, 김혜힐과 노아리를 제외한 나머지는 모두 참가하게 되었다. 각자 팀 대장을 맡은 윤정인과 김혜우는 가위바위보를 통해 팀원을 골랐다.

"아자! 난 권은형."

가장 먼저 가위바위보에서 이긴 윤정인이 당장 은형이를 고르는 걸 보고 나는 한쪽 눈썹 끝을 추어올렸다. 그럴 거라고 예상은 했는데, 역시.

다음으로 김혜우가 루다를 골랐다. 루다는 별다른 표정

의 변화 없이 묵묵히 김혜우의 뒤로 이동했다.

이어서 윤정인이 이민아와 은지호, 반여령을 고르고 김혜우가 유천영과 우주인, 나를 골랐다. 주인이가 김혜우의 팀에 합류하면서 그와 하이파이브 하는 것을 보고 나는 눈을 동그랗게 떴다.

내가 물었다.

"두 사람, 언제 만나서 친해졌어? 어디서? 어떻게?"

"아, 몰랐냐? 우리 학교 방학마다 과학 모의고사랑 내신 기준으로 우수자들 뽑아서 과학 논술 프로그램 하는 거."

"엥? 전혀 몰랐어!"

김혜우가 우주인과 자신을 번갈아 가리키며 하는 말에 나는 놀라서 외쳤다.

하긴, 그러고 보면 소현 고등학교는 사립 중에서도 재단이 큰 편이라 이런저런 지원을 아끼지 않았다. 나는 특별활동을 하지 않아서 모르지만, 하는 애들한테 들어 보면 그쪽도 지원이 굉장하다고 하고.

"뭐, 배워 봤자 써먹을지 안 써먹을지는 모르겠는데, 일단 우주인이랑은 거기서 매번 만났어. 같은 조는 올해에야 한 번 했지만."

"그렇구나."

하긴, 우리가 서로의 교우 관계를 다 알고 있으란 법이 없으니 이렇게 예상외의 조합도 가능한가. 무엇보다 누가 누구와 친해질지 예상하는 건 이 세계가 소설 속 세계 그대로 머무를 때나 가능한 일인걸.

왠지 엄마 몰래 친구를 사귄 듯 조마조마한 눈빛이 되어 나를 살피는 주인이에게서 고개를 돌린 나는 구석에 앉아 있던 노아리와 눈이 마주쳤다.

그렇다면 노아리와 주인이의 관계 역시 내가 모르는 사이에 먼 곳까지 뻗어 나가 있는 걸까? 나는 오랜만에 세상만사가 예상한 대로 이루어지진 않는다는, 낯설면서도 이 세상 사람들은 누구나 느낄 터인 그 느낌을 받았다.

이윽고 발리볼이 시작되었으므로 그 느낌에 더 집중할 새는 없었다.

나는 바짝 긴장하며 허공에 떠오르는 공을 올려다보았다.

* * *

"사대천왕이 수륙 양용은 아니구나."

새삼 깨달음을 얻은 나는 물에 젖은 턱을 매만지며 중얼거렸다. 그러자 내 바로 옆에 서 있던 유천영이 눈썹을 찡그리며 물었다.

"그게 무슨 소리야?"

뒤에선 동시에 빵 터진 윤정인과 이민아가 서로의 등을 두드리며 마구 웃고 있었다. 그러더니 그들은 구석에서 숨을 고르고 있던 이루다를 가리키며 말했다.

"쟤는 어떻게 지상과 수상을 안 가리냐? 재수 없다, 이
루다."

"재수 없다, 이루다!"

"뭐? 내 덕분에 이겼으면서 말이 많아."

한 번 져 줘? 이루다가 던진 말에 윤정인과 이민아가 당
장 계곡물에 철퍽 이마를 대며 외쳤다.

"이루다 님, 성은이 망극하옵니다."

"성은이 망극하옵니다."

그 모습을 보며 나는 또다시 깔깔 웃었다.

네 번의 경기를 치르며 팀 또한 네 차례가 바뀌었는데,
이번에는 유천영과 나, 이루다, 이민아, 윤정인이 한 팀이
었다. 상당히 박빙의 승부가 되기는 했지만 이루다의 활약
으로 승리는 우리 팀에 돌아왔다.

나는 땀을 닦는 시늉을 하며 중얼거렸다.

"와, 솔직히 나 때문에 못 이길 거라고 생각했는데."

"알긴 아냐."

용케 건너편에서 그 말을 들은 은지호가 대답해 왔다. 그
를 한 번 째려본 나는 척척 걸음을 옮겨 물 밖으로 나왔다.

내 옷이며 머리카락에서 떨어진 물방울이 흰색 바위 위
로 어두운 동그라미를 그렸다.

나는 얄밉게 웃으며 그쪽을 향해 주먹을 쥐어 보였다.

"아무튼, 물에 담가 둔 것들 열심히 위까지 운반해 오세요. 파이팅!"

발랄하게 외치는 나를 향해 은지호가 다시 투덜거렸다.

"아, 냉장고는 둬서 뭐 하는데."

"하여간, 꼭 저렇게 계곡에서 안 놀아 본 티를 내요. 가만히 있으면 반이라도 가지."

윤정인이 옆에서 대꾸하자 은지호의 얼굴이 와락 구겨졌다. 그 모습을 본 나와 윤정인은 서로의 손바닥을 맞부딪히며 마구 웃어 댔다. 언제 저런 모습 구경해 보겠어.

그나저나 부력이 사라지니 새삼 젖은 옷의 무게가 버겁게 느껴졌다. 한 걸음 내디딜 때마다 보이지 않는 손이 땅에서 솟아나 발목을 잡아끄는 것 같았다.

비틀거리며 몇 발자국 걷다 샌들 바닥이 바위에 미끄러지자 몸이 휘청 기울었다. 아차, 하는 순간 뒤에서 누군가 나를 붙잡았다.

"깜짝이야! 단아, 조심해."

그렇게 말하며 내 팔뚝을 잡은 사람은 이루다였다.

눈을 깜빡이던 나는 이윽고 황급히 그에게서 떨어지며 민망한 표정을 지었다.

"아, 이게 물에 계속 있다 나오니까 몸이 무거워 가지고."

그러나 이루다는 나를 한 번 잡아 준 데서 그치지 않았다. 그가 내민 손을 보고 나는 눈을 깜빡였다.

루다가 조금 민망한 것 같은 표정으로 말했다.

"우리 한참 걸어 올라가야 하잖아."

그에 눈만 깜빡이던 내가 정신을 차리고 대답했다.

"아, 아니. 별로 그렇게까지 안 멀었던 것 같은데⋯⋯."

그렇게 말하며 머리를 긁적이던 나는 뒤에서 날아온 목소리에 흠칫 놀라 고개를 돌렸다.

"내리막길이니까 안 멀게 느껴졌던 거지, 막상 올라가 보면 멀걸."

어느새 다가온 유천영이 내 옆에 있었다. 나는 다시 놀라서 눈을 깜빡이고 말았다.

말하자면 이루다와 유천영은 나를 두고, 그, 경쟁 관계에 있는데⋯⋯ 정말이지 내 입으로 말하기 민망해 죽겠지만.

하여간 이런 상황에서 유천영이 이루다를 거드는 말을 하다니, 이럴 리가 없는데? 두 사람을 의아하게 번갈아 보던 나는 잠시 유천영의 눈치를 살피다가 루다가 내민 손을 잡았다.

루다의 얼굴에 금세 화색이 도는 것을 보며 나는 괜히 속으로 핑계를 댔다. 그, 아무튼 변변한 길도 나 있지 않은 경사로를 이런 몸으로 올라가기는 좀 걱정되니까⋯⋯ 유천영도 그런 점을 우려한 것 같고.

괜찮겠지? 그렇게 생각하며 유천영을 힐끗 보았던 나는 그가 당연한 듯 내 반대쪽 손을 잡자 놀라서 황급히 손을 뺐다.

아차, 순식간에 빠져나간 내 손을 보며 유천영이 잠시 미간을 찌푸렸다.

나는 당혹감을 감추지 못하고 물었다.

"너는 왜……?"

그러자 잔뜩 구겨진 이루다의 얼굴을 한 번 건너다본 유천영이 대답했다.

"이렇게라도 해야 나는 남들 의심 사지 않고 네 손 잡을 수 있으니까."

"아……."

나는 머뭇거리다 한쪽 손을 내밀어 그의 손을 잡았다.

그러는 한편으론 이런 생각이 들었다. 정말 이런 우리의 꼴을 보고서 아무도 의심하지 않을까?

그러기가 무섭게 뒤에서 날아오는 말을 듣고 나는 미간을 구겼다. 아, 역시나.

"별꼴이다, 별꼴이야."

"오, 삼각관계."

차례로 빈정거리는 은지호와 감탄하는 정세연의 말을 듣고 내 미간에 주름이 팼다. 그러거나 말거나, 이루다와 유천영은 내 손을 놓을 생각은 전혀 안 하고 양옆에서 척척 걸음을 옮겼다.

그렇게 두 사람 사이에 끼어 연행되는 죄수처럼 길을 오르는 한편, 나는 나무 사이로 피어오르는 뭉게구름을 올려다보며 중얼거렸다.

아, 날씨 참 좋다…….

이쯤 되면 해탈한 심정이었다.

*　*　*

별장으로 올라온 나는 아직 유신이 도착하지 않은 것을
보고 고민에 빠졌다.

음, 원래는 신이 오빠가 도착했으면 짐 나르는 거 도와드
리려고 했는데, 이렇게 되면 할 게 없네. 달리 할 것도 안
가져왔는데. 놀러 와서 핸드폰이나 보는 건 안 될 일이고.

잠시 빈손만 쥐었다 펴던 나는 테라스의 테이블에 혼자
걸터앉아 있는 노아리를 보고 눈을 크게 떴다. 아, 그렇지!
그녀가 주인이와 함께 오게 된 경위에 대해 아직 듣지 못
했다.

나는 황급히 걸음을 옮겨 그녀에게로 다가갔다.

멍하니 시선을 바닥에 두고 있던 노아리가 천천히 고개
를 들곤 의아한 표정을 했다.

나는 별장 뒷길을 가리키며 말했다.

"우리 잠깐 산책할래? 윤정인이 여기 위까지는 어느 정
도 길이 만들어져 있다고 하던데."

잠시 눈을 깜빡이던 노아리는 두 번 생각할 것도 없다는

듯 대답했다.

"아, 네. 좋아요."

흔쾌히 동의한 그녀가 의자에서 툭 뛰어내렸다. 주변 이들에게 잠시 산책 다녀오겠다고 말한 나는 그대로 노아리와 함께 윗길을 올랐다.

윤정인네 별장은 말하자면 계곡의 중하류에 위치해 있었는데, 하나 나 있는 길을 계속 오르자 시야가 점점 높아지면서 아까 우리가 뛰놀았던 계곡이 한눈에 들어왔다.

잠시 멈춰 선 나는 바깥으로 몸을 내밀며 웃었다.

"아, 쟤네 아직 출발하지도 않았네."

아까 발리볼에서 졌던 은지호와 반여령, 은형이, 주인이와 김혜우가 껴 있는 팀은 서로에게 짐을 떠맡기며 아웅다웅 다투고 있었다.

거참, 이러다 하루해가 지겠는데 빨리 좀 하지. 그렇게 생각하면서도 나는 빙글빙글 웃었다. 어쨌건 싸움 구경은 불구경 다음으로 재밌다.

그러다 나는 문득 고개를 돌렸다.

"이해가 안 가요."

나는 햇빛을 등진 노아리의 얼굴을 자세히 살폈다. 그녀의 얼굴은 방금까지와는 비교도 안 되게 어두웠다.

계곡에 도착한 내내 초연하던 모습은 가장이었다는 걸 쉽게 짐작할 수 있었다. 아마 그때도 그녀는 내내 혼란스러웠을 것이다.

내가 되물었다.

"뭐가?"

"우주인이요."

나는 하루 이틀이니, 그렇게 대답하려 했다. 내가 주인이를 좋아하는 것과 별개로, 그의 사고방식에는 보통과 다른 구석이 있는 게 사실이었다.

그런데 노아리는 작게 고개를 내젓더니 말을 이었다. 그리고 그 말에 나는 꼼짝 없이 굳어 버렸다.

"우주인이 제게 말한 적이 있어요, '엄마를 데려갈 생각은 하지 말라'고."

"그게 무슨 소리야? 그런 말은 한 적 없잖아."

나는 놀란 표정으로 되물었다.

내 말에 노아리가 작게 고개를 숙였다. 그녀는 담담하게 말을 이었다.

"그 말을 처음 들은 건 체육 대회 전이었어요. 저는 기겁했지만…… 그마저 없으면 전, 정말이지 같이 있을 사람이 하나도 없어서. 그래서 그의 말뜻이 그게 아니겠거니 하고 애써 부정했어요."

"아."

나는 침음성을 삼키는 한편 고개를 끄덕였다.

노아리가 내게 말하지 않은 이유가 정말 그거였다면, 나는 그녀에게 추궁할 자격이 없다.

왜냐하면 노아리는 나와 같은 처지이고, 사실 가족마저 바뀌었으므로 나보다 배는 혼란스러울 것이 분명한데도 나는 그녀의 처지를 관망했기 때문이다.

내 공부에 바빠서 시간을 내기 힘들다, 다른 학년이니 얼굴 볼 기회를 만들기 어렵다, 그럴듯하지만 결국 전부 다 핑계.

무엇보다도 몇 년에 걸쳐 이미 이 세계에 안정된 기반을 만든 나로서는 그녀와 함께 있는 것보다 내 친구들과 함께 있는 것이 좋았다.

내가 그녀에게 충실하지 못했다는 것을 잘 알고 있다.

어두운 표정으로 입을 다무는 내게 노아리가 말을 이었다.

"그 뒤로 그가 다시 그 말을 입에 올린 적은 없지만, 그는 꾸준히 저를 감시하는 듯한 행동을 보였어요. 그 뒤로 그가 당신에게 찾아가는 빈도수도 늘지 않았나요?"

그녀의 물음을 듣고 나는 그제야 깨달았다. 아, 그러고 보니.

"체육 대회 점심시간 때 굳이 우리 반에 찾아왔어."

"네, 그거예요."

"그런데 왜 이 얘기를 지금 해 주는 거야?"

나는 의아해하며 물었다.

노아리는 주인이에게 버림받을 것이 두려워 여태껏 얘기

하지 않았다고 했다. 그렇다면 끝까지 숨겨야지, 왜 하필 지금?

노아리가 울 것 같은 표정을 지으며 대답했다.

"그가 갑자기 태도를 또 한 번 바꿨어요."

"뭐?"

"모르겠어요. 그는 언제나 제게…… 감시하는 듯한 눈빛을 보냈는데. 그가 갑자기 말했어요."

나는 숨도 쉬지 않고 노아리의 말에 집중했다.

"저에 대한 모든 추궁을 그만두겠다고."

"뭐?"

"추측하는 것도, 정보를 수집하는 것도 그만두겠다고. 원한다면 모은 자료를 전부 파기해 주겠다는 말까지 했어요. 단지 함께 계곡에 가는 것만을 조건으로."

"뭐? 하지만 그건 너무…… 이상해."

"그답지 않죠."

나 이상으로, 아니, 아마도 이 세상 누구보다도 주인이를 잘 알 사람이 딱 잘라 단언했다. '그답지 않다'라고.

나도 동의하는 바였다.

노아리가 계곡에 오는 것이 주인이에게 있어서 이득이나 큰 의미가 있을 리 없다.

그렇다면 주인이한테 단지 그 조건은 핑계에 불과하고, 그는 지금까지의 모든 추측과 정보를 죄다 무로 돌리고 싶어졌다는 얘기였다.

하지만 왜?

고민에 빠져 있던 나는 문득 인기척을 느끼고 고개를 돌렸다.

위쪽 길에서 네 사람 정도가 터덜터덜 걸어 내려오는 게 보였다. 이대로라면 필연적으로 마주칠 터였다.

나와 노아리는 잠시 당황했다. 아니, 물론 산골 오지도 아니고, 계곡을 다른 별장과 나눠 쓰고 있다는 얘기를 들었으니 아예 마주치지 않을 거라 생각한 건 아니었지만.

어떡하지? 저들이 이쪽의 얼굴을 보기 전에 재빨리 내려갈까? 하지만 그랬다가 수상하게 여기면 어떡해? 이 일대는 다 사유지인데. 당황하던 사이 그들이 코앞까지 다가왔다.

그러다 들려온 익숙한 목소리에 나는 퍼뜩 고개를 들었다.

"어? 너는 소현고의…….."

심드렁하고 느릿느릿한 목소리, 두 손 가득 짐을 짊어진 편안한 차림의 김수아가 선두에 서 있었다.

나와 눈이 마주치자 그녀가 다시금 느릿느릿 말을 이었다.

"뭐야, 소현고 그 애 맞구나? 여기서 뭐 해? 이 근처는 죄다 사유지일 텐데."

그녀는 아무래도 내 이름까진 기억하지 못하는 모양이었다. 하긴, 원래부터 사람 이름 외우는 데는 별 관심이 없어 보이긴 했다.

나는 길 아래쪽을 가리키며 대답했다.

"아, 저희는 친구가 이 근처에 별장이 있어서……."

"아아, 여기 아래면 파란 지붕인가? 안 그래도 우리도 차 끌고 올라올 때 그 앞에 차 있는 거 봤거든."

"네! 거기 맞아요."

"이야, 이렇게 다 만나네."

감탄한 듯 말하던 김수아는 갑자기 내게 핸드폰을 내밀더니 연락처를 요구했다. 네? 내가 되묻자 그녀가 말했다.

"아무래도 별장이란 게 맨날 쓰는 게 아니다 보니 갑자기 필요한 것도 생기고 그럴 거 아니야. 그럴 때 연락해. 혹시 모르니까."

"아, 네. 감사합니다."

허둥지둥 내 번호를 입력한 내가 핸드폰을 돌려주자, 잘했다는 듯 씩 웃은 김수아가 살랑살랑 손을 흔들더니 내게서 멀어져 갔다.

그녀를 뚫어져라 응시하다 말고, 나는 그녀의 뒤를 힐긋 보았다.

가까이서 스쳐 지나갈 때 무기질적인 검은 눈이 나를 힐긋 훑었다. 나와 눈이 마주치자 그는 조금 난감한 듯한, 예의상의 미소를 짓고는 멀어져 갔다.

그쪽에서 먼저 피해 달라고 말을 하긴 했지만, 아무튼 이렇게 하나뿐인 길에서 마주친 건 그로서도 어쩔 수 없었을 터였다.

이서진. 나는 중얼거렸다.

언뜻 마주친 그의 시선에서 더는 꺼림칙함은 찾아볼 수 없었다. 마치 같은 아파트 사는 데면데면한 이웃에게 인사를 나누듯이, 그는 딱 그 정도의 온도로 나를 지나쳐 갔다.

그렇다면 그의 관심의 대상이 내게서 여령이로 옮겨 갔다는 얘길까? 잠시 멍하니 있던 나는 이윽고 새로운 사실을 깨닫고는 황급히 몸을 돌렸다. 아차, 아직 계곡에는 은형이와 여령이가 있을 텐데!

서두른 보람도 없이 세 사람은 운명처럼 맞닥트리고 말았다.

여령이와 은형이가 말없이 눈을 크게 뜨는 모습을 보고 나는 이마를 짚었다. 아이고.

한편, 이서진은 내가 이곳에 있는 것을 보았을 때부터 이미 모든 것을 예상했다는 듯 옅게 웃기만 했다.

여령이가 그 모습을 보며 잠자코 미간을 좁히는 그때, 은형이가 문득 나서서 여령이와 이서진 사이를 몸으로 가로막았다.

알 수 없는 긴장감이 흘렀다. 은형이와 이서진이 잠자코 서로를 보는 가운데, 김수아와 학생회로 보이는 나머지 사람들도 주춤 멈춰서 그들을 응시했다.

그때 별안간 경적이 울렸다.

빵! 하는 소리와 함께 멀리서 유신이 차창을 내리고 나를 향해 외쳤다.

"꼬맹아! 식량 사 왔다. 맞게 사 왔나 확인해 봐라. 잘못 사 왔으면 마트 닫히기 전에 다시 내려갔다 와야 하니까."

꼬맹이? 식량? 예사롭지 않은 어휘 선택에 잠시 미간을 구긴 내가 외쳤다.

"아, 네. 그럴게요!"

그의 차 트렁크에 실린 산더미 같은 고기를 보고 나는 비명을 삼켰다. 아니, 재벌가 사람답지 않게 소탈하다고 생각했더니 이런 데서 재벌가인 티를 내냐! 내가 울상을 지으며 말했다.

"너무 많아요. 한 사람당 3인분씩 먹어도 다 못 먹겠어요."

"아, 그래? 삼겹살이랑 목살만 사 오는 것보다 두루두루 사 오는 게 나을 것 같아서 그랬는데."

그러더니 계곡 쪽을 가리키며 '뭐, 그럼 물고기 밥 주자.' 하고 말하는 유신을 향해 내가 '환경 오염돼요.' 하고 대꾸하는 그때였다.

등 뒤에서 왜인지 이쪽을 뚫어져라 쳐다보던 김수아가 갑자기 외쳤다.

"어, 뭐야! 기타 가방을 왜 트렁크에 놔둬요!"

그녀에게서 이제까지 한 번도 들어 본 적이 없는 큰 소리에 나는 눈을 휘둥그레 떴다. 한편 유신은 이제야 김수아의 존재를 알아차린 듯, 그녀와 그녀 뒤의 사람들을 보며 '사람이 늘었네?' 하고 말했다.

아랑곳하지 않고 성큼성큼 다가온 김수아가 기타 가방을 가리키며 외쳤다.

"한여름인데 기타를 차 트렁크에 보관하면 어떡해요!"

"어, 남자애인가 여자애인가 했는데 목소리 들으니까 여자애구나."

"아니, 기타 휘어지면 어쩌려고 저래 놨냐구요! 가방 봐선 비싸 보이는데, 아니에요?"

두 사람의 환상적으로 맞물리지 않는 대화를 들으며 나는 잠자코 미간을 좁혔다.

다급한 김수아의 말에 유신이 손을 휘휘 내젓더니 대답했다.

"아, 괜찮아, 괜찮아. 둔 지 얼마 안 됐어. 차는 주로 그늘에 둘 거고. 그리고 연습용 기타고 주로 쓰는 건 따로 있어."

"그래도 그렇지……."

"그나저나 너희는 누구야?"

여전히 기타를 보며 울상을 짓고 있는 김수아를 대신해 내가 대답했다.

"아, 옆 학교…… 별로 가깝진 않지만, 아무튼 옆 학교 학생회예요. 저희 학교랑 같이 행사 치른 적이 있어서 아마 윤정인은 보면 알 거예요."

그렇게 대답했던 나는 곧장 유신에게서 흘러나오는 말을 듣고 경악을 삼켰다.

"아, 그래? 그럼 너희도 이따 바비큐 할 때 올래?"

"네?!"

기겁해서 되묻는 내게 유신이 태연한 얼굴로 되물었다.

"왜? 네가 아까 고기 너무 많다며."

"그, 그건 그런데……."

나는 고개를 들어 힐끗 선율 예고 학생회를 살폈다. 김수아와 조용한 분위기의 여학생 한 명은 그렇다 치고, 저쪽에는 내가 껄끄러워하는 인물이 둘이나 있었다.

화사한 생김새답지 않게 말똥말똥하게 뜬 눈을 바닥에 고정하고 침묵하고 있는 저 사람은 필시 선율 예고 위험인물 한상아일 테고, 그 옆에서 의뭉스럽게 웃고 있는 이서진이야 말할 것도 없었다.

그때 날아온 유신의 말에 나는 또 한 번 경악했다.

"고기만 많이 사 온 거 아닌데."

"아니, 대체 뭘 얼마나……!"

경악하며 뒷좌석을 연 나는 산더미처럼 쏟아져 나오는 과자와 음료수를 보고 이마를 짚었다. 게다가 쌀을 한 가마니나 사서 오시다니요, 저희도 쌀 한 주먹씩은 갖고 왔는데…….

결국 나는 눈물을 머금고 김수아에게 물었다. 환경 보호

차원에서 어쩔 수가 없었다.

"이따 저녁에 바비큐 먹으러 오실래요?"

"응? 응…….”

김수아의 시선은 여전히 내가 아닌 기타에 꽂혀 있었다.

그러고 보면 그녀도 선율 예고 학생인 이상 전공이 있을 텐데, 그게 음악이라면 그녀의 저런 태도도 이해가 갔다.

그때 팔짱을 끼고 그 모습을 물끄러미 보던 유신이 말했다.

"관심 있으면 쳐 봐도 괜찮고.”

"와, 진짜요? 그거 무르면 안 돼요!”

그렇게 외친 김수아가 유신에게 새끼손가락을 내밀었다.

유신은 게슴츠레한 눈으로 그것을 보다가 말없이 새끼손가락을 걸고 도장을 찍었다.

아자! 허공에 주먹을 휘두르곤 나중에 보자며 뛰어가는 김수아를 황당하게 보던 나는 그때까지도 내 옆에 말없이 서 있던 노아리에게 속삭였다.

"김수아 진짜 비중 없는 인물 맞니?”

"글쎄, 그러니까 그런 건 상관이 없대도요…….”

지친 목소리로 대답하던 노아리는 문득 이서진과 한상아를 보고 흠칫했다.

그들은 우리에겐 별 관심도 없는 눈치로 서 있다가 김수아가 다가오자 함께 몸을 돌렸다.

멀어지는 그들을 멀거니 바라보고 서 있던 나는 다시 노아리를 돌아보았다. 그녀의 굳게 다문 입술과 피곤해 보이는 얼굴을 보며 나는 생각했다.

작가가 자신이 쓴 소설에 들어가는 내용의 몇몇 소설에 대해서도 나는 알고 있었다. 그런 경우 등장인물들은 거의 언제나 높은 확률로 작가에게 관심을 보이기 마련이었다.

그러나 이들은 그렇지 않았다.

계곡에 온 이들 중 누구도, 노아리에게 얼떨결에 끌려온 후배에게 베푸는 배려 이상의 관심을 쏟지 않았다. 특히 방금 보았던 한상아와 이서진의 무기질적인 눈빛을 떠올린 나는 살짝 어깨를 떨었다.

그때 마침 노아리가 나를 힐끗 보더니 작게 웃었다.

그녀가 말했다.

"알겠다. 이서진과 한상아가 저한테 조금의 관심도 두지 않는 데 대해서 궁금해하고 계시는군요."

"음……."

"제가 소설 속 인물들한테 특별한 지위를 갖는 건, 단지 제가 소설 밖에 있을 때뿐이죠."

노아리가 조금도 유감스러워 보이지 않는 얼굴로 말했다. 이윽고 고개를 돌린 그녀의 시선이 향한 상대를 보고 나는 흠칫 놀랐다.

그녀가 바라본 사람은 다름 아닌, 이제 막 계곡을 올라오고 있는 주인이였다.

그리고 그녀가 다시 중얼거렸다.

"제게도 저들은 소설 밖에서 바라볼 때가 안에서 바라볼 때보다 훨씬 사랑스러운 건 마찬가지네요."

"……."

"선배, 저는."

말을 하다 말고 노아리는 문득 고통을 느끼는 얼굴로 짧게 웃었다.

"저는, 이 세계가 도저히 좋아질 것 같지 않아요."

"아……."

내가 아무 말도 하지 못하는 사이, 그녀는 갑자기 손목을 들어 이마의 땀을 훔쳤다. 그러더니 다시 나를 향해 웃은 그녀가 돌아섰다.

"저는 잠깐 산책 다녀올게요. 그렇게만 말해 주세요."

그러더니 그녀는 우주인의 시선이 채 그녀에게 닿기도 전에 자리를 떠나 버리고 말았다. 잠시 어안이 벙벙해 서 있던 나는 누군가 다가오며 물은 말에 흠칫 놀랐다.

"너랑 같이 있던 그 애는 어딨어? 네 친한 동생이라던."

그렇게 물은 것은 뜻밖에도 우주인이 아닌 은지호였다. 나는 놀란 가슴을 쓸어내리며 대답했다.

"어? 어……. 산책 간다고."

"산책? 혼자?"

나는 그렇게 묻는 은지호를 빤히 쳐다보았다.

대개 자신의 관심이 부작용을 낳는다는 것을 알고 있는 은지호는 남을 잘 챙기는 일이 없었다. 대외적으로 도도하고 까칠한 이미지를 표방하고 있어서기도 했다.

주인이에 대해 노아리가 했던 말, 그녀가 방금 전 지었던 표정, 그리고 지금 은지호의 태도를 번갈아 떠올리며 혼란스러워진 나는 젖은 머리를 헝클어트렸다.

뭐가 어떻게 돌아가고 있는 건지, 하나도 모르겠어.

가능하다면 누군가에게 물어보고 싶은 심정이었다. 하지만 내가 보통 이런 때 의지하던 사람은 전부…….

이 사실을 가장 들켜서는 안 되는 사람들.

나는 새삼 고통스런 표정을 지었다. 그런 내게 은지호가 물었다.

"왜 그래?"

나는 고개만 내저었다.

* * *

사람 수가 많다 보니 아무래도 저녁 먹을 준비를 일찍 시작해야 했다. 특히 쌈 채소나 버섯, 파절이 등등 준비해야 하는 게 여간 많지 않았다.

우리는 네 시 반 무렵부터 가위바위보를 통해 서로 할 일을 나누었다. 선율 예고 학생회도 같이 먹을 거다 보니 일

분배에 공평하게 참여했는데, 가위바위보 운이 좋은지 세 사람은 쏙 빠져나가고 이서진만 당첨되었다.

눈치가 없는 건지 없는 척을 하는 건지, 윤정인은 태평하게 이서진의 등을 떠밀며 말했다.

"수박 운반 당첨. 조심히 들고 올라오십쇼. 수박 위치는 같이 가는 친구가 알고 있을 거야."

방금 낸 가위를 뚫어져라 보고 있던 은형이가 그 말을 듣고 애매하게 웃었다. 이서진과 함께 계곡물에 담가 둔 수박 운반에 당첨된 것은 다름 아닌 은형이였다.

저 조합 괜찮을까?

계곡으로 사라지는 두 사람을 걱정스레 쳐다보던 나는 반여령과 함께 쌈 채소 씻기에 당첨되자 한숨을 푹 내쉬었다. 나 참, 내 코가 석 자인데 누굴 걱정해.

부엌에는 사람이 많았기 때문에 우리는 쌈 채소를 바구니에 담아 뒷마당으로 이동했다. 과연 뒷마당 수도꼭지를 보니 작업하기에는 좋아 보였다.

손목을 걷어붙이다 말고 여령이가 낭패 어린 표정을 지은 것은 그때였다. 내가 물었다.

"왜 그래, 여령아?"

"손목시계가 없어. 풀려고 했더니 이미……."

그렇게 말하던 그녀가 별안간 아! 하고 외쳤다.

"계곡 구석에 있던 바위 위에 벗어 뒀어! 비닐 팩에 팔찌랑 같이 넣어 뒀는데."

지금 가서 가져올게! 외치며 달려가는 여령이를 쫓아 나도 달려갔다. 아무리 여령이가 운동 신경이 좋아도 저렇게 급하게 뛰는 모습을 보니 중간에 구르지나 않을까 걱정되었다.

그러나 실제로 넘어진 사람은 나였다. 심하게 넘어진 건 아니었지만, 그 모습을 본 여령이가 착잡한 얼굴로 다가와 나를 일으켜 세워 주었다.

내게 상처가 없음을 확인한 여령이는 아까 유천영과 이루다가 그랬듯, 내 손을 꽉 잡고 조심조심 걸음을 옮겼다. 그러는 동안 나는 조금쯤 비참해졌다.

내가 침울해져서 침묵만 지키는 사이, 여령이가 갑자기 걸음을 멈추었다. 계곡에서 몇 걸음을 남겨 두고서였다.

눈을 동그랗게 뜬 내가 의아하게 물었다.

"여령아? 왜……."

"쉿."

여령이가 내 팔목을 잡더니 나를 끌고 인근의 거대한 바위 뒤로 향했다. 이게 대체 뭐…….

"조용히 있어."

작게 속삭인 여령이가 바위 너머로 살짝 고개를 뺐다. 그제야 나는 울창한 새소리 사이로, 우리 목소리뿐만 아니라 다른 사람의 목소리도 들려오고 있다는 것을 깨달았다.

"……슨 권리로 네가 내게 이래라저래라 하는 건지 모르겠네."

나긋나긋하게 비꼬는 목소리를 듣고 나는 확신했다.

저건 이서진이다. 저토록 부드러운 태도로 비꼴 수 있는 사람이 세상에 그리 많진 않을 거야.

그에 대답하는 은형이의 목소리는 무미건조했다.

"여령이 오랜 친구로서 여령이가 어떤 일을 좋아하고 어떤 일을 싫어하는지 아니까. 친구가 싫은 일을 당하지 않게 하고 싶은 건 당연하잖아."

"친구? 그런 눈으로 반여령을 보면서 친구라니, 웃기지도 않아."

이서진이 신경질적으로 낮게 웃었다. 나는 꼭 붙잡고 있던 반여령의 손이 흠칫 떨리는 것을 느꼈다.

이서진의 말이 계속되었다.

"차라리 내가 반여령 곁에 맴도는 꼴을 못 보겠다고 솔직히 말하지 그래? 반여령이 누가 자기 좋아하는 걸 싫어해서 나를 못 두고 보겠다니, 말도 안 되는 소리. 그러는 너는 어떻고?"

"나는 여령이한테 이미 사라져 주겠다고 말했어. 단지 타이밍을 재고 있을 뿐이야."

대답하는 은형이의 목소리는 여전히 담담했다.

"우리는 이미 너무 서로에게 익숙해졌으니까, 서로에게

서로가 없어도 될 때가 오면 난 기꺼이 사라질 거야."

"……왜? 넌 아쉽지도 않아?"

이서진은 이제 짜증 대신에, 은형이에게 순수한 호기심을 느끼는 모양이었다.

그가 의아하게 물었다.

"내가 너라면 오히려 그 익숙함을 이용하겠어. 네 삶에 내가 없어도 괜찮을 것 같냐고 으름장 놓았겠지. 과정이야 어찌됐든, 결과적으로 그 옆에 있는 게 나란 게 중요하지 않아?"

이서진의 말을 들으며 나는 새삼 깨달았다. 일전에 루카스가 내게 말했던 '넌 나쁜 사람 만나면 큰일 나겠다.'에서의 그 나쁜 사람, 이서진 같은 사람을 가리키는 거였군.

생각에 잠겨 있던 나는 문득 돌아온 은형이의 말을 듣고 흠칫 놀랐다.

"야."

나는 그대로 얼어붙었다.

'야'? '야'라고?

마치 망가진 라디오처럼 내 머릿속에서는 '야.'라는 단어만이 끊임없이 되풀이되어 울렸다.

아니, 하지만 그 말이 나온 게 다름 아닌 은형이 입에서인걸. 내가 아는 한 은형이는 가장 막 대하는 편인 은지호조차 그렇게 부른 적이 없었다.

그는 대부분의 남자애들에게도 성을 떼고 다정하게 불렀

고, 가장 화났을 때라고 해 봐야 성을 붙여 불렀을 뿐이다.

침을 꼴깍 삼킨 나는 바위 뒤로 살짝 고개를 내밀었다. 우리 쪽에선 이서진은 새카맣고 동그란 뒤통수만 보이고, 은형이의 얼굴은 제대로 보였다.

은형이가 평소와 다름없이 부드럽게 웃는 표정인 것을 보고 내 정신은 우주로 날아가 버렸다. 음······.

한편 여령이도 나만큼이나 충격을 받은 모양이었다. 그녀는 창백해진 얼굴로 멀지 않은 곳에서 대화를 나누는 두 사람을 응시했다.

이윽고 당황을 수습한 듯한 이서진의 대답이 날아왔다.

"뭐야? 숨겼던 본성을 이제야 드러내시겠다?"

은형이는 본성 어쩌고 하는 단어에도 전혀 개의치 않는 모습이었다. 그가 유치원 선생님 저리 가라 할 정도로 친절한 어조로 말을 이었다.

"네가 모르는 것 같아서 말하는데, 짝사랑의 기본은 상대방이 좋아할 일을 하는 게 아니라 상대방이 싫어할 일을 하지 않는 거야."

"뭐······."

"상대방이 나한테 자길 좋아해 달라고 부탁해서 좋아하는 게 아니니까, 최소한 피해는 입히지 말아야지."

그가 거침없이 말을 이었다.

"오라고 할 때 잘 오는 것보다, 꺼지라고 할 때 잘 꺼지는 게 중요하다는 얘기야. 미운 정도 정이란 말이 있는 건 알지만, 얼굴 보기 싫다는 사람한테 억지로 들이미는 것만큼 무례한 짓이 어디 있겠어?"

나는 은형이의 입에서 꺼진다는 표현이 나온 데서 다시 한번 충격을 받았다. 우리끼리야 질색하며 '꺼져!' 하는 표현을 자주 쓰곤 했지만, 그렇게 말하는 은형이의 모습이라니. 하늘이 무너지는 모습은 상상해 봤어도 그런 건 상상해 본 적 없었다.

나긋하게 웃은 그가 마침내 말을 맺었다.

"알았으면 여령이가 어떻게 하면 좋아할지 궁리하지 말고, 여령이가 싫어할 짓이나 하지 마."

"하……. 너……."

"그럼, 나 먼저 올라갈게."

멍해져 있는 이서진의 어깨를 두어 번 두드린 은형이는 먼저 수박을 안고 씩씩하게 걸음을 옮겼다.

그의 뒷모습을 황당하게 쳐다보던 이서진이 이윽고 그를 쫓아 올라갔다.

그들이 충분히 멀어질 때까지 바위에 바짝 붙어 서 있던 우리는, 그들의 모습이 완전히 시야에서 사라지고 나서야 안도의 한숨을 내쉬었다.

"휴."

우리는 일단 바위 사이를 타 넘어가서 시계와 팔찌가 담긴 비닐 팩부터 찾았다.

그러나 집 나간 우리의 정신은 찾을 수 없었다.

우리는 한동안 그 자리에 그대로 쪼그리고 앉아 있었다. 눈 뜨고 꿈을 꾼 듯 시야가 어질어질했다.

한참이 지나서야 나는 중얼거렸다.

"여령아."

"응."

여령이가 드물게 나를 돌아보지도 않고 대꾸했다.

"난 지금까지 은형이가 화난 모습을 본 적이 있다고 생각했는데, 그건 어쩌면 삐진 거였을지도 몰라."

"……."

여령이는 대답 없이 무릎에 얼굴만 파묻었다. 그제야 이서진의 등장 때문에 여령이가 적잖이 스트레스받고 있을 거란 깨달음이 왔다.

나는 다급히 여령이의 어깨를 붙잡으며 말했다.

"여령아, 음. 이서진은 내가 한 번 더 말해서 완전히 쫓아내 줄게. 김수아 언니, 선율고 학생 회장, 그 언니한테 부탁하면 아마 일이 더 쉬워질 거야."

그제야 여령이는 두어 번 고개를 내젓더니 나를 보며 말했다.

"아니야, 나 그 애는 상관없어. 진짜 괜찮아."

말하는 내내 그녀의 까만 눈동자가 조금도 흔들리지 않

는 것을 본 나는 간신히 고개를 끄덕였다.

저 평정심은 여령이가 이서진을 공기 비슷한 것 취급하기 시작했다는 뜻이었다.

그러고도 여령이는 한참 무릎을 끌어안고 앉아 있었다.

나는 그녀의 머릿속에서 무슨 생각이 이루어지는지 몰라 그저 자리를 지켰다.

그녀의 입이 열린 것은 그로부터 얼마 안 지나서였다.

"은형이가 날 좋아한다는 말을 들었을 때."

"응."

나는 조심스레 고개를 끄덕였다.

"난 은형이가 날 자기 맘대로 하고 싶은 거라고 생각했어."

"……."

"내가 보고 싶지 않다고 해도 나를 자꾸만 불러내거나 쫓아다니고, 내가 듣고 싶지 않다고 해도 나한테 자꾸 자기 하고 싶은 말만 쏟아 내고, 내가 싫다고 해도 나를…… 잡으려 하거나, 껴안으려 하거나."

말하는 동안 고통스러운 기억이 떠올랐는지 여령이의 얼굴이 어두워졌다.

나는 손을 내밀어 그녀의 손을 꽉 쥐었다. 괜히 여령이가 고백받을 때마다 사대천왕이 감시탑처럼 옆을 지키고 있는 게 아니었다.

나는 잠시 주저하다가 말했다.

"여령아. 물론 네가 은형이의 말을 들었을 때, 은형이가 감추고 있던 마음을 알았을 때 많이 놀라고 두려웠을 거 알아. 넌 그럴 만한 일들을 겪었으니까."

내 말을 듣던 여령이의 눈 끝이 다시 파르르 떨었다. 그녀를 안타까운 눈으로 지켜보던 내가 다시 말했다.

"하지만 여령아, 은형이가 널 좋아한다는 이유로 그 사람들 틈에 끼워 넣지 말고 다시 한번 생각해 봐. 은형이가 너한테, 아니, 다른 누구한테도 그런 짓을 할 사람인지. 그 어떤 경우에라도 그럴 사람인지."

잠시 생각에 잠긴 눈을 하던 여령이가 고개를 내저었다.

그녀의 머리를 쓰다듬어 주며 나는 말을 이었다.

"네가 싫다면 싫은 거지. 싫은 사람이랑 억지로 친하게 지낼 필욘 없잖아. 그런데 난, 네가 그런 이유로 은형이를 네 인생에서 내보내기엔 너무 많이 좋아하는 것 같아서."

그 말에 왠지 눈에 눈물이 그렁그렁해진 여령이는 바닥을 노려보다가 간신히 내뱉었다.

"……좋은 애니까."

"음, 은형이가 널 좋아하는 상태로 친구로 지낸다고 해서 우리 우정이 깨지거나 하진 않을 거야. 날 봐."

그리고 나는 잠시 침묵했다.

사실 내 경우에 우리의 우정을 지탱하고 있는 것은 은지호와 유천영, 이루다의 반쯤 합의에 의한, 또 반쯤 강제로 이루어진 놀라운 인내였다.

솔직히 나도 이 상태로 우정을 유지하고 있다는 게 대단하다는 것쯤은 안다. 막장 드라마 구도도 이보다는 덜했어.

그러나 그들은 그들과 나 사이의 우정이 깨질 경우 내가 슬퍼할 테니까, 단지 그런 이유로 이런 구도를 애써 유지하고 있는 것이다.

나 참, 어느새 이렇게 받는 데 익숙해진 내가 무섭다니까. 이젠 그전으로 어떻게 돌아갈지도 상상하기 힘들 지경이야.

잠시 볼을 긁적이던 나는 다시 말했다.

"아무튼. 음, 날 보면, 은형이가 널 좋아한다는 게 우리 사이에 그렇게 큰 문제를 끼칠 것 같진 않아. 그러니까 너만 괜찮으면……."

나는 조심스럽게 덧붙였다.

"한 번만 더 얘기해 보면 안 돼? 은형이랑, 제대로."

잠시 물기 고인 눈으로 바닥을 보던 여령이는 선뜻 고개를 끄덕였다.

나는 처음엔 그녀의 행동의 의미를 깨닫지 못하고 가만히 서 있었다.

그러다 나중이 돼서야 내가 놀라서 물었다.

"어? 진짜? 진짜야?"

기회다 싶어 말을 꺼내긴 했지만, 정말로 여령이가 선뜻 받아들일 줄은 몰랐다.

붉어진 뺨을 세게 문지른 여령이가 벌떡 일어나며 말했다.

"은형이가 예전에 그런 말 한 적이 있잖아. '상처는 우리를 추하고 공격적으로 만든다'고. 그래서 상처받은 건 우리인데도, 우리는 그것들을 잊고 용서하지 않으면 놓여날 수가 없다고."

나는 어렴풋이 파묻혀 있던 기억을 간신히 끄집어냈다. 여령이의 안티 카페 사건이 있던 때였다.

그걸 아직까지 기억하고 있는 거 보면, 은형이의 그 말이 여령이의 뇌리에 깊게 박혔음이 틀림없었다.

"응."

"지금 내가 은형이를 그 사람들이랑 똑같이 생각해서 놔 버리는 건, 결국 그 사람들 때문에 내가 공격적으로 돼 버렸다는 뜻이 아닐까 하는 생각이 들었어."

"하지만 여령아, 그건 너로서는 당연한……."

나는 그녀에게 죄책감 느끼지 말라고 할 뜻으로 입을 열었다. 사람에게 학습 능력이 있는 이상 여령이가 은형이를 처음에 경계한 것은 어쩔 수 없다.

그러자 고개를 내저은 그녀가 말했다.

"알아. 그냥, 내가 생각한 건."

"응."

"나한테 좋은 기억 하나 남겨 주지 않은 그 사람들 때문에 은형이까지 잃어버리면, 나만 너무 손해인 거 아니야?"

그렇게 말하며 억울한 표정을 지어 보이는 여령이를 보며 나는 밝게 웃었다.

최근 몇 달간 날 괴롭혔던 문제에 드디어 빛 한 줄기가 새어 드는 순간이었다.

* * *

주변에 오돌뼈와 상추 꼭지 따위의 잔해가 나뒹구는 현장, 유신이 큰 손을 한껏 발휘하여 집어 온 고기들은 우리 배 속으로 깨끗이 사라졌다.

이걸 다행이라고 해야 할지 충격이라고 해야 할지, 나는 잠시 고민에 빠졌다.

난 틀림없이 우리가 이걸 다 못 먹을 거라고, 다 먹으면 괴물이냐고 생각했는데, 아무리 선율고 학생회 네 사람이 끼었다지만 정말 다 먹었어. 한 조각도 남김없이.

난 사실 사람이 아니라 괴물들과 피서를 온 거였을까? 그런 고민에 빠지던 내 옆에서 윤정인과 루다가 툭탁거렸다.

"어, 내일 라면에 삼겹살 넣어 끓이려고 했는데 그것도 없네."

"미친, 라면에 삼겹살을 왜 넣어?"

"안 먹어 봤어? 그거 맛있어. 아, 이루다 네가 좀만 덜

먹었으면 되는 건데."

"또 뭘 갑자기 내 탓을 해?"

그제야 고개를 든 나는 루다를 돌아보며 말했다.

"그러고 보니 루다 너 많이 먹었네? 전엔 별로 안 먹는다더니."

그러자 흠칫했던 루다가 곧 선선히 대답했다.

"아니야, 내가 전에 말했잖아. 나 고기는 잘 먹는다고."

"아, 그랬었나?"

그랬던 것도 같고. 중얼거리는 내 귀에 윤정인이 지껄이는 소리가 들렸다.

"엥? 뭔 소리냐? 너 급식 가끔 두 번 받는 걸 내가 봤는데."

"……."

짧은 정적이 흐른 뒤 나는 퍼뜩 고개를 들었다. 루다가 잔뜩 붉어진 얼굴로 윤정인을 향해 외쳤다.

"너 닥쳐, 좀! 어떻게 된 애가 입을 열 때마다 도움 되는 게 하나도 없……!"

"그러는 지는 입만 열면 함단이한테 아부만 하면서 뭔 소리? 누가 적게 먹는다고?"

"아악, 너 진짜 안 닥쳐?!"

급기야는 '2학기 때 반장 다시 뽑자.' 하며 이루다가 소매를 걷어붙이고 달려가는 것을 보고 나는 하하 웃었다.

김 쌍둥이가 뒤에서 플래카드라도 만들어 걸 기세로 그

를 응원했다. 잘한다, 이루다! 해치워, 이루다!

그러고 나니 다시 주변이 적막해졌다. 잠시 두리번거리던 나는 테라스에 걸터앉아 기타 줄을 튕기고 있는 김수아를 보고 그쪽으로 다가갔다.

그녀가 마침 나를 보곤 밝은 얼굴로 말했다.

"아, 잘 왔다. 애들 좀 불러올래?"

"네?"

"밥 얻어먹었으니 공짜 노래라도 좀 뽑아 볼까 하고."

"그거 좋죠."

냉큼 대답한 내가 주변을 향해 외쳤다. 야! 선율 예고 학생 회장님이 공연하신대!

김수아가 난처한 듯 눈썹을 찌푸리며 말했다.

"나 참, 또 낯부끄럽게 회장님이라고."

하지만 그 말에 우리 학교 애들은 물론이고, 선율고 학생회까지도 후다닥 달려와 자리를 잡았다. 저들은 왜 저렇게 급하게 오지? 틀림없이 학교에서 들을 기회가 있었을 텐데.

"회장의 연주는 언제든 들을 가치가 있으니까."

나는 고개를 비껴들고 그렇게 말한 이를 빤히 쳐다보았다.

이서진의 어깨 너머에서 쏟아져 내린 석양빛이 시야를 붉게 물들였다.

미미하게 어깨를 들었다 놓은 그가 덧붙였다.

"네가 궁금해하는 얼굴을 하고 있길래."

"내 표정 읽을 섬세함은 있으면서, 마주치면 피해 달란 내 요청은 안 들어준다고?"

내가 어처구니없어하며 묻자 이서진은 다시 웃고는 대꾸했다.

"이미 한자리에서 밥까지 먹은 이상 포기한 줄 알았는데, 아니었나 봐? 불쾌하게 했다면 미안해."

그러더니 보란 듯 돌아서는 그를 보며 나는 미간을 좁혔다. 내가 말했다.

"앉을 거면 앉아."

아무튼 이 자리가 명당인 것은 사실이었다. 그러자 또 뭐가 재밌는지, 작게 웃은 이서진은 스스럼없이 내 옆에 걸터앉았다.

나는 그에게서 고개를 돌리며 작게 폭 한숨을 내쉬었다.

이상한 말이지만, 이서진과 그런 일이 있고 난 지 2주 정도밖에 지나지 않았는데. 그때 느꼈던 차가운 분노는 내 안에서 자취를 감추었다.

아마도 이 일의 이유를 나는 알고 있다. 나는 옆에 앉아 김수아에게 집중하고 있는 이서진의 옆얼굴을 힐끗 보았다. 아마도 내가 그를 조금쯤 연민하기 때문이겠지.

나는 몹시 애매한 위치에 놓여 있다. 나 또한 노아리가 만든 인물의 위치에 놓여 있는 동시에, 다른 이들 또한 그런 식으로 만들어진 인물이란 것을 알고 있다.

나 자신이 소설 속 인물이란 것을 깨닫고 운명을 바꿀 기회가 흔히 주어지는 것이 아니란 것 또한 잘 알고 있다.

고개를 기울이며 나는 생각했다.

하긴, 그러고 보면 나는 최유리 또한 조금은 동정했어. 그녀는 고작 은지호 우는 얼굴을 보겠다고 나와 반여령을 납치하는 극악무도한 짓까지 저질렀는데도.

그녀의 행동은 본인 선택의 결과이기에 대가를 치러야 한다고 생각하면서도, 그녀란 개인을 완전히 미워하기란 어려웠다.

그러니까 이서진이 저런 심성을 가진 것도 결국, 나는 멀지 않은 곳에 무릎을 끌어안고 앉은 노아리를 힐끗 보았다. 다 노아리의 의도대로가 아니냐 이 말이다.

그때 이서진이 말했다.

"회장 연주에 집중해."

"응?"

"어디 가서 돈 주고도 들을 수 있는 연주가 아니거든."

바람을 타고 흘러오는 기타 선율에 나는 잠시 귀를 기울였다.

과연 이서진의 말대로였다. 기타 선율에 실려 나지막이 흘러오는 김수아의 목소리는 감미로웠다. 별 기대도 하지 않았다는 듯, 멀찍이 서 있던 유신조차 어느새 가까이 다가와 있을 정도였다.

온 사위가 씻은 듯 조용해진 가운데 김수아는 내가 잘 모르는 외국 팝송 몇 가지를 부르더니 곧 체리필터의 '오리날다' 같은 신나는 노래로 넘어갔다. 버즈의 '나에게로 떠나는 여행'이 나왔을 때는 다 같이 소리 높여 따라 불렀다.

키득거리며 웃는 한편, 나는 문득 옆을 돌아보았다.

놀랍게도 이서진 또한 소리 내어 노래를 따라 부르고 있었다. 그의 노래는 목소리를 들어서 예상은 했지만 역시나 듣기에 좋았다.

내가 그를 향해 물었다.

"있잖아, 너도 노래를 듣고 감동 같은 걸 느껴?"

내 물음에 이서진은 눈을 반쯤 내리깔고 어이없다는 듯 헛웃음을 흘렸다.

"말 한 번 잘못했다고 사람을 무슨 로봇 취급하는구나."

"아, 미안. 종이 인형의 말이니까 너무 기분 나빠 하진 말고."

"빈정거리는 실력이 제법인데."

나도 종이 인형이란 그의 표현이 너무 인상 깊어서 한번 써먹어 본 건데, 상상 이상으로 얄밉게 들려서 조금 놀랐다.

입을 달싹이는 한편, 그는 김수아의 노래에 온전히 집중하고 싶은지 고민하는 기색으로 앞을 힐끗거렸다.

그때 마침 배턴 터치가 이루어져, 김수아는 자리에 앉고 한상아가 기타를 이어받았다.

그제야 내 쪽으로 몸을 돌려 앉으며 이서진이 물었다.

"나와는 평생 보지도 말자던 사람이, 갑자기 내 감정 체계 같은 건 왜 궁금하시지?"

"고민되는 문제가 하나 있는데."

나는 잠시 망설였다.

"그 사람이 너랑 조금 닮은 것도 같아서."

그리고 나는 곧바로 덧붙였다. 아니, 진짜 조금. 아주 조금.

기분 상한 듯 미간을 찌푸렸던 이서진이 이윽고 순순히 대답했다.

"뭐, 어쨌든 이쪽에서 먼저 잘못한 게 있는 건 사실이니까. 대답해 줄게. 뭐가 궁금한데?"

"음, 있잖아. 너는 다른 사람이 종이 인형처럼 느껴진다고 했잖아? 너무 단순해서 같은 감정이 있는 존재로 느껴지지 않는다고."

내 직설적인 말에 그는 미간을 조금 좁히면서도 순순히 고개를 끄덕였다. 이러나저러나 부정하지 않는 걸 보면 아무래도 이게 그의 진심은 맞는 모양이었다.

"그런데 넌 그런 너 스스로가 너무 싫은 거야. 경멸스럽고."

"내가 왜?"

"아, 좀. 그래 본 적 없어? 막 나 자신이 싫고."

"음……. 이해하도록 노력은 해 볼게."

이서진의 당당한 말을 들으며 나는 한숨을 내쉬었다.

너 진짜 너 자신의 도덕성이나 가치관 같은 것에 대해선 아무런 고민 없이 살아온 거구나. 저 정도면 조금 부럽기도 한데.

내가 다시 말했다.

"네가 너 자신을 싫어하는 건…… 네 남다른 점 때문에 사랑하는 사람한테서 사랑받지 못했기 때문이야. 너는 그 사람한테서 간절히 사랑받고 싶었는데. 이해했어?"

내가 말하고 있는 것은 다름 아닌 주인이와 주인이의 새어머니의 관계였다. 어차피 이서진은 이게 누구 얘기인 줄도 모를 테니, 이 정도는 괜찮을 거란 생각이 들었다.

그때 이서진이 불현듯 날카롭게 웃었다.

"아."

그러더니 그는 선뜻 대답했다.

"그거라면 모르진 않지. 그래서?"

"어……. 그런데 만약 있지, 널 그렇게 되도록 설정한 존재가 있다면 어떻겠어?"

이서진의 검은 눈이 동그래졌다.

"뭐?"

"그러니까, 마치 게임 캐릭터 만드는 것처럼……."

"……혹은 등장인물 프로필을 설정하는 것처럼 말이지?"

이서진이 자연스레 꺼낸 '등장인물'이란 단어에 내 어깨가 움찔 떨렸다. 이윽고 나는 입술을 깨물며 중얼거렸다.

하여간, 예리하다니까.

"그래. 일종의 '등장인물'처럼. 그런데 만약 네가 그 사람을 만났다면, 너는 어떤 생각이 들 것 같아?"

"내 프로필을 설정한 사람이라면, 그 사람이란 건 작가를 말하는 거겠지?"

이서진의 말에 나는 다시 미간을 좁혔다. 아, 등장인물이고 작가고, 그런 단어 별로 듣고 싶지 않은데.

하지만 주인이의 머릿속을 알기 위해선 어쩔 수 없었다. 지금 내 주변에 의심을 사지 않고 이런 문제를 물어볼 사람은 많지 않았다. 더군다나 이서진은 내가 지금까지 본 사람 중에서는 주인이와 가장 닮았다고 생각되는 인물이었다.

나는 급하게 속삭였다.

"얼른 대답해 줘. 얼른."

"생각할 시간 정돈 줘야지. 흐음."

잠시 턱을 매만지던 이서진이 천천히 입을 열었다. 나는 그의 말에 온 신경을 집중했다.

"나라면 일단 그 존재가 나에 대해 어떻게 생각하는지부터 파악하겠어."

"뭐? 왜?"

나는 그 존재에 대한 그의 생각을 물은 건데, 그는 어째서 도리어 그에 대한 그 존재의 생각을 알아야겠다고 말하는 걸까?

이서진이 당연하다는 듯 대꾸했다.

"왜냐하면, 생각해 봐. 내가 나를 싫어하게 된 이유는 내가 '다른 사람들과 달라서 사랑받을 수 없기 때문'에, 다시 말하자면 다른 사람과 다르다는 것 그 자체가 아니야?"

"으응, 아마도 그렇겠지?"

나는 대답했다.

"그리고 그 사람은 나를 다른 사람들과 '다르도록' 만든 인물일 테고."

"응."

"그렇다면 그 사람이 생각하기에 보다 온전한 쪽은 다른 사람 쪽일까, 아니면 내 쪽일까?"

나는 그렇게 묻는 이서진을 멍하니 응시했다. 붉은 석양이 이서진의 검은 눈 안에 녹아들어 언뜻 악마 같은 색을 띠었다.

부드러운 미소를 머금으며 그렇게 말하는 이서진의 모습은 과연 교활한 악마처럼 보였다.

"나는 다른 사람들의 온전함을 강조하기 위해 만들어진 '불량품' 같은 존재일까, 아니면 정말로 내가 '보기에 좋다'고 생각해서 만든 걸까? 성경에 하나님이 천지를 창조하시고 '하나님 보기에 좋았더라.' 하셨던 것처럼."

"아, 나 성경 잘 몰라."

"나도 잘 아는 건 아니야. 우리 학교 가톨릭계라서. 성가

대를 운영하고 채플도 따로 듣거든. 갑자기 생각나서 말해 봤어. 아무튼……."

그가 다시 말을 이었다.

"나와 나의 '남다름'을 비난하는 사람 사이에서, 그는 누구 편을 들까?"

"비난하는 사람 편을 들면 어떻게 되는데?"

나는 바짝 긴장해서 물었다. 그러자 이서진이 입가에 가느다란 미소를 걸쳤다.

"그야 당연히…… 내 도덕성의 바닥을 보게 되겠지."

아니, 너 거기서 아직도 보여 줄 바닥이 남아 있었던 거냐. 침을 꼴깍 삼킨 내가 다시 물었다.

"그럼, 네 편을 들면?"

"그때는……. 그것도 그것대로 무시무시한 일이 되겠지."

"뭐? 어째서?"

이서진의 말에 나는 얼빠진 소리를 냈다. 이서진이 천천히 말을 이었다.

"생각해 봐. 우리 같은 성격은, 우리가 있는 그대로의 모습으론 남들에게 받아들여질 수 없다는 것을 알았을 때 가장 먼저 스스로를 숨긴단 말이야?"

지금 내가 하고 있는 것처럼.

그렇게 말하며 이서진이 언뜻 서늘한 무표정을 지어 보이는 것을 보고 나는 흠칫 놀라며 고개를 끄덕였다. 미소를 지운 그의 얼굴은 완전히 다른 사람 같았다.

다시 모범생다운 얌전한 미소를 지은 그가 말했다.

"그런데 이 시점에서 나의 있는 그대로의 모습을 알며, 심지어 그 모습 그대로 완전하다고 말하는 사람이 나타난다……."

턱을 괴고 고개를 비스듬하게 기울이며, 이서진이 낮게 속삭였다.

"생애 있을 거라고는 상상해 본 적도 없는 구원자가 나타났을 때, 우리 같은 족속이 어떻게 할 것 같아?"

"……."

"무시무시한 일이 아니라고 할 수 있을까?"

이서진의 말에 나는 대답하지 못했다.

나는 다만 초점 없는 시선을 떨어뜨리며, 무릎 위에 올려놓았던 두 손을 꽉 움켜쥐었다.

그때 루다가 나와 이서진이 앉아 있는 모습을 보고 당장 얼굴을 구기며 '양심도 없지, 거기서 안 비켜?' 하고 성질을 내는 바람에 대화는 중단되었다.

루다는 전에 카페에서 스터디 할 때 이서진에 대한 얘기가 우연히 나와서 우리 사이에 있었던 일을 알고 있었다.

옆을 보고서야 나는 루다 외에도 여령이와 사대천왕, 하여간 이서진에게 결코 좋은 감정을 가질 수 없는 이들이 우리 쪽을 게슴츠레하게 보고 있는 것을 깨달았다.

다만 이 자리의 대부분은 이서진과 우리 사이에 있던 사건에 대해 모르고, 더군다나 선율 예고 학생 회장까지 동석해 있는 자리에서 공공연하게 적대감을 드러낼 수 없어 참고 있던 모양이었다.

그제야 나는 어색하게 웃고는 자리에서 일어나 이들이 있는 쪽으로 다가가 앉았다. 이서진은 여전히 속을 알 수 없는 얼굴로 생글생글 웃으며 손까지 흔들어 주었다.

내가 앉자마자 여령이가 경계심 가득한 목소리로 물었다.

"쟤가 먼저 너한테 말 걸었어? 뭐라고 그래?"

"아, 아니야. 그냥 쟤는 내가 앉은 쪽이 명당이라 우연히 내 옆에 앉았는데, 마침 내가 좀 물어볼 게 있어서."

"물어볼 거? 뭔데?"

"음."

나는 말 안 하고 애매하게 웃기만 했다. 여령이는 고개를 갸웃거리다가 문득 고개를 돌리더니 박수 치며 환호했다.

나도 따라서 고개를 돌리자, 유신이 한상아에게서 기타를 건네받는 모습이 보였다. 그렇지, 학창 시절부터 길거리 공연을 했다고 했나? 나는 유천영에게서 들은 정보를 떠올리며 유신을 바라보았다.

과연 유신의 연주 실력은 훌륭했다.

몇 번 짧은 연주를 하며 손을 푸는 듯하던 그가 이윽고 김수아와 시선을 맞추며 노래를 시작했다.

나는 턱을 괴고 있던 손을 내리며 낮은 탄성을 토했다.

팝송은 잘 듣지 않는 나조차도 알고 있을 만큼 유명한 노래였다.

듀엣곡의 대명사, 영화 'Once'의 주제곡인 'falling slowly'. 흐르는 강물처럼 잔잔한 기타 선율 위로 나직하고 조금은 허스키한 목소리가 얹혔다.

노래하는 두 사람 뒤로 석양이 가라앉고 있었다. 가라앉는 해가 내쏘는 금색 빛줄기가 눈이 부셔서 나는 잠깐 눈을 감았다.

짧은 순간 시간이 멈추었다.

흐르는 노랫소리와 나뭇잎 부딪치는 소리, 낮은 웃음소리, 작게 소곤대는 소리…… 아직 빠지지 않은 연기가 매캐한 냄새를 풍기며 주변을 휘감고 있었다.

더없이 평화로운 순간인데도 불안감을 느끼고 마는 것은 왜일까? 나는 중얼거렸다.

그래서 이 순간에 온전히 집중할 수 없게 되고 마는 것은.

마치 나도 정체를 모르는 추격자가 시시각각 거리를 좁혀 오는 것 같았다. 어둠 속에서 다가와, 아무것도 모르고 행복감에 취해 있던 내 목을 단숨에 잡아챌 것만 같았다.

아마 다른 사람들에게 이런 내 생각을 말하면 또 걱정을 사서 한다며 내 머리를 헝클겠지만.

나는 두 손을 꽉 움켜쥐었다.

이게 과연 공연한 불안감일까?

이미 전조는 충분히 있었다. 시시각각 좁혀 오는 추적망, 은지호가 순간순간 내보이는 그답지 않은 동요, 주인이의 의도를 알 수 없는 행동들.

겉으로 아무런 일도 일어나지 않는다고 마냥 안심할 수 있는 상황이 아니었다.

나는 다시 눈을 떴다. 하필이면 이때 들려오는 노랫말마저 내 상황을 대변하는 것만 같았다.

"가라앉는 배를 붙잡아요, 우리에겐 아직 시간이 있어요."

그러나 도대체 무슨 수로 잡는단 말인가? 나는 한숨을 토해 냈다.

결국 내가 이 모든 일의 의미를 깨닫는 때는 언제나 그랬듯, 배가 완전히 가라앉고 난 다음일까?

그나마 이서진과의 대화에서 작은 수확이라도 있었던 것이 다행이었다.

공연이 끝난 다음, 나는 곧바로 노아리를 찾아 자리를 옮겼다.

우리가 반쯤 지나왔을 때 등 뒤에서 갑자기 떠들썩한 웃음이 터졌다. 노아리는 뒤에서 일어나는 일이 궁금한지 몇 번이나 돌아보았지만, 결국 날 따라 별장 뒤편으로 이동했다.

어두운 숲을 등진 노아리가 물었다.

"왜 그러세요?"

"주인이가 태도를 바꾼 이유 말이야, 알 것 같아."

"네?"

"주인이, 혹시 널 좋아하는 거 아니야?"

노아리의 눈썹이 그녀의 마음을 대변하는 듯 일그러졌다.

그 모습을 보며 나는 속으로 중얼거렸다. 그래, 솔직히 나도 며칠 전에 누가 나한테 이런 말을 했다면 믿지 않았겠지만.

노아리가 딱 잘라 말했다.

"누굴 쉽게 좋아하고 할 수 있는 사람이 아니에요."

"그래, 나도 그건 알아. 하지만……."

잠시 숨을 고른 내가 말을 이었다.

"주인이가 네게 날 데려가지 말라고 한 점이나, 추측을 그만두고 자료를 파기하겠다는 걸 거래 조건으로 내건 걸 봐서는 그 애가 사실을 거의 다 추측해 낸 것 같거든."

노아리가 주인이와 단둘이 만나는 동안 그에게 단서를 흘렸을 리는 없으니, 그가 진상을 알게 된 계기는 나와 노아리의 전화 통화를 엿듣고서였음이 분명했다. 그렇다면 그는 노아리의 정체가 작가란 것 또한 알고 있을 확률이 높았다.

노아리는 마뜩잖다는 표정을 지으면서도 고개를 끄덕였다.

"네. 저도 그럴 거라곤 생각해요."

"태도를 바꾼 게 얼마 전이라고 했지? 혹시 그 전에 무슨 일 없었어?"

노아리가 다시 눈썹을 찡그렸다.

"네?"

"뭐, 예를 들면……."

이서진의 말을 떠올린 나는 다시 말했다.

"주인이와 적대적인 사람, 예를 들면 주인이네 엄마와 마주쳤다든가."

그러자 노아리는 대번에 허를 찔린 표정을 지었다.

아니, 진짜로? 충격에 빠진 내 앞에서 그녀가 말했다.

"어떻게 아셨어요?"

"뭐? 아니, 진짜……?"

"저한테는 그 일 자체가 뭐라고 해야 할까, 옛날에 망쳐서 방구석에 숨겨 둔 성적표와 우연히 마주친 것 같은 일이라 굳이 말씀 안 드렸는데……."

노아리의 지나치게 직관적인 비유를 듣고 나는 다시 한 번 충격을 받았다. 아니, 뭐 이해가 안 가는 건 아니다만……. 그러다 그녀의 이어진 말을 듣고 내가 외쳤다.

"뭐?!"

"우주인의 양어머니를 만나서 적반하장으로 막말을 퍼붓는 걸 듣고, 그대로 돌려 드렸다고요……. 왜 그러세요?"

제 딴에는 무척 용기 낸 일이었는데. 그렇게 말하는 노아리의 얼굴이 은은한 자부심으로 빛나는 것을 보고 나는 이마를 짚었다.

그때, 문득 노아리가 오른손에 들고 있던 핸드폰을 왼손에 옮겨 쥐더니 오른손으로 머리카락을 쓸어 넘겼다.

그녀의 핸드폰에 매달려 느리게 흔들리는 물체를 보고 나는 다시 눈을 크게 떴다.

내가 손을 내밀었다.

"너, 핸드폰."

"네?"

그녀가 어리둥절해하면서도 순순히 핸드폰을 내게 건넸다. 핸드폰에 달린 돌하르방 장식을 보고 나는 신음을 삼켰다.

노아리는 아직 1학년이라 수학여행을 가지 않았고, 얼마 전 수학여행을 다녀온 것은 우리 학년뿐이다.

그리고 우리의 행선지는 제주도였다.

"이거 누가 줬어?"

내 물음에 노아리는 조금 놀란 듯하면서도 순순히 대답했다.

"아……. 그것도 우주인이요. 수학여행 다녀온 바로 다음 날, 약 올리는 건지 다 녹은 초콜릿들이랑 함께."

"주면서 무슨 말 안 했어?"

돌하르방의 비정상적으로 큰 코에 시선을 고정한 채 묻자, 노아리가 천천히 기억을 더듬기 시작했다.

이윽고 그녀의 입에서 흘러나온 말에 나는 눈을 질끈 감았다.

"뭐라더라, 불량품이라서 직원이 바꿔 주겠다고 했는데 굳이 그대로 달라고 해서 받아 왔다고."

"아……."

"뭐, 제가 한 짓을 생각하면, 그렇게 저를 싫어하는 것도 무리는 아니……."

"아리야."

나는 어두운 얼굴로 그녀의 말을 잘랐다.

그녀가 퍼뜩 고개를 들었다.

"주인이 그걸 준 게 정말 널 싫어해서인 것 같아? 널 놀릴 작정이었다면 다 녹은 초콜릿으로도 충분했을 텐데."

"네? 그럼……."

"불량품. 주인이 어렸을 때 양어머니에게 받았던 취급. 정말 떠오르는 게 없어?"

이윽고 노아리의 안색이 창백해졌다.

돌하르방 핸드폰 고리를 한참 내려다보던 내가 그것을 다시 그녀에게 돌려주며 말했다.

"그리고 너는 그를 일부러 그렇게 되도록 '만든' 사람이지."

노아리는 아무런 대답이 없었다. 그녀의 얼굴만이 붉어지는 공기와 대조적으로 점차 창백해졌다.

나는 한숨 섞인 목소리로 말을 이었다.

"나는 주인이 네게 그걸 줬던 이유가, 자기 처지를 비꼬기 위해서였다고 생각해."

"……."

"하지만 너는 주인이를 불량품이라고 생각해서 만든 게 아니지? 일부러 결함이 있는 존재로 말이야."

나는 확신을 실어 말했다. 과연, 노아리는 머뭇거리면서도 고개를 끄덕였다.

"그런 의도인 줄은 정말 짐작도 못 했어요. 저는 그를 애초에 불량품……그런 식으로 생각해 본 적은 한 번도 없어서."

그녀는 여전히 충격에서 헤어 나오지 못한 표정으로 더듬더듬 말을 이었다.

"그랬다면 굳이 시간을 할애해서 쓰지도 않았을 거예요. 그는 제게……."

그녀가 갑자기 어디서 났는지 모를 힘을 실어 말을 맺었다.

"……완벽하지 않아도 그 자체로 완전한 존재예요."

적적한 숲에 울리는 그 말을 들으며 나는 문득 생각했다.

주인이가, 아니, 이 세상 모든 사람이 방금 그 말을 들었다면 좋았을 텐데.

하지만 그건 너무 위험부담이 큰일이니까, 소망으로만 남겨 둬야겠지. 작게 한숨을 내쉰 나는 대답했다.

"주인이도 네가 주인이의 어머니와 마주친 일을 통해, 네 생각을 충분히 알게 되었을 거라고 생각해."

"그럼……."

나는 어두운 목소리로 말을 이었다.

"주인이한테 있어서 다른 사람과의 관계는 이미 답이 정해진 거였잖아. 어차피 본모습 그대로 사랑받을 수 없을 거라고 생각해서 본모습을 숨기고, 사람들이 자길 좋아한다고 말해도 이건 진정한 자기를 좋아하는 게 아니라고 생각해서 고통받고."

정작 사람들이 자기 본모습을 알 기회조차 주지 않았으면서 말이야. 나는 쓸쓸한 목소리로 덧붙였다.

노아리는 여전히 침묵했다.

"그리고 이 상황에서 본모습을 누구보다도 잘 알고 있는 네가, 그 애를 본모습 그대로 좋아한다고 말했다면."

여전히 창백해진 채 말이 없는 노아리에게 내 마지막 말이 꽂혔다.

"그래도 그 애가 널 좋아하는 게 말이 안 돼?"

잠깐 눈을 크게 뜨고 모든 동작을 멈추었던 노아리가 이윽고 고개를 뒤흔들었다.

그녀가 잔뜩 당황한 목소리로 대답했다.

"아니요, 그래도 그건 말이 안 돼요. 무엇보다 저는 유년 시절 그 모든 일을 겪게 한 장본인인걸요."

그녀의 지적에 나는 할 말을 잃었다. 그러게, 거기까진 생각해 본 적 없는데 꽤 타당한 말이었다.

실제로 우리는 주인이가 결국 노아리의 정체를 알게 되면 그녀에게 무슨 짓을 할지 몰라 몹시 걱정해 왔다. 자신에게 어떤 식으로든 해 끼친 사람을 가만둘 그가 아니니까.

노아리가 울상이 된 채 말을 이었다.

"놀부가 제비 다리 부러트리고 상처 치료해 주는 거랑 다른 게 뭐겠어요? 파렴치하다는 말이나 듣지 않으면 다행이지."

"……너의 정체에 대한 추측을 그만두겠다고 했잖아."

나는 불쑥 입을 열었다. 그 말에 노아리가 아연한 표정을 지었다.

"네?"

"너에 대한 추측을 전부 그만두겠다고 했어. 자료를 파기해 주겠다고까지 했고."

"그게 어때서요?"

나는 확신을 실어 말했다.

"주인이가 네 정체에 대해, 또 우리 일에 대해 전부 덮어 버리고 싶어 한다는 생각 안 들어?"

그 말에 노아리가 또 한 번 입을 다물었다. 그런 그녀에게 내가 마지막 결정타를 날렸다.

"주인이가 자기 어머니 일에 대해 정말로 아무것도 추측하지 못했어? 은지호와 함께 납치당하고 법정에서 모든 진실이 까발려질 때까지도."

"……."

노아리는 이번에야말로 울상을 한 채 침묵했다. 그런 그녀의 침묵을 통해 나는 비로소 확신했다.

"그게 주인이가 지금까지 알지 않아도 될 것들을 알면서도 버텨 온 방식이구나."

내가 한 말에 노아리는 대답하지 않았다.

주인이는 기억력과 관찰력 모두 뛰어났다. 가끔은 우리 중 아무도 눈치채지 못한 일을 가장 먼저 눈치채 놓고, 사실이 밝혀졌을 때는 머쓱한 미소만 짓곤 했다.

모든 사람이 하나쯤 감추고 있는 비밀이나 진심 같은 것을 알아채 버리는 것은 그에게도 상당한 스트레스였을 것이다. 모든 진실이 언제나 좋은 것만은 아니니까.

이를테면 그의 양어머니의 진심 같은 것.

내가 감추고 있던 비밀, '이 세계가 소설 속이고 그들은 등장인물일 뿐이란 것' 또한 마찬가지.

그런 모든 사실로부터 눈감고 고개를 돌려 버리는 것은 주인이에게 있어 당연한 회피책이었을 것이다.

그중 하나라도 사람이 쉽게 감당할 수 있는 것이 아니다. 누구한테 말할 수 있는 성질의 것은 더더욱 아니고.

나도 얼마 전 그에 관한 일로 논의할 상대를 찾다가, 말할 수 있는 상대가 아무도 없음을 깨닫고 막막한 고립감에 휩싸였지 않나.

주인이도 지금까지 늘 그런 상태였다고 생각하면, 그가 사실을 직면하는 대신 그런 방식을 택한 것도 무리는 아니다.

그러다 나는 문득 시선을 들었다.

"말도 안 돼. 그럴 리가……."

노아리는 주인이 그녀의 정체를 알면서도 지금까지 모른 체했다는 것에 충격받은 걸까? 잠시 의아해하던 나는 깨달았다.

아니, 그럴 리가 없지. 그녀 또한 주인이 감당 못 할 진실 앞에 늘 그래 왔다는 것을 알고 있을 것이다. 그를 만든 그녀니까.

다만, 그녀가 충격받은 건 아마 다른 부분일 터였다. 주인이 그녀를 좋아한다는 부분. 그건 그녀가 이전에 썼던 어떤 대목에도 쓰여 있지 않은 부분일 테니까.

그리고 나는 다시 고개를 기울였다.

그래도 누가 자신을 좋아할지도 모른다는 얘기를 들었는데 전혀 기쁘진 않은 걸까? 나만 해도 세 사람이 나를 좋아한다는 걸 깨닫고, 부담감 속에서도 희미한 기쁨을 느끼지 않을 순 없었다.

그러다 나는 곧 깨달았다. 주인이 아무리 매력적이건 간에 노아리에게는 자기가 직접 만든 인물 중 한 명에 불과하고, 더군다나 노아리는 나와는 달리 적극적으로 원래 세계로 돌아갈 방법을 찾고 있는 처지였다. 그러니 그 사실이 부담스러우면 부담스러웠지 기쁠 리 없었다.

그래도 주인이 우리 정체를 남들에게 말할 걱정이 사

라진 건 다행인가? 나는 뒷머리를 긁적였다.

자기 말을 쉽게 번복할 사람도 아니니까. 어찌 됐건 그는 노아리가 자신과 함께 이 별장에 와 주었다는 것만으로 모든 자료를 파기할 것이다.

그럼 그것으로 상황은 원점으로 돌아갈 것이다. 은지호가 아무리 대단해도, '등장인물'이라는 짧은 단서만으로 모든 상황을 추측할 순 없겠지.

생각을 마친 나는 노아리를 다시 불렀다.

"아리야."

그때까지도 자기만의 생각에 빠져 있던 그녀가 퍼뜩 고개를 들었다.

"네?"

"주인이, 너무 상처받지만 않게 해 줘. 똑똑한 애니까, 네가 싫다고 직접적으로 표현하지 않아도 적당히 이해할 거야."

"네? 상처요?"

"그럼?"

당연히 거절할 거라고 생각해서 말한 건데, 아니었나? 나는 눈을 동그랗게 떴다.

그러자 노아리는 퍼뜩 고개를 내젓더니 말했다.

"당연히 거절해야죠! 왜냐하면 저는 돌아갈 사람이고. 아니, 그리고 애초에 그 사람이 짊어진 상처는 전부 제가 준 건데 사귄다니. 말도……."

그렇게 말하다 말고 노아리가 미간을 좁혔다. 그녀는 눈을 내리깔고 바닥에 시선을 둔 채로 한참이나 말끝을 늘였다.

"말도……."

나는 그녀를 물끄러미 보다가 천천히 돌아섰다. 아무래도 그녀에겐 혼자만의 시간이 필요할 것 같았다.

노아리를 기다려 별장으로 돌아가자, 이미 바비큐 뒷정리가 끝나고 선율 예고 학생회들은 자기 별장으로 돌아가 버린 뒤였다.

빈 마당에서 머쓱하게 헤매던 나와 노아리는 2층 테라스에서 부르는 소리를 듣고 그곳으로 올라갔다.

도착했을 때 협의를 통해 남자애들이 1층을 쓰고 여자애들이 2층을 쓰기로 이미 결정되어 있었다.

2층 방문을 열자 시원하게 뚫린 베란다를 등지고 반여령과 이민아, 김혜힐과 정세연까지 모두 모여 앉아 각자 가방을 뒤지는 모습이 보였다.

내가 들어가자마자 그들은 대뜸 손을 내밀더니 외쳤다. 가위바위보!

"자, 잠깐. 뭐야."

어처구니없어하면서도 손을 내미는 내 뒤에서 노아리 또한 손을 내밀었다. 슬프게도 나 혼자 꼴찌였다. 복잡한 얼굴로 손을 거두는 나를 내버려 두고, 그들은 다시 가위바위보를 반복했다.

모든 승부가 가려지고 나서야 내가 물었다.

"그런데 이거 뭐 하는 거야?"

이민아가 대답했다.

"씻는 순서."

"아."

맞다, 우리 계곡물에서 놀고는 이제껏 씻지도 않았었지. 어차피 바비큐 하면 고기 냄새 다 밴다면서.

그렇게 생각하며 고개를 주억거리던 나는 문득 전신 거울 속에 비친 나와 눈이 마주치고는 잠시 충격을 받았다.

누구세요? 원시인?

이런 몰골로 선율 예고 학생회를 만났다니, 말도 안 돼!

충격에 빠져 웅크리는 내 등을 수건을 들고 지나가던 정세연이 툭툭, 두드려 주었다.

한참이나 그러고 있던 나는 다시 고개를 들고 물었다.

"그러고 보니까 아까 공연 끝나고 잠깐 시끄러워지던데, 뭐였어?"

내가 노아리를 데리고 나갈 때 등 뒤에서 있었던 떠들썩한 소란을 떠올리며 묻자, 이민아가 대답했다.

"어, 너 못 봤어? 야, 놀라지나 마라."

"뭔데?"

"유천영네 형이 선율 예고 회장 번호 땄어."

나는 턱이 빠질 듯이 입을 벌리며 되물었다.

"뭐어?!"

유신은 반여령의 미모에도 감탄할지언정 별다른 사심은 보이지 않았다. 아무튼 반여령은 그에게 있어 나와 똑같은 '꼬맹이'인 모양이었다. 그랬는데!

나는 다급히 물었다.

"그래서 어떻게 됐어?"

"거절당했어. 대박이지?"

"뭐?"

"무려 발해 그룹 둘째이신데 말이야."

이민아가 키득키득 웃으며 말을 이었다.

"아니, 그게 유신 그 오빠도 말할 때 입장을 확실히 했대? 이성적인 관심 그런 거 아니고 음악적으로 교류하고 싶어서 그런다고. 확실히 김수아 그 선배가 대단하긴 했잖아."

"아, 그렇지."

나는 다시 고개를 끄덕였다.

그 두 사람 목소리 굉장히 잘 어울렸었지. 더군다나 이서진 역시 김수아의 노래를 들을 때만은 경건한 자세까지 보였다. 그렇게 생각하면 유신이 그녀의 실력에 관심을 보인 것은 당연한 일이었다.

이민아가 여전히 웃으며 말을 이었다.

"그런데 김수아 선배가 말하기를, '아니, 제가 그쪽을 오해하는 게 아니라요.' 그러더니 이서진이랑 한상아인가 그 사람을 가리키면서 그러는 거야. '제 주변 음악 하는 사람들이 죄다 저 모양이다 보니까 제가 좀 편견이 있어서요.'"

"아…….."

"그런데 참 이상하지 않아? 이서진이나 한상아나 둘 다 잘 웃고 싹싹하던데? 그런데 무슨 편견이 있다는 거지?"

이민아가 고개를 기웃거리며 하는 말을 듣고 나는 깨달았다. 아니, 나는 김수아가 그렇게 말한 이유 대강 알 것도 같은데.

그러고 보면 김수아의 학생회에는 노아리가 말했던 요주의 인물이 둘이나 포함된 셈이었다. 그녀가 그 사이에 끼어서 어떤 고생을 하고 있을지는 알 만했다.

"뭐, 아무튼 그래서 불발됐다는 얘기."

"그렇구나."

나는 잠시 속으로 김수아의 명복을 빌었다. 힘내십시오, 회장님. 덤으로 차인 유신에게도 명복을 빌어 주고서야 나는 기도를 마치고 가방을 뒤적거리기 시작했다.

이민아와 내가 얘기하는 사이 반여령과 노아리는 어디론가 사라지고 없었다.

이민아 또한 방에서 나가자, 비로소 방 안이 고요해졌다.

나는 시계를 올려다보며 생각에 잠겼다. 한 사람당 씻는 데 적어도 20분은 걸릴 테니까, 앞으로 내가 씻을 때까지

한 시간은 남은 셈이었다. 그동안 뭘 한담?

나는 주머니에 든 핸드폰만 만지작거렸다.

마지막으로 연락을 확인한 지가 꽤 됐는데, 왜인지 볼 생각이 전혀 들지 않았다. 가방에 든 책 역시도 마찬가지였다. 활자로 된 무언가를 읽을 만한 상태가 아니었다.

나는 무엇을 하고 있다는 자각조차 없이 멍하니 방 모서리만 내려다보았다. 초침 소리가 내 머릿속을 둔탁하게 긁고 지나갔다. 베란다에서 새어 들어온 빛이 바닥을 보라색 섞인 주황색으로 물들이고 있었다.

그때 문득 목소리가 날아왔다. 나는 선잠에서 깬 사람처럼 퍼뜩 고개를 들었다.

"피곤해?"

지금껏 있는 줄도 몰랐던 김혜힐이었다. 방 크기가 상당한 데다 맞은편 구석에 앉아 있어서 못 봤던 모양이었다.

한 손에는 핸드폰을 매만지고 있는 그녀가 시선은 나를 향하며 물었다.

"무슨 일 있는 거 아니야?"

"응? 아, 아니야. 아마도."

오히려 모든 일이 해결된 것에 가까웠다.

나는 속으로 잠시 꼽아 보았다. 반여령도 은형이와 다시 한번 제대로 얘기를 나눠 보겠다고 했지, 주인이는 노아리의 정체에 대한 모든 추측들을 덮어놓고 모든 자료를 파기하겠다고 선언했지. 즉 이제 더는 문제랄 게 남아 있지 않다.

내 대답에 눈을 동그랗게 뜬 김혜힐이 대답했다.

"그래? 계곡 나오고 나서부터 기분 계속 안 좋아 보이길래. 틀림없이 무슨 일 있는 거구나 했어."

"정말?"

그렇게 빨리 티가 났단 말이야?

김혜힐은 대답 없이 고개만 끄덕였다. 아차. 그제야 내가 그녀에게 무슨 짓을 저질렀는지 깨달을 수 있었다.

김혜힐은 나 때문에 여기 온 거나 다름없었다. 그녀가 이런 떠들썩한 자리를 좋아하지 않는다는 건 익히 들어서 알고 있었다. 방금처럼 선율예고 학생들이 예정 없이 낀 것도, 낯을 가리는 그녀로선 상당히 불편했을 것이다.

그런데도 그녀는 분위기를 깨트리지 않기 위해 여태껏 유쾌한 자세를 고수했다. 그런데 정작 이 자리를 만든 주최자인 내가 나서서 분위기를 띄우기는커녕, 혼자 고민에 빠져 있었다니.

나는 눈두덩이를 문지른 다음 힘차게 고개를 내저었다.

"미안. 내가 불러서 온 건데 정작 내가 이래서. 나 때문에 재미없었지?"

"그런 건 상관없으니 걱정하지 마."

김혜힐이 단호하게 대답했다.

"난 이루다랑 윤정인이 한자리에 있기만 하면 재밌거든."

"……."

나는 잠깐 말없이 김혜힐의 얼굴을 뚫어져라 쳐다보았다. 아무래도 농담하는 기미가 없는 것을 보니 저건 진짜였다.

다시 작게 고개를 내저은 그녀가 내뱉었다.

"그보다도, 고민이 뭔지는 말해 주지 않을 거야?"

"아……."

머쓱하게 뺨을 긁적인 나는 대답했다.

"말한다고 해결될 고민이 아니라서. 딱히 내가 할 수 있는 일도 없고."

"그래?"

"그래."

다시 침묵이 흘렀다. 나는 내 말주변을 원망했다. 조금 더 부드럽게 그녀의 제안을 물리칠 방법이 있었을 텐데. 이런 식으로 말하면 선을 긋는 것밖에는 더 되지 않는다.

그런데 김혜힐이 뜻밖에도 불쑥 말했다.

"말 못 할 고민 같은 건 누구에게나 있지."

"응? 응……."

"나한테도 있어."

나는 퍼뜩 고개를 들고 김혜힐을 바라보았다. 긴 속눈썹이 창백한 뺨 위로 길게 그림자를 드리워서, 그녀는 꼭 동양화에 나오는 비현실적인 미인 같았다.

그녀는 한참 있다가 다시 말했다.

"그걸 혼자 짊어지고 있다는 게 버거울 때가 종종 있는데."

"응."

"말했을 때의 파급 효과를 상상하다 보면, 역시 그냥 짊어지고 있는 게 낫겠구나 하는 생각이 들거든."

"……."

"만약 내가 너한테 그 비밀을 말하게 되는 날이 오면, 잠자코 들어 줄래? 얼마나 어이없는 얘기이건 간에."

한동안 멍하니 있던 나는 홀린 듯 고개를 끄덕였다.

김혜힐의 심정은 지금 내 심정과 비슷했다. 더군다나 들어 주는 것은 별로 어려운 일도 아니었다.

늘 내 곁에 있어 주고 고마운 말들을 해 주는 그녀에게 신세를 갚을 방법이 있다면 오히려 다행이었다. 그러자 조용히 웃은 그녀가 다시 핸드폰을 내려다보았다.

그것으로 방금까지 우리 사이에 흐르던 비밀스러운 공기가 사라지고, 일상적인 분위기가 돌아왔다. 별장에서 멀지 않은 곳에서 새가 시끄럽게 울고 있었다.

비밀을 품은 거대한 동굴에서 막 빠져나온 듯한 느낌이 들었다.

내가 눈을 깜빡이는 찰나, 갑자기 복도 쪽에서 시끄러운 소리가 점차 가까워지더니 이윽고 문이 벌컥 열렸다.

샴푸 냄새를 풍기며 들어온 정세연과 이민아가 외쳤다.

"우리 나왔어! 어, 다음 차례 반여령인데 어디 갔냐?"

"어, 그러게."

나는 무거운 몸을 일으켜 테라스 쪽으로 나가 보았다. 어두워져 가는 마당에도 반여령의 그림자조차 보이지 않았다.

1층 테이블에는 은지호와 우주인, 노아리의 모습이 보일 뿐이었다. 그나마도 은지호는 두 사람으로부터 멀찍이 떨어져 있었다.

그 모습을 잠자코 내려다보던 나는 문득 떠올렸다. 혹시, 은형이랑 얘기하러 나갔나? 그럴 거란 직감이 강하게 들었다.

김혜힐이 수건과 옷가지를 들고 자리에서 일어나며 말했다.

"그럼 나 먼저 씻을게."

"어, 응. 나는 여령이 한번 찾아볼게."

그렇게 말하며 자리에서 일어났지만, 사실은 은형이의 행방을 알아볼 생각이 더 컸다.

은형이가 이 별장 아무 데도 없다면 지금 여령이와 얘기하고 있다는 뜻이고, 그건 환영해야 할 일이었다.

나는 계단을 밟고 1층으로 내려가 곳곳을 살폈다. 주방에도, 거실에도 아무도 없었다.

1층에 있는 세 개의 방 중 하나 앞에서 노크하자 김혜우가 불쑥 튀어나왔다.

"어, 왜?"

"은형이 있어?"

"아, 걔네는 다른 방."

고개를 주억거린 나는 대각선 방향으로 이동하여 마침내 김혜우가 알려 준 문 앞에 섰다.

복도에서부터 잔뜩 시끄럽던 저쪽 방과는 달리 이쪽은 무척 조용한 데다가, 복도 불까지 꺼져 있어 더욱 적막하게 느껴졌다.

아무도 없나? 내가 문을 두드리려는 찰나, 방에서 통화 중인 것 같은 목소리가 흘러나왔다. 그리고 나는 그대로 얼어붙었다.

"삼촌. 난 진짜…… 이해가 안 되는데."

이해가 안 되는데, 하고 말할 때의 목소리는 몹시 낮았다. 피로감과 함께 약간의 실망감이 짙게 배어 있는 목소리였다.

유천영이었다.

나야말로 이 상황이 이해가 안 돼서 미간을 살짝 좁혔다.

삼촌이라면, 그를 모델로 발굴하다시피 한 포토그래퍼 유장우 씨를 말하는 건가? 유장우 씨의 업적을 고려하지 않더라도, 유천영은 친척들과 대체로 데면데면한 사이를 유지하고 있는 것으로 아는데.

그때 유천영이 다시 말했다.

"내 생각에 그건 삼촌이 신경 쓸 일은 아닌 것 같은데."

으악. 나는 나도 모르게 입을 가렸다. 아까는 그나마 돌려 말한 거였어. 이번엔 완전 돌직구잖아.

"남들이 정하는 내 가치 같은 게 무슨 의미가 있어?"

그렇게 말하고서 그는 짧게 숨을 내쉬었다. 이어지는 목소리는 전보다 묵직했다.

"내가 물건도 아닌데."

다시 침묵이 이어지더니, 이윽고 '끊어.' 나직한 말과 함께 소리가 뚝 끊겼다.

그제야 노크하려던 나는 갑자기 문이 벌컥 열리는 바람에 놀라서 멈췄다.

유천영이 눈을 동그랗게 뜨고 문틈 사이로 나를 보았다.

"여긴 왜……."

"아, 은형…… 그게, 은형이 혹시 있나 해서."

놀란 나머지 허둥지둥 말하고서 나는 속으로 울상을 지었다. 어떡해, 당황한 거 티 났겠지? 티 났을 거야.

그때 유천영이 말했다.

"권은형 지금 없어. 꽤 전부터 안 보였어."

나는 앞머리를 매만지며 대답했다.

"으, 응."

"그리고 삼촌이랑 한 통화를 들은 거면, 별 상관없는데."

나는 뜨악하며 퍼뜩 고개를 들었다. 역시 티 났구나.

다시 마주한 유천영의 얼굴은 뜻밖에도 시큰둥해 보였다.

나는 의아해하면서도 물었다.

"심각한 얘기 중인 거 아니었어?"

"아니."

즉답이었다. 내가 다시 물었다.

"가치라느니 물건이라느니 막 그런 얘기 나오던데."

"아, 그냥 별거 아닌 얘기."

"넌 꼭 그래 놓고 나중에 가서 보면 별거더라."

"남들한테 별거라고 나한테도 별거여야 해?"

"으음."

그렇게 말하니 할 말은 없었다. 가만히 입을 다무는 나를 보고 작게 웃은 유천영이 방금 나온 문을 닫았다.

그리고 그가 가만히 문에 등을 기댔다.

나는 옅게 그림자가 진 그의 얼굴을 올려다보며, 그가 꽤 피로해 보인다는 생각을 했다.

오전부터 지금까지 내내 곁에 있었는데, 왜 이걸 지금 깨달은 걸까? 김혜힐에 대해서도 그렇고, 나는 새삼 스스로에 대해 자괴감이 들었다. 아무리 정신이 없었어도 그렇지.

역시 바쁜 일정 중에 우리와 여행할 날 하루라도 만들기는 힘들었던 걸까? 내가 이걸 어떻게 물어야 하나 싶어 우물쭈물하던 그때, 유천영이 불쑥 물었다.

"별로 안 재밌었어?"

"뭐?"

"오늘."

나는 중얼거렸다. 김혜힐과 똑같은 소리를 하는구나.

하긴, 눈치는 잘 모르겠지만 동물적인 직감 같은 건 유난히 발달한 그니까.

그리고 나는 이마를 긁적이며 곤란한 듯 대답했다.

"아니…… 그냥 생각할 게 많았어. 그래서 원래대로라면 즐거웠어야 했는데 괜히 집중을 못 했나 봐. 티 났다면 미안."

"미안할 건 없지."

그러더니 고개를 기울인 그가 덧붙였다.

"생각? 무슨."

"아니, 그냥."

"아. 우리한테 말 못 할 생각."

유천영이 익숙하다는 듯한 투로 대답했다. 나는 입을 꾹 닫았다가 애써 화제를 돌렸다.

"너도 피곤해 보이는데, 너 진짜 여기 온다고 너무 무리한 건 아니지? 그도 아니면 무슨 중요한 일을 취소했다든가. 삼촌이랑 싸운 게 혹시 그 때문이라거나……."

"그랬으면?"

"아니, 그런 일 있으면 말을 했어야지!"

나는 기겁해서 외쳤다.

맙소사, 나는 유천영이 하루쯤은 시간 낼 수 있다기에 당연히 그런 줄로만 알았지. 그가 중요한 일정을 취소하고까지 여기에 올 거라고는 생각도 못 했다.

우선순위가 도대체 어떻게 된 거야! 내가 울상을 짓는 찰나, 그런 내 반응을 관찰이라도 하듯 빤히 보던 유천영이 나직이 말했다.

"그럼 취소한 거 이제라도 다시 하겠다고 할까?"

"당연히 그래야지! 나 때문에……."

정말이지, 세상 물정 모르고 놀러 가자며 떼쓰는 어린애가 된 듯한 기분이라고. 뺨을 문지르며 투덜대던 나는 유천영이 불쑥 던진 말에 눈을 깜빡였다.

"그럼 이거 하나만 솔직하게 대답해 줘. 그럼 갈게."

"뭔데?"

"도대체 나한테 영향 끼치는 걸 왜 그렇게 무서워해?"

"……."

나는 머쓱하게 뺨을 문지르던 손을 내렸다. 그 손을 한 손으로 붙잡으며, 유천영이 물었다.

"내 삶에 끼어들기가, 그렇게 싫어?"

그의 목소리가 적막한 복도에 천천히 내려앉았다. 그의 목소리는 왜인지 상처받은 것처럼 들렸다.

잠깐 멍하니 서 있던 나는 고개를 내저었다.

"아니, 나는……. 하지만 이건, 끼어드는 게 아니라 내가 너한테 피해를 준 것에 불과하잖아."

"피해? 왜?"

"……."

"내가 그 일을 하기 싫었고, 내가 이 여행에 따라오고 싶었다는데 그게 무슨 피해야?"

다시 입을 다무는 나를 보며 그는 묵묵히 눈살을 찌푸렸다. 그가 말을 이었다.

"넌 가끔 나를 너무…… 모르겠어, 여행하다 한 번 들른 숙소처럼 대해."

"무슨?"

"너는 너를 만난 뒤에도 내 모든 것이 제자리에 있어야 할 것처럼 굴잖아. 네가 내게 있어 아무런 변화도 주지 말아야 할 것처럼."

"……."

그 정확한 비유에 나는 할 말을 잃었다.

그때 그가 다시 물었다.

"너 혹시, 그 형이랑 사귈 때도 그랬어?"

이번에야말로 정곡을 찔린 나는 다시 입을 다물었다.

유천영은 확실히 내가 아는 사람 중에 여단 오빠와 가장 비슷한 사람이었다. 아무런 결핍도 없는 사람. 그 스스로 온전한 사람.

나는 여단 오빠의 그 온전함이 좋았고, 그래서 그에게 아무런 흠집도 내지 않고자 했지만 결국 실패했다.

카페 앞에서 잠시 서서 숨을 멈추고 있던 그의 얼굴에서 나는 무엇을 보았던가?

내 손을 잡고 있던 유천영의 숨소리가 낮고 거칠어졌다.

"네가 그런 식으로 굴 때마다, 네가 어느 날 갑자기 '어차피 아무것도 손대지 않았으니 괜찮지?' 하면서 떠날 것 같아. 그래서 내가 얼마나……."

"……."

"넌 이미 날 바꿨어. 나한테 이미 영향을 줬다고. 그런데 어째서."

씹어뱉듯 말하는 유천영에게 내가 다급히 말했다.

"아니야, 내가 가고 싶어서 간 적은 없어."

일단 말하기는 했지만 스스로의 귀에도 너무 변명하는 것처럼 들렸다.

잠깐 생각에 잠긴 듯한 눈으로 마룻바닥을 내려다보던 유천영이 내 손을 놓았다.

"미안."

"아, 아니야. 내가 더 미안해. 네 말대로 여행을 갈지 말지 판단은 네가 하는 건데. 꼭 학습지 안 하고 놀았다고 혼내는 부모님 같았지, 나."

나는 그렇게 말하며 민망함에 웃었다. 정말이지 이 어색한 공기를 해소하기 위해서라면 탭댄스라도 출 수 있을 것 같았다.

그때 바닥만 내려다보고 있던 유천영이 불쑥 내뱉었다.

"아까 그건 거짓말이야."

"뭐?"

"할 일은 다 끝내고 왔어. 삼촌이 말한 건, 앞으로의 일을 말한 거였고."

고개를 들고 당당하게 말하는 유천영을 보며 나는 어이없다는 표정을 지었다.

아니, 정말이지 언제 이렇게 거짓말을 잘하게 된 거야? 원래 유천영의 장점은 속이 투명하게 들여다보이는 점이었는데.

그때, 유천영이 방으로 들어가다 말고 나를 돌아보며 다시 말했다.

"네가 너의 모든 비밀을 거의 말한 거 알아. 이제는 정말 한두 개의 비밀밖에는 남아 있지 않다는 것도."

"……."

"나는, 네가 숨기고 있는 마지막 비밀이란 게, 정말 사소한 거였으면 좋겠어. 어이없어질 정도로 사소한 거."

멍하니 그를 올려다보는 내게 그가 덧붙였다. 여전히 괴로운 목소리로.

"이건 거짓말 아니야."

* * *

은지호는 1층 테라스의 테이블에 앉아 턱을 괴고 밤하늘을 올려다보고 있었다.

주위에서 새와 풀벌레가 시끄럽게 울어 댔지만, 밤하늘에는 별이 가득해서 운치 있는 여름밤이라고 그럭저럭 우겨볼 만도 했다. 그리고 은지호의 검은 눈이 힐끗 굴러갔다.

그로부터 얼마 떨어지지 않은 곳에선 영 운치 없는 대화가 이어지고 있었다.

우주인은 평소처럼 아무 얘기나 지껄이는 반면 노아리는 사자 앞의 쥐처럼 예민하게 반응했다. 무슨 말에도 움찔움찔 소스라치게 놀랐다.

결국 그것이 신경을 건드렸는지, 우주인이 묻는 소리가 들렸다.

"뭐야, 너? 사람이 잡아먹기라도 할 것처럼."

"아, 아니……."

"내가 전에 말했잖아. 난 싫다는 사람 일부러 건드는 짓은 안 한다고. 나랑 얘기할 기분이 아니면 그냥 그렇다고 말해."

"그런 거 아니에요."

짐짓 단호하게 말한 노아리는 잠깐 눈치를 살피는 듯하더니, 이윽고 떨리는 목소리로 되물었다.

"정말 그래도 돼요?"

"뭐야, 그럴 거면 들어가. 얼른 들어가 버려."

툴툴대며 자리에서 일어난 우주인이 갑자기 자신을 가리

키며 하는 말에 은지호는 눈썹 끝을 들어 올렸다. 어쭈.

"난 나한테 관심 많아 보이는 은지호랑 얘기할 테니까."

"그럼 안녕히 계세요."

노아리는 주춤주춤 우주인을 향해 고개를 숙이고, 자신을 향해서도 고개를 까딱하더니 곧 뒤돌아 줄행랑쳐 버렸다.

그 모습을 지켜보던 은지호는 다시 고개를 돌렸다. 우주인이 개구진 미소를 지으며 이쪽으로 오라고 손짓하고 있었다.

그에게 다가간 은지호가 태연한 목소리로 물었다.

"티 많이 났냐?"

"남 일에 관심 없는 너답지 않게 왜 그래?"

"섭섭하게, 우리가 남이냐."

일부러 철 지난 영화 대사를 던져 봤지만 우주인은 웃는 얼굴로 꼼짝도 하지 않았다.

은지호는 깨달았다. 저건 날 몹시 경계하고 있는 반응인데.

아주 오랫동안 그들 사이에는 숨길 것이 딱히 없었기 때문에, 우주인은 은지호 앞에서 유난히 풀어지곤 했다. 그 말인즉 남들과 함께 있을 때보다 다양한 표정을 내보인다는 뜻이었다.

그러나 오늘은 그렇지 않았다.

공장에서 찍어 낸 것처럼 획일적인 미소를 보고. 은지호는 그가 숨기고 싶어 하는 것 또한 짐작했다.

아마도 노아리겠지.

침묵이 계속되자 우주인이 웃는 얼굴 그대로 물었다.

"왜 그렇게 조용해? 할 얘기 있는 거 아니었어?"

"할 얘기는 네가 아니라 다른 사람한테 있는데."

은지호가 노아리가 사라진 계단 쪽을 눈짓하며 말했다.

"그런데 네가 워낙 틈을 안 줘서 말이지."

"저 애가 대답할 수 있는 문제면 나도 대답할 수 있어."

즉, 할 말이 있으면 자신한테 하란 얘기였다.

눈썹을 찌푸리면서도 결국 한숨을 내쉰 은지호는 숲으로 발길을 돌렸다. 우주인도 따라서 걸음을 옮겼다.

한동안 말없이 나란히 걷기만 하던 둘은 갑자기 들려오는 목소리에 멈춰 섰다.

일제히 소리를 낮춘 그들은 나무 뒤로 빠끔 고개를 내밀었다. 숲속에 두 인영이 마주 보고 서 있었는데, 하나는 키가 크고 다른 하나는 조금 작았다.

높고 낮은 목소리가 번갈아 흘렀다.

"……전에 널 싫어한다고 말한 건 미안해. 진심이 아니었어."

"아니야, 여령아. 넌 그냥 솔직하게 말한 것뿐인데."

더없이 부드러운 목소리로 흘러나온 권은형의 대답을 들으며 둘은 미간을 좁혔다. 저게 대체 무슨 소린지.

두 사람 다 최근 흐르는 이상한 기류는 눈치채고 있었으나, 그 원인에 대해서는 까맣게 모르고 있었다.

그러자 고개를 세차게 내저은 반여령이 분한 얼굴로 말했다.

"아니야. 그건 내 진심이 아니었어. 난 그냥 갑자기 이제까지 있었던 일이 한꺼번에 떠오르는 바람에, 그래서 무서워져서…… 반사적으로 말한 거야. 결코 내 진심이 아니었어. 지금은 그 사람들이랑 너는 다르단 걸 믿어."

"……."

"그런데 은형아. 그래도 난…… 네 마음에 보답할 수 없어. 그건 아무래도 불가능할 것 같아."

반여령의 입에서 튀어나온 말에 그들은 숨을 죽였다.

그녀가 울상이 된 얼굴로 말을 이었다.

"난 내가 누굴 좋아할 수 있다는 생각이 안 들어. 최근에 깨달았는데, 난 어쩌면 그런 게 아예 불가능한 사람인가 봐."

"여령아, 보답하는 건 네 의무가 아니야. 죄책감 가질 필요 없어. 내가 멋대로 좋아하는 건데."

"그래도……."

반여령이 난감하기 그지없는 얼굴로 하는 말을 듣던 그들은 천천히 돌아섰다. 아무래도 들어선 안 될 대화를 들어 버린 것 같았다.

아무튼 이상한 기류가 흐르던 두 사람의 사이는 오늘을 기점으로 원래대로 돌아갈 모양이었다.

말없이 자박자박 걸음을 옮기던 우주인이 문득 말했다.

"나 그런 쪽엔 눈치 빠르다고 자부했는데, 은형이는 진짜 티 안 난다. 지금까지 조금도 몰랐네."

"자기 여동생한테도 건강해졌으면 좋겠다, 그래서 같이 행복해지자는 말을 최근에야 할 용기를 냈는데. 좋아하는 사람한테는 오죽하겠냐."

"아, 그건 그래."

대수롭잖다는 은지호의 말투에 우주인이 수긍했다.

은지호가 담담하게 말을 이었다.

"아마 저것도 자기 입으로 고백한 게 아니라 어쩌다 들켜 버린 것뿐일걸. 죽어도 고백할 생각 없었겠지."

그렇게 진실에 무척 가까운 추리를 이어 가던 은지호가 불쑥 말했다.

"그래서 너는?"

우주인이 걸음을 멈추고는 시선을 쓱 들었다.

"나? 뭐?"

"좋아하느냐고."

아아. 우주인이 별 걸 다 묻는다는 투로 대답했다.

"글쎄. 솔직히 말하자면 나도 여령이랑 비슷해서."

"설마 인성을 얘기하는 건 아닐 테고. 양심도 없이."

"내가 누굴 좋아할 수 있을 거란 생각을 안 해 봤거든. 엄마를 제외하고는."

그가 낮게 덧붙인 말에 은지호가 얼굴을 크게 찡그리며 중얼거렸다. 너랑 경쟁한다고 생각하니 정말이지 끔찍하네.

우주인이 낄낄 웃으며 대답했다.

"왜, 질 것 같아서 겁나?"

"아니라고 말하고 싶은데 솔직히 그래. 학습된 공포가 이렇게 무섭다니까."

"에이, 공포라고 말할 것까지야."

"내가 지금까지 왔던 길을 표시 안 해 두고 있는 게 누굴 믿어선지만 알아 둬."

우주인은 빙긋 웃으며 대답이 없었다. 그러나 그 미소를 통해 그가 왔던 길을 모두 기억하고 있으며, 따라서 못 돌아갈 걱정 따윈 하지 않아도 된다는 것을 깨달은 은지호는 더욱 거침없이 걸음을 옮겼다.

그러면서 그가 말했다.

"생각해 봤어. 내가 노아리와 너 사이의 수상한 점을 짚기 무섭게 네가 노아리를 달고 내 눈앞에 나타난 이유."

말없이 의뭉스러운 미소만 짓는 우주인에게 은지호가 말을 이었다.

"노아리를 내가 직접 보면 더는 경계하지 않을 거라 생각해서 그런 거잖아. 아니, 정확히 말하자면 불쌍해서 더는 추궁 못 할 거라고."

실제로 막상 가까이서 본 노아리는 상당히 낯을 가리는

성격인 것 같은 데다가, 사방에 털을 곤두세우고 있어서 저러다 지쳐서 뻗지는 않는지 염려될 정도였다.

심지어 그녀는 함단이나 우주인과도 별로 가까워 보이지 않았다. 함단이와는 오랜 간격을 두고 가끔 만나는 친척처럼 친근해 보이다가도 곧 서먹해졌고, 우주인의 경우에는 우주인이 일방적으로 친하게 굴고 있는 것에 불과했다.

그녀는 마치 무수한 장애물 사이에서 이리 치이고 저리 치이는 핀볼 같았다. 저토록 불편해 보이는데 왜 굳이 이 자리에 왔는지 알 수가 없었다.

거기까지 생각하고 눈을 들어 우주인을 본 은지호가 말했다.

"하지만 언젠가 나한테, 함단이의 이상한 점을 들며 그 이면에 숨은 진실을 지적한 건 너잖아."

"그랬지."

우주인은 이번에도 대수롭지 않게 수긍했다.

은지호가 말을 이었다.

"반여령과 우리를 묶는, 함단이만이 아는 어떤 기준이 있을 거라고 했지. 반여령이 사라졌으면 우리 역시 사라졌을 거라고 추측하는 근거가 될 만한 기준이."

"그래. 내가 그렇게 말했어."

"그리고 나는 지금 내가 진실에 상당히 근접했다고 생각해."

우주인은 대답하지 않았다.

"도대체 지금 와서 그만두라는 이유가 뭐야?"

"……넌 엄마를 좋아하잖아. 그것도 꽤 오래전부터. 그렇지?"

"갑자기 무슨 소리야?"

은지호가 눈을 찡그리거나 말거나, 우주인은 담담하게 말을 이었다.

"너는 엄마를 좋아하는 네 마음이 얼마나 중요해?"

"갑자기 무슨……."

그러다 문득 뭔가를 깨달은 은지호가 다급히 되물었다.

"넌 내가 진실을 알게 되면 함단이를 더 이상 좋아하지 않을 거라고 생각하는 거야? 그래서 그만두라고?"

우주인은 대답이 없었다. 그런 우주인을 빤히 보던 은지호는 문득 떠오르는 사실이 있어 입을 열었다.

"너, 네가 그만둔 이유도 똑같은 거지? 노아리를, 함단이를 계속 좋아하고 싶은데 그럴 수 없을 것 같아서 두려우니까."

"진실이란 게, 진심이란 게 그렇게 좋은 건지 나는 잘 모르겠어."

우주인이 갑작스레 딴소리를 했다. 그의 오래된 습관과도 같은 대화 방식에 은지호는 잠자코 미간을 구겼다.

눈을 내리깔아 바닥 아무 곳에나 시선을 둔 우주인이 말을 이었다.

"왜 굳이 밑바닥까지 내보여야 하는지 모르겠어. 그런 건 너무 구질구질하지 않아?"

"……."

"있는 그대로가 좋으면 굳이 문명인이 된 이유가 뭐야? 나는 사람들이 서로 잘 지내기 위해선 적당한 포장도 필요하다고 생각하는데."

"말 돌리지 마."

은지호의 날카로운 지적에도 불구하고 우주인은 눈을 지그시 감으며 노래하듯 읊었다.

"있는 그대로를 보여 줬다가 정떨어지면 어떡해. 나한테도 상대방한테도 그런 건 고통이거든. 나만큼, 혹은 나 자신보다도 더 좋아하던 대상이 갑자기 싫어져 버리는 거."

"네 엄마 일처럼?"

우주인의 고개가 휙 돌아갔다. 그가 사나운 눈으로 자신을 노려보는 것을 본 은지호가 날카롭게 웃었다.

"이제야 이쪽을 보네."

"너, 해도 될 말이 있지……."

"하지만 그때 일이랑 지금이 다를 게 뭔데?"

은지호가 날카롭게 쐐기를 박았다.

"그때도 넌 그 여자를 의심하기 싫어서 일부러 보이는 모든 단서를 무시했어. 심지어 너보다 관찰력이 좋지도 않고, 그 여자와 마주치는 일도 현저히 적던 내가 뭔가 수상하다는 걸 눈치채고 너한테 말할 때까지도 말이야. 그 결과 무슨 일이 일어났지?"

"……."

"사실을 말해."

그렇게 고한 은지호는 돌아온 대답에 가만히 눈썹을 찡그렸다.

"뭐?"

"미안한데, 나도 몰라."

우주인이 어깨를 으쓱하며 대꾸했다. 그는 진심으로 난처한 듯한 얼굴로 말을 이었다.

"네가 나에 대해 뭘 의심하고 있는 건지 모르겠는데."

"무슨……."

"난 그 여자 일에서도 억지로 눈 돌린 적 없어. 정말로 내 눈에 보이지 않았던 것뿐이지."

"무슨 소리야? 처음에 마음에 걸리는 점들을 짚었던 건 너……."

그렇게 말하던 은지호는 우주인의 무구한 갈색 눈을 보고 불현듯 입을 닫았다.

섬광 같은 깨달음이 찾아왔다.

지금까지 은지호는 우주인이 그 일에 대해, 그리고 이번 일에 대해 의도적으로 눈감아 주었을 거라고 짐작하고 있었다. 그 추리력으로 사건의 전말을 짐작하지 못하는 것은 말이 안 되니까.

그러나 그런 게 아니었다. 은지호는 우주인의 갑작스러운 태도 변화를 상기했다.

마치 연속적인 시간의 끈이 어느 지점에서 석둑 잘려 나간 것처럼, 그가 그전까지의 모든 의심들이 말끔히 해소된 것처럼 행동할 때가 종종 있었다.

가령 놀이터 앞에서 마주쳤던 날 자신에게 했던 말이라거나.

'도대체 무슨 소리를 하는 거야?'

그것은 분명 그가 그전까지 일련의 일에 대해 보였던 날카로운 태도와는 전혀 달랐다.

은지호는 비로소 그것이 그가 그 여자 일에 대해 보였던 태도와도 같다는 것을 깨달았다.

어느 날을 기점으로 우주인은 모든 의심이 말끔히 사라진 것처럼 굴었다.

시키는 대로만 하면 칭찬을 해 준다고, 그게 그렇게 좋다고 말간 얼굴로 말했었다. 엄마를 믿어 마지않는 평범한 일곱 살짜리 남자애의 얼굴로.

은지호는 믿을 수 없다는 눈으로 우주인을 응시했다.

눈감아 주고 있던 것 따위가 아니라, 스스로 진실에 대한 기억을 지워 버린 거구나.

점점 길어지는 침묵 속에서, 머리칼을 헝클던 우주인이 다시 말을 꺼냈다.

"난 그냥 이제 이 상황에 환멸이 난 것뿐이야. 이해하지? 사냥감을 뒤쫓는 것처럼 비밀을 파헤치기 위해 쫓고 또 쫓는 나날들……. 그러다 문득 생각했어, 이 모든 게 도대체 무슨 의미가 있지?"

"……."

"숨긴다면 숨길 만한 이유가 있어서 숨기는 게 아닐까? 난 그걸 존중하고 싶어. 아까 내가 좋아하는 마음 운운한 것도 그런 뜻이지, 다른 이유가 아니야."

"하지만 그게 함단이가 이 세계에서 사라지는 것과 관련이 있을지도 모르잖아. 또 우리와도……."

조바심치며 말하는 은지호에게 우주인이 눈을 내리깔며 대답했다.

"걱정 마. 그런 일은 더 없을 거야."

"뭐? 갑자기 그걸 어떻게 확신해?"

"부모님과의 일이 해결됐잖아. 난 그게 제일 큰 원인이었다고 생각해. 일단은 다가올 3월 2일을 좀 더 지켜봐야겠지만."

"그렇다고 해도……."

바지 주머니 사이로 힐끗 핸드폰 시계를 확인한 우주인

이 선선히 말했다.

"그런 말만 계속 할 거면 이만 돌아가자. 시간이 꽤 많이 지났어."

"……나는 함단이가 그걸 숨기는 이유가."

우주인의 말에도 아랑곳 않고 은지호가 말을 이었다. 우주인은 무표정하게 눈만 굴려 그를 쳐다보았다.

"……그 '비밀'이 자기보다도 우리와 더 관련이 있어서라고 생각해."

"그게 뭐건 간에 지금까지 몰라도 잘 살았잖아?"

"아니, 나는 알아야겠어."

은지호가 미간을 일그러뜨린 채 말을 이었다.

"함단이는 나와 대등한 관계가 되어야겠다고 했지만, 나야말로 그 녀석과 대등한 관계가 되고 싶어. 그게 해결되지 않으면 끝내 근본적인 건 변하지 않을 거란 생각이 들어."

"……."

"그리고 이 일이 그것과 깊은 연관이 있다는 예감이 들어."

그가 가라앉은 목소리로 말을 맺었다.

잠깐 우두커니 서 있던 우주인은 두 손을 들며 말했다.

"그래, 그래. 열심히 해 봐. 네 뜻이 뭐건 간에, 나는 이미 여기 오기 전에 내가 지금까지 모아 온 모든 자료를 파기했으니까. 핸드폰 메시지까지 전부."

"뭐?! 야, 대체……."

"안 와?"

어느새 인영이 사라져 버리고, 풀숲 사이로 목소리만 날아왔다. 은지호는 이를 세게 깨물며 우주인을 쫓았다.

그는 침착하게 생각했다. 우주인의 협조가 있었으면 더 좋았겠지만, 없어도 방법이 없는 건 아니야.

함단이와 나는 생각하는 방식이 비슷하니까, 거기서부터 시작하는 거야.

제55조. 여름 바다는 식상하니까 계곡으로 가자(하)

여름 바다는 식상하니까 계곡으로 가자(하)

밤에는 유신이 사 온 산더미 같은 과자들을 죄다 펼쳐 놓고 다 같이 게임을 했다.

처음엔 어쨌든 감시 명목으로 왔으니 제대로 감시해 주겠다며, 윤정인이나 이민아의 거센 반발에도 불구하고 우리 방에 눌러앉아 눈을 부릅뜨고 있던 유신은 불과 몇 분도 안 되어 곤히 잠들었다.

벽에 기대어 잠든 유신의 눈꺼풀을 까뒤집어 보며 윤정인이 말했다.

"와, 잠드는 데 5분 걸린 거 실화냐? 누가 보면 우리가 수면제 타서 재운 줄."

"쉿. 그러다 깨겠어."

이민아가 식겁하며 속삭였다. 잠시 후 유신이 윤정인과

반휘혈에 의해 길바닥 취객처럼 들려 나가자, 비로소 방 안에는 우리 학교 학생들밖에 남지 않게 되었다.

다시 방으로 돌아온 윤정인이 스위치를 눌러 불을 전부 꺼 버리자, 잠깐 어둠 속에서 소란이 일어났다. 야, 뭐 하는 거야! 악, 갑자기 일어나지 마, 부딪친다고! 그러다 갑자기 시야가 환해지며 우리들 머리 위로 노란 전구 알이 반짝 빛났다.

형광등 불빛처럼 환하진 않았지만 그럭저럭 서로의 얼굴이나 바닥에 놓인 물건을 알아볼 정도는 되었다. 그러면서 또 아주 밝진 않아서, 방의 구석구석까지는 빛이 닿지 않았다.

꼭 텐트 위에 랜턴을 걸어 놓았을 때와 비슷한 느낌이었다. 벽 위로 우리들의 그림자가 길게 늘어졌다.

"와."

사방을 두리번거리며 짧게 감탄하던 나는 문득 하늘을 올려다보고는 엇 하는 감탄사를 내뱉었다.

"여기 천장에 창문도 달렸네?"

"엉, 작은 거긴 하지만."

열 수도 있다. 올라가 볼래? 윤정인이 하는 말에 나는 너털웃음 지으며 고개를 내저었다. 위의 경치가 궁금하긴 하지만 막상 올라가 보면 엄청 무서울 것 같아.

그냥 여기에 앉아서 별이 가득한 하늘을 올려다볼 수 있다는 것만으로도 만족스러운걸. 그렇게 생각하며 나는 등 뒤로 두 팔을 뻗고 기대어 흐뭇하게 웃었다.

그때 은지호의 말소리가 날아왔다.

"야, 그런 거 오래 자랑하지 마라. 함단이 돈에 약하니까."

"뭐? 야, 내가 언제……!"

"너 우리 집에 호텔 있다는 거 듣고 갑자기 친해져 보자고 하던 게 엊그제 같은데, 기억 안 나냐?"

"내가 언……."

말하다 말고 나는 문득 입을 닫았다. 그런 적이 한 번 있던 것 같긴 한데, 언제 그랬더라? 아, 중학교 졸업 여행 때!

기억력도 좋지, 그걸 아직까지 담아 두고 있었단 말이야? 나는 억울함을 잔뜩 담아 외쳤다.

"야, 그건 이미 우리 친해지고 난 다음이잖아! 사람이 당연히 그냥 한 말이지."

"아니, 그때 그렇게 말하는 네 눈에서 난 진심을 느꼈어."

딱 잘라 말하는 은지호를 향해 내가 빈 종이컵을 던졌다. 빈 종이컵을 팔에 맞은 은지호가 과장스럽게 아, 하는 소리를 냈다. 주변에서는 왁자하게 웃음을 터트렸다.

씨, 못됐어. 내가 씩씩거리는 사이 은형이가 자연스럽게 내 앞에 새 컵 하나를 밀어 주었다. 돌아보자 그는 여전히 온화하게 웃는 얼굴이었다. 자세히 보니 그의 미소가 평소보다 홀가분해진 것 같기도 했다.

여령이와의 일은 잘 풀린 건가? 내가 따라 웃으려는 그때, 이번에는 유천영의 말이 날아왔다.

나는 기다렸다는 듯 기침을 토할 수밖에 없었다.

"아, 그러고 보니까 함단이, 전에 사 갈 거 없냐는 말에 티라미수 한 판 사 오라고 한 적 있어."

그 말에 모두의 시선이 내게로 향했다. 다들 왜 이래, 내 목덜미에 땀이 돋아나는 가운데 이민아가 믿을 수 없다는 듯 되뇌었다.

"한 판?"

"한 조각도 아니고 한 판?"

정세연도 기다렸다는 듯 거들었다.

나는 손을 내저으며 말했다.

"아니, 뭐……."

그러는 한편 나는 다급히 기억을 헤집었다. 미치겠다, 저건 또 언제 그랬대?

은지호가 유천영에게 물었다.

"그래서 사 가긴 사 갔냐?"

"응."

고개를 끄덕인 유천영이 말을 이었다.

"그런데 나한테는 고작 한 조각 주더니, 남은 건 전부 함단이네 집 냉장고로……."

"야! 네가 더 달라고 안 했잖아!"

내가 울상을 지으며 말하자 그제야 유천영도 픽 웃었다. 그 모습을 보고서야 나는 그 역시도 작당하여 나를 놀렸다는 사실을 깨달았다.

아윽, 나는 앞으로 쓰러지며 중얼거렸다. 그렇게 웃으면 화도 못 내겠잖아.

그러고도 내 지난 행실 폭로 쇼는 계속되었다.

처음에는 넋을 놓고 나는 누구인가, 나는 지금 어디에 있는가, 사실 이 자리는 함단이 청문회가 아닌가? 그런 생각들을 이어 가던 나는 점차 새로운 사실들을 깨달았다.

그렇지, 다 같은 학교 학생들이라고는 해도 우리는 굳이 나누자면 사대천왕과 반여령, 윤정인을 중심으로 한 8반 친구들, 정세연과 반휘혈, 이렇게 총 세 부류 정도로 나뉘어 있었다.

거기에 나와 우주인을 제외하면 아는 사람이 전혀 없다고 할 수 있는 노아리까지. 이들의 공통점이라고는 나와 아는 사이라는 것 정도뿐이었다.

그러니만큼 경직된 분위기를 풀기 위해서는 내가 희생양이 되는 건 어쩔 수 없었다. 아니, 그래도 그렇지. 나는 속으로 눈물을 죽죽 뽑아냈다. 세상에 중학교 때 흑역사까지 꺼내는 게 어디 있어…….

아무튼 드디어 나에 대한 청문회가 끝나고, 본격적인 게임이 시작되었다. 그 전에 가장 먼저 벌칙 음료 제조가 있었다.

　벌칙 음료를 제조하는 사람은 언제나 그랬듯 주인이였다. 그가 유신이 마트에서 작정하고 쓸어 온 것 같은 온갖 음료들을 한 방울도 흘리지 않고 이리저리 배합하는 것을 보며 나는 물론이고 모두의 얼굴이 창백해졌다.

　노란 전구 불빛을 받은 주인이의 얼굴은 흡사 위대한 실험에 심취한 사이코 과학자 같았다.

　주인이가 복숭아 맛 트로피카나에 딸기 맛 우유를 섞고 마지막으로 간장을 떨어뜨리자 곳곳에서 헛구역질하는 사람이 속출했다.

　안 돼, 저거 내가 제일 좋아하는 건데. 울상을 짓는 내 옆에서 은지호가 창백해진 얼굴로 물었다.

　"야, 우주인. 사람 먹을 걸 좀 만들래?"

　"왜 이래, 배 속에 들어가면 다 똑같아."

　"미친……."

　질색하여 뒤로 물러나는 은지호에도 아랑곳 않고 주인이가 태연하게 말했다. 그래서 누구부터야? 돌려 돌려!

　"잠깐, 무슨 게임 할 건지부터 정해야지."

　"아, 그래? 그거 아직도 안 정했어?"

　눈을 동그랗게 뜨고 그렇게 되묻고는 한동안 허공을 보는 듯하던 주인이가 갑자기 씩 웃더니 빠르게 말했다.

　"눈치 게임 1."

"아, 살살 좀 해라. 2."

버럭 화를 내다 말고 빠르게 태세를 전환하는 은지호를 보며 나는 어이가 없어서 입만 뻐끔거렸다. 아니, 지금 이 분위기 나만 적응 안 돼?

그사이 숫자는 빠르게 늘어나 노아리가 간신히 13을 외치고 나자, 그 자리의 모두가 나를 빤히 보았다.

뭐야, 왜 그렇게 쳐다봐? 어리둥절해하던 나는 내게 내밀어진 잔을 보고 신음을 흘렸다.

"아. 이거 설마 아까 그."

"엄마 복숭아 맛이랑 딸기 우유 좋아하잖아."

주인이가 엄지를 치켜들며 하는 말에 나는 신음을 흘렸다.

"아니, 따로따로 먹을 때 좋아하는 거지. 그리고 간장 들어갔잖아……."

"엄마 초밥 좋아하잖아."

"아니, 이건 그런 문제가……."

날 첫 게임부터 보내 버리겠다는 거니? 기어이 그러겠다는 거니? 나는 눈물을 삼키며 컵을 들었다. 어쨌든 내가 바보같이 어영부영 굴다가 진 거니 할 말은 없었다.

바로 그때 누군가 내 옆에서 컵을 낚아채듯 가져갔다. 상당히 빠른 속도인데도 한 방울도 흘러넘치지 않았다. 누구지? 눈을 동그랗게 뜨고 옆을 돌아본 나는 루다가 컵을 망설임 없이 입에 가져가 기울이는 모습에 작게 비명을 질렀다.

"루, 루다야."

그거 사람 먹는 거 아니야! 나는 하마터면 그렇게 외칠 뻔했다.

턱을 위로 젖힌 루다의 목울대가 움찔움찔 움직였다.

마침내 고개를 내린 그가 턱을 훔치며 가볍게 한숨 쉬었다.

"후."

"야, 너 진짜 그거 다 마셨어?"

기겁하며 컵을 도로 가져간 윤정인이 그 안을 들여다보며 내뱉었다.

"한 방울도 안 남기고 다 마셨어. 대박."

급기야 컵을 뒤집어 탈탈 털어 보는 윤정인을 뒤로하고 나는 황급히 루다에게 다가가 몸을 숙였다.

"루다야, 너 괜찮아? 아까 섞는 거 보니까 장난 아니던데……."

"아, 괜찮아 괜찮아. 배 속에 들어가면 다 똑같은 거 맞는데, 뭐."

"그래도."

내가 걱정스럽게 말하는데 루다가 갑자기 몸을 일으켰다. 그러더니 그가 우당탕 미끄러질 듯이 방을 나가 버리는 것을 보고 모두가 왁자하게 웃었다.

그 속에서 나는 침착한 눈으로 루다의 뒷모습을 보며 생각했다. 아, 미안해서 어쩌지…….

루다가 창백한 얼굴로 돌아오자 나는 잠자코 그의 등을 쓸어내려 주었다. 컵에 맑은 물도 몇 번이나 채워 주었다.

　주인이는 루다의 모습을 보고 모종의 죄책감을 느꼈는지, 다음 게임은 빠져도 좋다고 말해 주었다.

　그렇게 다음에 하게 된 게임은 일명 접어 게임이라고도 불리는 손병호 게임이었다. 각자 돌아가면서 조건들을 하나씩 말해서 조건에 해당되는 사람은 손가락을 하나씩 접고, 손가락 다섯 개를 전부 접게 된 사람은 벌칙 음료를 마시는 게임이었다.

　가장 첫 순서를 맡게 된 윤정인이 의기양양하게 말했다.

　"여기에 좋아하는 사람 있는 사람 접어."

　곳곳에서 아, 혹은 으, 하는 신음이 터져 나왔다. 잠자코 눈을 들어 살피니 나와 노아리, 반여령과 김 쌍둥이 외에는 전부 접고 있었다.

　은형이가 누가 이 모습을 볼까 무섭다는 듯 손을 얌전히 내리고 있는 반면, 유천영은 한 손가락을 접은 손을 태연히 들어 올리고 있어서 괜히 보는 내가 다 조마조마해졌다.

　다행히 애들의 관심은 유천영을 비껴갔다. 그가 좋아하는 사람이 누구인지 알고 있다는 뜻일까, 아니면 그냥 어렵게 여행 온 거 알고 있으니 넘어가 준다는 뜻일까.

　대신에 그들은 우주인을 보며 탄성을 터트렸다.

　"뭐야, 주인이 접었어! 뭐야 뭐야?"

"엥? 진짜?"

캐묻는 말에도 주인이는 말갛게 웃은 채 입을 꼭 닫고 있었다. 그러다 보니 캐묻는 사람들 입장에서도 힘이 빠질 수밖에 없었다.

체, 하며 투덜거리던 이민아가 은형이의 손가락이 접힌 것을 보더니 또 눈이 빠질 듯 놀랐다.

"뭐야, 은형이까지 접었어!"

"와, 대박, 이거 방학 끝나고 나서 학교에서 말하면 전교생 반이 울겠다."

"하하, 그 정도까지야."

놀랍게도 은형이는 그렇게 대꾸할 여유까지 있었다.

나는 나도 모르게 여령이 쪽을 힐끗 보았다. 그녀는 의외로 아무렇지도 않은 얼굴로 새우깡을 우물거리고 있었다.

애들은 아예 이쪽에 총력을 기울일 모양이었다. 다음 순서를 맡은 이민아가 우렁차게 외쳤다.

"좋아하는 사람이랑 고등학교 입학 전부터 알고 있던 사람 접어!"

루다의 손가락이 변함이 없는 가운데, 은지호와 유천영의 손가락만 하나 더 접혔다. 모든 사실을 알고서 지켜보는 내 입장에서는 얼굴이 터질 것 같은 광경이었다. 얼굴을 가리며 신음하는 날 보고 다른 이들이 알 만하다는 시선을 던졌다.

그러더니 그들은 다시 주인이를 보고는 놀랐다.

"어? 주인이 손가락 안 접었네?"

"대박. 은형이는 접었는데."

그 말대로 은형이의 손가락 또한 두 개가 접혀 있었다. 나는 주인이 바로 옆에 앉은 노아리를 힐끗 바라보았다. 그녀는 좌불안석임이 여실히 드러나 보이는 표정이었다.

내가 그녀를 힐끗힐끗 쳐다보는 사이 순서가 한 번 더 넘어갔고, 유천영의 조건은 '나보다 키 작은 사람 접어.'였다. 반휘혈을 제외한 모두가 투덜거리며 공평하게 손가락을 접었다.

"치사하다. 모델이 키 갖고 유세 부리는 거 진짜 치사하다."

"농구 선수랑 다를 게 뭐냐. 치사하다."

윤정인과 김혜우가 억눌린 목소리로 투덜거리는 것을 잠자코 들어 주던 유천영이 조용히 입을 열어 말했다.

"이번 벌칙 음료에 우유 들어 있잖아."

"뭐, 설마 우유 먹고 키 크라고?"

김혜우가 턱을 괴고 있던 손을 내리며 놀라서 하는 말에 유천영은 대답 대신 한쪽 입꼬리만 살짝 올렸다.

윤정인이 감탄한 듯 중얼거렸다.

"와, 은근 멕이네."

그리고 또다시 차례가 돌아갔다. 무릎을 끌어안고 조용히 고민하던 반여령은 이윽고 턱을 살짝 들고 말했다.

"나보다 머리 짧은, 음, 머리 짧은 사람 접어."

남자애들은 투덜거림조차 없이 손가락을 접었다.

나도 불만 없이 손가락 하나를 접었다. 우리 중에 반여령에게 대 볼 만한 머리카락 길이를 가진 것은 그나마 이민아 정도였고, 그녀도 눈대중으로 반여령과 자신의 머리 길이를 가늠하더니 곱게 접었다.

그 가운데 윤정인이 어처구니없는 소리를 하는 바람에 한바탕 소란이 일어났다.

"아니야, 반여령은 머리카락이 아니라 머리라고 했어. 그 말은 머리카락이 아니라 머리통 위아래 크기를 비교해도 된다는…….'"

"그냥 승복해라. 추하다."

심드렁히 말하는 루다에게 윤정인이 울상이 된 채 대꾸했다.

"아, 나 이제 위험하다고!"

"어차피 유천영이랑 반여령 때문에 다들 두 개씩은 기본으로 접었어."

그 말이 옳았다. 오히려 윤정인은 세 개라서 비교적 안전한 축에 속했고, 질문이 나오는 족족 손가락을 접은 은지호와 유천영 쪽이 제일 위험했다. 이제 다음 질문만 떨어지면 그들은 함께 벌칙 음료를 들이켜야 할지도 몰랐다.

모두가 긴장한 가운데 배턴을 이어받은 사람은 다름 아

닌 김혜우였다. 그는 특유의 심드렁한 눈으로 한번 방 안을 둘러본 다음 관심 없단 투로 말했다.

"바로 옆에 있는 사람을 좋아한다, 접어."

"와."

붙어 앉아 있던 커플들, 이민아 커플과 정세연 커플들은 죄다 전멸이었다. 바깥에 다녀와서부터는 내 옆에 앉아 있던 루다도 쳇 소리와 함께 손가락 하나를 접었다.

그에게 아직 남은 손가락이 있어서 다행이었다. 나는 그를 물끄러미 쳐다보며 생각했다. 아니면 이번에는 내가 대신 마셔 줄 각오였는데.

그때 맞은편에서 작게 소란이 일어났다. 야, 대박, 아니야, 하는 소리가 작게 오가는 것을 듣고 나는 의아하게 고개를 들었다. 무슨 일이지?

윤정인과 이민아가 서로의 옆구리를 찔러 가며 보고 있는 방향으로 시선을 옮긴 나는 그 끝에 있는 주인이와 노아리를 보고 잠시 멍해졌다.

주인이의 손가락이 하나 더 접혀 있었다. 그 옆에는 얼굴이 전보다도 창백해진 노아리가 무릎을 꿇고 앉아 있었다.

"뭐냐?"

반응이 이상하다는 것을 알아차리고 고개를 든 김혜우가 이윽고 우주인을 보더니 더듬더듬 뱉었다.

"어, 나는, 윤정인네랑 반휘혈네 먹이려고 그런 건데……."

"너 그걸 너무 당당하게 말한다?"

윤정인이 되받아치거나 말거나, 잠시 머쓱한 듯 머리만 긁적이던 김혜우는 잠자코 입을 닫았다.

다음 차례를 맡게 된 것은 정세연이었다. 호기심 어린 눈으로 주인이 쪽을 뚫어지게 쳐다보던 그녀의 입이 천천히 열리고, 망설임 어린 말이 흘러나왔다.

"좋아하는 사람이랑 자기랑 학년이 다르다…… 접어."

이번에는 누구를 겨냥한 질문인지 명백했기에 모두의 고개가 일제히 한쪽으로 돌아갔다.

시선 끝에 놓인 주인이를 보며 나는 손을 꽉 움켜쥐었다. 만약 이번 질문에도 주인이가 손가락을 접는다면…… 이서진의 모든 추측이 정말로 맞아떨어졌다는 것이 된다.

숨 막히는 침묵 속에서, 주인이가 불현듯 빙긋이 웃었다. 그러더니 그는 손가락 하나를 마저 접었다.

숨소리마저 들리지 않는 침묵이 찾아왔다.

갑작스러운 침묵 속에서 주인이의 손이 앞에 놓인 컵 다섯 개 사이를 헤매는가 싶더니, 이윽고 하나를 골랐다.

거침없이 컵을 입가에 가져가 한 번에 털어 넣은 그는 전혀 찝찝해하는 기색도 없이 컵을 내려놓았다. 물론 컵 안은 깨끗하게 비어 있었다.

황금빛 도는 맑은 눈으로 우리를 보며 주인이가 말했다.

"한 게임 끝났으니까 잠깐 쉬자."

말투는 평소와 다르지 않았지만 묘하게 거부할 수 없는 박력이 감돌았다.

어, 어, 그래. 모두가 떨떠름하게 고개를 끄덕이자, 자리에서 일어난 주인이는 돌아서다 말고 문득 말했다.

"노아리. 잠깐 같이 나가자."

"……."

모두의 시선이 못 박힌 가운데 노아리는 긴장한 듯 입매를 당기며 몸을 일으켰다. 오랫동안 움직이지 않아 관절이 상한 인형처럼, 그녀는 삐거덕거리는 걸음으로 그를 따라 방을 나섰다.

방에 있던 모두는 두 사람이 나가는 모습을 침묵 속에서 지켜보았다. 끼익하고 문이 닫히자, 그제야 모두 기다렸다는 듯 참았던 숨을 터트렸다.

그 속에는 물론 나도 있었다. 숨을 깊게 내뱉으며 나는 놀란 눈을 깜빡였다.

노아리의 말에 따르면 그녀가 주인이네 새엄마와 조우한 시기는 지금으로부터 고작 일주일 전이었다.

그런데 이렇게나 빨리? 나는 나지막이 앓는 소리를 냈다.

"행동력이 좋을 줄은 알았지만……."

게다가 모두가 보는 자리에서 저런 직접적인 고백이라니, 저렇게 된 이상 노아리도 대답하지 않고는 뾰족한 수가 없게 되었다.

자리에서 일어난 나는 테라스 쪽으로 난 창을 힐긋 바라보았다. 그곳에 앞뜰로 향하는 두 사람의 모습이 보였다.

* * *

별장 바깥으로 나올 때까지도 침묵만이 흘렀다. 노아리는 계속 드러난 팔뚝만 머쓱하게 매만지고, 우주인은 그런 노아리를 신경 쓰지도 않는 듯 앞만 보고 있었다.

언제까지 걸을 참인지 말해 주지도 않았다.

어둠 속에 반쯤 묻힌 황갈색 머리통을 바라보며 잠자코 따라가던 노아리가 마침내 내뱉었다.

"알겠어요."

"뭘 알아?"

그제야 우주인이 뒤를 돌아보았다. 금색 눈에 담긴 감정은 뜻밖에도 평소의 짓궂음이 아니라 약간의 놀람일 뿐이었다.

그러나 그 속에서 애정의 편린, 이를테면 그가 함단이를 볼 때 눈에 담곤 하는 다정함은 찾아볼 수 없어서 노아리는 가만히 인상을 썼다.

그녀가 다시 말했다.

"당신이 좋아하는 건 제가 아니라 함단, 아니, 단이 선배잖아요."

그 말을 들은 우주인이 슬며시 눈을 가늘게 떴다. 그가 고개를 가까이 숙이며 되물었다.

"무슨 소리야?"

"단이 선배를 좋아하시죠? 그것도 꽤 오래전부터. 그런데 지금 단이 선배는 상황이 복잡하니까, 또, 연인 간의 사랑 같은 연약한 다리 위에 두 사람의 관계를 올려놓고 싶지도 않아서⋯⋯. 그래서 그 마음을 보다 확실히 숨기기 위해서 저를."

"너 확실히 날 잘 알긴 하는구나. 그런 것도 천기가 알려 줘?"

눈을 휘둥그레 뜨며 순순히 대답하는 것을 듣고, 노아리는 안도의 한숨을 내쉬는 한편으로 이를 부득 갈았다.

정말이지, 처음부터 끝까지 자신을 도구로만 대할 사람이란 것은 짐작했지만, 이렇게까지 할 줄은 상상도 못 했다.

머리가 좋은 사람으로 설정하기는 했지만, 이렇게까지 음험하게 설정한 적은 없는데.

노아리가 마른 입술을 짓씹는 그때였다.

"그런데 네 말이 다 맞은 건 아니야."

"무슨 소리예요?"

한 걸음 다가왔다가, 무슨 생각에선지 다시 한 걸음 물러난 우주인이 눈을 내리깔며 대답했다.

"난 확실히 엄마와의 관계를 연인 같은, 한 번 끝나면 다 끝날 사이로 만들고 싶은 생각은 없어. 무엇보다도 그 모든 게 끝났을 때 내가 얼마나 미친놈처럼 굴지, 스스로도 예상이 안 가거든."

"그럼……."

"그런데 네가 잘못 알고 있는 게 있어. 난 애초에 엄마와 그런 관계가 되고 싶은 마음을 참을 필요가 없어. 숨길 필요도 없고. 왜냐하면, 애초에 그런 마음이 든 적이 없으니까."

"……."

"엄마와 내 관계는 확실히 그냥 우정 이상이지만, 거기에 이성적인 감정이 끼어든 적은 아직까진 없어."

잠깐 생각에 잠겨 있던 노아리가 천천히 입술을 뗐다.

"그럼 왜, 저한테."

"왜 아까부터 내가 무슨 목적을 가지고 너한테 그런 말을 한 거라고 생각하는 거야?"

"……."

"그냥 갑자기 언제부터인가 네가 내 눈에 들어왔어. 그런 이유로는 안 돼? 그걸로는 부족해?"

눈을 굴리던 우주인이 무심히 내뱉었다.

"원래 좋아한다는 건 그런 감정 아니야? 이유 없고, 갑작스러운 거."

"하지만……."

주먹까지 꼭 쥐고 시선을 내리깔고 있던 노아리가 다시 입을 열었다.

우주인이 고개를 살짝 기울이며 되물었다.

"하지만 뭐."

"태도가 너무 다르잖아요!"

고개를 치켜든 노아리가 참지 못하고 버럭 외쳤다. 우주인의 눈이 휘둥그레졌다.

그 눈에 대고 노아리가 연이어 쏘아 댔다.

"눈이 있으면 좀 자기 자신을 돌아봐요! 백이면 백, 당신이 저를 좋아한다는 말 따위는 아무도 믿지 않을걸요? 어떻게 믿어요! 눈빛도 태도도 그렇게 다른데."

그때였다.

손을 들어 새삼스레 스스로의 얼굴을 매만져 보던 우주인이 불쑥 내뱉었다.

"네가 바라는 게 그런 거야? 다정한 태도, 애교 있는 웃음 같은 거."

"……."

"그런데 네가 생각해도, 네가 나한테 애교 받을 위치는 아니지 않아? 너는 내 후배인데. 사람들이 이상하게 생각하지 않을까?"

고개를 기울이며 걱정스러운 듯 되묻는 우주인을 향해 노아리가 다시 외쳤다.

"그 말이 아니잖아요! 제가 말한 건 그런 게 아니라…….
아, 아무튼 좀 더 마음에서 우러난……."

"내가 너한테 하는 거, 엄마한테 하는 거랑 크게 다르지 않다고 생각하는데."

"네?"

노아리는 어이가 없어서 턱이 빠질 듯 입을 벌렸다.

우주인이 태연한 목소리로 대꾸했다.

"왜? 나 이 계곡에 온 것 이외에는 네가 싫다는데 고집부린 거 없어. 내가 억지로 물놀이에 참가시키길 했어 뭘 했어? 아까 잠깐 틈났을 때도 너랑 얘기하려고 했는데 네가 싫다고 하니까 얌전히 놓아줬잖아."

"하, 하지만 그건…… 사람으로서 당연한……."

"그리고 난 밑바닥 보여 준 사람 앞에서는 굳이 다시 포장 안 해. 남들 시선이 있을 때 빼고."

느닷없는 우주인의 말에 노아리는 다시 한번 눈을 찡그렸다. 도대체 저게 무슨 소리람?

그 가운데 후드 주머니에 손을 쑤셔 넣은 우주인이 느릿느릿 말을 이었다. 단조롭고 태연한 목소리였다.

"너랑은 애초에 서로 이용하는 사이로 만났으니까. 넌 내 밑바닥을 봐서 알잖아. 그런데 엄마한테는 놀랍게도 아직……."

그가 잠시 난처한 듯 미간을 좁혔다.

"……완전히 보여 주진 않았거든."

"……."

"차마 보여 줄 엄두가 안 나서. 엄마가 아는 일들도 있지만 모르는 일들도 많아. 그러니까 엄마 앞에서는 완전히 편하게 있을 수는 없거든. 물론, 애교 부리고 귀여움받는 게 좋기도 해."

"더 잘 보이고 싶어 한다는 건 즉, 더 좋아한다는 얘기 아니에요?"

노아리가 여전히 울상인 채로 내뱉었다.

그녀는 도무지 그의 말을 이해할 수가 없었다.

전에는 그래도 자신의 손에서 탄생한 그를 반 이상은 안다고 믿었는데, 지금은 눈앞에 선 그가 아주 복잡한 부품 설계도처럼 보일 지경이었다.

그 가운데 우주인이 뒷머리를 긁적이며 물었다.

"왜 내가 네 앞에서 꾸며 내지 않는 게 노력할 마음이 없어서라고 생각해?"

"······."

"너는 있는 그대로의 나를 좋아하잖아."

그러니 꾸며 낼 필요도 없지. 그렇게 덧붙이는 우주인의 단조로운 목소리를 들으며 노아리는 울상을 지었다.

"안 좋아해요."

"좋아하잖아?"

"그래요, 인정할게요. 솔직히 말해 취향이긴 해요."

눈을 질끈 감은 노아리는 탁 터놓고 말했다. 애초에 그런 성격 나쁜 캐릭터가 취향이지 않았더라면 우주인이든 이서진이든 굳이 만들어 내고 비중을 실어 주진 않았을 것이다.

그러나 그들이 좋은 것은 어디까지나 책 밖에서 바라볼 때였다. 아무렴, 액션 영화를 좋아한다는 뜻이 직접 영화 안에 들어가 구르고 다치며 괴수와 싸우고 싶다는 뜻은 아닐 것이다.

그것과 비슷하게 노아리는 우주인을 좋아했지만, 그것은 어디까지나.

"하지만 이성적으로 좋아한다는 뜻은 아니에요. 당신이 단이 선배를 보는 마음과 똑같다고요."

그렇게 말한 노아리는 다시 눈을 떴다. 뜻밖에도 시야에 들어온 우주인의 얼굴이 아까와 같이 태연한 빛을 하고 있어서 꽤 의외였다. 조금은 충격을 받았을 줄 알았는데.

아, 역시 날 좋아하는 게 아닌 거지. 피 안에 납 조각이라도 굴러다니는 듯한 기분으로 노아리가 그런 생각을 하고 있을 때, 우주인이 고개를 기울이며 말했다.

"아닐 텐데."

"맞아요."

"일단은 그렇다고 치자."

그렇게 말한 우주인이 노아리의 어깨를 툭툭 두드리며 '힘내.' 하고 말했다.

아무래도 좋아하는 사람에게 대하는 게 아니라 상사가

부하 직원에게 하듯 하는 태도라 노아리의 미간이 다시 좁아졌다.

아니, 그보다도.

"힘은 제가 아니라 그쪽이 내셔야 하는 게 아니에요? 그, 어쨌든 고백한 쪽은 당신이고 거절한 쪽이 저인데."

"응, 그러니까 힘내라고."

이제 노아리는 어째서? 하고 물어볼 힘도 없었다.

터덜터덜 걸음을 옮기는 노아리를 뒤따라가며 우주인은 씩 웃었다.

그가 최근에야 깨달은 것이 있다면, 자신과 이루다는 상당히 다른 인간이란 사실이었다.

이루다는 자신이 이제니와 혹시나 비슷한 사람은 아닐까 자다가도 경기를 일으키는 것 같았지만, 우주인이 보기에 그는 그런 걱정은 전혀 할 필요가 없었다.

함단이를 고립시키려 하던 그의 초반 태도는 어디까지나 그가 지금까지 보아 왔고, 그에게 가장 익숙하며, 또한 학습받은 일을 그대로 행한 것뿐이었다.

주변 상황이 안정되고, 또한 차분히 머리 식힐 시간을 얻자 이루다 본연의 성격이 나오기 시작했다. 그는 헌신적이고, 사려 깊으며 보호 본능이 강했다.

방금도 말이지, 이루다의 행동을 떠올린 우주인이 고개를 작게 주억거렸다. 그 음료를 가장 먼저 낚아채서 마실 거라곤 상상도 못 했는데.

그리고 우주인은 문득 제자리에 멈춰 서며 중얼거렸다.

"좀 외롭긴 한걸."

동류라고 생각한 사람을 하나 잃은 셈이었다. 물론 우주인은 새로운 면모들을 알고 나서 이루다가 전보다도 더욱 좋아졌으나, 쓸쓸한 마음은 어쩔 수 없었다.

그래도 괜찮아. 그렇게 중얼거리며 우주인은 다시 한 걸음 내디뎠다.

"이제야 나는 나를 '좋아할 수 있는' 사람을 찾았으니까."

그러면서 우주인은 갈색 눈을 샐쭉 휘었다.

아무튼 지금부터 벌어질 일을 생각하면 노아리에게 조금 미안하긴 했다. 좋아하는 사람을 얻기 위해 수단 방법을 가리지 않는 사람은 이루다보다도 오히려 이쪽이다.

"같이 시간을 보낼 사람은 이미 나 외에는 거의 없고……."

그렇게 말하며 우주인이 태연히 손가락을 꼽았다. 그는 방금 나온 다락방을 올려다보며 중얼거렸다.

여기에서 새로운 사람들을 사귈 가능성도 있었겠지만, 방금 내가 거의 공개적으로 고백을 해 버린 이상 다들 노아리를 챙기는 일은 내 역할이라고 생각해서 잘 건들려 하지 않겠지.

"음, 일단은 이걸로 됐어."

만족스럽게 웃은 우주인은 그대로 별장 문을 열어젖혔

다. 문 안으로 향하는 그의 그림자가 짙었다.

* * *

노아리가 먼저 돌아왔다.

문을 열고 돌아와 고개를 꾸벅 숙이곤 말없이 무릎을 꿇고 앉는 그녀에게 아무도 쉽게 말을 걸지 못했다. 애초에 이곳에 같이 놀러 와서도 열 마디 이상 나눈 적이 없는데, 대뜸 이성 문제를 물어볼 수는 없을 것이다.

쉬이 말을 걸 수 없는 것은 나 또한 마찬가지였다. 이곳에서 유일하게 노아리와 제법 친하다 할 수 있는 나조차 안색이 어두운 그녀를 멍하니 바라보기만 했다.

어떻게 됐을까? 하는 생각 같은 것은 별로 들지 않았다. 왜냐하면 내가 주인이가 그녀를 좋아하는 것 같다고 전했을 때, 그녀가 보여 주었던 것은 분명 혼란 그 이상도 이하도 아니었기 때문이다.

약간의 망설임이 있었을지는 모르지만, 적어도 떨림이나 설렘 같은 것은 전혀 느껴지지 않았다. 그래서 나는 노아리가 주인이를 거절했을 거라고 쉽게 추측할 수 있었다.

왠지 안타까운 기분이 들어 나는 한숨을 내쉬었다.

이것이 노아리에 대한 안타까움인지, 주인이에 대한 안타까움인지는 스스로도 알 수 없었다.

솔직히 말해 나도 처음에는 노아리에게 적대적이었다. 처음 그녀의 번호를 핸드폰에 저장할 때 '원수'라는 이름으로 저장했을 정도니까. 애초에 그녀가 내 인생에 미친 영향을 생각했을 때 별로 틀린 말은 아니었다.

나는 중학교 1학년 때로 누가 돌아가게 해 준다고 해도 결코 돌아갈 생각이 없다. 그때의 난장판을 다시 헤쳐 나오는 것은 사양이다. 도대체 무슨 정신으로 버텼는지 지금 생각해도 알 수가 없다.

하지만 노아리 또한 나보다 힘들면 힘들었지 결코 나을 것이 없는 상황에 처해 있음을 알고, 더군다나 그녀는 그것이 사실로 이루어질지 모르고 단지 소설을 '썼을' 뿐이라는 것을 깨닫자 더는 미워할 수 없어졌다.

그렇다고 해도 그녀는 근본적으로 나와 잘 맞는 성격은 아니었다.

그녀도 나도 너무 조심스러웠고, 서로에 대해 말할 것이 있을 때는 에둘러 말하는 스타일이었다. 이런 두 사람이 가까워지거나 서로 하고 싶은 말을 제대로 전하기 위해서는 천년의 세월이 필요할 것이다.

나는 내 주변인들이 모두 시원시원한 성격인 것에 대해 요즘 들어 감사하게 되었을 지경이었다.

아무튼 그런 문제에 더불어, 노아리는 너무 예민했다.

물론 그녀 자신의 문제는 아니었다. 그런 상황에 처해 있다면 누구라도 예민해지지 않을 수 없을 것이다.

그녀는 모든 일에 쉽게 울상을 지었고, 농담에도 전혀라고 해도 좋을 정도로 웃지 않았다. 그러다 보니 나와 노아리는 아직까지 동질감을 뛰어넘어 가까워지지는 못하고 있었다.

그런 노아리를 주인이가 좋아한다니, 나는 턱을 괴었다.

주인이가 노아리를 상처 입히지 않으면 좋겠지만, 그것만큼이나 노아리한테 주인이가 상처 입는 일 역시 없었으면 좋겠는데.

때마침 닫힌 문이 삐거덕 열리며 이번에는 주인이가 들어왔다. 사람들의 호기심 어린 시선이 쏟아지는 것에도 아랑곳 않고 찬 이슬이 앉은 머리를 털어 낸 주인이가 태연하게 말했다.

"다음 게임 시작하자! 아, 그전에 음료부터 섞고."

이번엔 무슨 음료를 만들어 볼까, 사방에 널린 음료들을 살피며 진지하게 고심하는 주인이 덕에 분위기가 금세 풀렸다. 다들 '악마야.'라거나 '제발 살살해.'라고 한마디씩 던지자 주인이의 입가에도 금세 즐거운 듯한 미소가 떠올랐다.

접어 게임을 연달아 네 판 정도 한 다음에, 아이 엠 그라운드와 홍삼 사이사이 눈치 게임을 섞어 하던 우리는 자정이 가까워질 무렵 마침내 진실 게임으로 넘어갔다.

숨겨야 할 것이 많은 사람들, 이를 테면 유천영이나 은형이는 벌칙 음료를 보며 살짝 미간을 찌푸렸고, 반면에 윤정인이나 루다 같은 경우에는 나는 하늘 아래 한 점 부끄러움이 없으니 할 테면 해 보란 얼굴로 코웃음 쳤다.

나는 당연히 이 중에 가까운 사람이 가장 많은 내가 제일 많이 표적이 될 거라 생각했으나, 의외로 그렇지 않았다.

애들이 노린 것은 단연 사대천왕과 이루다 쪽이었는데, 특히 놀리면 놀리는 대로 반응이 솔직하게 오는 이루다를 자꾸만 걸고넘어졌다.

"함단이랑 자연스럽게 간접 키스해 놓고 모르는 척한 적 있다!"

윤정인이 의기양양하게 던진 물음에 이루다는 금세 목 끝까지 달아올랐다. 그가 경황없이 잔을 찾느라 바닥을 더듬는 것을 보고 대신에 내가 잔을 쥐었다.

루다가 그걸 보고 화들짝 놀라 외쳤다.

"그걸 왜 네가 마셔!"

그러나 이미 음료는 내 목으로 넘어간 뒤였다.

눈 꼭 감고 음료를 전부 삼킨 뒤에, 나는 도로 뱉지 않도록 황급히 입을 틀어막으며 중얼거렸다. 세상에, 아까 루다는 이걸 어떻게 마신 거지?

"잠깐, 거기 다 마신 거 맞습니까?"

그때를 못 참고 지적하는 윤정인에게 보란 듯이 컵을 뒤집어 보인 나는 비틀비틀 자리에서 일어났다.

"나 입 좀 헹구고 올게."

"양치까지 하고 와도 이해할게."

김혜힐의 동정심 어린 목소리가 등 뒤에 따라붙는 가운데 나는 방을 나섰다.

다시 돌아왔을 때는 은지호의 차례였다. 그가 무슨 말을 하려나 싶어 나는 그를 호기심 있게 쳐다보았다. 이미 은지호에게 상당히 많은 공격을 퍼부은 윤정인이나 이민아는 애써 천장을 올려다보며 시선을 피하고 있었다.

그런데 그가 지목한 것은 전혀 뜻밖의 사람이었다.

"노아리."

"네?"

지금까지 한 번도 지목되지 않고, 지목할 차례가 되자 예의상의 재미없는 질문을 던지고 지나갔던 그녀는 의욕 없이 앉아 있다가 퍼뜩 고개를 들었다.

은지호가 말했다.

"전에 반여령이 기억 상실에 걸렸을 때, 후드를 뒤집어 쓰고 교실에 찾아왔던 사람. 그 사람 너 맞지?"

"네?"

"긴가민가했는데 계속 보니까 체격이 얼추 맞는 것 같아서."

후드도 발해 병원 CCTV에 나왔던 것과 똑같은 후드고. 그가 무심히 덧붙이는 말을 들으며 내 심장이 쿵쾅거렸다. 아니, 도대체 왜 그런 걸 묻는 거야? 진실 게임의 취지는 그런 게 아닐 텐데.

반여령 또한 눈을 휘둥그레 뜨고 보는 가운데, 노아리가 더듬더듬 대답했다.

"어, 네, 저 맞아요. 맞는데…… 저 그때 손에 위험한 걸 들고 있었던 건 결코 아니에요. 그리고 저, 문예부 소속인 것도 사실이고……."

노아리가 필사적으로 이어 가는 말을 가만히 듣던 은지호는 무심한 목소리로 '그래?' 하고 한마디만을 했다. 도대체 저렇게 반응할 거라면 왜 질문을 한 건지 알 수가 없었다.

눈썹을 찡그린 반여령이 끼어들었다. 그녀는 노아리와 내가 설령 모르는 사이였대도 곤란해하는 후배를 가만히 두고 볼 사람이 아니었다.

"왜 그래? 갑자기 그런 얘기를 이런 데서. 게다가 단이 친한 후배인데 그런 일을 할 리가 없잖아."

저 말을 듣자니 내 후배란 게 무슨 대단한 신원 보증이라도 되는 것처럼 들리는군.

내가 멋쩍게 미간을 긁적이는 가운데, 은지호가 태연히 대답했다.

"아. 미안, 미안. 진짜 궁금했던 건데, 아무래도 따로 물어볼 틈이 안 날 것 같아서."

그렇게 말하는 그의 시선이 주인이에게 힐끗 닿았다 떨어졌다. 그러더니 그는 곧바로 순서를 넘겼다.

은지호의 돌발 행동으로 찾아왔던 어색한 침묵은 반휘혈의 뜻하지 않은 살신성인에 의해 풀렸다.

그가 낮게 깔린 목소리로 말을 꺼냈다.

"윤재민, 묻겠다."

"대체 재민이가 누구냐."

"……."

잠깐 미간을 좁힌 반휘혈에게 이민아가 히죽대며 소곤거렸다.

"휘혈아, 이름 정확히 안 부르면 질문 못 해."

물론 그런 규칙 따위 없었다.

잠시 눈을 감고 심기를 다스리던 반휘혈이 다시 말했다.

"그럼 이민정, 너에게……."

"틀렸어."

"유순영……."

"으하하, 순영이래!"

방의 모두가 뒤집어져라 웃는 가운데 반휘혈만이 모르겠다는 듯 무구한 얼굴이었다. 유일하게 이름을 제대로 외우고 있는 나와 정세연을 차마 희생시킬 수 없었는지, 반휘혈은 장렬하게 스스로 음료를 들이켰다.

그리고 털썩 뒤로 쓰러졌다.

"휘혈아? 야, 휘혈아!"

이민아가 기겁하며 그의 뺨을 때리는 가운데 김 쌍둥이

가 재빨리 맥박과 호흡을 확인했다.

한참 만에 고개를 든 그들은 황당하다는 얼굴로 말했다.

"……자나 본데?"

"뭐?"

아니, 무슨 로봇이야? 등 뒤에 버튼 달린 거 아니야? 어이없어하며 그렇게 말하던 우리는 일제히 시계를 확인했다.

정확히 새벽 두 시가 되어 있었다.

저렇게 정확한 생체 시계를 가진 것도 재주라면 재주일 것이다. 잠시 질린 눈으로 반휘혈을 바라보던 우리는 이윽고 자리에서 일어났다.

"김샜다. 다들 자자, 자자."

방의 쓰레기를 대충 정리하고 마지막으로 전구를 끄자, 다락방은 순식간에 어둠 속에 잠겼다.

물론 말했던 것과 달리 바로 자진 않을 것이다. 방에 가서도 서로 간에 할 일도, 할 얘기도 남아 있겠지. 복도에서 웃으며 인사를 나눈 우리는 각자의 방으로 헤어졌다.

과연 그 뒤로도 수다는 새벽 다섯 시까지 이어졌다. 두꺼운 커튼 아래로 햇빛이 얼비치는 것을 보고서야 우리는 허겁지겁 돌아누우며 눈을 감았다.

그러다 다시 반짝 눈을 뜨고, 연한 빛의 나무 천장을 올려다보며 나는 작게 중얼거렸다.

"그래도 어쨌든, 지금 나 꽤 행복한 것 같아."

불과 어제 오후까지만 해도 수런거리던 마음이 깨끗이 가라앉아 있었다. 그러자 내내 깊숙이 가라앉아 있던 행복의 조각들이 찰랑이며 감정의 표면 위로 떠올랐다.

시험을 잘 봤을 때나 좋은 일이 생겼을 때의 격한 행복감 같은 건 아니었다. 당연하지, 애초에 그런 일이 없었으니까.

하지만 그에 비해 결코 부족하지 않은 행복함이 뼈저리게 몰려와서, 나는 입꼬리를 올려 흐뭇하게 미소 지었다.

마치 여단 오빠와 베란다에서 단둘이 대화를 나눌 때와도 같은 감각이었다. 딱히 삶의 정점 같은 순간을 지나고 있는 게 아닌데도, 어쩐지 시간을 한 번쯤 멈추고만 싶은 감각.

"늘 오늘만 같았으면 좋겠다……."

그런 중얼거림과 함께 나는 눈을 감았다.

*　*　*

다음 날 아침도 시끌벅적했다.

뻑뻑한 눈을 비비며 일어나 커튼을 열어젖히자마자 눈부신 아침 햇살 사이로 이루다와 반휘혈이 앞뜰에서 영화를 방불케 하는 싸움을 벌이는 것이 보였다.

"쟤네 왜 저러고 있는 거야."

난간 위에 턱을 괴며 그렇게 중얼거리는 내게 앞뜰에 서 있던 주인이 웃으며 손을 흔들었다.

"엄마, 좋은 아침!"

따라서 손을 흔들어 준 나는 그의 옆에 자그만 체구의 노아리가 앉아 있는 것을 보고 잠시 눈을 가늘게 떴다.

그렇지, 어젯밤에도 결국에는 노아리를 소외되게 둔 채 우리끼리만 얘기를 나누고 말았구나. 정확히는 그녀가 우리 대화에 끼길 몹시 어려워한다는 느낌이었다. 몇 번인가 먼저 말을 붙여 보았지만 소득은 없었다.

아무튼 이곳에서 노아리가 발붙일 사람은 나 아니면 주인이밖에 없는 것도 사실이었다.

그녀의 동그란 정수리를 내려다보며 나는 작게 한숨을 내쉬었다.

어제 고백한 사람과 함께 있는 기분이라니, 그거 겪어 봐서 알지. 얼른 씻고 내려가서 빼내 줘야겠다.

하지만 막상 씻고 내려가자마자 웬 빨간색 원반이 나를 향해 날아들었다. 화들짝 놀란 내가 원반을 피하며 말했다.

"뭐야?"

그때 재빨리 원반을 낚아챈 김혜힐이 외쳤다.

"김혜우! 제대로 해."

"미안. 이거 조준이 어렵네."

그러더니 두 사람은 일제히 나를 향해 물었다. 괜찮아?

아니, 뭐 괜찮기야 괜찮은데.

혜힐이가 원반을 흔들며 말했다.

"프리스비 원반. 너도 할래?"

"그거 개한테 물어 오라고 시키는 그거 아니야?"

어리둥절해하는 내게 혜힐이가 손사래를 치며 작게 웃음을 터트렸다. 아침 공기에 휩싸인 그녀의 모습은 평소보다도 한층 청량하게 보였다.

"아니야. 개, 아니, 개랑도 많이 하긴 하는데. 이거 꽤 재밌어. 받아 볼래?"

"응."

나는 영문도 모르고 일단 자세를 취했다.

"자."

원반은 생각보다 느린 속도로 내게 다가왔다. 얼떨결에 잡아채는 데 성공한 내가 놀라서 눈을 깜빡이자, 혜힐이가 웃었다.

"보기보다 쉽지?"

"응. 나도 던진다?"

혜힐이는 내가 던진 원반을 가뿐히 잡아챘다. 그렇게 우리는 한동안 원반을 주고받으며 놀았다.

단순한 놀이인데도 불구하고 꽤 즐거웠다. 하긴, 어렸을 때도 체육 시간에 공 주고받기 따위를 몇 시간 동안이나 해도 팔은 하나도 아프지 않았지. 손에 정확히 들어차면 성취감이 느껴지고 말이야, 지금처럼.

이윽고 난투를 마친 루다와 반휘혈도 우리 사이에 끼어

여름 바다는 식상하니까 계곡으로 가자(하) 〈439〉

들었다. 뭐 하는 거냐고 묻는 그들에게 내가 물었다.

"너희야말로 뭐 한 거야?"

"아, 아침 운동. 여긴 운동 기구가 없으니까."

대신 애라도 썼어. 태연히 한쪽 어깨를 당기며 그렇게 말하는 루다를 향해 나는 순간 이해 안 된다는 시선을 보내버렸다.

아니, 전국 서열 1위를 활용해야 할 정도의 아침 운동이라니, 전혀 이해가 안 되는데. 내가 그런 걸 매일 했다간 죽고 말 거야.

어쨌거나 그들은 프리스비에 꽤나 관심을 보이더니 김혜우에게 남는 원반 있냐고 물었고, 김혜우는 잠자코 노란 원반을 꺼내 주었다.

그다음부터는 두 사람이 벌이는 서커스에 가까운 묘기를 보느라고 더 이상 아무것도 하지 않았다. 그러다 문득 노아리에게 생각이 미쳐 뒤를 돌아보니, 노아리와 주인이 둘다 이미 사라지고 없었다. 그러는 사이 다른 애들도 하나둘 눈을 떴다.

사람 수가 많으니만큼 하나같이 자기만의 방식으로 아침을 맞이하느라 부산을 떨었다. 부엌에도, 욕실에도, 거실에도 사람이 가득 찼고, 음식 냄새와 텔레비전 소음이 섞여흘렀다. 시간이 엿가락처럼 한없이 늘어나는 감각에 나는 혼미해진 나머지, 소파에 몸을 파묻고 그대로 웅크렸다.

그대로 깜빡 졸았던 모양이었다. 눈을 뜨자 내 머리가 누군가의 어깨에 기대어 있었다. 살며시 눈을 뜨자, 느릿느릿 내 머리카락을 쓰다듬고 있던 은지호와 눈이 마주쳤다.

나는 황급히 그의 어깨에서 머리를 들며 인사했다.

"일어났어?"

"응."

"내 머리는 왜?"

"너 머리 다 일어났어. 도대체 뭘 어떻게 자면 그러냐."

진짜? 나는 곧바로 몸을 휙 돌려 베란다 유리창에 비친 내 모습을 가늠해 보았다. 아무리 보아도 멀쩡했다.

이윽고 속았다는 것을 깨달은 나는 주먹을 들어 그를 약하게 때렸다.

"아침부터 거짓말이야."

"아니야, 네가 못 보는 부분이 헝클어졌어. 진짜인데."

태연하게 말하며 내 머리카락을 계속 살살 빗어 내리는 은지호를 흘겨보다가 나는 작게 한숨을 내쉬었다. 그가 진짜 저러는 이유가 무엇인지 짐작 못 하는 것도 아니었다.

그를 물끄러미 보던 내가 다시 입을 열었다.

"오늘 오후에 바로 출국한다며."

은지호가 물어볼 줄 알았다는 투로 대답했다.

"응."

"언제 돌아온댔지?"

"늘 그랬듯이 개학 1, 2주 전."

잠시 시간을 꼽아 본 내가 말했다.

"그때면 〈검은 비〉 막 종영했거나, 종영 직전이겠네."

"그렇겠지."

"그럼, 그때도 오늘처럼 다 같이 모여서 파티할까?"

내 물음에 그제야 은지호가 내 머리카락에 두고 있던 시선을 내 눈으로 고정했다. 나는 입술 끝을 끌어 올려 웃었다.

"지금처럼 별장 빌려서 외박하고 그런 거 말고. 조촐하게 우리 집에서. 대신에 그때는 우리 여섯 명만."

"……사람 수는 사실 지금도 괜찮은 것 같아. 그런데 윤정인은 빼고."

태연하게 헛소리를 주워섬기는 그를 무시한 내가 다시 물었다.

"너 귀국이랑 유천영 드라마 종영 기념으로. 어때?"

내가 밝은 목소리로 덧붙였다.

"아, 그리고 그때쯤이면 은미도 퇴원할지도 몰라. 그럼 세 가지를 한꺼번에 축하하는 거지."

"나야 네가 하자는 건 다 좋은데."

갑작스런 그의 공격에 나는 잠시 눈썹 끝을 움찔거렸지만 결국 가만히 있었다. 사람은 적응의 동물이라고, 이제 은지호의 저 정도 말에는 꼼짝도 안 하게 된 내가 놀랍다면 놀랍긴 했다.

그때 은지호가 내 팔목을 슬쩍 잡으며 물었다.

"단둘이는 안 되냐?"

나는 당장 그의 손을 뿌리치며 그의 머리칼을 헝클어트리기 위해 달려들었다. 재빨리 소파에서 뛰쳐나간 은지호가 낄낄 웃었다. 발을 까딱거리며 텔레비전을 보던 윤정인이 '야, 안 보여! 비켜!' 하고 외쳤다.

이윽고 부엌으로 사라지는 은지호의 뒷모습을 보며 나는 길게 한숨을 내쉬었다. 나는 중얼거렸다. 그가 어제저녁부터 유난히 가라앉은 것처럼 보였던 건 내 착각이겠지?

어쩌면 그도 김혜힐이나 유천영처럼, 내가 평소 같지 않은 상태란 것을 눈치채고 덩달아 기분이 가라앉았던 걸지도 모른다. 아니, 하지만 그는 쉽게 남의 심리에 동조하는 성격이 아닌데. 나는 다시 머릿속이 복잡해졌다.

짚이는 건 단 하나 있었지만, 나는 고개를 내저었다.

어차피 은지호는 내일 한국을 떠나는데, 그가 대체 무슨 수로 나에 관한 것을 추리한다는 말인가? 그가 돌아오면 우리는 다 함께 파티를 하게 될 것이고, 그대로 2학년 2학기를 맞이할 것이다. 아무것도 밝혀지지 않은 채로.

그제야 나는 밝아진 얼굴로 몸을 바로 했다. 2학년 2학기가 다가온다는 것은 고3 수험 생활이 코앞에 닥쳤다는 뜻이기 때문에 싫기도 했지만, 또 한편으로는 꿈에 그리던 대학 생활까지 얼마 안 남았다는 뜻이었다.

나는 들뜬 기분으로 상상해 보았다. 이들과 함께하는 대학 생활은 어떨까? 틀림없이 지금과 다른 점은 많겠지만 그래도 즐거운 건 여전할 거야.

그 뒤에 우리는 다 함께 산더미 같은 봉지 라면을 끓여 먹고, 그러고도 산더미처럼 남은 과자며 음료들을 각자의 가방에 적당히 나눠 담고 집을 부지런히 돌아다니며 쓰레기를 치우고, 분실물을 찾아 주인에게 돌려주었다.

그렇게 떠날 채비를 완벽히 마치고서야 우리는 마지막으로 그때까지도 별장에서 제일 넓은 침대에서 혼자 구겨져 자고 있던 유신을 깨웠다.

어제 우리 중에 제일 먼저 잠들었으면서, 도대체 어떻게 낮 열두 시가 거의 다 된 아직까지 잘 수가 있는 거야?

나는 반쯤 어이없어하고, 또 반쯤 감탄하며 문틈 사이로 유천영이 유신을 깨우는 광경을 바라보았다.

설상가상으로 그를 데려다줄 때 그의 방에 커튼을 쳐 줄 배려심은 아무도 없었던지라 방 안은 직통으로 쏟아진 햇빛으로 온통 환했다.

그런데도 유신은 장장 5분쯤 흔들린 끝에야 눈을 떴다.

"흐아암……. 몇 시야? 여덟 시?"

"열두 시야, 형."

"뭐? 시간이 언제 그렇게 됐어? 준비도 다 했네? 그럼 가야지."

가자, 가자. 탁자 위에 놓아둔 자동차 키를 짤랑거리며 자리에서 일어난 그는 불과 몇 걸음도 못 가 문턱에 걸려 넘어지고 말았다.

나는 비틀거리는 걸음으로 계단을 내려가는 그를 보며 생각했다. 저 사람에게 내 목숨을 맡겨도 괜찮은 걸까?

마침 유천영도 창백해진 얼굴로 중얼거렸다.

"……나도 열아홉 살 생일 지나자마자 우주인네 사촌 형처럼 면허 딸래."

"아니, 왜?"

"그냥."

그래도 이쪽은 서로 상처받을 말은 안 하는 정도의 우애는 있는지, 유천영은 끝끝내 이유를 말하지 않았다.

이번에도 각자 집에서 운전자들이 차를 끌고 나왔고, 왔던 것과 비슷한 순서로 차례차례 떠났다. 루다를 데리러 루카스가 나왔다는 것만이 전과 달랐고, 나머지는 전부 같았다.

루카스가 유신과 한 번 맞붙을 뻔한 위기가 있었으나 어떻게든 잘 넘기고, 진이 빠진 내가 차체에 기대어 있는데 별장 위쪽 길에서 서너 사람 정도가 걸어 내려오는 것이 보였다.

나는 놀라서 눈을 크게 뜨며 자세를 바로 했다.

"어."

그들은 선율 예고 학생회인 김수아와 이서진, 한상아와 다른 여학생이었다.

"안녕!"

내게 쾌활하게 인사한 김수아가 주변을 둘러보더니 물었다.

"수가 많이 줄었네?"

"아, 반쯤은 떠나서요."

"그래? 조금 더 일찍 올 걸 그랬다."

그러더니 그녀는 곧장 몸을 돌려 그때까지도 뻣뻣하게 굳어 있던 유신에게로 돌진했다.

마찬가지로 차에 느슨히 한 팔을 기대고 서 있던 유신이 몸을 바로 세우며 긴장한 얼굴을 했다.

김수아가 웃는 얼굴로 쪽지를 내밀었다. 의아해하는 유신에게 그녀가 말했다.

"자요. 제 핸드폰 번호."

"뭐? 하지만 어제는……."

"단 조건이 있는데, 해가 지나면 연락하세요."

"뭐?"

"그래야 제가 입시도 끝났고 성인이니까."

그 말에 유신이 어처구니없다는 얼굴로 대꾸했다.

"너 입시 공부 안 하지 않냐? 아니, 그리고 나이는 왜? 나 너한테 사심 없다니까."

그러자 소년스레 시원하게 웃은 김수아가 대답했다.

"제가 생겼거든요, 사심."

"뭐……."

미처 말을 마치지도 못하고 굳어 버린 유신의 앞에서, '그런데 저는 독신주의자니까 그것도 알아 두시고요.' 하며 어깨를 툭툭 두드린 김수아는 그럼 안녕! 하더니 빠르게 왔던 길로 멀어져 갔다.

김수아의 폭탄 발언이 정신을 확 깨게 해 준 건지 어쩐 건지, 돌아가는 길 내내 운전은 평온했다.

그렇게 1박 2일의 계곡 여행은 그 끝을 맞았다.

* * *

여행 다녀오고 나서는 평소와 같은 시간이 흘렀다. 나는 오전에는 소설 창작 강좌에 나가고, 오후에는 스터디를 진행했다.

스터디에는 주인이도 자주 참가했는데, 아무래도 노아리와 여행 이후로 애매한 상태가 되는 바람에 같이 있을 사람이 사라져서 그런 것 같았다.

은지호가 있던 때에 비해 조용해지겠거니 했건만, 두 사람은 시시때때로 부딪쳐서 나를 곤혹스럽게 하는 데다 대화조차 그 뜻을 전혀 알 수 없었다.

말하자면 이런 식이었다.

"난 꼼짝없이 너도 나랑 같은 마음인 줄 알았다고! 그럼 그때 그런…… 말은 왜 한 건데?"

"형, 나는 형을 못 자게 하기 위해서라면 그보다 더한 말도 할 수 있어."

주인이가 턱을 괴고 헤실헤실 웃으며 대답하면 루다는 또 이마에 핏줄을 세운 채 버럭 소리를 높였다.

"이…… 사람 마음을 갖고 노는 쓰레기 새끼! 너한테는 진심이라는 게 없지?"

"형의 몇 없는 관심이라도 갈구하는 애정 결핍이라고 해 줘."

얘기를 듣던 내가 조심스럽게 끼어들었다.

"저기, 혹시 둘이 사귀는 거야?"

아무래도 정황을 모르는 나로서는 그렇게밖에 해석할 수 없는 대화였다.

그러면 이번에는 주인이고 루다고 할 것 없이 얼굴이 붉으락푸르락하는 기이한 현상을 보이며 필사적으로 손사래를 쳐 댔다.

"아니야, 엄마. 진짜 아니야."

"내가 좋아하는 건 너야! 몇 번이나 말했잖아."

그날 우리는 하마터면 카페에서 쫓겨날 뻔했다. 마침 여령이네 삼촌이 카페에 들르지 않았더라면 정말 그렇게 됐을 것이다.

그렇게 일주일 정도 열심히 출석 도장을 찍던 주인이는

또 다음 일주일 동안은 아예 스터디에 나오지 않았다. 노아리와 무슨 일이 있겠거니 하고 나는 짐작만 했다.

물론 노아리와 나는 일주일에 세 번 소설 창작 강좌 때문에 마주치는 사이였지만, 일상적인 얘기는 어렵지 않게 나누면서도 그에 대해 물어보는 건 영 어려웠다. 아무래도 둘 사이의 일이니까.

무엇보다도, 나는 더 이상 노아리에게 '소설'에 대한 정보를 얻는 것 자체를 꺼리고 있었다.

노아리가 나타남으로써 나는 미지의 위기와 조우할 걱정을 덜었지만, 또 한편으로는 이곳을 더더욱 소설로 인식하게 되었을지도 모른다는 느낌이 어렴풋이 들었다. 아니, 아마도 그 느낌은 착각이 아닐 것이다.

실제로 나는 그녀가 나타나고 몇몇 사람을 겪어 보지도 않고 먼저 판단하고 잘라 내려 들었다. 물론 이서진의 경우에는 그렇게 한 게 약이 되었지만, 다른 경우에도 그럴지 장담할 수 없었다.

무엇보다 이미 은지호나 주인이에게 한 번씩 들킬 뻔한 이상, 그런 얘기를 더 나누는 것도 위험하다고 느껴졌다.

물론 원래 세계로 '돌아가는 방법'에 대해서, 또 '돌아가지 않는 방법'에 대해서는 노아리를 위해서도, 나를 위해서도 계속 얘기를 나누어야 할 필요가 있었다. 하지만 요즘은 작은 의심의 싹이 내 마음에서 고개를 들고 있었다.

나는 정말 '돌아가지 않을 방법'을 연구할 필요가 있는 걸까?

저번 사건 이후로 쭉 이어져 온 회복의 결과, 지금의 나는 이 세계의 함단이의 어렸을 적 기억 대부분을 되찾았다.

그렇다고 다른 세계에서의 내 기억이 사라지지는 않았다. 그 또한 분리된 방에 존재하는 것처럼 온전히 내 안에 남았다. 둘을 헷갈리는 일은 없었다. 그러나 둘 다 나라는 것을 이제는 알 수 있었다.

그러니까, 아마도 내가 다른 세계를 오갔던 것은 반여령이 없는 세계에 가기를 소망했던 '이 세계에서의 나' 때문에.

하지만 지금은 '이 세계의 나' 또한 내 안에 있고, 이 세계에 있기를 바라는 것은 다른 세계의 내가 바라는 동시에 이 세계의 나로서 바라는 것이기도 하다. 그렇다면 더는 그런 일이 벌어질 이유가 없지 않은가? 물론, 아직은 추측에 불과하지만.

아무튼 내년 3월 2일에 이 가설이 정말로 사실인 것으로 확인된다면, 나는 더 이상 '돌아가지 않는 방법'에 대해 연구할 필요가 없어진다. 그것은, 노아리로서는 하나의 희망을 잃어버린다는 것을 의미한다.

하지만, 그녀가 돌아가면……. 나는 착잡한 마음으로 생각했다.

주인이는 혼자 남게 되는데.

그는 은형이와 마찬가지로 누군가를 진심으로 좋아하는 것을 지독히도 어려워하는 사람이었다.

그런 그가 어쨌든 처음으로 타인에게 저만큼의 관심을 보였다. 심지어 그것을 위해 그가 하고 있던 모든 추측과 의심을 접었으니, 그 마음이 보통이 아니라는 것은 알 만했다.

나는 머리를 헝클어뜨리며 중얼거렸다.

"그렇다고 돌아가지 말라고 설득하기도 좀 그렇고."

가족도 아닌 사람을 가족처럼 대해야 한다는 것이 얼마나 참담한 기분인지 말하며 눈물을 뚝뚝 흘리던 노아리를 생각하면 그것도 못 할 일이다.

나는 머리를 감싸 쥐고 한숨을 내쉬었다. 아, 복잡해.

그런 고민을 하는 사이에 8월도 반이나 지나가고 말았다.

〈검은 비〉는 정점을 맞았고, 이제 모든 추리 사건은 해결되고 커플의 문제만이 남았다.

여주인공과 남주인공은 이미 한참 전에 맺어져 결혼하네 마네 하고 있었고, 그런 모습을 씁쓸한 마음으로 지켜보는 유천영, 아니, 강현우에게 예리가 다가가는 형국이었다. 사람들은 강현우와 예리 또한 메인 커플을 응원할 때와 같은 마음으로 응원하고 있었다.

은지호의 귀국은 개학 일주일 전으로 정해졌다. 그로부터 3일 전, 은미가 마침내 퇴원해도 좋다는 허락을 받았다.

은미의 사례는 기적으로 남을 거라고 의사가 말했다는 얘기를 듣고 모두는 입을 모아 '은형이 네가 너무 착해서 하늘이 기적을 내린 거야.' 하고 말했다.

은형이는 그런 거 아니라고 몇 번이나 겸양의 말을 했지만, 그의 목소리에는 살짝 울음기가 섞여 있었다. 우리는 그냥 모르는 척해 주었다.

그렇게 개학 일주일 전, 마침내 우리는 한자리에 모였다.

장소는 물론 우리 집이었다.

제56조. 불안한 예감은 틀리는 법이 없다(상)

불안한 예감은 틀리는 법이 없다(상)

개학을 일주일쯤 남긴 토요일은 아침부터 분주했다. 아빠 생신과 은지호 귀국 기념 파티가 동시에 있었기 때문이다.

물론 내가 아빠 생신을 깜빡해서 날을 그렇게 잡은 건 아니고, 언제 집이 비냐는 내 물음에 엄마는 대수롭지 않게 말했다.

"너희 아빠 생일날에 우리 집 비울 거니까 알아서 해."

"엥? 우리 저녁 외식은 어쩌고?"

나는 눈을 동그랗게 뜨며 물었다.

가족 구성원 중 한 명이 생일일 때 다 같이 외식하는 것은 우리 집 오랜 전통이었다.

소파에 누워서 텔레비전을 보던 아빠가 배를 긁으며 심드렁히 대답했다.

"밥은 점심에 먹음 되제."

"저녁엔 뭐 하고?"

"여령이네랑 술 한잔하기로 했다."

그 말에도 나는 여전히 이해하지 못해 고개를 기웃거렸다.

술 한잔한다고 해 봐야 식당에서 하는 것일 테고, 그럴 때면 우리도 좋든 싫든 옆에 붙어서 언제쯤 집에 가나, 하고 기다리게 되기 마련이었다.

그런데 왜 우리는 쏙 빼고? 내가 여전히 눈을 동그랗게 뜨고 생각하는데 엄마가 끼어들어 툭 던졌다.

"여단이 수능 100일 안 남았잖니."

"아차."

나는 고개를 주억거렸다. 그러게, 수능 얼마 안 남은 여단 오빠를 밤늦게까지 붙잡아 놓을 수도 없는 노릇이고, 그렇다고 집에 혼자 남겨 두기도 뭣해서 그러시는 거구나.

엄마가 다시 말했다.

"대신 저녁 먹을 때 너희만 먹지 말고, 여단이도 불러서 맛있는 것 좀 먹여. 먹는 걸로 수험생 서럽게 하지 말고. 알았지?"

"응. 알았어."

나는 냉큼 고개를 끄덕였다.

물론 여단 오빠가 우리가 챙겨 주지 않으면 혼자서 요리할 능력도 없는 사람은 아니지만, 오히려 요리할 능력도

의욕도 있기 때문에 더 문제다…… 옛날 일을 떠올린 나는 나도 모르게 아련한 표정을 지었다.

도대체 뭘 어떻게 하면 3분 짜장에서 그런 맛이 날 수 있는 걸까? 정녕 세상에 완벽한 사람은 없는 걸까?

아무튼 그렇게 해서 우리의 만남은 저녁 여섯 시 정도에 이루어지게 되었다.

그 사실을 알린 나는 은지호가 하는 말에 눈을 동그랗게 떴다.

[은지호 : 우리 후배 누구지]
[은지호 : 노아리인가?]
[은지호 : 걔도 부르는 건 어때?]

나는 미간을 좁히며 생각했다. 갑자기?

다른 누구도 아니고 은지호가, 다른 누구도 아니고 노아리를 부르자고 하다니, 선뜻 이해가 되지 않았다.

나는 이전 별장에서의 모임을 떠올렸다.

그때 은지호와 노아리 사이에 어떤 접점이라도 생겼던 걸까? 아니, 그랬던 것 같지는 않은데. 더군다나 그는 대뜸 반여령이 기억 상실증에 걸렸을 때의 일을 물어서 분위기에 찬물을 끼얹었었고.

하지만 일주일쯤 전부터 갑자기 스터디에 나오지 않기

시작한 주인이와 마찬가지로 연락을 잘 받지 않는 노아리, 두 사람을 생각하면 좋은 제안이라는 생각이 들었다. 두 사람 사이가 얼마나 진전되었는지 확인할 좋은 기회였다.

생각을 마친 나는 빠르게 입력했다.

[함단이 : 연락은 해 볼게]

그리고 나는 다른 애들의 의사부터 확인했다.

유천영은 상관없다고만 말했고, 은형이와 여령이는 긍정적인 반응이었다.

여령이는 아무래도 여동생에 대한 로망이 있어서 전부터 친해지고 싶었던 눈치였고, 은형이는 은미 혼자 우리 사이에 있으면 불편할까 봐 걱정이었는데 노아리를 통해 그것을 조금이나마 해소할 수 있을 거라 기대하는 모양이었다.

그리고 나는 잠시 턱을 짚었다. 유일하게 대답이 없는 사람은 주인이인데, 그는 우리 중에 노아리와 가장 가까우니 괜찮겠지. 나는 곧바로 노아리에게 메시지를 보냈다.

[함단이 : 아리야]
[함단이 : 혹시 8월 20일에 바빠?]
[함단이 : 우리 집에서 개학 전에 다 같이 모이는데]
[함단이 : 너도 올 생각 있나 해서]

[함단이 : 민찬 선생님이랑 단둘이 집에 있기 싫다고 했던 거 생각나서]

[함단이 : 그래서 물어봤어]

나는 핸드폰을 붙잡고 이어서 입력하려다 멈추었다.

은지호가 그녀를 부르자고 했다는 건 말할 필요 없겠지? 괜히 의식해서 어색해지면 곤란하고 말이야. 그냥 자연스럽게 만나게 하는 게 낫겠지.

볼을 긁적이던 나는 진동이 울리는 것을 느끼고 다시 핸드폰을 내려다보았다. 그런데 뜻밖에도, 메시지를 보낸 것은 노아리가 아닌 주인이었다.

[우주인 : 엄마]

[우주인 : 아리는 왜? 갑자기]

나는 눈을 크게 뜨고 답장을 입력했다.

[함단이 : 아리가 너한테 가도 되냐고 물어봤어?]

[우주인 : 아니]

[우주인 : 마침 같이 있어서]

"흐음."

나는 턱을 괴며 중얼거렸다.

주인이와 노아리가 함께 여유 시간을 보내는 건 1학기 때부터 이미 일상적인 일이었지만, 요즘은 낌새가 좀 이상한데.

아무튼 나는 순순히 대답했다.

[함단이 : 음…….]

[함단이 : 은지호가 먼저 말하길래]

[함단이 : 나도 괜찮을 것 같아서]

[우주인 : 은지호가?]

[우주인 : 그거 이상하네]

[함단이 : 그렇긴 해]

[우주인 : 걔 요즘 무슨 생각인지 모르겠어]

나는 주인이의 그 답장을 보고 짐짓 아련한 표정을 지었다. 요즘 가장 모를 사람은 너야, 주인아…….

그때 주인이에게서 답장이 돌아왔다.

[우주인 : 음 아무튼 난 괜찮아]

[우주인 : 아리도 그날 일 없대]

[함단이 : 그래]

[함단이 : 오는 걸로 알아 둘게]

그렇게 조율을 마치고서야 나는 허둥지둥 모두가 있는 단체 채팅방에 입력했다. 참, 우리 그날 여단 오빠도 저녁 같이 먹어야 해! 우리 아버지 생신이라 어른들 집에 아무도 안 계시거든. 좀 챙겨 달래.

메시지 옆에 달린 숫자는 금세 사라졌지만 노아리 때와는 달리 아무도 대답하지 않았다. 그럴 만도 한가, 나는 쓴웃음을 지었다.

나야 여단 오빠와 헤어진 지 이제 두세 달 정도가 지났다 쳐도, 애들이 그것을 알게 된 것은 고작 두 달이 될까 말까 하니까 말이야……. 체감상 방금 헤어진 것처럼 느껴진다고 해도 어쩔 수 없지.

잠시 후에 은형이로부터 가장 먼저 답장이 돌아왔다. 그답게 사려 깊은 말투로 적힌 문장이었다.

[권은형 : 우리는 괜찮은데…….]
[권은형 : 단이 너는 괜찮아?]
[함단이 : 안 괜찮을 게 뭐가 있어]
[함단이 : 요즘도 인사는 하고 지내]
[함단이 : 괜찮아]
[권은형 : 음, 그렇다면야.]

다른 애들에게선 여전히 답장이 없었다. 여령이야 자기

오빠 일이니까 그렇다고 치고. 유천영과 은지호는…… 뭐, 어차피 선택 사항이 아니라 필수 사항인 거니까.

나는 이마를 긁적이다가 다시 입력했다.

[함단이 : 불편할 것 같으면 음]
[함단이 : 저녁 따로 먹고 조금 늦게 와도 괜찮은데]
[함단이 : 밥 불편하게 먹으면 체하니까…….]

그때 유천영으로부터 답장이 돌아왔다.

[유천영 : 제시간에 맞춰 갈게]
[은지호 : 나도]

그러더니 또 한참을 아무도 말이 없었다.

더는 갱신되지 않는 메시지 창을 보며 나는 연신 뒷목을 문질렀다. 내가 무슨 두 사람을 가시 구덩이 앞에 세워 놓고 연신 몰아댄 것만 같아 기분이 썩 좋지 않았다.

하지만 상황이 공교롭게도 이렇게 돼 버린 걸 어떡해. 작게 한숨을 내쉰 나는 핸드폰을 대기 모드로 바꾸고 주머니에 넣었다.

* * *

8월 20일 아침에는 다 같이 케이크를 잘랐다. 이불 속에 파고든 팔이 어깨를 흔든다 싶어서 눈을 떠 보니 엄마였다.

"왜?"

내가 눈을 비비며 비몽사몽으로 대답한 말에 엄마는 말 없이 나를 끌고 식탁으로 향했다. 식탁 위에는 초 하나 꽂 히지 않은 과일 생크림 케이크가 통째로 놓여 있었다.

여전히 잠이 덜 깬 채로 나는 손뼉 치며 노래를 불렀다.

"생신 축하합니다. 생신 축하합니다. 사랑하는 아빠의 생신 축하합니다."

"딸아, 남의 딸을 데려와도 너보다는 성의 있게 하겠다."

아빠가 심드렁히 던진 말에 배시시 웃은 나는 그대로 다 시 방에 들어가 이불 속으로 기어들어 갔다. 도대체 생일 축하를 왜 아침부터 해야 하는 거야, 중얼거리면서.

열한 시 무렵에는 드디어 씻고 외출해서 백화점에서 아 빠의 생일 선물로 기능성 골프웨어를 고르고, 식품 매장을 적당히 돌며 장을 본 뒤 푸드 코트로 올라가 점심을 먹었 다. 메뉴는 갈비탕이었다.

음식 나오기를 기다리는 틈을 타 잠시 핸드폰을 들여다 본 나는 작게 웃었다.

은지호가 보낸 비행기 안에서 찍은 공항 사진이 단체 채팅방에 올라와 있었다. 어차피 핸드폰을 꺼 둬서 보지도 못할 테지만, 나는 조심히 오란 말을 남겨 둔 뒤 핸드폰을 뒤집어 놓았다.

문득 한 가지 의문이 머릿속을 스쳤다. 은지호는 그럼 거의 한국 오자마자 우리 집에 오는 건데, 그래도 괜찮나? 피곤한 건 둘째 치고, 그도 한국에서 그가 오길 기다린 사람들이 있을 텐데. 부모님이라든가.

아무튼 귀국한 당일은 특별한 날이니까 그런 사람들과 보내는 게 맞지 않나? 그렇게 생각하며 괜히 세팅된 수저와 젓가락을 만지작거리는데 핸드폰이 울렸다.

나는 핸드폰을 다시 뒤집었다. 은지호로부터 메시지가 와 있었다. '오냐'란 짧은 말이었다.

나는 기겁하며 메시지를 입력했다.

[함단이 : 아니 비행기에서 핸드폰을 하면 어떡해?]
[은지호 : 아직 이륙 안 했어]
[은지호 : 설마 이륙했는데 하려고]
[함단이 : 아 하긴]

안도의 한숨을 내쉰 나는 곧바로 다음 문장을 입력했다.

[함단이 : 그런데 너 가족들이랑 식사 안 하고 우리 집 바로 와도 돼?]

[함단이 : 내가 그 생각을 못 해서]

역시 저녁 식사는 각자 집에서 따로 하고 오는 게 좋을 것 같은데. 그런 생각을 하며 내가 이마를 긁적이는 그때였다.

은지호로부터 답장이 도착했다. 고민한 흔적이 전혀 보이지 않는 '응.' 단 한마디였다.

내가 이유를 물으려는 그때, 갑자기 은지호로부터 메시지가 왔다. 자세히 보니 이제까지처럼 단체 채팅방이 아니라 개인 메시지였다.

[은지호 : 너 조금이라도 일찍 보려고 그런다]

[은지호 : 왜]

"아악."

나는 나도 모르게 작게 비명을 지르며 핸드폰을 놓았다.

엄마와 아빠가 맞은편에서 눈을 동그랗게 뜨며 '왜 그러니?' 하고 물으셨다.

때마침 김이 모락모락 오르는 갈비탕이 나온 덕에 적당히 어영부영 넘어갈 수 있었다.

그러나 나는 도무지 음식이 목을 넘어가지 않았다. 물론 아무리 냉방이 잘되어 있다고는 하지만 이런 더운 날에 갈비탕을 먹으러 온 탓도 있었다. 하지만 그보다는, 얼굴이 너무 화끈거려서 도무지 음식에 집중할 처지가 안 되었다.

점심을 먹고 나서는 집으로 돌아와 부모님은 거실에서 텔레비전을 보시고, 나는 여령이를 불러 방에서 영화를 한 편 보았다.

평점이 좋아서 구매한 로맨스 영화였는데, 여령이나 나나 무표정으로 전자레인지로 튀긴 팝콘만 와작와작 씹다가 한마디씩 했다.

"그래서 남자 주인공이 여자 주인공의 어떤 부분에 반한 건데?"

"얼굴 아닐까? 줄리아 로버츠잖아."

내가 대수롭잖게 대답한 말에 여령이는 눈을 동그랗게 뜨며 대답했다.

"무슨 사랑을 얼굴 보고 해?"

"……."

나는 잠시 그녀의 시선을 피해 천장만 올려다보았다.

여령아, 너는 꽤 정신적인 이유로 사랑에 빠지는 모양이구나. 나는 세 사람 얼굴만 봐도 내가 정말 세 사람을 이성적으로 안 좋아하는 건지 아니면 사실은 셋 다 좋아하는 건지 헷갈리던데. 그래서 내가 쓰레기 같다는 생각을 자주 해.

한편으로는 무척 여령이답다는 생각이 들었다. 나는 이해가 하나도 안 된다는 표정으로 모니터를 가까이서 노려보고 있는 여령이의 유려한 옆얼굴을 힐끗거렸다.

아무래도 여령이가 누군가를 좋아하게 된다면, 그건 필시 상대의 외면이 아니라 내면에 반해서겠지.

여령이의 마음을 가져갈 사람은 대체 누굴까? 나는 작게 한숨을 내쉬었다. 내가 태어나서 본 사람 중 가장 진국인 은형이를 보고서 꿈쩍도 안 하던 여령이가 누군가를 사랑한다는 게 가능이나 할까?

"음, 역시 소설이니 뭐니 하는 건 죄다 내 망상일지도……."

나와 노아리가 같은 망상에 빠져 있어야 한다는 전제가 붙지만 말이야. 내가 중얼거리며 피식 웃는데 여령이가 옆에서 이어폰 한쪽을 빼며 '뭐라고?' 하고 물었다. 황급히 고개를 내저은 나는 모니터를 턱짓했다.

"아무것도 아니야."

"으음."

작게 내뱉고 영화에 집중하기를 10분, 우리는 결국 로맨스를 던지고 거대 로봇이 나오는 호쾌한 액션물이나 보기로 했다.

로봇이 다리도 부수고 건물도 부수고 다 부수는 것을 보며 잘한다고 응원을 하고 있으려니 그럭저럭 저녁 시간이 되었다. 문득 시계를 확인한 내가 놀라서 말했다.

"헉, 어떡해. 벌써 다섯 시 사십오 분이야."

그런 다음 나는 여령이의 어깨를 밀며 말했다.

"여령아, 은지호나 은형이는 미리 오는 편이니까 얼른 집 가서 옷 갈아입어."

그 말에 여령이는 당장 눈을 동그랗게 뜨며 되물었다.

"뭐? 왜?"

나는 그런 여령이의 모습을 보며 침묵했다. 아니, 아무리 우리가 5년 친구라고 해도 목이 다 늘어나고 김칫국물 묻은 티셔츠를 입고 맞이하는 건 좀 아니지 않니?

여령이는 그들에게 최소한의 예의를 갖춰야 할 필요성을 전혀 못 느끼고 있었다.

나는 이마를 짚으며 한참을 고민하다가 간신히 궁색한 이유를 댔다.

"음, 은미도 오잖아. 거기다 아리도."

"아, 맞다! 그랬지, 참."

얼른 갈아입고 올게! 우당탕 현관문을 박차고 나가는 여령이를 보며 나는 다시 복잡한 얼굴을 했다. 도대체 여령이의 행동 원리는 어떻게 된 걸까? 그리고 나도 옷을 갈아입으러 방으로 들어갔다.

적당히 편하고 깔끔한 옷으로 갈아입고 난 다음에도 시간이 꽤 남았다. 할 게 없나 두리번거리다 탁자에 놓인 빈 컵들을 부엌에 갖다 놓고, 그러고도 시간이 남아 공연히 거실을 빙빙 돌던 나는 소파에 털썩 걸터앉았다. 물끄러미 벽시계를 올려다보니, 시곗바늘은 어느새 다섯 시 오십오 분을 가리키고 있었다.

나는 탁자 위로 두 발을 쭉 뻗고 두 손을 배 위에 겹쳐 올렸다. 그 상태로 한동안 가만히 있었다.

"기분이 이상해."

나는 중얼거렸다.

집에 혼자 있는 게 한두 번도 아닌데. 더군다나 이제 5분만 지나면 이 거실은 아는 사람들로 온통 북적거리게 될 텐데.

엄청 시끄럽겠지. 특히 은미의 퇴원 때문에 우리 중에 유일하게 얌전한 은형이마저 하이 텐션일 테고 말이야. 그런 생각을 떠올린 내 입가에 잠시 미소가 걸렸다 도로 사라졌다.

그런데 왜 이렇게 심장이 불안하게 두근거리는지. 나는 한 손을 가슴 위에 올려놓고 천천히 심호흡했다.

"여단 오빠와 만나게 되어서?"

나는 문득 소리 내서 내뱉었다. 아니, 아무래도 이 상황에서 내가 불안해야 할 이유는 그것밖에 떠오르지 않는걸. 여단 오빠와 유천영과 은지호, 삼자가 공교로운 첫 대면을 하는 셈이었다.

하지만 이유를 소리 내서 말해 봐도 그게 아니란 생각만 어렴풋이 들었다. 내 직감이 빗나가도 한참은 빗나가 있다는 느낌. 하지만 불안감의 정체는 끝끝내 알 수 없었다.

그러다 빈 거실을 가르고 날아온 초인종 소리에 나는 파
드득 어깨를 떨었다. 깜짝이야, 한동안 두 손으로 어깨를
감싸 안고 있던 나는 현관으로 다가가며 말했다.

"네, 나가요."

문손잡이를 잡아 돌리는 순간, 이런 생각이 들었다.

문 열기 전에 인터폰을 확인했어야 했는데. 적어도 대답
하는 목소리라도 들었어야 했어.

왠지 이 문밖에 서 있는 것이 무척 불길한 것이란 예감이
들었다. 이를테면 살인마나 저승사자.

나는 갑자기 내가 공포 영화 속 주인공이라도 된 듯한 느
낌에 사로잡혔다.

방금 로봇 영화를 보면서 다 때려 부수라고 깔깔대던 벌
을 이런 식으로 받는 걸까? 아니면 먼 옛날 내가 의미심장
한 말로 노아리를 겁먹게 하고 밤잠을 설치게 만들어서?

그런 어이없는 생각을 하는 사이 이미 문은 열려 있었
다. 시선을 내리깔고 있던 내 눈에 들어오는 것이라고는
검은 운동화 한 쌍뿐이었다.

짧게 심호흡을 하고, 마침내 고개를 든 나는 익숙한 얼굴
이 보이자 나도 모르게 헛웃음 지었다.

"뭐야, 은지호잖아."

"'뭐야'라니? 환영 인사는 못해 줄망정."

은지호가 눈썹 끝을 치켜올리며 하는 말에 나는 히히, 웃으며 그를 짧게 안고 떨어졌다.

다시 바라본 은지호의 눈썹은 그대로였지만, 그의 입꼬리가 미미하게 올라간 것은 숨길 수 없었다. 그 얼굴을 잠시 넋 놓고 들여다보던 나는 이윽고 황급히 떨어지며 길을 터 주었다.

"잘 왔어. 들어와, 들어와."

그렇게 말하며 돌아선 나는 괜히 민망해서 미간을 문질렀다.

아, 안 그래도 요즘 주변 사람들한테서 '왜 이렇게 애교가 많아졌어?'라는 둥의 얘기를 듣고 있는 참인데, 이 때문일 거라는 생각이 방금 들었다.

애교든 뭐든 받아 주는 사람이 있어야 느는데, 애초에 나는 내가 다른 누군가에게 '예쁘게 보일 수 있다'는 생각 자체를 한 적이 없었기 때문에 애교라는 것도 생전 부려 본 적이 없었다.

애초에 어렸을 때도 나는 애교 부리는 대신 제 할 말 또박또박해서 원하는 것을 얻어 냈고, 커서도 그것은 별로 변하지 않다 보니 곰 같다거나, 요령 없다는 소리를 종종 듣던 편이었다.

물론 거기에는 내가 사대천왕과 반여령과 어울리는 내내 불안감을 느끼고 있던 것도 한몫했을 것이다.

지금이야 아니지만, 한때는 그들과의 관계를 금방 끊어질 것으로 생각했으니까.

그들이 언제쯤 내게서 등을 돌리려나 싶어 조마조마하던 나날들.

항상 벼랑 끝에 몰린 기분으로 살았는데 '적당히 넘어간다'는 둥의 생각을 할 수 있을 리 없지.

실제로 나는 그들 중 누가 나한테 약간만 기분 상한 기미를 보여도 말도 못 걸고 안절부절못했다. 어떻게 풀어야 할지, 이대로 끝나 버리는 건 아닐지.

정작 그럴 때 그들이 내게 기다리던 것은 말 거는 것뿐이었음을, 평소처럼 아무렇지도 않게 말 걸면 그걸로 넘어가 줄 용의가 있었음을 유천영의 말을 듣고서야 깨달았지만. 그때의 나는 그런 생각을 할 수 있을 정도의 여유가 없었다.

그러나 지금은 이런 일이 가능해졌다. 잘못했다, 실수했다는 생각이 들 때 안절부절못하는 대신에 크게 잘못한 게 아니라면 배시시 웃거나 작게 껴안는 거로 퉁 치는 일.

왜냐하면, 이런 사소한 일로 이들이 나를 버릴 리 없거니와, 이들이 보여 주는 반응이 너무도 솔직하기 때문이다. 사랑과 가난은 감추지 못한다던 말을 나는 정말 나날이 실감하고 있다.

그나저나, 아까 그런 예감은 왜 든 걸까? 나는 고개를 기웃했다. 이 문을 열어선 안 됐다거나, 정말 공포 영화 여주인공이나 할 법한 생각. 더군다나 그 대상은 다른 누구도 아니고 은지호였는데 말이야.

내 직감은 소설에 들어온 이후로 특히 불안한 일에 한해 유독 잘 맞아떨어지곤 했으나, 이번만큼은 제대로 오작동한 것 같았다. 낮부터 가슴을 수런거리게 하던 이 불안감도 공연한 것이겠지, 나는 안도의 한숨을 푹 내쉬었다.

그렇게 결론 내린 그제야 나는 마음 편히 웃을 수 있었다.

은지호가 텅 빈 거실을 둘러보며 물었다.

"왜 아무도 없냐? 옆집 사는 반여령은 어쩌고."

"여령이는 지금 옷 갈아입으러 잠깐 집에 갔어."

아니, 세상에. 잠옷 그대로 입고 너희를 만나려고 했다니까. 내가 덧붙인 말에 은지호는 낄낄 웃으며 '반여령이 우리 그런 취급 한 거 하루 이틀이냐.' 했다.

하긴, 그건 그래. 여령이는 말하자면 그거지, '우리 사대 천왕님들께 감히!'를 가장 잘 끌어내는 여주인공.

그럼 뭐 하나, 로맨스가 망했는데. 그런 생각을 하며 잠시 아련한 표정을 짓고 있던 나는 은지호가 부르는 소리에 뒤돌아보았다.

"왜?"

"이리 와서 앉으라고."

은지호가 소파 옆을 가리키며 하는 소리에 나는 다시 '왜?' 했다.

"말했잖아. 너 얼굴 보러 왔다니까."

"으음, 그게 왜?"

"아, 내가 바라는 거랑 네가 들어주는 거랑은 별개다 이 거지."

2주나 못 봤는데, 정 없기는, 하고 은지호가 투덜대는 소리를 들으며 배시시 웃던 나는 그의 옆에 털썩 걸터앉았다.

내가 턱을 들어 그에게 내밀며 말했다.

"알았다, 알았어. 실컷 봐라."

"어쭈. 뭐야, 이 기고만장한 태도는."

눈치 보지 말랬다고 너무 안 보지? 은지호의 투덜거림을 싹 무시한 나는 고개를 기울이며 대답했다.

"그런데 솔직히 내가 너라면 나 보는 대신 거울 볼 것 같은데."

그편이 눈이 더 즐겁지 않아? 제멋대로 조잘거리던 나는 은지호의 눈빛이 상상 이상으로 진지한 것을 깨닫고 말을 멈추었다.

우리가 떨어져 있던 시간은 고작 2주밖에 안 되는데, 은지호의 눈빛에서 느껴지는 공백은 그 이상이었다.

나는 은지호의 눈을 뚫어져라 쳐다보았다.

하루 동안 떨어져 있었으면, 보고 싶어 하는 마음도 하루만큼만 쌓여야 할 텐데, 어째서 그는 그렇지 않은 걸까? 내가 그의 곁에 없는 동안 그의 시간이 느리게 흐르기라도 한 것처럼.

나는 조용히 입을 닫고 시선을 내리깔았다. 가만히 있는 것만이 내가 그를 위해 해 줄 수 있는 전부 같았다.

그때 그가 말했다.

"왜 말을 하다 말아? 계속 말해."

"응?"

잠시 미간을 좁혔던 내가 더듬더듬 내뱉었다.

"아니, 난 네가 안 듣는 것 같아서……."

"내 얼굴 보는 게 네 얼굴 보는 것보다 재밌고, 그리고 뭐? 다 듣고 있어."

"어, 응."

그러나 막상 말해 보라고 하니까 할 말이 더 떠오르지 않았다.

결국 나는 어색한 침묵 속에 은지호의 시선에 사로잡힌 것처럼 가만히 앉아 있을 수밖에 없었다.

그러다 초인종 소리가 울린 덕에 나는 주박에서 풀려났다.

은지호가 나직이 혀를 차는 가운데, 나는 화색이 되어 문으로 달려가며 외쳤다.

"네!"

"단아, 나 은형이야. 천영이랑 은미도 같이 왔어."

"잠깐만!"

문을 열자마자 보이는 세 사람의 모습에 나는 감탄사를

내뱉었다.

내가 유천영과 은형이에게 인사를 건네기도 전에 권은미가 다가와 '언니!' 하며 나를 와락 껴안았다.

전에 소원 팔찌를 준 이후로 그녀는 나에 대한 심리적 거리감을 부쩍 좁힌 상태였다. 나 역시 비명에 가까운 소리를 지르며 그녀를 껴안았다.

"은미야, 잘 왔어!"

끌어안고 발을 동동 구르는 우리를 향해 은형이의 흐뭇한 시선이 쏟아졌다.

뒤에서 은지호가 투덜거리는 소리가 날아왔다.

"함단이 넌 가만 보면 내가 제일 안 반가운 것 같아."

그제야 은미를 놓은 내가 그를 흘겨보며 쏘아붙였다.

"뭐래, 은지호."

"어떻게 나랑 얘기할 때랑 목소리가 한 옥타브가 다르냐?"

나는 은지호의 말을 깔끔히 무시하며 유천영과 은형이를 집 안으로 들였다.

유천영은 여름인데도 꽁꽁 싸매고 있던 모자와 마스크를 벗으며 후, 하고 더운 숨을 내뱉었다.

〈검은 비〉가 정점에 이른 지금 그의 인기는 외출이 전혀 불가능할 지경이었다. 그는 촬영이 없는 날도 우리를 만나러 바깥에 나오지 못했다.

그의 머리카락이 땀에 젖어 이마에 달라붙은 것을 본 나는 안쓰러워하며 말했다.

"힘들었겠다. 에어컨 틀어 줄게."

곧장 리모컨을 찾아 에어컨을 틀자 시원한 바람이 불며 텁텁한 거실 공기를 몰아냈다. 그리고 얼마 안 있어서 옆집에서 여령이와 여단 오빠 또한 도착했다.

여단 오빠가 우리 집 안에 한 발을 들였을 때 잠깐 어색한 공기가 감돌았다.

그것도 잠시, 여령이의 요란한 외침이 정적을 깨트렸다.

"와아! 은미야! 사복, 사복!"

너무 예쁘다! 은미를 껴안고 방방 뛰는 여령이를 보며 나는 키득키득 웃었다. 얼굴이 벌게진 은미가 '언니도 예뻐요.' 하고 말하자, 여령이는 더 견디지 못하겠다는 듯 은미를 와락 껴안았다.

나는 두 사람을 흐뭇하게 바라보았다. 예쁜 애들이 서로를 예뻐하는 모습은 참 보기 좋군.

그리고 나는 여단 오빠와 남몰래 눈인사를 나누었다. 그는 여령이와 은미를 잠시 신기한 눈으로 보고 있다가, 나와 눈이 마주치자 선선히 웃어 주었다. 그의 웃음만큼은 예전과 한 치도 다르지 않아서, 나도 맘 놓고 따라 웃을 수 있었다.

주인이와 노아리가 등장하는 것으로 마침내 인원이 모두 모였다.

루다를 부를걸, 하는 생각이 나중에야 들었지만 이미 이렇게 된 이상 어쩔 수 없었다. 게다가 이 모임의 목적은 엄연히 '은지호 귀국 축하'를 포함하고 있는데, 루다가 은지호가 한국 땅 밟은 것을 순순히 축하해 줄 거란 생각은 안 드니까.

사람이 많아 저녁 메뉴를 고르지 못하다가 결국 중국집으로 결정했다. 특히 여름에는 콩국수를 파니까 느끼한 것 못 먹는 사람에게도 제격이었다.

나중에 주문할 때 보니까 두 사람 빼고는 죄다 콩국수를 주문하는 기현상이 발생했다.

여기 콩국수 잘해야 할 텐데, 잘했었나, 도통 기억이 안 나서. 그런 걱정을 하며 주문한 콩국수는 걱정이 무색하게도 맛있었다.

우리는 거실에 큰 상 두 개를 붙이고 그 위에 신문지를 깔아 놓고 식사를 했다.

여단 오빠 때문에 밥이 얹히진 않을지 걱정이 많았는데, 내 걱정처럼 구남친과 현남친 후보들이 만난 데서 촉발된 긴장감 같은 건 전혀 없었다.

콩국수를 먹다 말고 내가 불쑥 말했다.

"앗, 맞아. 파는 콩국수는 소금 넣더라."

"그럼 콩국수에 소금을 넣지 뭘 넣냐?"

은지호가 의아해하며 하는 말에 나는 눈을 동그랗게 떴다.

"응? 무슨 소리야, 당연히 설탕 넣는 거 아니야?"

"뭔, 설탕을 왜 넣어?"

"아니야, 원래 설탕 넣어! 설탕이 진짜 맛있는데."

나는 편 들어 달라는 뜻으로 여령이를 쳐다보았다. 여령이는 잠시 눈을 크게 떴다가 이윽고 선선히 말했다.

"아, 그거 말인데 아마 전라도에서는 콩국수에 설탕 넣는 걸걸."

"엥? 그럼 너희는 설탕 넣은 콩국수 먹은 적 없어?"

"야, 그러다 당뇨 걸려."

손사래 치며 그렇게 말한 것은 은지호였다. 나는 당장 도끼눈을 뜨며 반박했다.

"야, 소금, 아니, 나트륨이야말로 비만의 원인이랬거든?"

그러는 한편 한쪽에서는 은형이가 부엌에서 물을 따라와 은미의 콩국수에 부어 주고 있었다. 그 모습을 본 내가 말했다.

"어, 필요한 거 있으면 나 시키지."

"아, 별거 아니야. 그냥 은미가 병원 밥만 먹다 먹으니까 좀 짠가 봐."

은미의 옆에서는 유천영이 반찬 그릇을 가리키며 나직한 목소리로 '춘장'에 대해 설명하고 있었다.

그러고 보면 유천영이랑 은미도 알고 지낸 지 꽤 오래됐겠지, 은미한테 유천영이 꼬박꼬박 새해 문자를 보냈다고 했을 정도니까. 말하자면 나와 여단 오빠 정도의 사이인 걸까?

아무튼 거실 분위기가 부드럽게 흘러간 것은 기본적으로 은미와 노아리가 있는 덕인 것 같았다. 두 사람 눈치를 보느라 다들 평소처럼 편하게 있을 수는 없지만, 오히려 그 적당한 긴장감이 균형을 유지해 주었다.

그러는 동안 텔레비전에서는 공상 과학 영화가 이어지고 있었다. 상당히 철학적인 내용이라 별 재미없어 보였는데 어느새 정신 차리니 전부 텔레비전만 쳐다보고 있었다.

[양자 물리학의 세계에서는 무슨 일이 일어날지 모른다네. 현실은 자네가 생각하는 것처럼 그렇게 단단하지 않아.]

어느 과학자가 고양이를 이상하게 생긴 장치에 넣으며 하는 말을 듣고서 나는 생각했다. 어라, 저거 어디서 많이 본 실험인데.

그러기가 무섭게 유천영이 말했다.

"저거 그거잖아."

"뭐?"

"플란더스의……."

말하다 말고 유천영이 잠깐 미간을 좁히며 멈추었다. 그 옆에서 반여령이 말했다.

"뭐? 플라시보?"

"슈뢰딩거의 고양이."

주인이가 웃음기 섞인 말로 끼어들자 잠시 거실이 조용해졌다. 이윽고 곳곳에서 간헐적인 웃음소리가 터져 나왔다.

은지호가 낄낄 웃으며 유천영에게 말했다.

"넌 개나 고양이면 죄다 플란더스지?"

"닥쳐."

유천영이 미간에 주름을 잡으며 받아치는 것에도 아랑곳하지 않고 은지호는 계속 웃어 댔다. 그런 그의 옆에서 주인이가 해맑게 웃으며 거들었다.

"그래도 발전했네! 플란더스가 제대로 나온 게 어디야. 전에는 뭐라더라, 알렉산더? 프랑스?"

"너도 닥…… 조용히 해."

유천영은 차마 주인이의 웃는 얼굴엔 침 뱉지 못하겠던지, 중간에 말을 바꾸었다.

주인이의 말에 웃음소리가 더 커졌다. 함께 웃고 있던 나는 문득 작은 웃음소리를 들었다. 어쩔 수 없다는 듯, 참고 참다 못해 작게 비집고 나온 듯한 웃음소리였다.

고개를 휙 돌린 나는 입을 두 손으로 가리며 놀란 표정을 짓는 노아리와 눈이 마주쳤다.

그러던 그녀는 이윽고 입을 가리고 있던 손을 내리며 배시시 미소 지었다. 마치 내게 '이 정도는 이해해 달라'며 양해를 구하는 것 같았다.

그녀를 따라 웃어 주고 나서, 고개를 돌린 나는 생각했다.

그녀가 내게 양해를 구할 일이 뭐가 있단 말인가? 여기가 그녀가 만든 소설 속이라서? 그런데 방금 꼭 그 사실을 잊어버린 것처럼 웃어서?

하지만 나로선 오히려 노아리가 이곳이 소설이란 쪽을 잊어버리는 편이 좋은데. 나는 주인이를 힐긋 보며 생각했다.

나와 마찬가지로 놀란 얼굴로 노아리를 돌아보았던 주인이가 작게 미소 지었다. 노아리는 그에 화답하는 대신 고개를 푹 숙이고 시선을 피했다. 그러자 주인이의 입매가 살짝 굳었다.

하여간, 여전히 복잡하다니까. 나는 작게 한숨을 내쉬었다.

식사를 마친 여단 오빠는 이번에도 곧장 자리를 떠나려 했다.

"오빠 집에 가면 아무도 없잖아."

내가 그런 말로 잡아 봐도, 여단 오빠는 고개를 내젓고는 딱 한마디 했다.

"내가 낄 자리가 아니란 건 알아."

"으음."

"그리고……."

여단 오빠가 문득 무슨 말인가를 하려다 멈추었다. 왜 그래? 되물으려던 나는, 그의 얼굴에 언뜻 괴로운 기색이 스치는 것을 보고서야 지난 일을 떠올렸다.

카페 앞에 우두커니 멈춰 서서 그가 짓던 표정.

〈482〉 인소의 법칙 12

잠시 굳었던 나는 곧바로 아무렇지 않게 표정을 풀며 그의 등을 떠밀었다.

"알았어, 오빠. 수능도 얼마 안 남았으니까, 이쯤에서 보내 줄게. 그래도 다음엔 좀 더 오래 얼굴 보자."

"그래."

안도한 듯 웃은 여단 오빠는 내 머리카락을 쓰다듬어 주다가, 문득 놀란 표정을 지으며 손을 멈추었다.

나도 잠시 놀라서 그를 보았다.

우리가 헤어지고 나서 그가 내 머리를 쓰다듬은 것은 이번이 처음이었다.

"갈게."

이윽고 그 한마디를 툭 뱉은 여단 오빠가 도망치듯 후다닥 돌아섰다.

나는 그가 쓰다듬은 머리칼을 잠시 매만지다가, 복도에 날벌레가 날아다니는 것을 보고 얼른 돌아서서 문을 닫았다.

어쨌건 한고비를 넘겼다는 느낌이 뒤늦게 찾아왔다.

여단 오빠가 떠나고 나서도 분위기는 크게 달라지지 않았다. 우리는 영화를 틀어 놓고, 그러나 영화는 거의 보지 않고 각자 할 얘기만을 했다. 가끔 영화에 시선을 돌렸다가도 영화와는 전혀 상관없는 헛소리나 하다가 다 같이 웃어 버렸다.

주로 우리를 웃긴 것은 단연 유천영이었다. '임플란트'를

'필라멘트'로 바꿔 말한 대가로 우리한테 죽어라 놀림당하던 유천영은 잠깐 어두운 눈으로 베란다 밖을 향해 시선을 던지다가 불쑥 내뱉었다.

"나, 할 말 있어."

"갑자기?"

여령이가 눈을 동그랗게 뜨고 되묻는 옆에서 주인이도 말했다.

"그렇게 거창하게?"

"분명 별거 아닌 거겠지."

은지호의 말을 싹 무시한 유천영이 내 쪽으로 고개를 돌리며 말했다.

"나 이번 〈검은 비〉를 끝으로 연기 그만둘 거야."

얼음물을 엎지른 것 같은 정적이 찾아왔다.

모두가 눈을 부릅뜨고 눈치만 보는 가운데 TV에서 흘러나온 목소리가 정적을 깼다.

[안 돼요!]

그제야 곳곳에서 작은 웃음소리가 났다. 은지호가 웃음기 깃든 목소리로 대꾸했다.

"야, 다시 생각해 봐. 안 된다잖아."

"농담하는 거 아니야."

유천영은 조금도 웃지 않는 얼굴로 대답했다.

그야 그가 얘기를 꺼낼 때부터 농담이 아니란 것은 다들 알고 있었다. 이런 일을 갖고 농담하는 성격도 아니거니와, 오늘은 만우절도 아닌걸.

내가 눈을 동그랗게 뜨며 물었다.

"왜? 너 연기 잘했잖아."

"제법 재미도 있다고 했고."

내 옆에서 여령이 역시 의아한 듯 물었다. 한편 은형이만은 지금 오가는 얘기를 이미 알고 있었다는 듯, 태연한 얼굴이었다.

은형이가 우리의 눈치를 살피며 조심스레 입을 열었다.

"그게, 규모가 커지니까 이해관계가 얽히면서 복잡해지는 게 싫은 모양이야."

아아, 나는 비로소 납득하며 고개를 끄덕였다. 이해관계라니, 그거라면 정말 유천영이 딱 질색할 만하지.

모두의 시선이 모인 가운데, 은형이가 천천히 말을 이었다.

"원래는 소속 없이 유장우 씨, 그러니까 천영이네 삼촌 되는 분이 적당히 자기 사람 안에서 천영이를 케어했었거든. 어차피 그분이야 자기 모델이자 조카인 천영이가 잘되면 좋으니까. 애초에 천영이가 그리 손이 많이 가는 타입도 아니고."

"응."

"그런데 갈수록 일정이 몰아치고, 그래서 점점 힘들어지던 차에 여러 소속사에서, 그것도 유명 소속사에서 제의를 받으니까 그분 입장에서는 이거다 싶은 거지."

"아하."

나는 고개를 끄덕였다. 나로서는 연예인은 당연히 소속사가 있는 줄 알았기에, 설마 유천영이 아직도 소속사가 없을 줄은 몰랐다.

게다가 유천영은 경력도 오래됐는데. 가족에게서 받는 일이 대부분이었어서 그런가?

잠자코 듣고 있던 은지호가 불쑥 끼어들었다.

"어디 어디인데?"

"일단 대표적으로는 나라 누나네 소속사."

은형이가 대답한 말에 은지호가 대번에 눈살을 찌푸리며 아, 하는 소리를 냈다. 그러나 그것은 순전히 반사적인 반응이었을 뿐인 듯, 그는 곧 미간을 펴며 "뭐, 회사는 괜찮지." 했다.

그 말을 들은 나도 생각했다. 그러게, 이나라가 소속된 회사면 오죽 좋겠어. 애초에 본인이 좋다고 생각하지 않았으면 유천영에게 추천하지도 않았을 거고 말이다. 엄연히 동생 친구인데.

그때 유천영이 다시 말했다.

"다른 연기자들 소속사에서도 각각."

"뭐? 누구누구?"

"예린 선배랑 하운 선배."

그렇게 말하는 유천영의 미간이 유쾌하지 않은 듯 찌푸려져 있어서 나는 예상했다. 일단 제안받았기에 하는 말일 뿐, 유천영이 저기 들어갈 일은 없겠군.

은지호가 대답했다.

"그래도 〈달링즈〉 있는 소속사면 꽤 클 텐데. 성격은 영 수상쩍지만."

"뭐?"

"뭐, 네 표정 보니까 어차피 들어가지도 않을 것 같은데 더 얘기할 필요는 없겠지."

은지호는 아무래도 우리에게 이런저런 정보를 털어놓는 게 마음에 걸리는 모양이었다. 찜찜함을 안고 유천영을 돌아보자, 그 역시 고개를 끄덕였다. 그런 건 필요 없다는 뜻이었다.

은형이가 다시 말을 이었다.

"아무래도 회사가 여러 개다 보니 서로 비교하며 조건을 따져 봐야 할 텐데, 이런 것 자체가 천영이 성격이랑은 별로 맞지 않잖아. 게다가 몸값 더 높여 받으려면 시기를 노려야 한다느니, 연락을 지금부터 해 보느니 마느니 그런 얘기가 나오니까, 이게 여간 스트레스가 아닌 모양이라서."

"으음. 어떻게 된 건지 이해했어."

그리고 나는 다시 유천영을 돌아보았다. 아니, 그래도

소속사 문제로 골치 아프다고 연기 자체를 그만두는 게 말이 되나?

그때 나와 눈을 마주친 유천영이 내 생각을 읽은 것처럼 입을 열어 말했다.

"그것 외에도 이것저것 번거로운 게 많아서. 어차피 고민하고 있었어."

"어⋯⋯."

"마음대로 돌아다닐 수 없는 것도 그렇고."

그렇게 말하며 유천영이 남색 머리카락을 한 손으로 쓸어 넘겼다. 조금 짜증스러운 눈치였다.

"사람들이 날 잊는 데 얼마나 걸릴지 모르겠지만."

그가 덧붙인 말을 듣고 나는 얼굴을 굳혔다.

나는 그에게 차마 못 할 말을 입속으로 중얼거렸다. 글쎄, 내가 생각하기에는 〈검은 비〉를 본 사람 중 그 누구도 널 영영 잊을 수 있을 것 같진 않은데.

슬쩍 고개를 돌린 나는 다른 사람들도 나와 비슷한 생각을 하고 있다는 것을 깨닫고 한숨을 내쉬었다. 역시.

한편 은미는 눈물이 그렁그렁해져 있었다. 무심코 그쪽을 돌아보았던 내가 헉 소리를 내자, 따라서 그녀를 돌아본 이들이 모두 당황해하며 물었다.

"왜, 왜 그래, 은미야?"

"아⋯⋯. 저 〈검은 비〉 강현우 진짜 팬이었는데."

아차, 병원에 있으면 보통 드라마 팬이 될 수밖에 없다는 얘기는 들었지만. 슬쩍 이마를 짚는 내 옆에서 여령이 역시 한숨을 내쉬었다.

은미는 유천영을 붙들고 머뭇머뭇 다시 생각해 보면 안 되냐고 말했다. 유천영은 어렸을 때부터 봐 온 동생의 말이다 보니 딱 잘라 거절하기 어려운지, 난처한 기색으로 먼 산만 보았다.

그러다 문득 은미는 통화 표시가 뜬 핸드폰을 보더니 엇 소리를 내며 일어났다.

내가 물었다.

"왜? 누구야?"

"아, 아버지요. 오빠는 밤늦게까지 놀아도 되지만 저는 안 된다고."

"아."

"퇴원한 지 얼마 안 됐으니까 어쩔 수 없죠, 뭐."

옅게 웃은 은미가 자리에서 일어났다.

"그럼, 안녕히 계세요."

"안 바래다줘도 돼?"

"네, 괜찮아요. 날씨도 덥고……."

"나만 잠깐 내려갔다 올게."

그렇게 말한 은형이는 우리에게 앉아 있으라는 듯 손짓했다.

음, 확실히 날이 아직 더워서 나가려면 좀 고역이긴 하지. 잠시 고민에 빠져 있던 나는 은지호가 불쑥 몸을 일으키는 모습을 보고 당황해서 물었다.

"어? 네가 왜?"

"아니, 그냥 바람 좀 쐴까 해서."

은지호는 그렇게 말하며 태연하게 척척 걸음을 옮겨 은형이와 은미 뒤에 섰다.

은형이는 아리송해하는 눈으로 힐끗힐끗 은지호를 쳐다보며 말했다.

"그래. 뭐…… 가자."

그가 사라지고서 우리는 잠깐 뭐야? 왜 저래? 하는 시선을 교환했다. 은지호가 바람 쐬는 걸 좋아한다는 걸 나는 지금까지 들어 본 적도 없었다.

돌연 낮의 공연한 불안감이 다시 찾아오자, 나는 숨을 크게 내쉬며 고개를 내저었다.

아니, 쓸데없는 걱정이야. 가장 걱정했던 여단 오빠와의 만남도 잘 지나갔고.

그렇게 생각하던 나는 문득 갈증을 느끼고는 부엌으로 향했다.

부엌에는 이미 유천영이 있었다. 그는 나를 보더니 자신이 마시려고 따른 물을 내게 건네주고 자기는 새 컵을 꺼냈다.

다시 물을 받는 그의 모습을 물끄러미 보던 내가 물었다.

"있잖아, 너 연기 그만두는 거."

"응."

유천영이 고개를 끄덕였다.

"정말 방금 말한 그 이유뿐이야?"

내가 염두에 둔 것은 얼마 전 축제 때 왔던 예린과 촬영장에서 보았던 하운이었다. 두 사람의 느낌이 별로 좋지 않아서 혹시나, 하는 생각이 들었다. 유천영이 순순히 당해 줄 사람은 결코 아님을 잘 알지만.

유천영이 눈을 내리깔고 잠시 머뭇거리는 것을 보며 나는 눈을 크게 떴다.

어, 잠깐. 진짜야? 내가 다급하게 말했다.

"야, 무슨 일 있었으면 우리한테라도 말을 해야지."

넌 나한테는 맨날 말 안 한다고 답답하다고 했으면서. 그렇게 말하던 나는 대뜸 유천영이 내 쪽으로 몸을 숙이자 눈을 크게 떴다.

주변을 살짝 둘러본 그가 내 귀에 낮게 소곤댔다.

"이유는 전에 말했잖아."

"어……."

"그 시간들까지 전부 너한테 쓰고 싶다고."

그런 다음 뒤로 물러난 유천영은 굳어 있는 내 얼굴을 보고 옅게 웃었다.

컵을 들고 먼저 쌩하니 거실로 돌아가 버리는 그를 황망히 쳐다보던 나는 다시 걸음을 옮겨 그를 쫓았다.

그러는 한편 나는 머리를 헝클어트리며 중얼거렸다. 정말 이걸로 된 건가? 정말로? 아무리 본인이 괜찮다고는 하지만.

내가 전도유망한 미래 한국의 별을 본의 아니게 꺾은 것 같아 별로 기분이 좋지 않은데. 아니, 한국이 뭐냐, 유천영은 마음만 먹었으면 세계까지 나아갔을 거라고. 본인이 워낙 욕심이 없어서 그렇지.

하지만 유천영이 세간에서 말하는 성공 같은 걸 별로 중요치 않게 여기는 것도 잘 알고 있어서, 어쩌야 할지 모르겠다.

역시 그냥 하고 싶은 대로 두는 게 좋겠지. 유천영 인생은 유천영 마음인 거니까 말이야. 그렇게 생각하며 한숨을 푹 내쉬는데 현관에서 문 두드리는 소리가 났다.

문을 열자 그곳에는 은형이와 은지호가 서 있었다.

"벌써 왔어?"

"응. 이미 앞에 나와서 기다리고 계시더라고."

그렇게 말하며 은형이가 안으로 들어오고, 은지호도 따라서 안으로 들어왔다.

나는 은지호의 얼굴을 면밀히 살폈다.

덤덤하게 눈을 내리깐 그의 얼굴에서는 어떤 동요도 보이지 않았다.

잠시 고개를 기웃거리던 내 눈에 문득, 은지호의 손목에 이제까지는 못 본 것이 걸려 있는 것이 보였다.

"어, 너 그거⋯⋯."

나는 손가락을 내밀어 그것을 가리켰다. 은지호의 시선이 따라서 손목으로 향했다.

내가 물었다.

"네가 그걸 왜 끼고 있어?"

그것의 정체는 다름 아닌 내가 은미에게 주었던 소원 팔찌였다.

정확히는 나와 노아리가 함께 만든 소원 팔찌.

다시 시선을 든 은지호가 태연하게 손목을 매만지며 말했다.

"뭐, 은미 원래 소원은 퇴원하는 거였는데, 소원이 이루어질 때까지 팔찌가 안 끊어질 줄은 몰랐다더라. 그래서 내가 그럴 거면 나 주랬지. 나는 소원 있다고."

"너 미신 같은 거 안 믿잖아?"

나는 여전히 미심쩍어하며 물었다.

아니, 정확히는 안 믿는 정도가 아니라 싫어하는 정도에 가까웠다.

학교에서 분신사바가 유행해서 누구나 한 번쯤 안 해 보곤 못 배길 때도 그만은 코웃음 치며 모두 무시했고, 담력 시험 때도 혼자서만 태연하게 놓고 나온 게 있다며 방금 나온 길을 다시 거슬러 올라갈 정도였다. 공포 영화는 싫어했지만, 무서운 게 아니라 깜짝깜짝 놀라게 하는 게 싫은 거라나.

그런 그가 소원 팔찌를 차다니, 이것도 약하기는 하지만 분명 주술의 한 형태인데. 내가 복잡한 얼굴을 하는데도 은지호는 태연하게 "뭐, 사람이 절박하면 이런 것도 믿는 거지." 하고 말했다.

나는 그런 그를 여전히 못 믿겠다는 눈으로 쳐다보았다.

글쎄, 하지만 너는 '노력'하는 데 자신이 있다고 했잖아? 자기 능력과 노력만으로 충분하다고 생각하는 네가 굳이 주술을 필요로 할 리는 없다고 보는데.

은지호는 태연하게 나를 휙 지나쳐 집 안으로 들어갔다. 나는 그의 등을 불안하게 쳐다보다 황급히 노아리에게로 다가갔다.

노아리를 데리고 안방으로 향한 내가 소리 낮추어 속삭였다.

"아리야, 소원 팔찌 안에 써 넣었던 '권은미의 병이 차차 회복된다'는 거 말인데, 은지호가 팔찌를 꼈어도 뭔가 영향을 미치진 않겠지?"

"네? 아마 그럴 거예요. 주체가 완전히 다르니까. 은지호한테 있는 이상은 그냥 팔찌죠."

노아리가 조곤조곤 하는 말에 나는 안도의 한숨을 내쉬

며 중얼거렸다. 다행이다. 그리고 나는 물었다.

"너 요즘 주인이랑 계속 안 보이더라?"

"어…….."

노아리의 얼굴이 홍당무처럼 물들었다. 그녀를 잠시 짓궂은 눈으로 바라본 내가 다시 속삭였다.

"어떻게 돼 가고 있는 거야?"

"아직, 사귀는 건 아니에요."

그렇게 말하며 앞머리를 매만지는 노아리의 귀가 빨갛게 물들어 있었다. 나는 그녀의 귀를 보며 생각했다, 놀랠 노자다, 정말. 노아리가 주인이 얘기를 하면서 쑥스러워하는 반응을 다 보이다니. 이전에 그저 창백한 얼굴을 했던 것과는 완전히 차원이 다른 변화였다.

그녀에게도 상당한 심경의 변화가 있었던 걸까? 알겠다고 말한 나는 히죽히죽 웃으며 그녀를 거실로 이끌었다.

그때, 거실 한가운데 서 있던 은지호가 나와 노아리를 돌아보며 말했다.

"아, 마침 왔네."

"응? 마침이라니?"

내가 눈을 휘둥그레 뜨며 하는 말에 은지호가 아무렇지 않은 얼굴로 대답했다.

"나도 할 얘기 있었거든. 중요하게 할 얘기."

"너야말로 아무 얘기도 아닌 거 아니야?"

유천영이 쏘아붙여도 은지호는 의미심장한 얼굴로 웃기만 했다. 나는 그를 뚫어져라 쳐다보았다. 평소라면 펄쩍 뛰면서 모함하지 말라고 외치거나 적어도 억울한 소리 한두 마디쯤은 했을 법한데.

은지호가 눈을 내리깔며 대수롭지 않게 덧붙였다.

"뭐, 아무 얘기도 아닌지도 모르고."

"역시."

"아무 얘기도 아닌 편이 더 좋겠지."

비로소 거실 안의 공기가 싸늘하게 가라앉았다.

나는 소파 근처에 앉아 커다란 눈을 데굴데굴 굴리는 주인이, 웃다 말고 서서히 입매를 굳히는 여령이와 은형이와 한 번씩 시선을 마주쳤다. 도대체 무슨 소리를 하려는 거야? 모두의 눈빛이 그렇게 말하고 있었다.

그 가운데 은형이가 말했다.

"저기, 지호야. 정말 중요한 할 얘기면 아리가, 음, 우리 후배가 간 다음에 하는 게 낫지 않을까? 그편이 너한테도, 후배한테도 덜 부담스러울 것 같은데."

"아니."

은지호는 천천히 고개를 내저었다. 그가 덧붙였다.

"쟤가 있을 때 해야 하는 얘기라서."

"뭐?"

이번에 되물은 것은 주인이었다.

"두 사람이 함께 있을 때 반응을 봐야 알 수 있으니까. 이게 진실인지, 아니면 한쪽이 거짓말을 하고 있는지."

"뭐……."

말문이 막혀 입만 뻐끔거리는 내 맞은편에서 여령이가 날카로운 소리로 반박했다.

"그럼 너는 단이나 저 애가 뭘 속이고 있기라도 하다는 거야?"

그녀는 진심으로 화가 난 눈치였다. 그야 내가 일방적으로 용의자로 몰리고 있으니 그럴 만도 했다.

한편, 나는 입안이 바짝바짝 마르는 것을 느꼈다.

그가 무엇을 말하고자 하는지, 짐작 가는 것이 아예 없지는 않았다.

하지만 말도 안 돼, 정말로? 여기서?

굳어진 내 귓가에 은지호의 싸늘한 목소리가 날아와 박혔다.

"엄밀히 말하자면 속인 건 아니지."

"그럼 대체 뭐야!"

"단지 일부러 말하지 않았을 뿐."

내가 고개를 돌렸을 때, 은지호의 새카만 눈 한 쌍은 정확히 나를 향해 박혀 있었다.

눈이 마주치자 그가 느릿느릿 입을 열어 물었다.

"……그렇지, 함단이?"

"무슨, 말을. 하고 싶은 건데."

나는 한참이 지나고서야 토막 난 말을 입 밖으로 더듬더 듬 내뱉었다. 그러자 은지호의 담담한 대답이 돌아왔다.

"소설."

"……."

그 순간 시간이 멈춘 것 같았다. 거실의 누구도 말하지 않았다. 다만 눈을 크게 뜨고 은지호를 보다가, 천천히 나 를 향해 시선을 옮겼다.

그들의 의아한 시선이 느릿느릿하게 내게 다가와 박히는 순간, 나는 온몸이 난도질당하는 듯한 고통을 느꼈다.

은지호가 못을 박았다.

"이 세계는 소설 속 세계고, 우리는 사실은 소설 속 인물 들이야. 그렇지?"

"……."

비로소 무슨 말인가를 깨닫고 하나같이 창백하게 얼굴을 물들이는 그들을 보며 은지호가 덧붙였다.

"그리고 노아리는 작가, 혹은 그에 준하는 존재."

"……."

여전히 아무 말도 하지 않는 내 앞에서 은지호가 느릿느 릿 팔에 차고 있던 팔찌를 풀어냈다.

그런 다음 그는 팔찌를 손쉽게 열어젖혔다. 아마도 이미 한 번 잘라 냈다가 다시 달아 둔 모양이었다.

그가 팔찌 속에서 끄집어내는 하얀 종이쪽지를 보며 나는 눈을 질끈 감았다. 차라리 이대로 기절이라도 하고 싶었다.

　그가 쪽지를 내려다보며 느릿느릿하게 문장을 읽어 내렸다.

　"일주일마다 권은미의 병세가 완화된다."

　그때 에어컨에서 불어온 바람이 그의 손에서 쪽지를 날려 떨어뜨렸다.

　그럼에도 아무도 쪽지를 주울 생각을 하지 못했다. 그들의 시선은 여전히 내게 고정된 듯 박혀 있었다.

　나는 물론이고 내 옆의 노아리 또한 아무 말도 하지 못했다. 우리는 마치 공개 재판을 당하는 사람들처럼, 이미 유죄가 확정된 죄인들처럼 고개만 숙이고 있었다.

　하지만 도대체 무슨 말을 할 수 있단 말인가?

　나는 입을 몇 번이나 여닫았다. 이럴 때를 대비하여 몇 번이고 연습해 온 말들. '말도 안 돼!'라며 웃는다거나, '농담은 끝이야?'라며 어깨를 으쓱하고 여유롭게 미소 짓는다든가 하는 것들이 머릿속을 획획 스쳐 지나갔다.

　그러나 나는 끝내 그중 어느 것도 하지 못했다.

　그럴 수밖에 없었다. 내가 지금 그런 말들을 한다면, 그거야말로 끝까지 이들을 기만하는 게 돼 버리니까.

　나는 주먹을 세게 움켜쥐며 고개를 떨구었다.

"그게 무슨 소리야?"

그렇게 물은 것은 내가 아니라 은형이었다.

반여령이 뒤따라 말했다.

"무슨 말도 안 되는 소리를."

그녀의 목소리는 가늘게 떨리고 있었다.

심지어 그녀는 내 쪽을 한 번 돌아보지도 않았다. 마치 진실이 밝혀지는 게 두렵다는 듯이.

그 가운데 은지호가 한숨 섞인 목소리로 느리게 답했다.

"심증은 전부터 있었어. 그렇지 않았다면, 수첩에서 '등장인물'이라는 단어를 본 것만으로 이 모든 걸 의심하고 파헤쳐 볼 생각은 하지도 않았겠지."

"그러니까 그게 무슨 소리⋯⋯."

답답한 듯 다그치던 여령이의 말을 은지호가 다시 잘랐다.

"선율 예술 고등학교 주요 등장인물."

"뭐⋯⋯."

"함단이의 수첩에 쓰여 있었던 단어야."

여령이가 굳어져서 아무 말이 없는 가운데, 은지호가 느리게 고개를 돌려 나를 보았다.

"그렇지, 함단이?"

되묻는 말에 나는 아무 말도 하지 못했다.

여전히 아무 말 없이 바닥만 보는 나를 중심으로 다시 한 번 공기가 술렁였다.

다시 내게서 시선을 떼어 낸 은지호가 말을 이었다.

"그게 아무런 의미가 없지 않다는 전제하에, 도대체 무슨 의미인지를 생각해 봤어. 일단 진실로 받아들이기로만 한다면 답은 뻔하잖아?"

은지호가 지그시 눈을 감으며 팔짱 끼고 있던 손을 내리눌렀다.

"우리는 소설이나 만화, 영화 같은 어떤 '창작물'의 일부라는 것."

"……."

"일단 거기서 출발했어."

그는 잠시 시선을 옮겨 아무것도 투사하지 않는 텔레비전 화면을 지그시 보더니, 다시 고개를 돌려 우리를 바라보았다.

"그렇게 가정하자마자 함단이의 모든 수수께끼 같은 행적들이 마법처럼 설명되더라. 어떤 일들이 일어날 거라고 호들갑 떨었을 때 반 이상은 일어난 것 하며…… 물론 맞히지 못했을 때의 어이없음이 너무 커서, 맞혔을 때의 일들은 오히려 흐릿해졌지만. 그리고 모든 것을 알고 있었다는 듯 초연한 태도 하며. 심지어 납치당했을 때도 아무렇지 않았지."

다시 눈을 내리깐 은지호가 쓸쓸한 기색으로 덧붙였다.

"그리고 우리를 몇 년 동안 내내 거부했던 것도. 마치 우리는 자신과 친구 같은 게 될 수 없다는 걸 미리 알고 있었다는 듯이 말이야. 누가 정해 놓기라도 한 것처럼."

"……."

"하지만 여전히 의문이 남았어."

퍼뜩 고개를 든 은지호가 또렷한 목소리로 말했다. 그의 시선이 다시 내게로 향했다. 나는 황급히 그 시선을 피했다.

"'선율 예술 고등학교 주요 등장인물'. 그 칸에 등장했던 인물 프로필은 꽤 자세했거든. 특히 이서진에 대한 것까지 자세히 나와 있었지."

"이서진이라면……."

대답하는 은형이의 목소리는 굳어 있었다.

"내가 단순히 '느낌이 안 좋다'는 데서 그쳤던 이서진의 과거에 대해 자세히 나와 있었어. 원래부터 마음에 구멍이 뚫린 채로 태어났고, 그것을 숨기기 위해 보통 사람을 연기하고 있을 뿐이란 것. 실제 성격은 꽤 안 좋다는 것까지. 아무렴, 함단이가 그런 걸 단박에 알아낼 만큼 대단한 통찰력의 소유자는 아니잖아?"

"하지만……."

반여령이 주저하며 입을 열자 모두의 시선이 그쪽을 향했다. 그녀가 머뭇머뭇 내뱉었다.

"하, 하지만 그건 이상하지 않아? 왜냐하면 이서진과 마찬가지로 우리도 같은 '등장인물'일 텐데……."

'등장인물'이라는 데서 반여령의 목소리가 괴로운 듯 떨렸다. 나는 그녀의 참담한 심정을 알 것만 같아 눈을 꾹 감아 버렸다.

　다시 그녀의 말이 이어졌다.

　"단이는 정작 우리에 대해서는 겉으로 드러난 것밖에 알지 못했잖아. 과거사도 그렇고. 그렇지 않아? 그러니까 나는, 어디까지나 이서진의 경우가 우연이었다고 생각……."

　반여령의 말을 들으며 나는 숨을 들이켰다.

　그녀는 아직까지도 나를 좋게 생각하려 하고 있었다. 놀랍게도.

　어쩌면 단순히 나를 믿고 싶어서가 아니라, 단지 스스로가 창작물 속 등장인물일 뿐이라는 것을 거부하고 싶어서인지도 모르지만.

　그녀의 말을 잠자코 듣던 은지호가 말을 잘랐다.

　"거기에서 '노아리'의 존재가 중요해지는 거야."

　그가 언급한 것은 이제까지 우리가 같은 자리에 있다는 것도 잊고 있던 한 사람이었다.

　나는 고개를 휙 돌려 옆을 보았다. 그곳에는 안색이 창백해진 노아리가 두 손을 맞잡고 덜덜 떨고 있었다. 그녀의 검은 두 눈에는 눈물이 맺혀 있었다.

　나는 그녀에게 손을 뻗고 싶었지만 그럴 수 없었다. 죄인들끼리의 어설픈 유대로 보일까 두려웠다.

은지호의 건조한 목소리가 귀에 와 박혔다.

"반여령 네 말대로, 함단이는 여기가 창작물 속이라는 것은 우리를 만날 때부터 알고 있었던 것 같은 반면 우리에 대해서는 자세히 알지 못했어. 권은형이나 우주인 일을 알았을 때 보였던 충격받은 표정은 아무래도 거짓인 것 같지 않고. 그런데 선율 예고인 이서진에 대해서는 유난히 자세히 알고 있었다는 거야. 이게 무엇을 뜻할까?"

그렇게 말하며 은지호가 손가락을 두 개 들어 올렸다.

"첫 번째 가설, 작중 주요 배경은 선율 예술 고등학교고, 우리는 잠깐 언급되고 마는 인물에 불과하다는 것. 그리고 두 번째 가설은."

말을 맺기 전 은지호는 잠시 머뭇거렸다. 그리고 그가 손가락 하나를 마저 접었다.

"우리를 만났을 때와는 달리, 선율 예술 고등학교에 대해 '자세히' 알려 줄 사람이 곁에 생겨났다는 것."

"……네 말은 너무 비약이야."

그렇게 말한 것은 뜻밖에도 이제까지 입을 닫고 있던 주인이었다.

나는 조용히 눈만 굴려 그의 얼굴을 바라보았다. 그의 얼굴은 밀랍처럼 하얗게 굳어 있었다.

그가 생기라고는 없는 입술을 달싹여 말했다.

"단지 그것만으로 아리가 작가라는 걸 추론했다고? 애초에 네 말을 듣자면, 두 번째 가설보다는 첫 번째 가설 쪽이 훨씬 신빙성이 있어. 우리가 단지 조역에 불과하다는 쪽이 더."

"그래? 그럼 이번엔 관점을 바꿔서, 아예 노아리를 중심으로 얘기를 해 볼까."

은지호의 말에 옆에 서 있던 노아리의 어깨가 움찔 떨렸다. 나는 그녀를 안타깝게 바라보는 것 외에 할 수 있는 것이 없었다.

"우주인 너, 함단이가 우리한테 노아리를 데려와서 소개하기 전부터 노아리와 이미 서로 아는 사이였지."

"……그랬지."

"함단이와 노아리가 네 소개로 만난 건 아니지?"

그 물음에 주인이는 잠시 고민하는 낯을 했지만, 결국 천천히 고개를 끄덕였다. 사태가 이 지경에 이르고서도 사실을 숨기는 것은 의미 없다고 생각한 것 같았다.

"그럼 함단이와 노아리는 다른 경로로 서로의 존재를 알아챘다는 거고. 함단이가 노아리를 데려와서 우리한테 소개할 때 뭐라고 했었지?"

눈을 크게 떴던 반여령이 이윽고 천천히 말을 이었다.

"아, 발해 병원에서 있었던 일에 대해……."

"맞아, 그것에 대해서 대신 '길을 잃어서.'라고 변명했지. 우리도 아무튼 결과적으로 나쁜 일 같은 건 없었으니 넘어갔고. 아니, 오히려 좋은 일이 있었지."

거기까지 말한 은지호가 돌연 낮은 목소리로 덧붙였다. 그런데 생각해 봐.

"부상 부위도 정도도 다른 두 사람이 동시에 깨어나는 게 말이 돼? 더군다나 깨어나는 시간 같은 건 의사도 장담 못 한다고 했는데."

"……."

"반휘혈 동생의 병실에 누군가 무단 침입했던 일."

은지호가 돌연 꺼낸 말에 곳곳에서 탄성이 흘렀다. 아, 그러고 보니. 그가 말을 이었다.

"그때도 정체불명의 침입자가 반휘혈 동생의 병실을 다녀간 뒤에 그가 갑자기 눈을 떴지. 우리는 일찍이 체격과 복장을 통해 그 침입자가 지난번과 동일 인물일 거라 추측한 적 있고. 그때는 굳이 지적하지 않았지만, 지금 생각해 보면 역시 이상하잖아."

그가 못 박듯 말했다.

"그게 정말 우연 같아? 같은 일이 세 번이나 일어났는데."

무거운 침묵이 찾아온 가운데 은지호가 돌연 어깨를 으쓱했다. 무거운 짐을 떨쳐 낸 듯한 그가 전보다 가벼운 어조로 말을 이었다.

"하지만 여전히 이게 노아리가 작가라는 증거는 되지 않지. 우주인 말대로 아직까지는 비약이야. 여기까지 살펴본 노아리는 단지 '수상쩍은 치유 능력 내지는 초능력을 가진 괴짜'에 불과하니까."

"그래."

"하지만 이건 어때?"

지친 듯 대답했던 주인이의 눈이 커졌다. 은지호가 이번에는 반여령을 턱짓했다.

"반여령이 기억을 잃었을 때. 그때 찾아왔던 것도 노아리였지."

"아, 그때……."

"그때 노아리는 손에 뭔가를 쥐고 있었어. 해가 되진 않는 거라고 했지만, 아무튼 우리에게 들켜선 안 되는 수상한 무언가를. 그러니까 도망갔겠지."

모두의 시선을 받게 된 노아리는 아무 말 없이 고개만 숙였다. 은지호가 덧붙였다.

"즉, 노아리가 유천영네 아버지와 권은형네 아버지, 그리고 반휘혈 동생의 병실에 침입했던 이유는 그녀의 능력을 발휘하려면 접촉이 필요하기 때문이겠지. 그래서, 도대체 무엇을 통한 접촉일까?"

"……."

"그런데 우리 중에서는 노아리를 만나고 단숨에는 아니더라도, 꽤 지속적으로 증상이 호전된 사람이 하나 있잖아."

"누구? 아⋯⋯."

반사적으로 되물었던 주인이의 시선이 은형이를 향했다. 그러자 모두 깨달은 것 같았다. 은지호가 누굴 얘기하는지.

"그래, 은미."

"하지만, 은미는 아리와 만난 적이 없어."

은형이가 이 와중에도 놀라울 만치 침착한 태도로 대답했다.

그러자, 고개를 기울인 은지호가 나직이 말했다.

"소원 팔찌."

"아."

"갑자기 만들어서 은미한테 준 거. 이상하지 않아? 내가 알기로 함단이가 그런 걸 만들어서 누구한테 준 적은 한 번도 없었거든. 물론 은미가 처한 상황이 특수해서 그랬을 수는 있어."

"⋯⋯."

무거운 침묵이 찾아온 가운데 은지호가 말을 이었다.

"하지만 나는 일단 은미에게 준 팔찌가 함단이가 아닌, 노아리가 준 팔찌라고 가정했어. 그렇다면 조건이 팔찌일까 했는데 도무지 그런 건 유천영네 아버지한테서도, 권은형네 아버지한테서도 발견된 적 없잖아. 즉, 은미한테는 그들과 달리 지속적인 치료가 필요한 거고, 팔찌는 뭔가와 지속해서 접촉하게 하기 위한 매개에 불과하다는 것."

그리고 그가 내리깔고 있던 눈을 치뜨며 말했다.

"그러면 도대체 그 안에 든 게 뭐냐는 거야."

"······."

"그걸 알기 위해서는 은미가 나을 때까지 기다려야 했어. 아무렴 은미한테 팔찌 좀 빌려 달라고 했다가, 내가 망가뜨리는 바람에 치료가 중단되고, 은미가 다시 원래 상태로 돌아가면 그것만큼 끔찍한 일은 없으니까."

"그래서 너, 아까······."

말문이 막힌 듯 창백한 얼굴로 중얼거리는 은형이에게 은지호가 쪽지를 내보였다.

"하지만 결국 정답을 찾았잖아."

나는 은지호의 손에 들린 흰 종이를 보았다. '권은미의 병세가 차차 완화된다.'는 글자가 두려울 만큼 선명하게 보였다. 팔찌 속에 있었다고는 해도 물에 닿을 일도 많았을 텐데, 글자는 용케 거의 흐려지지 않고 원형을 유지하고 있었다.

은지호가 손에 들린 쪽지를 팔랑이며 말을 맺었다.

"답은 이거였어. '문장'."

"······."

"필적 감정은 해 보지 않았지만 할 필요도 없지. 함단이 글씨랑은 확연히 다른 데다가, 애초에 함단이가 이런 일을 할 수 있었더라면 진작 했겠지. 사고 소식을 듣고 혼비백

산해서 달려올 필요도 없었을 테고. 즉, 이건 노아리의 힘이야."

침묵이 찾아온 가운데, 은지호가 아까보다 허심탄회해진 어조로 말했다.

"자, 그럼 이전의 문제로 돌아갈까? 함단이가 우리에 대해서는 자세히 모르고 이서진에 대해서는 자세히 알고 있었던 것에 대해. 첫 번째 가설은 창작물의 주요 배경이 우리 쪽이 아니라 선율 예술 고등학교라는 거였고. 그리고 두 번째 가설은—."

"우리를 만났을 때와 달리 선율 예술 고등학교에 대해 '자세히' 알려 줄 사람이 생겼다는 것."

주인이가 답답한 듯 말을 끊었다. 고개를 끄덕인 은지호가 말을 이었다.

"그래. 그리고 함단이가 수학여행 때 선율 예술 고등학교와 숙소에서 마주치고 담임 선생님에게 가서 노아리의 전화번호를 물어본 것을 보면, 정황은 후자로 기울어."

주인이는 눈살을 찌푸렸으나 아무런 말도 하지 않았다. 은지호가 이번에는 노아리를 돌아보았다.

"노아리는 문예부 소속이라고 했지. 더군다나 이번 여름방학부터는 함단이와 소설 창작 강좌를 다니기 시작했다고 했고. 함단이야 창작에 뜻이 있다는 걸 원래부터 알고 있었지만, 노아리는 어때?"

"······."

"책을 좋아하고, 소설 창작에 관심이 있거나 혹은 익숙하며."

은지호가 다시 자기 손에 든 종이를 흔들었다.

"'문장'으로서 자기 뜻을 이 세계에 관철할 수 있는 사람."

또 한 번 침묵이 찾아왔다. 그 가운데, 은지호의 목소리만이 점차 또렷해졌다.

"이 세계가 소설이라는 것을 함단이와 마찬가지로 알고 있고, 심지어 등장인물에 대한 세부 정보를 함단이에게 알려 줄 수 있을 만큼 자세히 아는 사람."

침묵이 더욱 짙어졌다.

"그래서 나는 이 세계는 소설 속이고, 노아리는 그 소설의 작가라고 생각해."

"······."

"하지만 함단이가 도대체 어떤 경로로 노아리가 자기와 마찬가지로 이 세계가 소설이란 걸 알고 있다는 걸 깨달았는지, 또 어떻게 작가라는 걸 알아냈는지는 여전히 모르겠어."

그가 덧붙였다. 그는 턱을 매만지며 말을 이었다.

"내가 보기에는 둘이 최초로 만난 때와 그런 주제로 얘기를 나눈 때 사이의 간격이 그렇게 길지 않은 것 같거든. 그러니까 함단이는 노아리와 제대로 대화하기 전부터 노아리가 자기가 알고 있는 것을 알고 있다든지, 혹은 작가라든지 하는 걸 알고 있었던 것 같은데. 그 추측이 어떤 경로로 이루어졌는지는 정말 짐작 안 간단 말이지."

그리고 은지호가 나를 돌아보았다. 왜인지 나보다도 괴로워 보이는 얼굴을 한 채, 그가 나를 향해 물음을 던졌다.

"그래서, 어때? 내가 내린 결론은, 네가 알고 있는 진실에 얼마나 가까워?"

나는 여전히 대답하지 않았다.

아니, 대답할 수 있을 리 없었다. 은지호의 추리는 완벽에 가까웠으니까.

나는 누군가 소원 팔찌를 의심하여 열어 볼 것이라고는 상상도 하지 못했다. 더군다나 저렇게 띄엄띄엄 주어진 단서로 인해 진실을 알아챌 거라고는.

진실을 들킨다면 역시 은지호보다는. 나는 착잡한 눈으로 생각에 잠긴 듯 바닥만 보고 있는 주인이를 응시했다. 주인이일 거라고 예상했는데. 그러다 문득 이미 모든 게 들킨 마당에 그런 게 무슨 상관이냐는 생각이 들어 실소가 나왔다.

나는 말없이 한 손을 들어 머리칼을 헝클어뜨렸다.

지금 내 머릿속에서 일어나고 있는 모든 생각이 단순히 현실에서 도피하기 위한 것이라는 걸 알고 있다. 지금도 첨예한 시선들이 사방에서 나를 찔러 대고 있었다.

나는 눈을 감고 천천히 숨을 들이켰다.

이런 순간을 수십 번은 상상했지만, 역시 실제로 이루어진 것만큼의 박진감은 없군. 잠깐 내가 딛고 선 바닥이 꺼져 버리면서 깜깜한 암흑 속으로 떨어지는 상상을 했다. 역시나 아무런 일도 일어나지 않았다.

결국 회피하는 것을 포기하고, 나는 천천히 눈을 뜨며 입을 열었다.

"그래."

〈끝나지 않은 '인소의 법칙'들! 13권에서도 계속됩니다.〉

인소의 법칙 12

1판 1쇄 발행 2019년 12월 30일
1판 5쇄 발행 2022년 5월 11일

지은이 유한려
펴낸이 신현호
편집장 예숙영
편집 최은지
편집디자인 한방울
영업 김민원
물류 이순우 박찬수

펴낸곳 ㈜디앤씨미디어
출판등록 2002년 5월 1일 제117-90-51792호
주소 서울시 구로구 디지털로 26길 111 JnK디지털타워 503호
대표전화 (02)333-2513 팩스 (02)333-2514
전자우편 dncbooks@dncmedia.co.kr
디앤씨북스 블로그 http://blog.naver.com/dncbooks

ISBN 978-89-267-0687-9 04810
ISBN 978-89-267-1819-3 (SET)